최후의 유혹

최후의 유혹
❷

니코스 카잔차키스 장편소설 | 안정효 옮김

일러두기

1. 번역은 모두 영어판을 대본으로 했다. 번역 대본의 서지 사항은 각 권의 〈옮긴이의 말〉에 밝혀 두었다.

2. 그리스 여성의 성(姓)은 남성과 어미가 다르다. 엘레니가 결혼 후 취득한 성 〈카잔차키〉는 〈카잔차키스〉 집안의 여인임을 뜻한다. 〈알렉시우〉나 〈사미우〉도 마찬가지로, 〈알렉시오스〉와 〈사미오스〉 집안에 속함을 뜻하는 것이다. 외국 독자들을 배려하여 여성의 성을 남성과 일치시키는 관례는 영어판에서 흔히 찾아볼 수 있으나 여기서는 그리스식에 따랐다.

3. 그리스어의 로마자 표기와 우리말 표기는 그리스어 발음대로 적되 관용적으로 굳어진 일부 용어는 예외를 두었다. 고대 그리스, 신화상의 인명 및 지명 표기는 열린책들의 『그리스·로마 신화 사전』을 따랐다.

이 책은 실로 꿰매어 제본하는 정통적인 사철 방식으로 만들어졌습니다.
사철 방식으로 제본된 책은 오랫동안 보관해도 손상되지 않습니다.

최후의 유혹 ❷ 405

영역자의 말   767
옮긴이의 말   779
니코스 카잔차키스 연보   783

제18장

　그가 사막을 건너, 사해(死海)에 이르러, 그곳을 돌아 다시금 경작한 땅으로, 그리고 사람들의 강렬한 숨결이 탁한 지역으로 들어간 속도는 놀라울 정도로 빨랐다! 그가 아무런 도움도 받지 않고 걸었을 리는 없었으니, 어디서 그런 힘을 그가 얻었겠는가? 눈에 보이지 않는 두 손이 그의 겨드랑이를 잡아 부축해 주었다. 사막 위로 나타난 엷은 구름이 두꺼워져서 시커멓게 하늘을 침공했다. 천둥이 때리고, 뒤이어서 빗발이 뿌리기 시작했다. 대지가 어두워지고, 길이 사라지고, 갑자기 천국의 폭포가 쏟아졌다. 예수는 두 손을 모았다. 손바닥에 물이 가득 고이자 마셨다. 그는 걸음을 멈추고 어느 쪽 길로 갈까 궁리를 해보았다. 번갯불이 하늘을 갈랐다. 한순간 대지의 표면이 엷은 푸른 빛깔과 노란 빛깔로 반짝이더니 어느새 다시 어둠 속에 잠겼다. 어느 길로 가야 예루살렘이 나오고, 어느 길로 가야 세례자 요한을 만날까? 그리고 강가의 갈대밭에서 그를 기다리던 제자들은 어떻게 되었을까? 「하느님이시여.」 그가 나지막이 말했다. 「벼락을 던져 나를 깨우치고 길을 가르쳐 주소서!」 그가 말하는 사이에 섬광이 하늘에서 그의 바로 앞을 갈랐다. 하느님이 그에게 계시를 내렸고, 그는 가르쳐 준 길을 따라 자신 있게 나아갔다.

비가 마구 퍼부었다. 하늘의 수컷 비가 내려와서 강과 호수와 땅의 암컷 물과 한 몸이 되었다. 땅과 하늘과 비가 한 덩어리를 이루어 그를 쫓아 인류를 향한 길로 몰려갔다. 그는 진흙 속에서 철버덕거렸으며, 뿌리와 나뭇가지에 몸이 뒤엉켰고, 구덩이들을 건너뛰었다. 번갯불의 섬광이 비치자 그는 과일이 묵직하게 달린 석류나무를 보았다. 그가 석류를 하나 땄고, 그의 손에는 붉은 보석이 가득했으며, 목구멍이 시원해졌다. 그는 또 하나, 그리고 또 하나를 따서 먹었고, 그 나무를 심었던 손을 축복했다. 새로운 힘을 내어 그는 다시 출발해 걷고 또 걸었다. 어둠. 지금이 낮인가? 아니면 밤인가? 진흙이 붙어 발이 무거웠다. 걸음을 옮길 때마다 땅덩어리 전체가 따라 올라오는 듯한 기분이었다. 번갯불의 섬광 속에서 얼핏 그는 언덕 높이 작은 마을 하나를 보았다. 번갯불에 하얀 집들이 환히 켜졌다가 다시 꺼졌다. 그는 기뻐 가슴이 뛰었다. 저 집들 안에는 사람들이, 형제들이 앉아 있다. 그는 사람의 손을 잡고, 인간이 내쉰 숨결을 들이마시고, 빵을 먹고, 술을 마시고, 얘기를 하고 싶었다. 얼마나 여러 해 동안 그는 고적함을 갈망했고, 들판과 산을 헤매었으며, 사람들을 보고 싶지 않아 새와 야생 짐승하고만 얘기를 나누었던가! 하지만 이제는 인간의 손을 만진다는 것이 얼마나 큰 기쁨인가!

예수는 발걸음을 서둘러 자갈 깐 길을 올라가기 시작했다. 이제는 그가 어디로 가며, 하느님이 그에게 보여 준 길이 어디로 뻗어 나갔는지 알았기 때문에, 그는 힘을 얻었다. 그가 길을 올라가는 사이에 구름이 걷히며 하늘이 한 조각 드러났다. 서쪽으로 거의 다 기울어진 해가 모습을 나타냈다. 그는 마을의 수탉이 울고, 개가 짖고, 지붕에서 여자들이 서로 질러 대는 소리를 들었다. 푸른 연기가 굴뚝마다 피어올랐다. 그는 나무가 타는 냄새를 맡았다.

「인간의 씨앗에 축복이…….」 마을의 첫 번째 집을 지나가며 안에서 사람들이 나누는 대화를 듣고 그가 중얼거렸다.

돌멩이들과 물과 집들이 반짝였는데, 아니다, 반짝인 것이 아니고 웃었다. 목이 타던 대지는 갈증을 풀었다. 폭우는 사람과 짐승 다 같이 두려워하게 만들었지만, 구름이 흩어지고 짙은 푸른 빛깔의 하늘이 드러나기 시작했으며, 사라졌던 태양이 다시금 나타나 세상에 안도감을 가져다주었다. 흠뻑 젖고 행복해진 예수는 좁다랗고 졸졸거리며 물이 흐르는 오솔길을 따라 걸어갔다. 커다란 젖통이 축 늘어진 염소를 풀밭으로 끌고 나가는 젊은 처녀가 나타났다.

「저 마을의 이름이 뭔가요?」 예수가 미소를 지으며 물었다.

「베다니아요.」

「그럼 내가 어느 집의 문을 두드려야 잘 곳을 구할까요? 나는 타향 사람인데요.」

「문이 열렸으면 아무 집에나 들어가세요.」 여자가 웃으며 대답했다.

문이 열렸으면 아무 집에나 들어가라. 마음이 착하고 너그러운 사람들이 사는 곳이로구나, 예수는 그런 생각을 하며 문이 열린 집을 찾아 나섰다. 골목이 작은 강을 이루었지만, 아주 큰 돌멩이는 물 위로 솟았다. 예수는 이 돌멩이에서 저 돌멩이로 껑충껑충 뛰며 나아갔다. 집의 문들은 비에 젖어 시커멓고 닫혔다. 그는 첫 번째 길모퉁이를 돌았다. 쪽빛으로 칠한 작은 반달문이 활짝 열려 있었다. 키가 작고 몸집이 통통하며, 턱이 살찌고 입술이 두툼한 젊은 여자가 문간에서 눈에 띄었다. 불빛이 파리한 집 안에 또 다른 여자가 보였다. 그녀는 베틀에 앉아 나지막이 노래를 부르며 옷감을 짰다.

예수가 가까이 가더니 문간에서 걸음을 멈추고는 인사를 하는 뜻으로 손을 가슴에다 얹었다.

「나는 타향 사람입니다.」 그가 말했다. 「갈릴래아에서 왔어요. 나는 춥고 배가 고프며, 잘 곳도 없어요. 나는 정직한 사람입니다. 당신 집에서 하룻밤을 지내게 해주세요. 문이 열려 있어서 들어왔습니다. 용서하세요.」

닭 모이를 손에 가득 쥔 채 젊은 여자가 돌아섰다. 그녀는 머리 끝부터 발끝까지 그를 찬찬히 살펴본 다음 미소를 지었다.

「저희가 보살펴 드리죠.」 그녀가 말했다. 「반갑습니다. 안으로 들어오세요.」

베틀에 앉았던 여자가 몸을 일으켜 마당으로 나왔다. 그녀는 피부가 하얗고 뼈마디가 가늘었고, 검은 머리는 뒤통수에다 두 갈래로 땋아 내렸다. 그녀의 눈은 크고, 몽롱하고, 구슬퍼 보였다. 연약한 목에는 악한 눈에 대한 부적으로 터키옥 목걸이를 걸고 있었다. 그녀는 손님을 보더니 낯을 붉혔다.

「집에는 우리뿐이에요.」 그녀가 말했다. 「오빠 라자로는 여기 안 계셔요. 세례를 받으려고 요르단 강으로 가셨거든요.」

「우리뿐이면 뭐가 어때서 그래?」 다른 여자가 말했다. 「저분이 우리를 잡아먹지는 않을 텐데. 안으로 들어오세요, 손님. 쟤는 자기 그림자를 보고도 겁을 내니까, 그런 말을 하더라도 신경 쓰지 마세요. 손님과 말동무를 하도록 마을 사람들을 부르겠어요. 장로님들도 오셔서 당신이 누구이고, 어디로 가시는 길이며, 무슨 소식을 가지고 오셨는지 물어보겠죠. 그러니까, 괜찮으시다면 초라한 집으로 들어오세요. 무슨 일을 당하셨나요? 추우시죠?」

「난 춥고 배고프고 졸립니다.」 문턱을 성큼 넘어서며 예수가 대답했다.

「세 가지 다 풀어 드릴 테니까, 염려하지 마세요.」 그녀가 말했다. 「그럼 인사를 드리겠는데, 저는 마르타이고 이쪽은 제 동생 마리아랍니다. 손님은 누구신가요?」

「나자렛 예수요.」

「선량한 분이신가요?」 그를 놀리며 마르타가 웃었다.

「네, 선량하죠.」 근엄한 표정으로 그가 대답했다. 「내 능력이 닿는 한 선량해지려고 노력합니다, 마르타, 내 누이여.」

예수는 오두막 안으로 들어갔다. 마리아가 등잔에 불을 밝혀 제자리에 걸어 놓자 방 안과 티 하나 없이 말끔하게 하얀 칠을 한 벽이 드러났다. 실편백나무로 만들어 조각을 새겨 넣은 옷 궤짝 두 개와 동글 의자가 몇 개, 그리고 벽을 따라 길게 나무로 올린 마루에는 이부자리와 베개가 마련되었다. 베틀은 한쪽 구석에 놓였고, 다른 쪽 구석의 작은 질그릇 항아리 두 개에는 올리브와 기름이 담겼다. 시원한 물을 담은 물병은 입구의 오른쪽 선반에 얹혔다. 그 옆에는 기다란 아마포 수건이 나무못에 걸려 있고 집 안에서는 실편백나무와 설탕 절임 냄새가 났다. 뒤쪽의 널찍한 벽난로에는 불이 지피지 않았고, 사방에 취사도구가 걸려 있었다.

「손님 몸을 말리시게 제가 불을 지피겠어요. 앉으세요.」 마르타는 동글 의자를 찾아 그가 앉도록 벽난로 앞에다 놓은 다음 마당으로 달려 나가서 포도나무 잔가지와 월계수 가지와 올리브나무 두 도막을 한 아름 안고 들어왔다. 그녀는 쪼그리고 앉아 불쏘시개를 작은 오두막처럼 쌓아 올리고는 불을 붙였다.

예수는 머리를 두 손바닥으로 괴고, 팔꿈치는 무릎으로 받친 채 쪼그리고 앉아 물끄러미 쳐다보았다. 추운 날 나무를 쌓아 올리고 불을 지펴 주는 행위, 자비로운 누이처럼 물을 데워 주려고 가까이 오는 불꽃, 얼마나 거룩한 예식인가. 그리고 배고프고 추운 몸으로 낯선 집에 들어가 얼굴도 모르는 두 자매를 만나고, 그들이 반겨 맞으며 위안을 주다니……. 그의 눈에 눈물이 고였다.

마르타가 일어나 식량 저장실에서 빵과 꿀과 포도주가 담긴 놋쇠 대접을 가져다가 낯선 이의 발치에 놓았다.

「이건 입맛을 돋우기 위한 거예요.」 그녀가 말했다. 「그럼 손님이 따끈한 음식을 맛보고 기운을 차리게 불에다 냄비를 올려놓겠어요. 보아 하니 먼 길을 오신 모양이군요.」

「세상의 끝에서 왔습니다.」 예수가 대답했다. 그는 빵과 올리브와 꿀로 얼른 몸을 기울였다. 이 얼마나 멋진 음식이요, 얼마나 큰 기쁨인가! 이런 것들을 인간에게 내려 주신 하느님은 얼마나 너그러운가! 그는 주님을 칭송하며 먹고 또 먹었다.

그러는 사이에 마리아는 줄곧 등잔 받침대 옆에 서서 처음에는 불을, 그러고는 예기치 않았던 손님을, 그러고는 집 안에 남자가 들어와서 손님에게 시중을 들어 주는 기쁨에 휘말려 날개라도 돋아난 듯 즐거워하는 언니를 말없이 지켜보았다.

예수는 포도주 사발을 들고는 두 여자를 쳐다보았다. 「마르타와 마리아, 내 누이들이여.」 그가 말했다. 「그대들은 틀림없이 노아가 살던 시대의 홍수 얘기를 들었을 거예요. 모든 사람이 죄인이었고, 그래서 모두 물에 빠져 죽었지만 덕망을 지닌 몇 사람만 방주를 타고 구원을 받았습니다. 마리아와 마르타여, 만일 또다시 홍수가 닥치고, 새로운 방주에 그대들을 태우느냐 마느냐를 내가 결정해야 하는 입장이 된다면, 나는 틀림없이 두 사람을 초대하리라고 맹세하는데, 내 누이들이여, 그 까닭은 오늘 저녁 옷차림이 초라하고 알지도 못하고 맨발인 손님이 그대들의 집 문간에 나타났는데, 그대들이 그를 위해 불을 지펴 주어 그는 몸이 따스해졌고, 그대들이 빵을 주어 그는 배를 채웠고, 그대들이 친절한 말을 해서 하늘의 왕국이 내려와 그의 마음으로 들어갔기 때문입니다. 나는 당신들을 만나서 기쁩니다!」

마리아가 가까이 와서 예수의 발치에 앉았다.「손님의 목소리를 더 듣고 싶어요, 낯선 이여.」얼굴이 새빨개지면서 그녀가 말했다.「얘기를 더 하세요.」

마르타는 불에다 냄비를 올려놓고, 식탁을 차리고는 마당으로 나가 우물에서 시원한 물을 길어 왔다. 그러더니 그녀는 이웃집 젊은이를 보내 마을의 세 노인더러 (어려우시지만 혹시 가능하다면) 손님이 그녀의 집에 찾아왔으니 와주셨으면 좋겠다는 전갈을 보냈다.

「얘기를 더 해주세요.」잠잠해진 예수를 보고 마리아가 다시 말했다.

「무슨 얘기를 하면 좋을까요, 마리아?」예수가 물었다. 그는 그녀의 땋아 내린 머리를 가볍게 만졌다.「침묵이 좋습니다. 침묵은 모든 얘기를 다 하니까요.」

「침묵은 여자에게는 만족을 주지 못합니다. 가엾게도 여자들에겐 상냥한 말이 필요하죠.」

「저 애 얘기는 듣지 마세요. 여자란 상냥한 말로도 만족을 모르니까요.」촌로들이 와서 손님과 더불어 심오한 토론을 벌일 터여서 불이 꺼지지 않도록 등잔에 기름을 넣던 마르타가 말을 가로막았다.「불쌍한 여자들은 상냥한 말로도 만족할 줄을 모르죠. 여자란 남편의 발소리가 쿵쿵 집 안에 울리기를 바라고, 아기가 젖을 빨아야 가슴이 시원해진답니다. 여자란 원하는 게 많아요, 갈릴래아의 예수여, 많기는 하지만 당신들 남자들이야 그런 걸 어떻게 알겠어요!」

마르타는 웃으려고 했지만 웃음이 나오지 않았다. 그녀는 나이 서른에 아직 결혼을 못한 몸이었다.

그들은 불이 올리브나무 장작을 집어삼키고 부글부글 끓는 질그릇 냄비를 핥아 대는 소리에 귀를 기울이며 침묵을 지켰다. 세 사람의 눈은 불길을 응시하며 몽롱해졌다. 마침내 마리아가 입을 열었다.

「앉아서 옷감을 짜는 동안 여자의 마음속에서 오고가는 생각이 얼마나 많은지 아시면 얼마나 놀라실까요! 그걸 알면 당신은 여자를 불쌍히 여기겠죠, 나자렛 예수여.」

「나는 압니다.」 미소를 지으며 예수가 말했다. 「나도 역시 언젠가, 다른 삶에서는 여자였고, 자주 옷감을 짰으니까요.」

「그래 무슨 생각을 하셨죠?」

「하느님요. 다른 생각은 전혀 하지 않았고, 마리아, 하느님 생각만 했어요. 당신은요?」

마리아는 대답을 하지 않았지만 가슴이 부풀어 올랐다. 마르타는 그들의 대화를 듣고 한숨을 지었지만 얘기는 하지 않았다. 그러다 그녀는 더 이상 참기가 어려워졌다.

「조금도 걱정하지 마세요.」 갑자기 날카로워진 목소리로 마르타가 말했다. 「마리아하고 나, 그리고 세상의 결혼 못한 모든 여자는 하느님을 생각하니까요. 우리는 하느님을 남편처럼 우리 무릎에 앉힌답니다.」

예수는 머리를 떨군 채 말을 하지 않았다. 마르타는 냄비를 불에서 꺼냈다. 저녁 식사가 준비되었다. 그녀는 음식을 차릴 질그릇 접시들을 가지러 식기실로 갔다.

「내가 옷감을 짜는 동안 머리에 떠올랐던 생각 한 가지를 말씀드리고 싶어요.」 식기실로 들어간 언니가 듣지 못하도록 나지막한 목소리로 마리아가 말했다. 「그날은 나드 하느님을 생각했고, 나는 하느님께 말했어요. 〈하느님.〉 내가 말했습니다. 〈만일 황송하게도 하느님께서 어쩌다가 저희의 초라한 집에 드시는 일이 생긴다면, 당신은 주인이 되시고 저희는 손님이 되겠나이다.〉 그런데 지금······.」 그녀는 목이 메어 입을 다물었다.

「그런데 지금은요?」 귀를 기울이느라고 몸을 앞으로 수그리며 예수가 말했다.

마르타가 접시를 들고 나타났다.

「아무것도 아니에요.」 몸을 일으키며 마리아가 나지막이 말했다.

「와서 식사하세요.」 마르타가 말했다. 「마을 어른들이 곧 오실 거예요. 그분들이 오시기 전에 우린 식사를 끝내야 해요.」

세 사람 모두 무릎을 꿇었다. 예수가 빵을 집어 높이 치켜 올리고는 어찌나 온화하고 연민에 가득 찬 목소리로 축복을 기도했는지, 두 자매는 놀라서 시선을 돌려 그를 빤히 쳐다보았다. 하지만 그의 얼굴에서 빛이 나고, 머리 위에서는 허공에 불이 붙어 펄럭이는 광경을 보자 겁이 났다.

마리아가 손을 내밀었다. 「주님이시여.」 그녀가 소리쳤다. 「당신은 주인이시고, 저희는 손님입니다. 저희에게 명하세요!」

예수는 고뇌에 찬 얼굴을 자매들에게 보여 주지 않으려고 머리를 숙였다. 이것은 첫 번째 외침이었고, 인간의 영혼이 그를 알아보기는 이번이 처음이었다.

그들이 나지막한 식탁에서 막 일어나려니까 문간이 가려 어두워지며 몸집이 거대한 노인이 입구에 나타났다. 그는 수염이 강물처럼 굽이쳤고, 뼈마디가 크고, 팔이 단단했으며, 가슴에는 숫양처럼 털이 수북했다. 그는 자기 키보다도 큰 구부러진 지팡이를 손에 들었는데, 지팡이는 몸을 의지하려는 목적보다, 다른 사람들을 후려갈겨서 마을의 질서를 유지하는 데 더 많이 사용되었다.

「저희의 초라한 집을 찾아 주셔서 감사합니다, 멜기세덱 스승님.」 왼발을 뒤로 뽑고 무릎을 굽혀 절하며 두 여자가 말했다.

그들이 안으로 들어가고 아무도 없는 문간에 두 번째 노인이 나타났다. 이 사람은 호리호리하고 머리가 말처럼 길고 이빨이 없었다. 그의 작은 두 눈은 불꽃을 뿜어서, 한참 동안 마주 쳐다보기가 불가능했다. 뱀의 눈 뒤에는 독이 서렸다고 하지만, 이 사람의 눈 뒤에는 불이 타올랐고, 불 뒤에는 뒤틀리고 고약한 마음이 도사리고 있었다.

여자들은 무릎을 굽혀 절하고 반가이 맞았으며, 이 노인도 안으로 들어갔다. 다음에는 눈이 멀고 작달막하고 돼지처럼 뚱뚱한 세 번째 노인이 나타났다. 그는 지팡이를 앞으로 내밀고 다녔는데, 지팡이의 눈이 그에게 길을 이끌어 고꾸라지지 않도록 막아 주었다. 그는 선량한 인간이었다. 그는 농담을 좋아했고, 마을 사람들을 심판할 때면 단 한 사람에게도 벌을 줄 만큼 마음이 모질지 못했다. 「나는 하느님이 아니에요.」 그는 걸핏하면 이렇게 말했다. 「심판하려는 자는 심판을 받게 됩니다. 내세에서 내가 입장이 난처해지지 않게, 여러분, 엇갈리는 의견을 돈으로 절충하도록 해봐요!」 때때로 그는 자기 호주머니 돈으로 손해 배상을 해주었고, 때때로 그는 가해자를 구해 주기 위해 스스로 감옥에 가기도 했다. 어떤 사람은 그를 바보라고 했고, 또 어떤 사람은 그를 성자라고 했다. 멜기세덱 노인은 그를 보면 속이 뒤집히기는 했지만, 마을에서 제일 유력한 집안의 족장이었고, 제사장 아론의 혈통을 이어받은 사람이라서 어쩔 도리가 없었다.

「마르타.」 대들보에 닿을 정도로 높다란 지팡이를 든 멜기세덱이 말했다. 「우리 마을에 들어온 낯선 이는 어디 있나요?」

굴뚝 옆 한쪽 구석에서 말없이 불꽃을 지켜보던 예수가 몸을 일으켰다.

「당신이오?」 그를 머리끝부터 발끝까지 살펴보며 노인이 말했다.

「네, 나예요.」 예수가 대답했다. 「나는 나자렛에서 왔습니다.」

「갈릴래아 사람인가요?」 독기가 서린 두 번째 노인이 잇몸으로 말했다. 「나자렛에서는 좋은 일이 하나도 없어요. 성서에 그렇게 쓰여 있죠.」

「그를 꾸짖지 말아요, 사무엘 영감님.」 눈먼 촌로가 말을 가로막았다. 「갈릴래아 사람들이 수다쟁이와 백치와 무식한 촌뜨기라는 건 사실이지만, 그래도 정직하니까요. 오늘 저녁에 우리를 찾아온 손님은 정직한 사람입니다. 난 목소리를 들으면 알아요.」

그는 예수에게로 돌아섰다. 「잘 오셨소, 젊은이.」

「당신은 장사꾼입니까?」 멜기세덱 노인이 물었다. 「무얼 파시나요?」

촌로들이 얘기를 하는 사이에 마을의 유지 노릇을 하는 세도 높은 지주들이 열린 문으로 들어왔다. 그들은 타향 사람이 찾아왔다는 얘기를 듣고, 좋은 옷을 입고는 그가 어디서 왔으며 무슨 소식을 가져왔는지, 그를 반겨 맞고 대화를 나누면서 시간을 보내려고 찾아온 것이었다. 그들은 안으로 들어와서 촌로들의 뒤 땅바닥에 무릎을 꿇고 앉았다.

「나는 아무 물건도 팔지 않아요.」 예수가 말했다. 「난 우리 마을에서 목수로 일했지만, 그 일을 버리고 어머니의 집을 떠나 하느님께 나 자신을 바쳤습니다.」

「속세를 잘 떨쳐 버렸군요, 젊은이.」 눈먼 사람이 말했다. 「하지만, 가엾은 친구, 당신은 지금 하느님이라는 나쁜 악마에게 얽혀 든 모양이니까 조심해요. 하지만 하느님을 어떻게 떨쳐 버리겠어요?」 그는 웃음을 터뜨렸다.

이 말을 듣고 멜기세덱 노인은 당장에라도 포악한 격노를 터뜨릴 기세였다. 하지만 그는 침묵을 지켰다.

「수도사인가요?」 두 번째 촌로가 조롱하며 비웃었다. 「당신도 레위 사람[1]이라는 건가요? 열심당원이오? 가짜 선지자요?」

「아니에요, 아닙니다.」 예수가 당황해서 대답했다. 「아니에요, 아닙니다!」

「그럼 뭔가요?」

이제는 마을의 귀부인들이 타향 사람을 보고, 그에게 자신들의 모습을 보이려고 보석으로 잔뜩 치장하고 들어왔다. 낯선 이는 나이가 많을까, 젊을까, 미남일까? 그는 무엇을 팔까? 혹시 아름답지만 나이가 많은 노처녀 마르타나 마리아에게 청혼하려고 찾아온 사람일까? 남자의 품에 안겨 본 지도 까마득한 옛날 일이어서 가엾게도 그들은 미쳐 버리리라……. 어디, 가서 봐야지!

그들은 몸치장을 하고 와서 남자들 뒤에 줄지어 섰다.

「그렇다면 무엇인가요?」 늙은 독사가 다시금 물었다.

예수는 갑자기 한기(寒氣)를 느껴 손을 불에 쬐었다. 아직도 젖어 있던 옷에서 김이 났다. 얼마 동안 그는 생각에 잠겨 침묵을 지켰다. 지금은 얘기를 꺼내기가 좋은 순간, 주님이 내게 은밀히 알려 준 말을 털어놓아서, 헛된 것들을 추구하느라고 그들 자신을 파멸시키는 남자들과 여자들의 마음속에서 잠든 하느님을 일깨워야 하는 좋은 순간이겠구나, 그는 생각했다. 내가 무엇을 파

---

[1] 처음에는 제사와 같은 의미로 사용되었지만, 후에는 제사직 다음가는 중요한 종교 의식의 보좌 일을 하는 계급이 되었다.

느냐고 그들이 묻는다. 나는 하늘의 왕국을, 영혼의 구제를, 영원한 삶을 판다고 대답하리라. 그들로 하여금 몸에 두른 옷을 벗어 주고 〈고귀한 진주〉를 사라고 해야지. 그는 재빨리 주위를 둘러보았다. 탐욕스럽고, 교활하고, 인간을 잡아먹는 자질구레한 근심 걱정으로 늙고, 두려움으로 쪼그라든 얼굴들이 등잔과 벽난로의 불빛 속에서 모습을 드러냈다. 예수는 그들이 불쌍해 일어나서 얘기를 하고 싶었지만 오늘 밤 그는 무척 피곤했다. 그가 사람이 사는 집에서 자거나, 베개에 머리를 얹은 지도 여러 날이 지났다. 졸음이 몰리자 그는 연기가 나는 굴뚝에 몸을 기대고는 눈을 감았다.

「손님은 지치셨어요, 선생님들.」 마리아가 끼어들어 간청하는 눈으로 노인들을 쳐다보았다. 「저분을 괴롭히지 마세요.」

「맞아요!」 멜기세덱이 고함쳤다. 지팡이에 몸을 기대고 그는 몸을 일으켜 나가려고 했다. 「당신 말이 정말로 맞아요, 마리아. 우린 마치 우리가 이 사람을 심판하는 식으로 얘기했어요. 우리가 잊어버렸던 사실은······.」 그는 두 번째 촌로에게로 돌아섰다. 「당신이 잊어버렸던 사실은, 사무엘 영감님, 천사들이 꼭 이 사람처럼, 지팡이도 없고 돈지갑이나 신발도 없이 초라한 옷 한 벌만 걸치고, 거지 같은 옷차림으로 자주 내려온다는 것이죠. 따라서 우리는 조심하고, 낯선 이를 천사처럼 대하는 편이 좋아요. 그건 상식이에요.」

「그건 어리석은 짓이기도 하죠.」 눈먼 촌로가 다시 딱딱거리며 코웃음을 쳤다. 「나는 모든 사람을, 그래요, 모든 사람, 심지어는 사무엘 영감까지도 천사로 여겨야 마땅하다고 생각하는데요!」

코에 독기가 서린 노인은 화가 치밀었다. 그는 당장 말을 하려고 했지만, 다시 생각해 보고는 마음을 고쳐먹었다. 눈먼 얼간이는 돈이 많으니까 언젠가는 그를 필요로 하게 될 날이 올지도 모른다. 못 들은 체하고 넘어가야 상책인데, 그것 또한 단순한 상식이었다.

벽난로의 부드러운 불빛이 예수의 머리와 피곤한 얼굴과 풀어헤친 가슴을 비추었으며, 곱슬거리고 까마귀처럼 새까만 수염을 푸른빛으로 비추었다.

「저 남자, 가난하기는 해도 매력적으로 생겼어.」 여자들이 자기들끼리 몰래 수군거렸다. 「눈을 잘 봤어? 난 저렇게 다정한 눈은 한 번도 본 적이 없는데, 나를 품에 안을 때 우리 남편의 눈보다도 더 다정해.」

「난 저렇게 야성적인 눈은 한 번도 본 적이 없어.」 다른 여자가 말참견을 했다. 「두려움과 공포로만 가득해. 모든 것을 버리고 산으로 도망치고 싶은 기분이 들게 만들어.」

「그리고 눈으로 저 남자를 통째로 삼켜 버리는 듯한 마르타의 표정 봤어? 가엾어라, 그 여잔 오늘 밤에 미쳐 버리겠지.」

「하지만 남자도 슬그머니 마리아를 훔쳐보더구먼.」 다른 여자가 말했다. 「두 자매가 오늘 밤에 틀림없이 일을 벌이고 말 테니까, 내 말을 믿으라고. 난 옆집에 사니까, 소리를 지르면 다 들리거든.」

「갑시다.」 멜기세덱 노인이 명령했다. 「공연히 애써 찾아왔지만 시간 낭비였어요. 손님은 잠을 자고 싶어 합니다. 일어나요, 영감님들, 갑시다!」 그는 헤치고 지나가려고 지팡이로 남자들과 여자들을 옆으로 밀어젖히기 시작했다.

하지만 그가 막 문간에 도착했을 때 마당에서 황급한 발소리가 들리더니 얼굴이 창백한 남자가 안으로 뛰어 들어와 숨이 턱에 차서 불 앞에 털썩 고꾸라졌다. 겁에 질린 두 자매가 달려들어 그를 껴안았다.

「오빠!」 그들이 소리쳤다. 「무슨 일이에요? 누가 오빠를 쫓아오기라도 하나요?」

멜기세덱이 걸음을 멈추더니 지팡이로 방금 도착한 남자를 건드렸다. 「마나킴의 아들 라자로여.」 그가 갈했다. 「만일 나쁜 소식을 가지고 왔다면, 우리가 얘기를 들을 테니까 여자들은 가고 남자들만 남게 합시다.」

「왕이 세례자 요한을 잡아들여 목을 베었어요!」 라자로가 단숨에 소리쳤다.

그는 떨면서 일어섰다. 그는 황달에 걸려 피부가 흙빛이었고, 뺨은 표주박처럼 주렁주렁 늘어졌으며, 희미해진 초록빛 눈은 살쾡이처럼 불빛을 받아서 반짝거렸다.

「따지고 보면 우리는 오늘 저녁을 완전히 낭비한 건 아닌 셈이군요.」 눈먼 촌로가 만족스럽게 말했다. 「우리가 잠에서 깨어 일어난 아침부터 잠자리에 들려고 하는 지금까지 흘러간 시간 동안 마침내 무슨 일이 벌어졌으니, 세상은 분명히 움직였어요. 그러니까 우리 의자에 앉아 얘기를 들어 봅시다. 나쁜 얘기더라도 나는 새로운 소식을 좋아해요.」

눈먼 촌로는 라자로에게로 몸을 수그렸다. 「우리 선량한 친구여, 어디 얘기를 해봐요. 언제, 어떻게, 왜 그런 불운한 일이 벌어졌는지, 우리에게 얘기해요. 모든 내용을 제대로 정리하고, 서두르지 말아요. 우린 심심하지 않게 시간을 보내게 되었으니까. 숨을 돌리고…… 얘기해요.」

예수는 깜짝 놀라 일어선 채였다. 그는 입술을 떨며 라자로를 쳐다보았다. 이것은 하느님이 내린 새로운 계시였다. 선구자는 더 이상 필요하지 않았으므로 세상에서 저나갔다. 길을 마련하고, 할 바를 다 끝내자 떠난 것이다. 나의 시간이 왔구나…… 나의 시간이 왔도다, 예수는 떨면서 생각했지만, 라자로의 시퍼런 입술에서 눈길을 떼지 않으며 침묵을 지켰다.

「왕이 그를 죽였군요, 그렇죠?」 화가 나서 지팡이로 땅바닥을 치며 멜기세덱 노인이 고함쳤다. 「근친상간을 하는 호색한이 성자를 죽이고, 방탕자가 고행자를 죽이다니, 이놈의 세상 어떻게 돌아가는지 모르겠구먼! 말세로다!」

두려움에 사로잡혀 여자들은 비명을 지르기 시작했다. 눈먼 촌로는 그들을 가엾게 생각했다.

「당신은 과장이 심해요, 멜기세덱.」 그가 말했다. 「세상은 꿋꿋하게 버티어 나가죠. 아주머니들, 두려워하지 말아요.」

「세상은 목이 잘렸어요.」 눈물을 줄줄 흘리며 라자로가 울부짖었다. 「사막의 목소리가 사라졌습니다. 우리 죄인들을 위해 이제는 누가 하느님을 부르겠습니까? 세상은 고아가 되었어요!」

「권세를 손에 쥔 자에게 항거하면 못쓰는 법이죠.」 두 번째 촌로가 씨근덕거렸다. 「권력을 쥔 자가 누구든지 간에, 하느님이 보고 계시니까 우리는 눈을 감고 보지도 말아야 해요. 세례자는 자기 할 일이나 신경을 써야 하는 걸 그랬어요. 그런 꼴을 당해 마땅하죠!」

「우리가 노예입니까?」 멜기세덱이 고함쳤다. 「하느님이 인간에게 왜 두 손을 주었는지 알아요? 내가 얘기하죠. 폭군에게 항거하라고 주었어요!」

「이런 악독한 짓이 어떻게 벌어졌는지 얘기 좀 들어 보게 조용해요, 영감님들.」 짜증이 나서 눈먼 촌로가 말했다. 「얘기해요, 라자로!」

「나는 다른 사람들과 함께 세례를 받으러 가던 길이었어요.」

라자로가 얘기를 시작했다. 「나는 세례를 받아 건강이 좋아지기를 바랐어요. 아시다시피 최근에 나는 건강이 별로 좋지 않았거든요. 사실은 점점 더 나빠지고 있었죠. 나는 현기증을 느끼고, 눈이 침침해지고, 콩팥으로 말하자면……..」

「좋아요, 좋아요. 그런 얘기는 우리도 다 알아요.」 눈먼 촌로가 코웃음을 쳤다. 「본론으로 들어가라니까요.」

「나는 요르단 강에 이르러 세례를 받으려고 군중이 운집한 다리까지 갔습니다. 나는 외치고 흐느껴 우는 소리를 듣고는 속으로 이렇게 생각했죠. 〈아마 사람들이 눈물을 흘리며 그들의 죄를 고해하는 모양이니까, 별일 아니겠지.〉 나는 좀 더 나아갔고, 강의 진흙 바닥에 엎어져 통곡하는 남자들과 여자들을 보게 되었어요. 나는 〈무슨 일이 일어났나요, 형제들이여? 왜 우시나요?〉라고 물었어요.

〈선지자가 죽음을 당했어요!〉

〈누구한테요?〉

〈범죄자, 위법자 헤로데요!〉

〈언제, 어떻게요?〉

〈왕은 술이 취했고, 수치도 모르는 그의 의붓딸 살로메는 발가벗은 알몸으로 왕 앞에서 춤을 추었어요. 살로메의 미모에 홀려 늙은 호색한은 정신을 못 차릴 지경이 되었답니다. 헤로데는 살로메를 무릎에 앉히고 무엇을 선물로 주랴고 물었대요. 왕국의 절반을 줄까? 그녀는 싫다고 그랬죠. 그렇다면 그녀가 바란 선물은 무엇일까요? 살로메는 세례자 요한의 머리를 달라고 말했어요. 그의 머리를 너한테 주마고 헤로데는 갈했고, 왕은 그 머리를 은 쟁반에 담아 살로메에게 갖다 주었답니다.〉」

말을 하느라고 기운이 빠진 라자로는 다시금 땅바닥으로 엎어졌다. 아무도 입을 열지 않았다. 등잔불이 불끈거리며 튀고, 깜빡거리고, 곧 꺼지려고 했다. 마르타가 몸을 일으켜 등잔에 기름을 채웠다. 다시 환해졌다.

「세상의 종말이 왔어.」 멜기세덱 노인이 한참 침묵을 지키던 끝에 되풀이해서 말했다. 그동안 줄곧 그는 말없이 수염을 쓰다듬으며 세상의 죄악과 불결함을 마음속으로 가늠해 보았다. 우상 숭배자들이 거룩한 여호와의 성전을 더럽힌다는 소문이 자주 예루살렘에서 들려왔다. 날마다 아침이면 제사장들이 황소 한 마리와 어린 양 두 마리를 잡아 이스라엘의 하느님이 아니라 신도 섬기지 않고 저주를 받아 마땅한 로마의 황제에게 제물로 바쳤다. 부유한 사람들이 아침에 문을 열면 밤사이에 굶어 죽은 사람들이 집 앞에 쓰러져 있고, 그러면 부자는 비단옷의 자락을 치켜들고는 시체를 넘어 나가 여호와의 성전 둘레의 상점 거리를 활개 치며 돌아다녔다……. 멜기세덱은 머릿속에서 이것저것 따져 보고는 정말로 세상이 종말을 맞았다고 판단했다.

멜기세덱은 예수에게로 돌아섰다. 「그리고 당신, 당신은 이런 얘기를 듣고 무얼 느끼죠?」

예수가 갑자기 어찌나 한없이 차분한 목소리로 대답했는지 모두들 시선을 돌려 그를 빤히 쳐다보았다. 「나는 사막에서 그런 일을 다 보고 오는 길입니다. 그래요, 세 명의 천사가 벌써 천국을 떠나 곧 땅으로 내려옵니다. 나는 하늘의 언저리에 모습을 나타낸 그들을 내 눈으로 보았어요. 그들이 가까이 왔어요. 첫 번째는 문둥병이었고, 두 번째는 광증이고, 세 번째이며 가장 자비로운 천사는 불이었습니다. 그리고 나는 목소리를 들었습니다. 〈목수의 아들이여, 방주를 하나 만들어 그 안에다 네가 찾아낸 덕망 높은 사람들을 한껏 싣되, 서두르라!〉 주님의 날, 내 날이 여기 왔습니다. 나는 왔습니다!」

세 명의 촌로는 비명을 질렀다. 다른 남자들은 책상다리를 하고 앉았던 땅바닥을 박차고 일어섰다. 그들은 이빨이 덜덜 떨렸다. 아연실색한 여자들은 한꺼번에 문을 향해 몸을 돌렸다. 마리아와 마르타는 예수의 보호를 받으려는 듯 그의 옆으로 가서 섰다. 예수는 그들을 방주에 태워 주겠다고 약속하지 않았던가? 때는 왔다.

멜기세덱 노인은 창백한 관자놀이에서 흘러내리던 땀을 씻었다.

「낯선 이가 진실을 얘기합니다.」 그가 소리쳤다. 「진실을요! 이 기적을 들어 봐요, 형제들이여. 오늘 아침에 잠자리에서 일어난 다음 나는 항상 그러듯이 경전을 펼쳤는데, 우연히 선지자 요엘[2]의 글이 눈에 띄었어요. 〈시온의 나팔을 불어 거룩한 산에 울리게 하라. 주님의 날이, 구름과 어둠의 날이 가까웠으니 이 땅에 사는 모든 사람으로 하여금 떨게 하라. 주님의 앞에는 불, 주님의 뒤에는 불길이 솟아오르리라. 그 불꽃들은 말처럼 치닫고, 돌멩이 위에서 수레 전차처럼 요란하게 울리리라. 그리고 산마다 꼭대기에서는 불길이 당장에라도 갈대밭으로 번져 삼키며 태워 버릴 듯 요란하게 솟구치리라……. 주님의 날은 그러할지니라!〉 나는 이렇게 무시무시한 구절을 두세 번 읽고 나서, 맨발로 마당을 서성이며 그 글을 읊기 시작했어요. 그리고 엎어져 소리쳤습니다. 〈주여, 만일 당신이 곧 오시겠다면 내게 계시를 내려 주소서. 나는 준비를 갖추어야 하나이다. 나는 가난한 자를 동정하고, 식량 저장고를 열어 내 죄의 대가를 치러야 합니다. 내가 때를 맞추도록 벼락을 내리거나, 목소리나 인간을 보내 일깨워 주소서!〉」

---

[2] 『구약 성서』에는 같은 이름이 수십 명 나오지만, 여기에서는 「요엘」의 저자를 뜻하는데, 이 요엘도 브두엘의 아들이라는 사실 이상은 알려진 바가 없다.

그는 예수에게로 돌아섰다. 「당신이 계시입니다. 하느님이 당신을 보내 주셨어요. 내게는 시간이 충분할까요? 언제 하늘이 열릴까요, 젊은이?」

「흘러가는 모든 순간은 천국이 당장에라도 열릴 시간입니다.」 예수가 대답했다. 「모든 순간에 문둥병과 광증과 불이 한 걸음씩 앞으로 다가오니까요. 그들의 날개가 이미 내 머리카락에 닿았습니다.」

라자로는 몽롱해진 초록빛 눈을 휘둥그레 뜨고는 멍하니 예수를 쳐다보았다. 그는 비틀거리며 한 걸음 앞으로 나섰다.

「당신은 혹시 나자렛의 예수가 아닙니까?」 그가 물었다. 「사람들의 얘기를 들으니까 세례자의 머리를 자르려고 집행관이 큰 칼을 잡으니까 선지자가 손을 뻗어 사막을 가리키며 〈나자렛의 예수여, 사막을 떠나 인간들에게로 돌아오시오. 어서 와야 합니다. 세상을 저버리지 말아요〉라고 소리를 쳤다더군요. 만일 당신이 나자렛의 예수라면, 당신이 밟는 땅에 축복이 깃들기를 기원합니다. 제 집은 신성한 곳이 되었고, 저는 세례를 받아 병이 나을 터입니다. 저는 꿇어 엎드려 당신의 발에 경배드립니다!」

이 말을 하더니 그는 온통 상처투성이인 예수의 발에다 입을 맞추려고 엎드렸다.

하지만 교활한 사무엘 노인은 얼른 정신을 가다듬었다. 그의 마음은 잠깐 동안 갈팡질팡했지만, 재빨리 몸을 가누어 꼿꼿하게 섰다. 사람이란 그의 마음이 바라는 대로 선지자의 모습을 바꾸곤 하지, 그는 생각했다. 선지자의 글을 보면, 어떤 경우에는 주님이 그의 백성에 대해 진노하여 주먹을 들어 마구 후려치는가 하면, 또 어떤 경우에는 온통 젖과 꿀처럼만 여겨진다. 우리는 아침이 오면 그때의 기분에 맞는 예언자를 찾아내기가 힘들지 않으니까, 공연히 오늘 밤 잠을 설칠 필요는 없으리라……. 그는 말처럼 기다란 머리를 설레설레 흔들며 수염 속에서 히죽 웃기만 할 뿐, 아무 말도 하지 않았다. 다른 사람들이나 두려워하라고 해라. 그것이 그들에게는 좋다. 두려움이 없다면‥… 가난한 자들은 숫자가 더욱 많아지고, 더욱 힘이 강해지리라. 그러면 우리가 패배하리라!

그래서 그는 손님의 발에다 입을 맞추고 대기를 하는 라자로를 경멸하는 눈빛으로 응시하며 침묵을 지켰다.

「요르단 강에서 내가 만났던 갈릴래아 사람들이 당신의 제자인지 모르지만, 랍비님이시여, 혹시 당신을 만나면 이런 말을 전해 달라고 저에게 부탁하더군요. 그들은 떠나겠으며, 예루살렘에서 다윗의 성문 곁, 키레네 사람 시몬의 술집에서 당신을 기다리겠다고 했어요. 그들은 보아 하니 선지자가 목이 잘려 처형되니까 겁이 나서 숨으려고 도망치는 눈치였어요. 박해가 시작되었습니다.」

그러는 사이에 여자들은 여기서 나가자고 남편을 잡아끌었다. 그들은 모든 사태를 깨달았다. 그들은 이 타향 사람의 눈이 독사 같다고 생각했다. 이 사람의 눈길이 닿으면 누구나 다 머리가 돌아 버린다. 그가 말을 하면 세계가 무너진다. 달아나야 한다!

눈먼 촌로는 그들을 가엾다고 생각했다.「용기를 내요, 여러분.」그가 소리쳤다.「나는 온갖 끔찍한 얘기를 들었지만, 두려워하지 말아요. 모든 일이 또다시 평화롭게 제자리를 찾아 안정될 테니까, 두고 봐요. 세상은 꿋꿋하게 변함이 없고, 기초가 튼튼하니까 하느님 못지않게 오랫동안 버틸 거예요. 앞날을 보는 자들의 말에 귀를 기울이지 말고, 눈이 멀었기 때문에 어느 누구보다도 잘 보는 내 얘기를 들어요. 이스라엘 백성은 영원불멸합니다.

이 민족은 하느님과 계약을 맺었고, 하느님은 온 세상을 봉인까지 해가면서 우리에게 주셨습니다. 그러니 두려워하지 말아요. 자정이 다 되었으니 어서 가서 잠이나 잡시다!」 그는 지팡이를 내밀어 짚으며 문으로 곧장 갔다.

세 촌로가 먼저 나갔다. 다음에는 나머지 남자들, 그러고는 여자들이 서둘러 나가 집 안은 텅 비었다.

두 자매는 마루에다 손님의 잠자리를 마련했다. 마리아는 옷궤짝으로 가서 결혼식 날 밤에 쓰려고 마련했던 비단과 아마포 이부자리를 꺼냈다. 마르타는 그녀와 남편이 함께 덮을 밤이 오기를 갈망하고 기다리며 그토록 여러 해 동안 만지지도 않고 간직했던 비단 깃털 누비이불을 가지고 왔다. 그녀는 또한 향기로운 꿀풀과 박하풀을 가져다가 베개를 푹신하게 가득 채웠다.

「오늘 밤에는 신랑처럼 주무시겠지.」 한숨을 지으며 마르타가 말했다. 마리아도 한숨을 지었지만 말은 하지 않았다. 하느님이시여, 귀를 막으소서, 그녀는 속으로 중얼거렸다. 내가 한숨을 짓기는 해도, 세상은 좋은 곳입니다. 그렇다, 좋은 곳이기는 하지만, 나는 외로움이 너무나 두렵고, 찾아온 손님이 너무나 좋다……

자매는 안쪽의 작은 방으로 들어가 딱딱한 이부자리에 누웠다. 두 남자는 양쪽 끝에 한 명씩, 발을 맞대고 마루에 누웠다. 라자로는 행복했다. 집 전체에 넘치는 성스럽고도 은덕이 가득한 분위기! 그는 조용히, 깊이 호흡하고, 그의 발바닥을 거룩한 이의 발바닥에 살그머니 대고는 신비한 힘이, 신성한 확신이 솟아 나와 온몸으로 퍼져 나감을 느꼈다. 그는 이제 더 이상 콩팥이 아프지도 않았고, 심장이 두근거리던 동요도 가라앉고, 피는 머리에서부터 발가락까지 만족스럽게, 평화롭게 흘러 황달이 걸리고 병든 몸을 순환했다.

이것이 참된 세례라고 그는 생각했다. 오늘 밤 나와 이 집과 내 누이동생들이 모두 세례를 받았다. 요르단 강이 우리 집으로 찾아온 셈이다.

하지만 두 자매는 어찌 눈이 감기겠는가! 그들의 집에서 낯선 남자가 잠을 자는 것이 몇 년 만인가? 손님들은 항상 마을 유지의 집에서 묵었고, 그들의 초라하고 외딴 집으로 내려오는 사람은 아무도 없었으며, 거기다가 병들고 성격이 괴팍한 오빠는 사람과 같이 지내는 것을 좋아하지 않았다. 하지만 오늘 밤의 예기치 않았던 이 기쁨은 얼마나 가슴이 벅찬가! 콧구멍을 벌름거리며 그들은 공기의 냄새를 맡았다. 냄새가 얼마나 달라졌는가? 꿀풀과 박하 때문이 아니라 남자의 체취 때문에 집 안에는 얼마나 향기가 가득한가!

「그분은 방주를 만들라고 하느님이 그를 보냈다고 말했는데, 우리를 방주에 태워 주겠다고 약속했어. 너 내 말 듣고 있니, 마리아, 아니면 잠이 들었니?」

「나 잠 안 들었어.」 마리아가 대답했다. 그녀는 통증이 오는 젖가슴을 손바닥으로 움켜쥐었다.

「하느님.」 마르타가 말을 이었다. 「우리가 그와 함께 방주를 타도록 세상의 종말이 빨리 닥치게 하소서. 나는 그분을 섬기기만 해도 불만이 없으니까 그를 섬기겠고, 마리아, 너는 그분의 반려자가 되어야 해. 방주는 영원히 항해하고 또 항해하며, 나는 영원히 그분을 섬기고, 너는 영원히 그분의 발치에 앉아 반려자가 되어 주겠지. 내가 상상하는 천국이란 바로 그런 거야. 너도 그러니, 마리아?」

「그래.」 눈을 감으며 마리아가 대답했다.

그들은 얘기를 나누고 한숨을 지었다. 그러는 사이에 예수는 깊은 잠에 빠진 채로 일어나 앉았다. 그는 전혀 잠이 들지를 않고, 몸과 영혼이 신선한 상태로 요르단 강에 선 기분이었다. 사막의 모래가 그의 몸에서 제거되고, 인류의 미덕과 사악함이 그의 영혼에서 사라져, 그는 다시금 순결해졌다. 갑자기 잠결에 그는 요르단 강에서 나와 인적이 드문 푸르른 길을 따라 꽃이 만발하고 과일이 잔뜩 맺힌 과수원으로 들어가는 듯싶었다. 그리고 보아 하니 그는 이제 나자렛 마리아의 아들인 예수가 아니고, 최초로 창조된 남자인 아담이라고 생각되었다. 그는 방금 하느님의 두 손으로 빚어져 나와서 육체는 아직도 신선한 찰흙이었고, 햇빛에 몸을 말려 뼈가 굳어지고, 얼굴에 혈색이 돌고, 몸의 일흔두 마디가 팽팽해져서, 스스로 몸을 일으켜 걸어가도록 꽃이 만발한 풀밭에 눕혀 놓은 상태였다. 그가 누워서 햇빛을 받아 익어 가는 사이에 새들이 그의 머리 위로 퍼덕거리며 이 나무에서 저 나무로 날아다니며 봄철 풀밭에서 산책을 했다. 새들은 자기들끼리 얘기를 나누고, 지저귀고, 풀밭에 누운 새로운 피조물을 호기심 어린 눈으로 살펴보았다. 새들은 저마다 한마디씩 하고는 계속해서 날아갔고, 새의 언어를 잘 알았던 그는 그들의 얘기를 듣고 즐거워했다.

공작이 자랑스럽게 깃털을 펼쳐 보이며 이리저리 활개를 치고 돌아다녔다. 「나는 본디 암탉이었지만, 천사를 사랑했기 때문에 공작이 되었어요. 나보다 더 아름다운 새가 어디 있습니까? 하나도 없죠!」 염주비둘기가 이 나무에서 저 나무로 날아다니다가 하늘로 목을 들고는 소리쳤다. 「사랑! 사랑! 사랑!」 그리고 지빠귀가, 「모든 새들 가운데 오직 나만이 노래를 하고 아무리 서리가 많이 내려도 포근함을 지녀요.」 제비, 「내가 없다면 나무는 한 그루도 꽃을 피우지 못해요.」수탉,「내가 없다면 아침은 절대로 오지 않아요.」종달새,「동틀 녘이 되어 노래를 부르려고 하늘로 날아 올라갈 때면 나는 노래를 끝내고도 그대로 살아서 돌아올지 어쩔지 알 길이 없어서 아이들에게 작별 인사를 해두죠.」개똥지빠귀,「지금 이렇게 초라한 옷차림을 보고 나를 판단하지는 말아요. 나도 역시 커다랗고 반짝거리는 날개가 달렸었지만, 그 날개를 노래와 바꿨거든요.」그러고는 코가 기다란 검은 새가 오더니 최초로 창조된 남자의 어깨에 매달려 그의 귀로 몸을 숙이고는 굉장한 비밀이라도 털어놓는 듯 그에게 나지막이 말했다.「천국과 지옥의 문은 나란히 붙었고 똑같아서, 둘 다 초록빛이고, 둘 다 아름다워요. 조심해요, 아담! 조심해요! 조심해요!」

이렇게 검은 새의 노래와 더불어 동틀 녘에 예수는 잠이 깨었다.

제19장

하느님이 인간과 어울리면 위대한 일들이 일어난다. 인간이 없다면 하느님은 그의 피조물에 관해서 지성적으로 사고하고, 두려워하면서도 염치없이 그의 현명한 전능성(全能性)을 시험하여 검토할 이성(理性)을 지구상에서 얻지 못했을 터이다. 하느님은 바라지 않았거나 잊어버렸거나 두려워서 만들어 내지 못했던 온갖 미덕과 고뇌를 잉태하기 위해 투쟁하려는 마음, 다른 사람들의 고뇌에 대해서 연민하는 마음을 이 세상에서 얻지 못했으리라. 하지만 그는 인간에게 입김을 불어넣어 창조를 계속할 능력과 교만함을 부여했다.

하지만 하느님이 없다면 아무런 무기도 지니지 않고 태어나는 인간은 굶주림과 추위로 말살되었겠고, 만일 이런 어려움을 모두 이겨 내어 살아남았더라도 사자와 이〔蝨〕 중간쯤인 괄태충(括胎蟲) 수준의 무엇이 되어 기어 다녔겠고, 혹시 끊임없는 투쟁 끝에 겨우 뒷발로 일어서게 되었더라도 어머니인 원숭이의 아늑하고, 따스하고, 부드러운 품속을 절대로 벗어나지 못했으리라……. 이런 생각을 하며 예수는 하느님과 인간이 하나가 되리라는 기분을 그 어느 때보다 깊이 느꼈다.

그는 이른 아침에 예루살렘으로 길을 떠났다. 그의 왼쪽과 오른쪽에는 하느님이 동행했다. 그와 하느님은 서로 팔꿈치가 닿았다. 그들은 함께 여행했으며, 둘 다 똑같은 걱정을 했다. 세상은 길을 잃고 갈팡질팡했다. 천국으로 올라가기는커녕 지옥으로 내려가기만 했다. 하느님과 하느님의 아들, 둘은 세상을 다시금 올바른 길로 이끌어 가기 위해 노력해야 했다. 그렇기 때문에 예수는 그토록 서둘렀다. 그는 투쟁을 시작하기 위해 어서 제자들을 만나려고 성큼성큼 빠른 걸음으로 나아갔다. 사해에서 솟아오르는 태양과, 새로운 날의 빛을 받으며 노래하는 새들과, 나무들의 떨리는 잎사귀와, 예루살렘의 성벽까지 뻗어 나가며 그를 인도하는 하얀 길, 이들 모두가 그에게 〈서둘러요! 서둘러요! 우리는 곧 죽습니다!〉라고 소리쳤다.

「나는 알아요, 안다고요.」 예수가 대답했다. 「나도 알고, 그러니까 곧 가겠어요!」

같은 날 아침 동이 튼 직후에, 제자들은 모두 함께 무리를 지어서가 아니라 둘씩 흩어져 베드로는 안드레아와 함께, 야고보는 요한과 함께, 그리고 유다는 혼자 앞장을 서서, 아직 인적이 드문 예루살렘의 성벽 옆길을 따라갔다. 겁이 난 그들은 혹시 누가 따라오지나 않는지 보려고 사방으로 곁눈질을 해가면서 뛰었다. 다윗의 성문이 그들 앞에 우뚝 나타났다. 그들은 왼쪽 첫 번째 골목으로 꺾어 들어서 키레네 사람 시몬의 술집으로 몰래 스며들었다.

뚱뚱하고 어깨가 구부정한 술집 주인은 짚으로 엮은 잠자리에서 방금 일어나 아직도 반쯤 잠든 상태였다. 그는 술 취한 단골손님들과 밤새도록 포도주를 마시고, 노래를 부르고, 싸움을 벌이느라 굉장히 늦게 잠자리에 들었기 때문에 눈과 코가 벌겋게 부어올라 있었다. 기분이 좋지 않아 축 늘어진 채로 그는 한바탕 놀고 난 찌꺼기를 닦아 내며 탁자를 치우고 있었다. 두 발로 일어서기는 했어도 아직 정신이 들지 않아, 그는 꿈속에서 해면을 손에 들고 탁상 청소를 하는 기분이었다. 하지만 혼몽한 상태에서 일을 하고 있긴 했어도 그는 사람들이 숨을 헐떡이며 술집으로 들어오는 소리를 들었다. 그는 돌아섰다. 그는 눈이 아직도 쑤시고, 입 안이 씁쓸하고, 수염에는 볶은 호박씨 껍질이 잔뜩 붙어 있었다.

「제기랄, 거 누구요?」 그는 거칠게 소리쳤다. 「날 가만히 내버려 두면 큰일이라도 나나요? 이렇게 이른 아침부터 먹고 마시겠다 이거요? 하지만 난 기분이 좋지 않다 이 말씀이에요. 꺼지라고요!」

하지만 소리를 지르다 보니 점점 잠이 깨고 정신이 들어, 조금씩 조금씩 주막 주인은 베드로와 다른 갈릴래아 사람들을 알아보게 되었다. 그는 앞으로 나서서 그들을 자세히 살펴보더니 웃음을 터뜨렸다.

「쳇, 난 또 누군가 했지! 이제는 그만들 헐떡거려요. 그렇게 무서워하다가는 배꼽이 빠져 달아날 테니 단단히 잡아야겠군요. 내 용감한 갈릴래아 친구들, 정말 꼴 한번 보기 좋군요!」

「제발, 시몬, 그렇게 소리를 질러 대면 온 세상 사람들 모두 잠이 깨겠소.」 시몬의 입을 손으로 막으며 베드로가 대꾸했다. 「문을 닫아요. 왕이 세례자 요한을 죽였어요. 아직 소식을 모르나요? 왕이 그의 목을 잘라 쟁반에 담았다더군요.」

「그럴 만도 하죠. 세례자는 왕의 귀가 아플 지경으로 계수 얘기를 들먹였거든요.[1] 그래서 어쨌다는 말이에요! 그 사람은 왕이니까, 기분 내키는 대로 무슨 짓이든 하게 내버려 둬야죠. 그리고

---

[1] 헤로데 안디바가 동생 헤로데 필립보 1세의 아내인 헤로디아를 빼앗은 사건을 두고 한 말이다. 「마르코의 복음서」 6장 16~28절 참조.

친구 사이니까 얘기하겠는데, 세례자는 〈회개하시오! 회개하시오!〉 소리를 너무 해서 나중에는 내 귀까지도 아프게 했어요. 흥, 난 그냥 혼자 편히 살고 싶어요!」

「하지만 사람들 얘기를 들으니까 헤로데 왕은 세례를 받은 모든 사람을 칼로 쳐 죽일 계획이라더군요. 그리고 우린 세례를 받았어요. 무슨 말인지 알겠습니까?」

「멍청이들 같으니라고. 누가 당신들더러 세례를 받으라고 그랬어요? 그런 꼴을 당해 싸죠!」

「하지만 당신도 세례를 받았잖아요, 술주정뱅이 양반아!」 베드로가 그를 꾸짖었다.「당신 입으로 우리한테 그런 얘기를 했어요. 그런데 왜 소리는 지르고 야단이죠?」

「그건 얘기가 달라요, 거짓말쟁이 생선 장수야. 난 세례를 받지 않았어요. 그것도 세례라고 하나요? 나는 물로 뛰어들어 헤엄만 쳤어요. 가짜 선지자가 한 말은 모두, 정신이 제대로 박힌 사람이라면 누구나 다 그랬겠지만, 한쪽 귀로 들어가서 다른 쪽 귀로 빠져나갔죠. 하지만 당신들, 멍청이 같은 당신들은 엉터리들이 숫염소의 젖을 짜서 체에다 받아 낸다는 소리를 해도 누구보다 먼저 곧이들었을 위인들이죠. 그 사람들이 물로 뛰어들라고 하면 어느새 첨버덩! 당신 같은 사람들은 당장 뛰어 들어가서 폐렴이나 걸려 죽을 고생이나 하겠죠. 그 사람들은 안식일에 벼룩을 잡아 죽이면 대죄(大罪)니까 죽이지 말라고 그러죠. 그래서 당신들은 벼룩을 죽이지 않고, 오히려 벼룩에게서 죽을 고생을 당하죠. 인두세(人頭稅)를 내지 마라! 이 말을 들으면 당신들은 세금을 내지 않고, 그러면 싹둑! 당신들 목이 달아나죠. 그런 꼴을 당해 마땅해요! 술이나 한잔하게 자리에 앉아요. 당신들은 마음을 진정시켜야 하고, 나는 잠이 깨야 하니까요!」

술집 구석에서 배가 불룩한 술통 두 개가 시커멓게 모습을 드러내었다. 한 개에는 빨간 기름으로 수탉을 그려 놓았고, 다른 통에는 검정과 회색으로 돼지를 그려 놓았다. 시몬은 수탉을 그려 놓은 술통에서 포도주를 퍼내 병에 가득 채우고는 유리잔 여섯 개를 찾아 더러운 물이 담긴 통에 첨벙 담가 씻었다. 그는 포도주 냄새를 맡자 정신이 번쩍 들었다.

술집 문간에 맹인 한 사람이 나타났다. 다리 사이에다 지팡이를 끼우더니 그는 목청을 가다듬으려고 헛기침을 하며 낡은 류트의 음을 가다듬기 시작했다. 그는 젊은 시절에 낙타몰이를 했던 엘리야킴이었다. 어느 날 한낮에 사막을 건너다가 그는 대추야자나무 밑의 웅덩이에서 발가벗고 목욕하는 여자를 보았다. 얼굴을 돌리기는커녕 뻔뻔스러운 친구는 아름다운 베두인 여자에게서 눈길을 떼지 못했다. 운이 없으려니까 마침 그녀의 남편이 바위 뒤에 쪼그리고 앉아 요리를 하려고 불을 지피고 있었다. 낙타몰이가 그의 아내에게로 다가가서 눈이 빠지라고 알몸을 집어삼킬 듯이 구경하는 광경을 본 남편은 활활 타오르는 숯 두 개를 들고 달려가서 그 불이 꺼질 때까지 못된 젊은이의 눈에다 비비대었다. 그날부터 불운한 엘리야킴은 찬송과 노래를 부르는 데 몸을 바쳤다. 그는 류트를 들고 예루살렘의 술집과 집들을 돌아다니며, 때로는 하느님의 자비를 찬양하고 때로는 발가벗은 여인을 노래했다. 그는 말라빠진 빵 한 조각이나, 한 줌의 대추야자나, 올리브 두어 개를 받고는 다시 갈 길을 갔다.

그는 류트의 음을 조절하고 목청을 가다듬고, 목소리를 돋워 아름다운 선율을 교묘하게 구사하며 그가 좋아하는 찬송을 부르기 시작했다.

당신의 위대한 자비심에 따라서, 오, 하느님,
이 몸에게 자비를 베풀어 주소서.
당신의 무한한 동정심에 따라서, 오, 하느님,
이 몸이 지은 죄를 씻어 주소서.

그러자 술집 주인이 포도주 한 병과 술잔을 가지고 나타났다. 그는 성가 영창(詠唱)을 듣고는 화를 벌컥 내었다.

「그만해요! 집어치우라니까!」 그가 소리를 버럭 질렀다. 「당신도 내 귀를 아프게 하는 사람이에요. 매일 똑같은 소리만 늘어놓는다니까. 〈이 몸에게 자비를 베풀어 주소서, 이 몸에게 자비를 베풀어 주소서.〉 지옥으로나 가요! 쳇, 내가 죄를 지은 사람이란 말이오? 눈을 들어 목욕하는 남의 아내를 본 사람이 나란 말이에요? 하느님은 우리더러 감으라고 눈을 주셨는데, 당신은 아직 그것도 이해하지 못합니까? 글쎄, 그런 꼴을 당해 마땅하죠. 어서 썩 꺼져요. 가서 다른 사람이나 괴롭히라고요!」

눈먼 사람은 다시 지팡이를 잡고, 류트를 겨드랑이에 끼고는 한마디 말도 없이 가버렸다.

「이 몸에게 자비를 베풀어 주소서, 오 하느님. 이 몸에게 자비를 베풀어 주소서, 오 하느님.」 신경이 곤두선 술집 주인이 노래를 흉내 내었다. 「다윗 왕은 다른 사람의 아내에게 눈독을 들였고 눈먼 멍청이도 똑같은 짓을 했는데, 그런 대가로 고생을 치르는 건 우리란 말이에요. 오, 하느님, 나 좀 편히 혼자 살게 해주소서!」

술집 주인 시몬은 마침내 잔들을 채웠다. 그들은 술을 마셨다. 그는 자기 잔을 다시 채워 벌컥벌컥 마셨다.

「난 이제 가서 당신들을 대접할 양의 머리를 화덕에 넣어야겠어요. 최상품으로요! 엄마가 아기의 입에서 빼앗아 먹을 정도로 기막히게 맛 좋은 고기죠!」 그는 손수 작은 화덕을 만들어 놓은 마당으로 황급히 들어가서 포도나무 줄기와 나뭇가지를 가져다가 화덕에 불을 지피고는 양의 머리를 담은 냄비를 밀어 넣은 다음 친구들에게로 돌아갔다. 그는 어서 술을 마시고 얘기를 나누고 싶어 마음이 다급했다.

하지만 친구들은 그럴 기분이 아니었다. 불가에 모인 그들은 반쯤 건성으로 몇 마디 중얼거리고는 다시금 입을 다물었다. 그들은 마치 활활 타오르는 숯불을 밟고 걷는 기분이었다. 그들은 어서 떠나고 싶어서 문을 물끄러미 쳐다보았다. 유다가 일어나 문간으로 가서 섰다. 그는 공포로 제정신이 아닌 이 겁쟁이들을 보면 속이 뒤집혔다. 그들이 도망을 치고, 요르단 강에서 얼마나 빨리 예루살렘에 이르렀는지를 보고, 헐레벌떡 숨이 턱에 차서 이 외딴 술집으로 도망쳐 기어 들어오던 꼴을 보라! 그리고 지금은 토끼처럼 귀를 쫑긋 세우고는 벌벌 떨면서 당장에라도 도망치려고 두리번거린다. 멋대로들 하거라, 용감한 갈릴래아 사람들아, 그는 속으로 생각했다. 나를 그들과 같은 꼴로 만들어 놓지 않은 데 대해 당신께 감사드립니다, 이스라엘의 하느님이시여. 나는 사막에서 태어났고, 나약한 갈릴래아의 흙이 아니라 화강암 같은 베두인의 뼈대로 이루어진 인간이다. 그들은 하나같이 그에게 아첨하고, 맹세와 입맞춤을 거침없이 퍼부었지만, 이제는 (다리야 날 살려라!) 제 목숨이나 건지려고 혈안이다. 하지만 목숨이 아까운 줄 모르는 야수적인 악마, 나는 그를 버리지 않겠다. 나는 그가 무슨 말을 하려는지 보기 위해 요르단 사막에서 돌아올 때까지 그를 기다리겠으며, 그다음에 결정을 내리리라. 나는 내 목숨쯤은 개의치 않는다. 나를 괴롭히는 것은 오직 한 가지, 이스라엘이 받는 고통뿐이다.

유다는 술집 안에서 말다툼을 벌이는 나지막한 목소리를 들었다. 그는 시선을 돌렸다.

「난 우리가 안전한 갈릴래아로 돌아가야 한다고 생각해요.」베드로가 말했다.「우리의 호수를 잊으면 안 돼요!」그는 한숨을 지었다. 그는 푸른 물결을 타고 떠가는 그의 초록빛 배가 눈앞에 어른거리자 가슴이 부풀어 올랐다. 자갈밭과 유도화와 물고기가 가득한 그물도 눈에 선했다. 그의 눈에 눈물이 글썽거렸다.「갑시다, 여러분.」그가 말했다.「자, 어서 갑시다.」

「우린 이 술집에서 기다리겠다고 그분께 약속했어요.」야고보가 말했다.「우린 약속을 지켜야 해요.」

「그런 문제는 해결하기 쉬워요.」베드로가 제안했다.「키레네 사람더러 말을 전해 달라고 부탁해요. 만일 그분이 오시면…….」

「안 돼요, 안 돼요!」안드레아가 반박했다.「이 험악한 도시에다 어떻게 우리가 그분을 저버릴 수가 있겠어요? 여기서 기다려야죠.」

「우린 갈릴래아로 돌아가야 한다니까.」베드로가 고집스럽게 되풀이해서 말했다.

요한이 그들의 손과 어깨를 잡았다.「형제들이여.」그는 그들에게 애원했다.「세례자가 마지막으로 하신 말씀을 생각해 봐요. 그는 처형 집행관의 칼 앞에서 두 팔을 들고는 소리쳤어요.〈나자렛의 예수여, 사막에서 나와요. 나는 떠납니다. 인류에게로 돌아와요. 세상을 저버리지 말고, 오세요!〉그 말에는 깊은 의미가 담겼습니다, 친구들이여. 신성 모독을 하는 말을 내가 입 밖에 꺼내더라도 하느님께서 용서해 주시기를 바라지만.」

그의 심장의 고동이 멎었다. 안드레아가 그의 손을 꽉 움켜잡았다.

「얘기를 해요, 요한. 얼마나 무서운 예감이 들었기에 마음 놓고 얘기를 못하나요?」

「하지만 만일 우리의 스승님이…….」 요한은 말을 더듬었다.

「스승님이 어째서요?」

요한은 공포감에 사로잡혀 나지막한 목소리로 숨을 몰아쉬며 말했다. 「메시아라면!」

그들은 모두 전율했다. 메시아라니! 그들은 그토록 오랫동안 같이 지냈으면서도 그런 생각이 떠오른 적은 없었다. 처음에 그들은 그를 선량한 사람으로, 세상에 사랑을 가져다주는 성자라고 생각했으며, 그다음에는 옛날의 선지자들처럼 사나운 인물이 아니라 즐겁고 온화한 선지자라고 생각했다. 그는 하늘의 왕국을 지상으로 끌어 내렸으니, 그는 정의와 안락하고도 만족스러운 삶을 마련하는 이였다. 그는 이스라엘의 조상들이 섬기던 하느님을 아버지라 불렀다. 그래서 고집스럽고 험악한 여호와는 당장 다정한 존재가 되었고, 그들은 모두 하느님의 아이가 되었다. 하지만 이제, 요한의 입에서 나온 말은 무엇이었던가. 메시아! 다시 말하면, 다윗 왕의 칼, 이스라엘의 전능한 힘, 전쟁! 그리고 그를 처음 따르게 된 그들 제자들은 그의 왕좌 주위에 둘러선 대영주, 속령(屬領)의 영주, 그리고 족장(族長)들이었다! 천국에서 천사들과 대천사들이 하느님을 에워싸듯, 제자인 그들은 지상에서의 지방 향리와 부족을 다스리는 지배자들이었다! 그들의 눈이 빛났다.

「아까 내가 한 말 취소하겠어요, 여러분.」 얼굴이 새빨갛게 달아오르며 베드로가 소리쳤다. 「나는 절대로 그분 곁을 떠나지 않겠어요!」

「나도요!」

「나도요!」

「나도요!」

유다는 화를 내며 침을 뱉고는 주먹으로 문을 쾅 쳤다. 「당신들 정말 더럽게도 의리가 강한 사람들이로군요!」 그가 소리쳤다. 「그분이 병들고 약하다는 기미가 보이니까, 저마다 다투어 도망을 치려고 했죠. 하지만 이제는 영광의 기미가 보이자 〈나는 절대로 그분 곁을 떠나지 않겠어요〉라뇨? 언젠가는 여러분 모두 한 사람도 빠짐없이 그분을 저버릴 테지만, 나 혼자만은 그를 배반하지 않게 될 날을 맞게 될 테니, 내 말을 잘 새겨 두고 보라고요. 키레네 사람 시몬, 당신이 내 증인 노릇을 해요!」

술집 주인은 그들의 얘기를 들으며 축 늘어진 수염 속에서 코웃음을 치고 있었다. 그는 유다와 눈길이 마주쳤다.

「쳇, 이 사람들 꼴 좀 보라고요! 그러면서 세상을 구하겠다니!」

그는 화덕에서 날아오는 냄새를 맡았다. 「양의 머리가 타는구나!」 소리를 지르더니 그는 성큼 한걸음에 마당으로 나갔다.

제자들은 멍한 표정으로 서로를 쳐다보았다.

「세례자가 그분을 보고 얼어붙었던 건 그런 이유 때문이었군요.」 이마를 손으로 톡톡 치며 베드로가 말했다.

일단 부풀어 오르기 시작한 그들의 마음은 점점 더 부풀기만 했다.

「그리고 그분이 세례를 받는 동안 머리 위에서 날던 비둘기를 모두들 봤겠죠?」

「그건 비둘기가 아니라 번갯불의 섬광이었어요.」

「아니에요, 아니에요, 비둘기였어요. 꾸루룩거리며 울던걸요.」

「꾸루룩거리며 운 게 아니라 말을 했어요. 〈성자여! 성자여! 성자여!〉라고 말하는 걸 내 귀로 똑똑히 들었어요.」

「그건 성령이었어요!」 황금의 날개들이 눈앞에 가득한 것을 바라보며 베드로가 말했다.「하늘에서 성령이 내려왔고 우리 모두 돌이 되었는데, 당신들은 기억을 못하나요! 나는 한 발자국이라도 더 가까이 가고 싶었지만, 발이 마비되어 움직일 수가 없었어요! 나는 소리를 지르려고 했지만, 입이 열리지 않더군요. 바람이 꼼짝도 하지 않았고, 갈대밭과 강과 사람들과 새들 모두가 전율에 사로잡혀 대리석이 되어 버렸죠. 움직이는 것이라고는 오직 세례자의 손뿐이어서, 천천히 천천히 세례를 했어요.」

「나는 아무것도 보지 못하고 듣지도 못했는데요.」 약이 오른 유다가 말했다.「당신들은 눈과 귀가 취해 있었나 봐요.」

「당신이 보지 못한 까닭은, 붉은 수염아, 당신이 보기를 원하지 않았기 때문이에요.」 베드로가 반박했다.

「그리고 귀하신 몸인 당신께서는, 지푸라기 수염아, 보기를 원했기 때문에 보았겠죠. 당신은 성령을 보고 싶다는 욕심이 많았고, 그래서 당신이 본 헛것이 성령으로 보였어요. 그뿐 아니라, 이제 당신은 이 멍청한 사람들까지도 그것을 보게 만들었어요. 당신은 그 결과에 대해서 책임을 져야 할 겁니다.」

야고보는 이때까지 손톱을 깨물며 얘기를 듣기만 할 뿐 입은 열지 않았다. 하지만 그는 더 이상 잠자코 있을 수가 없었다.

「잠깐 내 말 들어요, 여러분.」 그가 말했다.「화약처럼 그렇게 폭발하지 말아요. 자, 우리 이 문제를 차분하게 따져 봅시다. 당신들은 정말로 세례자가 목이 잘리기 전에 그런 말을 했다고 생각합니까? 내가 보기엔 그랬을 것 같지 않군요. 우선, 우리 가운데 누가 현장에서 그 말을 들었던가요? 그리고 또 이런 문제도 따져야 하는데, 비록 그가 마음속으로 정말 그런 생각을 했더라도, 입 밖에 꺼내지는 않았을 겁니다. 그 까닭은 왕이 얘기를 들었다면 첩자를 보내어, 사막의 예수라는 사람을 잡아들여 역시 목을 자르리라는 사실을 틀림없이 알고 있었을 터이기 때문입니다. 우리 아버지 말씀마따나, 둘 더하기 둘은 넷이니까요. 그러니 우리 너무 허황된 생각은 하지 맙시다.」

하지만 베드로는 화를 냈다.「둘 더하기 둘은 열넷이 된다는 게 내 생각이에요. 제기랄! 논리니 이성 따위는 제쳐 두기로 하자고요. 마실 것 가지고 와, 안드레아. 이성은 술에 잔뜩 취해야 잘 보이니까!」

키가 크고, 뺨이 푹 꺼지고, 맨발에, 몸에는 하얀 헝겊을 두르고, 목에는 부적을 주렁주렁 건 몰골이 형편없는 남자가 술집으로 달려 들어오더니, 인사를 하는 표시로 손바닥을 가슴에 대었다.

「잘들 있으시오, 형제들이여. 나는 이곳을 떠나 하느님께로 갑니다. 혹시 내게 부탁할 일은 없나요?」

대답을 기다리지도 않고 그는 뛰어나가 옆집으로 갔다.

그러자 술집 주인이 쟁반을 들고 나타났다. 감미로운 향기가 방 안에 가득 찼다. 그는 비쩍 마른 미치광이를 보았다.

「여행 잘 하시오.」 그는 미치광이에게 소리쳤다.「우리 안부도 전해 주시고! 당신들이 좋아할 사람이 저기 또 한 명 가는군요!」 그가 웃었다.「쳇, 벌써 말세가 왔다더니 정말 그런 모양인지 어딜 가나 미친놈투성이죠. 저 사람은 이틀 전 밤에 오줌을 누러 밖으로 나갔다가 하느님을 봤다고 그러더군요 그때부터 너무 황공해서 더 살지도 못하겠다고 했어요! 심지어는 먹지도 않는답니다.〈난 하늘나라로 초청을 받았어요.〉이런 소리를 하죠.〈난 그곳에 가서 먹겠어요.〉그래요, 이 사람은 수의를 걸치고 집집마다 서둘러 찾아다니고 있죠. 그는 부탁을 받고, 작별 인사를 하고, 떠납니다. 당신들도 아시다시피, 하느님을 너무 가까이 하다 보면 그런 일이 생겨요! 조심해요, 여러분, 이것도 다 당신들을 걱정해 주는 뜻에서 하는 말이지만, 하느님한테 너무 가까이 가지 말아요. 나는 하느님의 은총을 섬기지만, 멀찌감치 섬겨요. 가까이 가면 안 됩니다!」

술집 주인은 양의 머리를 담은 쟁반을 식탁의 한가운데에다 놓았다. 그의 입과 눈과 귀가 웃었다.

「싱싱한 머리요!」 그가 소리쳤다. 「세례자 요한입니다! 배불리 들 먹어요!」

요한은 구역질이 나서 뒤로 물러났다. 손을 내밀었던 안드레아는 허공에 손을 든 채로 주춤했다. 쟁반에 놓인 머리는 움직이지도 않는 부릅뜬 눈으로 그들을 한 사람씩 몽롱하게 차례대로 둘러보았다.

「시몬, 이 악당 같으니라고!」 베드로가 소리쳤다. 「당신이 입맛 떨어지게 했으니 이제 우린 고기에 손도 대지 못하겠어요! 내가 어떻게 저 눈알을 빼먹어요? 입맛을 돋우는 데는 눈알이 최고지만, 이건 세례자의 눈알을 먹는 것이나 마찬가지가 되었어요.」

술집 주인이 웃음을 터뜨렸다.

「걱정하지 말아요, 베드로.」 그가 말했다. 「눈알은 내가 먹을 테지만, 〈회개하시오! 회개하시오! 세상의 종말이 왔습니다!〉라고 소리치던 고상하고 축복받을 혓바닥부터 먹어 치워야죠. 불행히도 자신의 종말을 먼저 맞으셨구먼, 불쌍한 양반.」

그는 칼을 꺼내 혀를 잘라 내어 단숨에 삼켜 버렸다. 그러더니 포도주를 가득 부어 한 잔 꿀꺽 마시고는 두 개의 술통을 대견하다는 듯 쳐다보았다.

「좋아요, 여러분, 잊어버려요. 당신들이 가엾다는 생각이 드는군요. 세례자의 머리가 여러분의 머릿속에서 사라지고, 당신들도 양고기를 먹을 수 있도록 화제를 바꾸겠어요. 자, 그렇다면, 술통에다 저토록 멋지게 수탉과 돼지를 그려 놓은 사람이 누구인지 상상이 갑니까? 여러분을 반가이 맞아 준 자비로운 주인께서 손수 그리셨답니다. 그러면 왜 수탉과 돼지를 그려 놓았는지 짐작이 갑니까? 당신들 백치 같은 갈릴래아 사람들이 어떻게 그걸 알겠어요! 그러니까 여러분을 위해 내가 신비를 풀고, 여러분의 왜소한 두뇌를 깨우쳐 줘야 되겠군요!」

베드로는 양의 머리를 보고 입맛을 다셨지만, 아직도 손을 내밀어 눈알을 빼먹을 용기는 감히 나지 않았다. 세례자 생각이 그의 머리에서 통 떠나려고 하지를 않았다. 선지자의 눈도 인류를 볼 때는 저처럼 크게 뜨고 있었다.

「그러니까 내 얘기를 들어요.」 술집 주인이 얘기를 계속했다. 「그리고 내 말대로 왜소한 두뇌를 깨우쳐 봐요. 하느님께서 (그 거룩하신 양반이 무엇 하러 그런 고생을 사서 하셨는지는 모르겠지만) 세상을 다 만들고 손에서 진흙을 씻어 버린 다음에 새로 빚어 낸 모든 피조물들을 불러 모으고는 의기양양해서 그들에게 물었답니다. 〈여봐라, 새들과 짐승들아, 내가 만들어 놓은 세상이 과연 어떠냐? 어디 잘못된 곳이 눈에 띄느냐?〉 그들은 당장 음매 애거리고, 힝힝거리고, 음머어거리고, 야옹거리고, 짹짹거려 말했죠. 〈잘못된 곳이 하나도 없습니다! 하나도 없어요! 하나도 없어요!〉

〈너희는 축복을 받을지어다.〉 하느님이 말했어요. 〈내가 믿는 바로서도, 결점을 하나도 발견하지 못하겠노라. 내 솜씨는 칭찬을 받아 마땅하지.〉 하지만 하느님은 머리를 숙이고 말이 한마디도 없는 수탉과 돼지를 얼핏 보았어요. 〈여봐라, 돼지야!〉 하느님이 소리쳤죠. 〈그리고 수탉 선생, 너희는 어째서 말이 없느냐? 보아하니 내가 창조한 세상이 마음에 들지 않는 모양이구나. 어디, 무엇이 모자라는 데가 보이느냐?〉 하지만 그들은 그래도 대꾸가 없었답니다. 악마가 그들의 귓속에다 나지막한 목소리로 이런 지시를 했기 때문이죠. 〈정말로 무엇인가 모자라는데, 포도가 매달려 너희들이 따서 짓이겨 술통에 넣고 포도주를 만들 수 있는, 나지막하게 자라는 나무가 있어야 되겠다고 하느님한테 말씀을 드려.〉

〈여봐라, 짐승들아, 왜 너희는 말이 없는가?〉 거대한 손을 들며 하느님이 다시 소리쳤어요. 그러자 마침내 (악마에게서 용기를 얻은) 돼지와 수탉이 머리를 들었죠. 〈위대하신 창조주시여, 저희가 감히 무슨 말을 하겠나이까? 세상은 훌륭하고, 하느님의 두 손에 축하를 드립니다! 하지만 포도가 매달려 너희들이 따서 짓이겨 술통에 넣고 포도주를 만들 수 있는, 나지막하게 자라는 나무가 있어야 되겠나이다.〉

〈아, 그래서 그랬구나! 그렇다면 내가 너희에게 보여 주마, 이 악당 같은 녀석들아.〉 하느님이 벌컥 화를 내며 말했습니다. 〈너희가 나한테서 바라는 것은 포도주, 그렇지, 술에 취하고 싸움질하고 토하는 짓, 그것이겠구나? 포도나무를 만들어야지!〉 하느님은 소매를 걷어 올리고, 진흙을 좀 집어 포도나무를 빚어서 땅에다 심었어요. 〈과음을 하는 모든 자들은 내 말을 들을지어다.〉 하느님이 말했어요. 〈그들은 마음이 수탉 같을 터이며, 주둥이는 돼지처럼 되리라!〉」

제자들은 웃음을 터뜨리고, 세례자를 잊어버리고, 구운 양 머리에 달려들어 뜯어 먹었다. 유다가 누구보다도 먼저 덤벼들었다. 그는 두개골을 둘로 쪼개어 양의 골을 두 손으로 잔뜩 꺼냈다. 그렇게 덤벼드는 꼴을 보자 술집 주인은 겁이 났다. 이 사람들 뼈 한 토막도 안 남기겠구나, 그는 생각했다.

「여봐요.」 그가 소리쳤다. 「먹고 마시는 건 좋지만, 세례자 요한은 잊지 말아요. 아, 그 사람의 불쌍한 머리!」

그들은 모두 먹을거리를 손에 든 채로 그냥 얼어붙었고, 눈알을 씹어 막 삼키려던 베드로는 목이 메었다. 그것을 삼키면 뱃속이 뒤집히겠지만, 뱉어 버리기엔 너무 아까운 노릇이었다. 어떻게 해야 할까? 그들 중에서는 오직 유다만이 신경을 쓰지 않았다. 술집 주인은 술잔들을 채웠다.

「그의 이름이 우리의 기억 속에서 오랫동안 사라지지 않기를 빕니다. 슬프도다. 불쌍하게도 잘린 그의 목이여……. 하지만, 당신들 목은 무사하니까 그런 뜻에서 한 잔 듭시다, 여러분!」

「그리고 당신 목도 무사하기를 빕시다, 늙은 여우 같으니라고.」 눈알을 꿀꺽 삼키며 베드로가 말했다.

「걱정 말아요.」 술집 주인이 대답했다. 「난 조금도 두려워하지 않으니까요. 난 하느님 얘기에는 끼어들지 않고, 세상을 구원하는 일 따위엔 전혀 관심이 없으니까요! 나는 술집의 주인일 뿐이에요. 당신들이 섬기는 천사와 대천사를 섬기지는 않아요. 적어도 나는 그런 운명으로부터는 나 자신을 구원했어요.」 이 말을 하고 그는 양 머리의 나머지를 움켜잡았다.

베드로는 입을 열었지만, 몸집이 거대하고 사납고 얼굴이 얽은 남자가 문간에 나타나 안을 들여다보자, 말문이 막혔다. 제자들은 구석으로 물러났다. 베드로는 야고보의 널찍한 어깨 뒤로 숨었다.

「바라빠!」 험악한 표정을 지으며 유다가 으르렁거렸다. 「들어와요.」

바라빠는 굵직한 목을 숙이고는 희미한 불빛 속에서 제자들을 보았다. 그의 흉측한 얼굴이 냉소를 지었다. 「어린 양들이여, 당신들을 찾아내어 기쁘군요. 나는 당신들을 찾아내려고 중국까지

가는 길을 절반은 갔었어요.」

술집 주인이 투덜거리며 일어서더니 그에게 잔을 가져다주었다.

「이제는 당신까지 찾아왔군요, 바라빠 대장.」술집 주인이 투덜거렸다. 바라빠는 술집에 오기만 하면 술에 취하고 지나가는 로마 병사들과 싸움을 벌여 술집 주인을 난처하게 만들었기 때문에 시몬은 그를 못마땅하게 여겼다.「또 엉뚱한 짓 벌이면 안 돼요, 이 술고래야!」

「내 말 들어요, 불순한 자들이 이스라엘의 땅을 짓밟는 한 나는 언제까지라도 주먹을 휘두를 테니까, 다른 생각은 하지 말아요. 먹을 것 가져와요, 이 너저분한 구두쇠 같으니라고!」

술집 주인은 뼈가 담긴 쟁반을 앞으로 밀어 내었다.「먹어요. 당신 이빨은 개 이빨 같으니까 뼈라도 씹어 먹겠죠.」

바라빠는 단숨에 잔을 비우고, 수염을 꼬며 제자들에게 시선을 돌렸다.「선량한 목자는 어디로 가셨나요, 우리 어린 양들이여? 난 그 사람하고 벌써부터 결판을 내야 할 문제가 있었는데.」 그의 눈에서 불을 뿜었다.

「당신은 술도 마시기 전에 벌써 취하기부터 하는군요.」유다가 단호하게 말했다.「당신의 용감무쌍한 모험 때문에 그러잖아도 우리는 꽤 시달렸어요.」

「당신, 그분한테 무슨 불만이 그렇게 많아서 그러죠?」요한이 용기를 내어 물었다.「그분은 거룩한 사람이에요. 걸어갈 때도 개미를 밟을까 봐 늘 땅바닥을 살피며 다니시는 분이에요.」

「개미한테 밟히지 않으려고 그런다는 얘기겠죠. 그 사람은 겁쟁이예요. 그게 남자입니까?」

「그분은 막달라의 여인을 당신 손아귀에서 구해 냈고, 그래서 이제 당신은 엎질러진 물을 놓고 한탄하는 셈이죠.」야고보가 말했다.

「그 사람은 내 비위를 건드렸어요.」 눈동자가 흐려지며 바라빠가 고함쳤다. 「그 사람은 내 비위를 건드렸고, 그 대가를 치러야 해요!」

하지만 유다가 그의 팔을 움켜잡고는 한쪽 옆으로 끌고 갔다. 유다는 화가 나서 나지막이, 빠른 말투로 그에게 말했다.

「당신, 여기 무슨 볼일로 찾아왔어요? 당신은 왜 갈릴래아의 산을 떠났나요? 혈맹에서는 그곳 산을 당신의 활동 근거지로 지정해 주었잖아요. 이곳 예루살렘을 맡은 사람들은 따로 있어요.」

「우린 자유를 찾으려고 싸우는 거 아니에요?」 바라빠가 분노해서 반박했다. 「그렇다면 나는 생각나는 대로, 내 마음대로 할 자유가 있어요. 나는 계시니 위대한 기적이니 뭐니 떠들어 대는 세례자에 관해서 직접 알아보려고 찾아왔어요. 어쩌면 우리가 기다려 온 이가 바로 이 사람일지도 모른다는 생각이 들었기 때문이죠. 정말 그렇다면 더 이상 지체하지 말고 그분은 앞으로 나서서 적을 베어 넘기기 시작해야 하니까요. 하지만 내가 너무 늦게 도착했군요. 놈들이 벌써 그의 머리를 베었어요. ……유다, 당신은 나의 지도자이니까, 어떻게 했으면 좋겠는지 얘기를 해줘요!」

「내 생각에 당신은 일어나 여기서 나가는 것이 좋겠어요. 다른 사람들의 일에 끼어들지 말고요.」

「내가 가야 한다고요? 당신 그거 진담입니까? 나는 세례자를 만나려고 찾아왔는데 우연히 목수의 아들을 만나게 되었어요. 나는 굉장히 오랫동안 그를 찾아다녔는데, 하느님이 그를 바로 내 코앞에 데려다 놓은 지금 나더러 그를 포기하라 이 얘긴가요?」

「가라니까요!」 유다가 그에게 명령했다. 「그건 내가 알아서 할 일이에요. 당신은 끼어들지 말아요.」

「당신이 뜻하는 바가 무엇인데요? 당신도 알아야겠지만, 혈맹에서는 그가 죽기를 원해요. 그는 로마인들의 앞잡이고, 사람들이 속아서 우리의 노예 같은 삶과 현실을 망각하게 하려고 하늘나라에 관한 소리를 떠들고 다니는 대가로 놈들에게서 돈을 받아요. 그러면 당신은…… 당신의 목적은 무엇이죠?」

「아무 목적도 없어요. 나도 나대로 해결을 봐야 할 문제가 따로 있죠. 가라니까요!」

바라빠는 돌아서서 귀에다 신경을 곤두세우며 듣고 있던 제자들을 마지막으로 둘러보았다.

「또 만나요, 어린 양들이여.」 그는 그들에게 악의에 찬 표정으로 소리쳤다. 「어느 누구도 바라빠의 손에서는 이렇게 간단히 빠져나가지 못한다니까요. 우린 이 문제를 다시 따질 때가 올 테니 두고 보라고요.」 그는 다윗의 성문 쪽으로 사라졌다.

술집 주인이 베드로에게 눈을 찡긋했다. 「유다가 바라빠에게 명령을 내린 모양이로군요.」 그가 나지막이 말했다. 「저런 걸 혈맹이라고 하죠! 그들이 로마인 한 명을 죽이면 로마인들은 이스라엘 사람 열 명을 죽여요. 열 명이 아니라 열다섯 명이죠! 조심들 해요, 당신들!」

시몬은 베드로에게로 몸을 기울이고는 귓전에 대고 속삭였다. 「내 말 들어요. 가리옷 사람 유다를 믿지 말라고요. 수염이 붉은 자들이란…….」

하지만 그는 말을 중단했다. 마침 붉은 수염이 제자리에 다시 앉았기 때문이다.

요한은 머릿속이 혼란했다. 그는 일어서서 문간으로 가더니 바깥을 두리번거리며 살폈다. 스승님은 어디에서도 찾아볼 수가 없었다. 날이 밝아 하루가 시작되었고, 길거리마다 사람들이 넘쳤다. 다윗의 성문 너머에는 모든 것이 삭막했다. 자갈밭과 잿더미 뿐이고, 세워 놓은 하얀 돌멩이들과 비석들 말고는 아무것도 없었으며, 푸른 잎사귀는 하나도 눈에 띄지 않았다. 대기는 개와 낙타들의 시체에서 나는 악취로 가득했다. 이토록 황량한 풍경을 보자 요한은 겁이 났다. 이곳은 모두가 돌, 사람들의 얼굴도 돌이요, 그들의 마음도 돌이요, 그들이 숭배하는 하느님도 돌이었다. 스승이 그들에게 데려다 준 〈자비로운 아버지〉는 어디로 갔을까! 오, 언제 사랑하는 스승이 나타나서 그들은 갈릴래아로 돌아가게 되려나!

베드로가 몸을 일으켰다. 그는 인내심의 한계점에 이르렀다. 「형제들, 갑시다. 그분은 오지 않아요.」

「나는 그분이 가까이 오시는 소리가 들려요.」 요한이 머뭇거리며 나지막이 말했다.

「어디서 소리가 들린다는 말이냐?」 동생이 꿈꾸는 환상 따위에는 신경조차 쓰지 않고 야고보가 말했다. 베드로나 마찬가지로 그는 어서 호수와 고기잡이배로 다시 돌아가고 싶어 마음이 조급했다. 「어디서 소리가 들려오는지, 나한테 얘기해 주겠니?」

「내 마음속에서요.」 동생이 대답했다. 「항상 가장 먼저 듣고, 가장 먼저 보는 것은 마음입니다.」

야고보와 베드로는 머리를 저었지만, 술집 주인이 단호하게 말했다. 「비웃지들 말아요. 그 말이 맞습니다. 나도 그런 소리를 들었는데, 그래요, 사람들이 노아의 방주라고 부르는 거, 그게 뭐라고들 생각해요? 물론 인간의 마음입니다! 그 안에는 모든 피조물과 더불어 하느님이 앉아 있어요. 모든 것이 빠져 죽고 바닥으로 가라앉지만, 마음만은 홀로 그들을 잔뜩 태우고 물 위로 떠가죠. 인간의 마음은 모든 것을, 그래요! 웃지 말아요, 모든 것을 알아요.」

나팔 소리가 울리고, 소음이 일어나고, 길거리의 사람들이 비켜섰다. 무슨 일인가 싶어서 제자들은 문으로 황급히 달려갔다. 아름답고도 유연한 젊은이들이 황금으로 장식한 가마를 메고 가는데, 가마 속에는 비단옷을 걸치고, 금반지를 끼고, 편안하게 살아와서 얼굴에는 기름기가 흐르는 투실투실한 유지가 길게 누워 수염을 쓰다듬고 있었다.

「색골인 대제사장 가야파로구나!」 술집 주인이 말했다. 「코를 막아요, 여러분. 물고기에서 제일 먼저 썩어 악취를 풍기는 부분은 대가리예요.」 그는 콧구멍을 막고 침을 뱉었다. 「저 사람 또 먹고, 마시고, 여자들과 미소년들하고 희롱하려고 별채로 드시는 중이죠. 내가 하느님이라면, 제기랄……. 세상은 단 한 가닥의 실에 겨우 매달려 있어요. 난 그 실을, 그래요, 내 술에다 걸고 맹세컨대, 그 실을 탁 끊어 버리고 세상을 악마에게 주어 버리겠어요!」

「떠납시다.」 베드로가 다시 말했다. 「이곳은 안전하지 못해요. 내 마음에도 역시 눈과 귀가 있어요. 〈떠나거라〉라고 마음이 나한테 소리치는군요. 〈모두들 떠나거라, 초라한 인간들아!〉라고요.」

그는 마음의 소리를 들었다고 말했는데, 그 말을 하는 동안 그는 정말로 마음의 소리를 들었다. 겁이 난 그는 벌떡 일어나 구석에서 찾아낸 지팡이를 움켜잡았다. 그를 보고 다른 사람들도 모두 벌떡 몸을 일으켰다. 그의 두려움이 다른 사람들에게로 전염된 듯싶었다.

「시몬, 당신도 그 사람이 누구인지 알잖아요. 만일 오시면, 우리가 갈릴래아로 떠났다고 전해 줘요.」 베드로가 당부했다.

「그럼 돈은 누가 내나요.」 술집 주인이 초조하게 말했다. 「양머리하고, 술하고…….」

「당신은 내세(來世)를 믿나요, 키레네 사람 시몬?」 베드로가 물었다.

「물론 믿죠.」

「좋아요. 그럼 내가 그곳에 가서 꼭 갚겠다고 약속하죠. 원한다면 그 약속을 글로 적어 줄게요.」

술집 주인은 머리를 긁적거렸다.

「왜 그래요? 당신은 내세에서의 삶을 믿지 않나요?」 베드로가 준엄하게 말했다.

「믿어요, 베드로. 제기랄, 믿기는 하지만 그렇게까지는…….」

제20장

 하지만 그들이 얘기를 나누는 사이에 퍼런 그림자가 갑자기 문턱 위로 드리워졌다. 그들은 모두 뒷걸음질을 쳤다. 피투성이 발에, 진흙투성이 옷에, 얼굴은 알아보기도 힘든 모습으로 예수가 문 앞에 서 있었다. 그는 누구였나? 다정한 스승님이었던가, 아니면 사나운 세례자였나? 땋아 내린 머리카락은 어깨로 늘어졌고, 살갗은 딱딱하게 굳고 거칠어졌으며, 두 뺨은 움푹 패었고, 눈은 너무 커져서 얼굴 전체를 삼켜 버릴 기세였다. 힘차게 움켜쥔 주먹, 머리카락, 뺨과 눈은 세례자를 그대로 닮고 있었다. 입이 벌어진 제자들은 말없이 그를 쳐다보았다. 두 사람이 합쳐 한 사람이 되었을까?

 〈이 사람이, 그가…… 그가 세례자를 죽였어…….〉 새로 도착하여 마음을 불안하게 만드는, 사람이 안으로 들어오도록 옆으로 비켜서며 유다는 생각했다. 예수는 문턱을 성큼 넘어서고, 한 사람씩 뚫어져라 노려보고, 입술을 깨무는 유다의 움직임을 잘 지켜보았다. 그는 세례자에게서 모든 것, 모든 것을 다 빼앗고, 육체를 탈취했다고 유다는 생각했다. 하지만 세례자의 영혼, 그의 사나운 어휘들은 어떠한가? 예수가 이제 얘기를 할 테니까, 두고

보리라……

 그들은 얼마 동안 모두 잠잠했다. 술집의 분위기가 달라졌다. 술집 주인은 한쪽 구석에 조용히 쪼그리고 앉아서, 입술을 깨물며 천천히 앞으로 나오는 예수를 눈알이 튀어나오도록 빤히 쳐다보았다. 그의 관자놀이에서는 핏줄이 불끈거렸다. 갑자기 그들은 모두 그의 거칠고 사나운 목소리를 들었다. 그러나 스승 자신의 목소리가 아니라 무서운 선지자, 세례자의 목소리였기 때문에 제자들은 벌벌 떨었다.

「떠나려고들 했나요?」

 아무도 대답하지 않았다. 그들은 한데 몰려 서로 의지했다.

「떠나려고들 했나요?」 성난 목소리로 그가 되풀이해서 물었다. 「얘기해요, 베드로!」

「랍비님.」 자신이 없는 어정쩡한 목소리로 베드로가 대답했다. 「요한은 마음속에서 당신의 발소리를 들었고, 그래서 우리는 막 마중을 나가려던 참이었어요.」

 예수가 얼굴을 찌푸렸다. 그는 분노와 회한에 휘말렸지만, 자신의 감정을 억눌렀다.

「갑시다.」 문 쪽으로 돌아서며 예수가 말했다. 그는 한쪽으로 비켜서서 파란 눈으로 그를 날카롭게 지켜보던 유다를 발견했다.

「따라오겠어요, 유다?」 예수가 그에게 물었다.

「나는 죽을 때까지 당신과 함께할 거예요. 그건 당신도 알잖아요.」

「그걸로는 모자라요! 내 말 들려요, 모자란다고요. 죽은 다음에까지! ……갑시다!」

 술통들 사이에서 잔뜩 웅크렸던 술집 주인이 얼른 튀어나왔다. 「잘들 해봐요.」 그가 소리쳤다. 「당신들이 간다니까 속이 시원해요! 여행 잘하고, 갈릴래아 사람들아, 행복한 때가 와서 당신들이 천국으로 들어가게 되면 내가 대접한 포도주와 양 머리를 잊지 말아요!」

「그건 약속하죠.」 심각하고 괴로운 얼굴로 베드로가 대답했다. 그는 두려워서 스승에게 거짓말을 한 것이 부끄러웠다. 성난 예수의 찡그린 표정은 그가 한 얘기가 거짓말임을 알았다는 확실한 증거였다. 예수는 말없이 그를 꾸짖었다. 겁쟁이, 거짓말쟁이, 배반자 베드로여! 도대체 너는 언제 사람다운 사람이 되려는가? 너는 언제 두려움을 정복할 것인가? 너는 풍차처럼 바람 부는 대로 돌아가는 줏대 없는 태도를 언제 버릴 것인가?

베드로는 스승이 어느 방향으로 가려는지 보려고 술집 문간에 서서 기다렸다. 하지만 예수는 꼼짝도 않고, 귀에다 신경을 집중하고는 다윗의 성문 너머에서 높고 갈라진 목소리로 노래하는 단조로우면서도 뼈아픈 선율에 귀를 기울였다. 문둥이들이었다. 그들은 땅바닥에 여기저기 널브러져 행인들에게 뭉툭한 팔을 내밀고는 그들로 하여금 이 세상에서 속죄를 치름으로써 내일 미래의 삶에서는 얼굴이 태양처럼 영원히 영원히 빛나도록 해준 하느님의 자비와 다윗의 위대성을 작은 목소리로 노래했다.

예수는 마음이 언짢아졌다. 그는 도시 쪽으로 시선을 돌렸다. 상점과 일터와 술집은 문을 열었고, 길거리에는 사람들이 넘쳤다. 뛰어다니고 아우성치는 그들, 그들의 몸에서 흘러내리는 땀을 보라! 그는 말과 사람과 뿔 나팔과 나팔이 울리는 무시무시하고 우렁찬 소리를 들었는데, 거룩한 도시가 그에게는 병들고, 뱃속에는 문둥병과 광증과 죽음이 가득 찬 무서운 짐승처럼 여겨졌다.

길거리의 아우성 소리는 계속해서 점점 더 커졌고, 사람들은 이리 뛰고 저리 뛰었다. 무엇 때문에 그들은 저렇게 분주한가?

예수는 속으로 생각했다. 어디를 가려고 저렇게들 뛰어다닐까? 그는 한숨을 지었다. 모두, 모두들, 지옥으로 달려가는구나!

예수는 고뇌에 빠졌다. 사람을 잡아먹는 도시에 머무르며, 여호와의 성전 지붕 꼭대기로 기어 올라가 〈회개하시오, 주님의 날이 왔습니다〉라고 소리치는 일이 그의 의무일까? 길거리를 정신없이 뛰어다니며 숨을 헐떡이는 불우한 사람들은 갈릴래아의 평화로운 어부나 농부보다 속죄와 위안이 훨씬 더 필요하다. 나는 이곳에 머물리라, 예수는 생각했다. 이곳에서 나는 먼저 세상의 멸망, 그리고 하늘나라를 얘기하리라!

안드레아는 슬픔을 견디기가 힘들었다. 그는 예수에게 다가갔다. 「랍비님.」 그가 말했다. 「놈들이 세례자를 잡아다 죽였어요!」

「그건 걱정하지 말아요.」 예수가 차분하게 대답했다. 「세례자에게는 그가 맡은 일을 할 시간이 충분했으니까요. 우리도 우리가 맡은 일을 할 시간이 충분하기를 바랍시다, 안드레아!」 그는 선구자의 제자였던 안드레아의 눈에 가득 고이는 눈물을 보았다. 「슬퍼하지 말아요, 안드레아.」 그의 어깨를 두드려 주면서 예수가 말했다. 「그분은 죽지 않았어요. 영생을 얻기에 너무 늦은 자들만이 죽어요. 그는 너무 늦지 않았어요. 하느님은 그에게 시간을 베풀어 주셨어요.」

이 말을 하며 그는 마음속으로 무엇인가 깨우쳤다. 진실로 세상만사가 시간에 달렸다. 시간이 흐르면 모든 것이 무르익게 된다. 만일 시간만 충분하다면, 너는 인간을 이룬 찰흙의 내부를 매만져 그것을 혼(魂)으로 만들어 놓으리라. 그러면 죽음을 두려워하지 않게 되리라. 시간이 없다면 그냥 죽어서…… 하느님이시여, 저에게 시간을 주십시오. 제가 당신께 청원하는 바는 그것뿐입니다. 예수는 말없이 기도를 드렸다. 그는 자신의 몸속에 아직도 많은 찰흙이, 많은 인간성이 남았다고 느꼈다. 그는 아직도 분노와 두려움과 질투의 지배를 받았고, 막달라의 여인을 생각하면 눈물이 글썽거렸다. 어젯밤에만 해도 그는 라자로의 여동생 마리아를 몰래 훔쳐봤다…….

그는 수치심을 느껴 낯을 붉히고는 도시에서 떠나리라고 당장 결심했다. 그가 죽음을 맞아야 할 시간은 아직 오지 않았고, 그는 아직 준비가 되지 않았다. 하느님이시여, 저에게 시간을, 다른 것은 다 그만두더라도 시간을 주소서. 그는 다시 기도했다……. 그는 제자들에게 머리를 끄덕였다.

「갑시다, 내 동지들이여, 갈릴래아로 돌아갑시다. 하느님의 이름으로!」

굶주리고 몸이 아파 아늑한 마구간으로 돌아가는 말들처럼 제자들은 겐네사렛 호수를 향해 달려갔다. 유다가 다시금 앞장을 섰다. 그는 휘파람을 불었다. 마음이 이토록 흐뭇하기는 몇 년 만에 처음이었다. 사막에서 돌아온 이후 달라진 스승의 얼굴, 목소리, 용맹한 태도에 그는 한껏 즐거웠다. 〈그는 세례자를 죽였어.〉 유다는 거듭거듭 속으로 생각했다. 〈그는 세례자를 잡아먹었으므로, 어린 양과 사자가 합쳐 하나가 되었다. 메시아는 옛날의 괴수들처럼 양이면서도 사자가 되려는가?〉 그는 휘파람을 불고 기다리면서 힘차게 나아갔다. 〈침묵이 영원히 계속되지는 않으리라.〉 그는 생각했다. 〈우리가 호수에 다다르기 전 어느 날 밤에, 그는 입을 열고 얘기하리라. 그는 사막에서 무엇을 했으며, 이스라엘의 하느님을 만났는지 어쨌는지, 그리고 그들이 무슨 얘기를 나누었는지, 비밀을 우리에게 얘기하리라. 그러면 나는 판단을 내리겠다.〉

첫 밤이 지나갔다. 예수는 별만 쳐다볼 뿐 말이 없었다. 그의 둘레에서는 지친 제자들이 잠들어 있었다. 하지만 유다의 푸른 눈은 어둠 속에서 번득였다. 그와 예수는 서로 마주 보고 밤새도록 앉아 있었지만, 말은 한마디도 입 밖에 꺼내지 않았다.

동틀 녘에 그들은 다시 길을 떠났다. 그들은 유대의 돌멩이투성이 땅을 뒤로하고 흙이 하얀 사마리아에 이르렀다. 야곱의 우물은 황량했고, 물을 길러 와서 그들의 갈증을 풀어 줄 여자가 한 명도 나타나지 않았다. 그들은 빠른 걸음으로 이단자들의 땅을 건넜고, 그들이 사랑하는 산을, 봉우리 꼭대기가 눈으로 덮인 헤르몬과 우아한 다볼과 거룩한 가르멜을 보게 되었다.

날이 어두워졌다. 그들은 잎이 무성한 삼나무 밑에 누워 석양을 지켜보았다. 요한이 저녁 기도를 했다. 「당신의 문을 우리에게 열어 주소서, 주여. 하루가 기울고, 해가 져서 사라지옵나이다. 우리는 당신의 문으로 갑니다, 주여. 우리에게 문을 열어 주소서. 영원불멸하신 분이여, 당신께 기도하오니, 우리를 사하여 주소서. 영원불멸하신 분이시여, 우리에게 자비를 베풀어 주소서. 영원불멸하신 분이시여, 우리를 구원해 주소서!」

하늘은 검푸른 빛깔이었다. 하늘에서는 해가 사라졌지만 아직 별은 나타나지 않았다. 아무런 화려한 장식도 없이 해는 그냥 땅으로 떨어졌다. 손가락이 길고 유연한 예수의 손은 땅을 짚었고, 그 손은 어렴풋한 빛 속에서 하얗게 빛났다. 그의 머릿속에서는 저녁 기도가 아직도 맴돌며 반향을 일으켰다. 그는 주님의 문을 결사적으로 사람들이 두드리느라고 손이 뚫리는 소리를 들었지만, 문은 열리지 않았다. 사람들은 아우성을 치며 문을 두드렸다. 그들은 뭐라고 소리를 치는가?

그는 잘 들어 보려고 눈을 감았다. 낮새들이 둥지로 돌아가고, 밤새들은 아직 눈을 뜨지 않았다. 인간이 사는 마을은 멀리 떨어져 있고, 사람들이 소란을 떨거나 개들이 짖는 소리도 들려오지 않았다. 제자들은 중얼중얼 저녁 기도를 드렸지만, 졸음이 와서 거룩한 말은 낭랑하게 울리지 않고 그들 내부로 가라앉아 버렸다. 하지만 내면에서 예수는 주님의 문을, 그의 가슴을 사람들이 두드리는 소리를 들었다. 「열어 줘요! 열어 줘요! 우리를 구원해 주세요!」

예수도 자신의 마음을 두드리며 열어 달라고 애원하듯 가슴을 움켜잡았다. 그리고 혼자뿐이라고 생각하며 몸부림치던 그는 뒤에서 누가 지켜본다는 기분을 느꼈다. 그는 뒤를 돌아다보았다. 유다의 냉혹하고 불타는 두 눈이 그를 노려보았다. 예수는 부르르 떨었다. 붉은 수염은 자부심이 강하고, 길들이기 어려운 야수였다. 모든 제자 가운데 유다가 그는 가장 가까우면서도 가장 멀게 느껴졌다. 예수는 다른 사람은 모두 제쳐 두더라도 그에게만은 설명을 해줘야 한다는 생각이 들었다. 그는 오른손을 내밀었다.

「유다, 내 형제여.」 그가 말했다. 「내가 손에 무엇을 들었는지 보이나요?」

유다는 어둠 속에서 잘 보려고 목을 길게 뺐다.

「안 보여요.」 그가 대답했다. 「내 눈에는 아무것도 안 보여요.」

「곧 보일 거예요.」 미소를 지으며 예수가 말했다.

「하늘나라로군요.」 안드레아가 말했다.

「씨앗이에요.」 요한이 말했다. 「랍비님, 당신이 호숫가에서 처음으로 입을 열고 우리에게 말했을 때 무슨 얘기를 했는지 기억하시죠? 〈씨앗을 뿌리는 사람이 씨앗을 뿌리려고 나왔느니라…….〉」

「그럼 당신은 어떻게 생각하나요, 베드로?」 예수가 물었다.

「스승님, 제가 무슨 말을 하겠나이까? 만일 제가 눈에게 물어보면, 아무것도 안 보인다고 하겠죠. 만일 제가 마음에게 물어보면, 모든 것이 보인다고 합니다. 그 두 가지 사이에서 제 마음은 종처럼 흔들립니다.」

「야고보는요?」

「아무것도 안 보입니다. 용서하세요, 랍비님, 하지만 당신은 손에 아무것도 들지 않았어요.」

〈봐요!〉라고 말하고 예수는 팔을 번쩍 쳐들었다. 예수가 손을 높이 들었다가 힘차게 내리자 제자들은 겁이 났다. 유다는 너무 행복해서 눈부신 장미처럼 낯을 붉혀 그의 얼굴 전체에서 빛이 났다. 유다는 예수의 손을 움켜잡고, 그 손에다 입을 맞추었다.

「랍비님.」 그가 소리쳤다. 「난 봤어요! 나는 보았습니다! 당신은 세례자의 도끼를 들었어요!」

하지만 그는 기쁨을 억누르지 못했다는 데 대해서 곧 수치심과 분노를 느꼈다. 그는 다시 물러나서 삼나무에 몸을 기대었다. 엄숙하고 조용한 예수의 목소리가 들렸다.

「그는 도끼를 내게 가져와서 썩은 나무의 뿌리에다 놓았어요. 도끼를 내게 가져다주기 위해서, 그래서 그가 태어났어요. 그는 더 이상 아무것도 할 수가 없었어요. 내가 와서, 허리를 굽히고, 도끼를 집어 들었어요. 나는 그 일을 하려고 태어났어요. 이제는 썩은 나무를 잘라 버려야 하는 내 임무가 시작됩니다. 나는 내가 신랑이고, 꽃이 핀 아몬드나무 가지를 손에 들었다고 믿었지만, 처음부터 나는 나무를 베는 사람이었어요. 우리가 갈릴래아에서 춤추고 산책하며, 세상의 아름다움과, 천국과 지상의 일치성과, 천국이 곧 눈앞에서 열려 우리가 들어가게 되리라는 소리를 하며 돌아다니던 일을 기억하나요? 친구들이여, 그것은 모두 다 꿈이었어요. 이제 우리는 잠이 깨었습니다.」

「그렇다면 하늘나라는 없나요?」 겁에 질려 베드로가 소리쳤다.

「있어요, 베드로, 있기는 하지만, 그것은 우리의 내면에 존재합니다. 하늘나라는 우리의 내면에, 그리고 악마의 나라는 외부에 존재해요. 두 나라가 싸움을 벌입니다. 전쟁! 전쟁! 우리의 첫 번째 의무는 도끼로 사탄을 잘라 넘기는 일이에요.」

「어느 사탄요?」

「우리 주변의 세상요. 용기를 내요, 친구들이여, 나는 그대들을 결혼식이 아니라 전쟁에 초청했어요. 나 자신도 그런 사실을 모르고 있었으니까 나를 용서해 줘요. 하지만 그대들 가운데 누구라도 아내나 아이들이나 밭이나 행복 따위를 생각하는 사람이 있다면, 그런 사람은 떠나시오! 부끄러워할 필요는 전혀 없어요. 그런 사람은 자리에서 일어나 우리에게 조용히 작별 인사를 하고, 우리의 축복을 받으며 떠나요. 아직 시간이 남았으니까요.」

예수는 입을 다물었다. 그는 제자들을 둘러보았다. 아무도 움직이지 않았다. 개밥바라기가 커다란 물방울처럼 삼나무의 시커먼 나뭇가지 뒤로 굴러갔다. 밤새들이 검은 날개를 치며 잠에서 깨어났다. 산에서 시원한 산들바람이 불어왔다. 그리고 갑자기, 땅거미가 질 무렵의 감미로운 분위기 속에서 베드로가 앞으로 펄쩍 뛰어나와 소리쳤다. 「랍비님, 나는 이 전쟁에서 죽을 때까지 당신 곁을 떠나지 않겠습니다!」

「그건 너무 허세를 부리는 말이기 때문에, 베드로, 난 그 말이 마음에 안 들어요. 우린 험난한 길을 따라가야 해요. 자신의 구원을 바라는 사람은 없을 테니까, 사람들은 우리와 맞서려고 합니다. 사람들을 구원하려고 선지자가 일어섰을 때 그를 사람들이 돌로 쳐 죽이지 않은 적이 있었나요? 우리는 험난한 길을 따라가야 합니다. 소중한 삶을 이끌어 가기 위해서는 영혼을 단단히 잡고 놓아주지 말아야 해요, 베드로. 육체는 나약하니까 믿지 말아요……. 알겠어요? 당신한테 얘기하는 거예요, 베드로.」

베드로의 눈에서 갑자기 눈물이 글썽거렸다. 「당신은 저를 신임하지 못하시나요, 랍비님?」 그가 투덜거렸다. 「당신이 믿지 않아서 그런 눈으로 보시는 사람이 언젠가는 당신을 위해서 죽을 겁니다.」

예수는 베드로의 무릎에 손을 얹고 쓰다듬었다. 「그럴지도 모르죠…… 가능한 일이에요…….」 그가 중얼거렸다. 「나를 용서해요, 베드로.」

예수는 다른 제자들에게로 시선을 돌렸다. 「세례자 요한은 물로 세례를 주었습니다.」 그가 말했다. 「그리고 그들은 세례자를 죽였어요. 나는 불로써 세례를 하겠어요. 암흑의 시기가 우리를 덮칠 때가 되더라도 여러분이 미리 알아 불평하지 않게 하기 위해서 나는 오늘 밤 이 사실을 확실히 밝혀 두기로 했어요. 출발하기 전에 난 우리가 어느 길로 나아갈지 여러분에게 알려 주겠어요. 우리는 죽음을 향해 나아갈 것입니다. 그리고 죽음 다음에는 영생입니다. 그것이 우리의 길입니다. 각오는 되었나요?」

제자들은 어찌할 바를 몰랐다. 그의 목소리는 준엄했다. 이제는 웃고 떠드는 유쾌한 목소리가 아니고, 그들에게 전투태세를 갖추라는 명령이었다. 그렇다면 하늘나라로 들어가기 위해서 그들은 죽음의 길을 거쳐야만 하는가? 다른 길은 없는가? 그들은 소박하고 가난하고 무지몽매하고 날품팔이꾼들이며, 세상은 부유하고 온갖 권력을 다 소유했는데 어찌 세계와 싸움을 벌이겠는가? 만일 천사들이 하늘에서 내려와 도와주기만 한다면 얼마나 좋으랴! 하지만 천사가 땅에서 걸어 다니며 가난하고 천대받는 자들을 돕는 경우를 본 제자는 없었다. 그래서 그들은 잠자코 침묵을 지키며 속으로 위험을 따져 보고 또 따져 보았다. 유다는 자부심을 느낀 그들을 곁눈질해 보고 킬킬거렸다. 유다 혼자만 앞뒤를 재지 않았다. 그는 영혼은 고사하고 육체조차 전혀 신경 쓰지 않고, 죽음을 우습게 여기며 싸움에 임했다. 그에게는 커다란 정열이 한 가지뿐이었고, 그런 정열을 위해서 자신의 목숨을 바치는 행위를 가장 숭고한 기쁨으로 여겼다.

베드로가 마침내 입을 열었다. 그가 제일 먼저 말을 꺼냈다.

「랍비님, 천사들이 우릴 도우러 천국에서 내려올까요?」

「우리가 지상에 내려온 하느님의 천사들이에요, 베드로.」 예수가 대답했다. 「다른 천사들은 없어요.」

「하지만 우리끼리 헤쳐 나갈 힘이 있으리라고 생각합니까, 스승님?」 야고보가 물었다.

예수가 일어섰다. 그는 콧등에서 경련을 일으켰다.

「어서 가요.」 그가 소리쳤다. 「나를 버려요!」

「저는 당신을 버리지 않겠나이다, 랍비님.」 요한이 소리쳤다. 「저는 죽을 때까지 당신 곁에 머물겠습니다!」

「저도 그래요, 랍비님.」 안드레아가 소리치고 나서 스승의 무릎을 끌어안았다.

커다란 눈물 두 방울이 흘러내렸지만 베드로는 말을 하지 않았고, 기골이 장대한 젊은이 야고보는 부끄러워 머리를 떨구었다.

「그리고 당신은요, 유다, 내 형제여?」 나머지 사람들을 험악한 눈으로 말없이 둘러보는 붉은 수염에게 예수가 물었다.

「나는 말 따위는 상관하지 않아요.」 유다가 고함쳤다. 「그리고 난 베드로처럼 잔소리가 많지도 않습니다. 당신이 도끼를 들고 있는 한 나는 언제까지나 당신 곁에 머물겠어요. 하지만 당신이 도끼를 버리면, 나는 당신을 버릴 겁니다. 당신도 잘 알다시피 나는 당신을 따르는 게 아니에요. 나는 도끼를 따릅니다.」

「랍비님한테 그런 투로 얘기하는 걸 부끄럽다고 생각하지 않아요?」 베드로가 말했다.

하지만 예수는 기뻤다. 「유다의 말이 옳아요.」 그가 말했다. 「친구들이여, 나 자신도 도끼를 따르니까요.」

그들은 모두 삼나무에다 등을 기대고 땅바닥에 다리를 쭉 뻗었다. 하늘에는 별이 많아졌다.

「우리는 하느님의 기치를 펼치고 싸움터로 떠납니다.」 예수가 말했다. 「주님의 깃발에는 별과 십자가를 하나씩 수놓았습니다. 하느님께서 우리와 함께하소서!」

그들은 모두 잠잠했다. 그들은 결심했다. 그들은 용감해졌다.

「나는 다시 한 번 비유를 통해 얘기하겠어요.」 마침내 어둠 속에 잠긴 제자들에게 예수가 말했다. 「우리가 싸움터로 떠나기 전의 마지막 비유입니다……. 땅은 일곱 기둥 위에, 기둥은 물 위에, 물은 구름 위, 그리고 구름은 바람 위에, 바람은 태풍 위에, 태풍은 벼락 위에 이어졌음을 알아야 합니다. 그리고 벼락은 하느님의 발치에, 도끼처럼 놓였습니다.」

「이해를 못하겠는데요.」 낯을 붉히며 요한이 말했다.

「벼락의 아들 요한이여!」 사랑하는 제자의 머리를 매만지며 예수가 대답했다. 「나이를 먹고, 어느 섬에서 고행자가 되고, 머리 위에서 하늘이 열리며 당신 마음에 불이 붙게 되면, 그때는 이해를 하게 됩니다!」

그는 입을 다물었다. 주님의 발치에 놓인 불타오르는 도끼, 그리고 도끼에 묵주처럼 주렁주렁 매달린 태풍과 바람과 구름과 물, 그리고 온 세계……. 하느님의 벼락이 두엇인지를 이토록 분명히 깨닫기는 이번이 처음이었다. 비록 사람들과 오랜 세월을 같이 살았고, 경전과 더불어 오랜 세월을 보냈어도 이렇게 무서운 비밀을 그에게 보여 주었던 사람은 아무도 없었다. 벼락이 하느님의 아들 메시아라니, 얼마나 놀라운 비밀인가. 세상을 깨끗이 쓸어 내리는 자가 메시아였다.

「내 동지들이여.」 그가 말했다. 베드로는 그의 이마에서 뿔처럼 갑자기 두 가닥의 불길이 뿜어져 나온다고 느꼈다. 「여러분도 알다시피 나는 하느님을 만나려고 사막으로 갔어요. 나는 배가 고프고, 목마르고, 온몸이 타오르듯 더웠어요. 나는 바위에 웅크리고 앉아 하느님더러 어서 나타나라고 소리쳐 불렀습니다. 계속 물결치듯 악마들이 나를 덮치고, 무너지고, 거품을 일으키고는 되돌아서 흘러갔어요. 처음에는 육체의 악마, 다음에는 이성의 악마, 그리고 마지막으로 전능한 마음의 악마였어요. 하지만 나는 청동 방패처럼 하느님을 내 앞에 내세웠고, 내 주변의 모래밭에는 곧 발톱과 이빨과 뿔들이 사방에 잔뜩 흩어졌어요. 그리고 나는 머리 위에서 들려오는 우렁찬 목소리를 들었습니다. 〈일어나서 선구자가 너에게 가져다준 도끼를 집어 들고, 치거라!〉」

「아무도 구원을 받지 못하나요?」 베드로가 소리쳤다. 하지만 예수는 그 말을 듣지 못했다.

「어느새 내 팔은 마치 누가 손아귀에다 도끼를 쥐여 준 듯 무거워졌어요. 나는 몸을 일으키려고 했지만, 그러는 사이에 나는 또다시 목소리를 들었어요. 〈목수의 아들아, 새로운 홍수가 쏟아질 텐데, 이번에는 물이 아니라 불의 홍수일지니라. 새로운 방주를 만들고, 성스러운 자들을 모아 태우도록 하라!〉 그들을 모으는 일은 시작되었습니다, 친구들이여. 방주는 준비되었고, 문은 아직 열렸어요. 들어와요!」

그들은 모두 불안하게 술렁였다. 앞으로 기어 나와 그들은 마치 예수가 방주이며 그의 안으로 들어가려는 듯 그에게로 몰려들었다.

「그리고 나는 또다시 목소리를 들었어요. 〈다윗의 아들아, 불길이 가라앉고 방주가 새 예루살렘에 닻을 내리면 곧 너는 조상들의 왕좌에 올라 인류를 다스려라! 옛 대지는 사라졌고, 옛 하늘도 없어졌느니라. 성자들의 머리 위로는 새로운 천국이 펼쳐지리라. 인간들의 눈인 별은 전보다 일곱 곱절 환히 빛나리라.〉」

「랍비님.」 베드로가 다시 소리쳤다. 「당신과 더불어 싸운 우리는 모두 그날이 오는 것을 보고 당신의 왕좌 오른쪽과 왼쪽에 앉기 전에는 죽어서는 안 됩니다!」

하지만 예수는 그 말을 듣지 못했다. 사막의 불타는 환상에 사로잡힌 그는 얘기를 계속했다.

「그리고 나는 하늘에서 들려오는 소리를 마지막으로 들었어요. 〈하느님의 아들아, 내 축복을 받으라!〉」

하느님의 아들! 하느님의 아들! 그들은 저마다 마음속으로 소리쳤지만 아무도 감히 그 말을 입 밖에 내지 못했다.

이제는 모든 별이 나타났다. 오늘 밤에는 별이 하늘과 사람들 사이로 나지막이 떴다.

「그런데 말이에요, 랍비님.」 안드레아가 물었다. 「우리는 군대 생활을 어디서부터 시작하나요?」

예수가 대답했다. 「하느님은 나자렛에서 흙을 집어 내 육신을 빚으셨어요. 따라서 나자렛에서 싸움을 시작하는 것이 내 임무입니다. 그곳에서 내 육체는 영혼으로의 변신을 시작해야 합니다.」

「그리고 나중에 우리 부모님을 구하러 가파르나움으로 가요.」 야고보가 말했다.

「그러고는 막달라로 가서 불쌍한 막달라의 여인을 구해 방주에 태워야죠.」 안드레아가 제안했다.

「다음에는 온 세계를 구해요!」 동쪽과 서쪽을 가리키며 요한이 소리쳤다.

베드로는 그들의 얘기를 듣고 웃었다. 「난 배 속을 채울 일이 걱정이군요.」 그가 말했다. 「방주 안에서 우린 무얼 먹죠? 난 잡아먹을 동물만 태우자는 제안을 하고 싶어요. 맙소사, 사자나 각다귀는 어디다 쓰죠?」

베드로는 배가 고파 마음과 머리는 먹을 걱정뿐이었다. 모두가 웃었다.

「당신은 먹는 생각만 하는군요.」 야고보가 그를 꾸짖었다. 「우린 지금 세상을 구원하는 얘기를 하는데 말이에요.」

「당신들도 모두 나하고 똑같은 생각을 하잖아요.」 베드로가 반박했다. 「하지만 솔직하게 인정을 안 할 뿐이에요. 나는 좋은 얘기건 나쁜 얘기건 머리에 떠오르는 생각은 무엇이나 솔직하게 털어놓아요. 내 마음이 빙글빙글 돌아가고, 나도 마음과 더불어 빙글빙글 돌아가요. 그래서 말이 많은 자들은 나를 풍차라고 부르죠. 내 말이 맞지 않나요, 랍비님?」

예수의 얼굴이 밝아지며 미소를 지었다. 그는 옛날이야기가 떠올랐다.

「옛날에 랍비 한 사람이 살았는데, 신도들이 듣고 예배당으로 오도록 훌륭한 솜씨로 크게 뿔 나팔을 불어 줄 사람을 구하고 싶어 했어요. 그래서 그는 뿔 나팔 솜씨가 훌륭한 모든 사람에게 시험을 치르러 오라고 발표했죠. 랍비가 직접 가장 훌륭한 사람을 선발하기로 했습니다. 읍내에서 제일 훌륭한 뿔 나팔수 다섯 명이 왔어요. 저마다 뿔 나팔을 들고 불었어요. 모두들 시험을 치른 다음에 랍비는 그들에게 각각 물었어요. 〈뿔 나팔을 불 때 당신은 무슨 생각을 하나요?〉 첫 번째 사람이 말했어요. 〈하느님을 생각합니다.〉 두 번째 사람은 〈이스라엘의 구원을 생각합니다〉, 세 번째 사람은 〈굶주리고 가난한 사람들을 생각합니다〉, 네 번째 사람은 〈고아와 과부들을 생각합니다〉라고 각자 말했어요. 그들 가운데 가장 초라한 사람이 한쪽 구석에서 머뭇거리며 말을 하지 않았어요. 〈그럼 당신은 뿔 나팔을 불 때 무슨 생각을 하나요?〉 랍비가 그에게 물었어요. 낯을 붉히며 나팔수가 대답했습니다. 〈랍비님, 저는 가난하고 무식하며, 딸이 넷입니다. 저는 가엾게도 그들에게 남들처럼 결혼하게끔 지참금을 마련해 줄 능력이 없어요. 그래서 나팔을 불 때면 저는 속으로 이런 생각을 한답니다. 하느님, 당신을 위해서 제가 얼마나 애써 고생하며 일하는지 보시잖아요. 부탁이오니 제 딸들을 위해 남편을 네 사람 보내 주십시오!〉 랍비가 말했어요. 〈나는 당신을 선택했으니, 내 축복을 받아요!〉」

예수는 베드로를 돌아보고 웃었다. 「내 축복을 받아요, 베드로.」 그가 말했다. 「나는 당신을 선택합니다. 당신은 먹을 생각이 머리에 떠오르면 입으로도 먹는 얘기를 하죠. 머릿속에 하느님이 계시면 당신은 하느님 얘기를 합니다. 좋습니다! 그래서 사람들이 당신을 풍차라고 부르죠. 나는 당신을 선택합니다. 당신은 사람들이 먹게끔 밀을 빻아 빵으로 만드는 풍차니까요.」

그들에게는 빵이 한 조각밖에 없었다. 예수는 그것을 쪼갰다. 저마다 겨우 한 입밖에 돌아가지 않았지만, 랍비가 빵에 축복을 내려 그들은 배가 불렀다. 나중에 그들은 서로 어깨에 기대고 잠이 들었다.

세상 만물이, 심지어는 돌멩이와 물과 영혼까지도 밤사이에 잠을 자고, 긴장을 풀고, 성장한다. 아침에 제자들이 잠에서 깨어났을 때, 그들의 영혼은 가지를 치고 그들의 몸 구석구석으로 퍼져 나가 기쁨과 자신감이 가득 배어들었다.

그들은 동이 트기 전에 길을 떠났다. 오늘은 날씨가 시원했다. 구름이 뜬 하늘은 가을이었다. 뒤늦게 이동하는 두루미들이 제비 떼를 이끌고 남쪽으로 날아갔다. 마음이 가벼워진 제자들은 길을 따라 나아갔고, 그들의 마음속에서는 하늘과 땅이 맞닿았으며, 지극히 초라한 돌멩이까지도 하느님으로 인해 충일해서 반짝였다.

예수는 앞장서서 나아갔다. 하느님의 자비에 매달린 그의 마음은 무거워졌다. 예수는 그가 드디어 건너온 다리들을 태워 버렸고 이제는 되돌아갈 길이 없어졌음을 알았다. 그의 운명이 앞장서서 나아갔고, 그는 운명을 뒤따라갈 따름이었다. 하느님이 결정한 모든 일이 그대로 이루어지리라. ······그의 운명이었던가? 갑자기 그는 그토록 오랫동안 악착같이 그를 따라온 신비한 발소리를 또다시 들었다. 그는 귀에다 신경을 모으고 들었다. 발소리는 빠르고, 무겁고, 단호했다. 하지만 그것은 이제 그의 뒤에서 따라오지 않고, 앞에서 그를 이끌며 나아갔다······. 그런 쪽이 더 좋지, 더 좋아, 그는 생각했다. 이제 나는 더 이상 길을 잃지 않을 테니까······.

기뻐하며 그는 더욱 성큼성큼 걸었다. 다리가 서두르기 때문에 마음도 서두르는, 그런 기분이었다. 그는 눈에 보이지 않는 길잡이에게 〈앞으로! 앞으로!〉라고 속삭이며 나아갔다. 바위 위로 고꾸라지고, 도랑을 뛰어넘고 하면서 달렸다. 갑자기 그는 소리를 질렀다. 그는 못에 찔린 듯 손과 발에서 통증을 느꼈다. 그는 바위로 엎어졌다. 작고 식은 땀방울이 온몸에서 흘러내렸다. 잠깐 동안 머리가 빙빙 돌았다. 발밑에서는 땅바닥이 무너져 사라졌으며, 무섭고도 시커먼 바다가 그의 앞에 펼쳐졌다. 바다에서는 당장에라도 터질 듯 돛이 팽팽하게 부푼 채 용감하게 항해하는 작고도 빨간 배 한 척 말고는 텅 비어 황량했다……. 예수는 보고 또 보더니 미소를 지었다. 「저 배는 내 마음이로구나.」 그가 중얼거렸다. 「그것은 내 마음이야…….」 그는 다시 머릿속이 안정되고 통증도 가라앉아 제자들이 도착했을 때, 그는 바위에 평화롭게 앉아 조용히 미소를 지었다.

〈앞으로 나아갑시다, 여러분, 더 빨리요!〉라고 말하더니 그는 몸을 일으켰다.

제21장

　안식일이란 배불리 먹고 하느님의 무릎에서 휴식을 취하는 아이라고 한다. 이 아이와 더불어 물은 잔잔하게 휴식을 취하고, 새들은 둥지를 틀다 말고 휴식을 취하며, 사람들은 일을 하지 않는다. 그들은 옷을 잘 차려입고, 몸단장을 하고, 예배당으로 가서 빨갛고 까만 글씨로 하느님의 율법을 적은 성스러운 두루마리를 펼치는 랍비를 지켜보고, 박식한 학자들이 모든 어휘, 모든 음절을 새겨 가며 굉장한 재능을 보여 하느님의 뜻을 찾아내는 설명을 듣는다.

　오늘은 안식일이다. 지금 나자렛의 예배당 문을 나서는 신도들은 늙은 랍비 시므온이 그들 앞에서 일으킨 온갖 환상으로 눈앞이 몽롱한 채였다. 그들의 눈에 담긴 빛이 어찌나 강렬한지 그들은 모두 장님처럼 고꾸라지고 비틀거렸다. 그들은 마을 광장에서 사방으로 뿔뿔이 흩어지고, 마음의 평정을 되찾기 위해 커다란 대추야자나무 밑에서 유유히 산책을 했다.

　오늘 랍비는 손이 가는 대로 경전을 아무 곳이나 펼쳐 열었다. 선지자 나훔의 예언서가 나왔다. 이번에도 손가락으로 아무렇게나 짚었더니 다음과 같은 성전이 닿았다. 「보라, 산 위에서 기쁜 소식을 전하러 오는 이의 발소리가 들려오는도다!」늙은 랍비는 이 말을 읽고 또 읽어 사람들을 열광시켰다.

「메시아입니다!」그가 소리쳤다.「메시아가 오십니다. 여러분 주위와 여러분의 내면을 살펴보십시오. 그분이 오신다는 계시가 어디에서나 발견됩니다. 우리의 내면에는 분노, 수치, 희망, 그리고 〈더 이상 못 참겠다!〉라는 외침이 충만합니다....... 그리고 외부에는, 보시오! 사탄이 우주의 왕좌에 앉았습니다. 그는 한쪽 무릎에 인간의 썩은 육체를, 다른 쪽 무릎에는 인간의 타락한 영혼을 올려놓고 어루만집니다. 선지자들이 예언하던 때가 왔습니다. 선지자들의 입을 통해 얘기를 하신 이는 하느님이십니다. 경전을 펼쳐 보세요. 뭐라고들 하나요?〈이스라엘이 왕좌에서 굴러 떨어지고 우리의 거룩한 땅을 야만인들의 발이 짓밟으면, 세상의 종말은 온 것이니라!〉그리고 경전에서는 또 뭐라고 하던가요.〈마지막 왕은 방탕하고, 법을 어기고, 무신론자이며, 그의 자식들은 쓸모없는 존재들이리라. 그리고 이스라엘의 머리에서는 왕관이 벗겨지리라.〉방탕하고 법을 어기는 왕은 나타났으니, 헤로데가 바로 그 왕입니다! 병을 고쳐 달라고 그가 나를 예리고로 불렀을 때 헤로데를 내 눈으로 똑똑히 보았습니다. 그런 치료에 관해서는 환히 알았던 터라 나는 비밀의 약초를 가지고 갔어요. 나는 그를 찾아간 그날부터, 그의 썩어 가는 살을 봤기 때문에 고기를 먹지 못하게 되었고, 벌레가 가득한 그의 피를 보았기 때문에 포도주를 마시지 못했어요. 내 콧구멍 속에는 그에게서 나던 악취가 30년 동안이나 떠나지 않았어요. ......그는 죽었고, 그의 시체는 썩었습니다. 보잘것없고 하찮은 그의 자식들이 태어났습니다. 왕관이 그들의 머리에서 미끄러져 벗겨졌습니다......」[1]

따라서 예언은 이루어졌고, 세상의 종말은 우리 앞에 닥쳤습니다! 요르단 강에서는 〈메시아가 오신다!〉라는 목소리가 울렸습니다. 〈메시아가 오신다!〉라고 우리 내면의 목소리가 마주 소리칩니다. 나는 늙었고, 눈이 침침하고, 이빨이 빠지고, 무릎에는 힘이 없어요. 나는 기뻐합니다! 하느님이 내게 약속하셨기 때문에 나는 기뻐합니다. 〈시므온아.〉 하느님이 말씀하셨어요. 〈너는 메시아를 보기 전에는 죽지 않으리라.〉 따라서 내가 죽음에 가까워질수록 우리는 메시아에게 가까워집니다. 용기를 내요, 여러분. 노예 생활도 없고, 사탄도 없고, 로마인도 없습니다. 메시아가 계실 뿐이고, 그분은 오고 계십니다! 이것은 전쟁이니, 남자들이여, 싸울 준비를 하시오! 신랑이 도착하니, 여자들이여, 등잔에 불을 밝히시오! 우리는 정확한 순간이나 시간은 알지 못해서, 오늘이 될지, 내일이 될지 모릅니다. 열심히 지켜봐야 해요! 근처의 산에서 그분의 발에 밟혀 구르는 돌멩이 소리가 들립니다. 그분이 오십니다! 그분을 보게 될지도 모르니 밖으로 나가요!」

사람들은 밖으로 나가서 커다란 대추야자나무 밑으로 흩어졌다. 랍비의 말은 지극히 두서가 없었고, 신도들은 광란하던 불길이 가라앉고 그들의 영혼이 아직도 눈앞에 닥친 일상사의 걱정거리들로 다시금 돌아가게 하려고, 강론 내용을 완전히 잊어버리려고 애썼다. 그리고 그들이 집으로 돌아가서 얘기하고, 말다툼을 벌이고, 밥을 먹는 사이에 거룩한 말을 잊게 될 시간인 한낮이 어서 오기를 기다리며 산책을 하는데, 보라! 찢어진 옷을 걸치고, 맨발이며, 얼굴은 번갯불의 섬광 같은 마리아의 아들이 나타났

---

1 예수 출생 당시의 통치자는 헤로데 대왕이고, 그의 자식들로는 세례자 요한을 죽인 헤로데 안디바와, 분봉왕이었다가 악정에 대한 유대인의 불평으로 인해서 로마로부터 파면당한 헤로데 아켈라오, 헤로디아의 첫 남편인 헤로데 필립보 1세, 헤로디아의 딸 살로메를 아내로 삼은 헤로데 필립보 2세, 그리고 손자 아그리빠였다.

다. 네 명의 제자가 얌전히 그의 뒤를 따르고, 맨 뒤에서는 눈빛이 음흉하고 가까이 지내기가 힘든 붉은 수염 유다가 쫓아왔다.

마을 사람들은 깜짝 놀랐다. 이런 오합지졸은 어디에서 왔고, 앞장을 선 저 사람은 마리아의 아들이 아닌가?

「저 걸음걸이를 봐요. 팔을 들어 날개처럼 치는군요. 하느님 생각을 너무 해서 머리가 돌더니 이제는 날아 보고 싶은 모양이에요.」

「바위로 올라가서 손짓을 하는데요. 무슨 말을 하고 싶은가 봐요.」

「마침 심심했는데 잘됐네, 우리 가봅시다!」

예수는 광장의 한가운데 놓인 바위로 올라섰다. 괴팍한 인물이 나타나서 기뻐 웃으며 사람들이 모여들었다. 이제 그들은 랍비의 심각한 얘기를 잊게 되었다. 「이것은 전쟁입니다.」 랍비가 그들에게 말했었다. 「열심히 지켜봐야 해요. 그분이 오십니다!」 랍비는 이 타령을 벌써 여러 해 동안 귀가 아플 정도로 읊어 대었기 때문에 그들은 진저리가 날 정도였다. 그런데 마침 하느님 덕분에 마리아의 아들이 그들로 하여금 마음의 부담을 덜게 해줄 눈치였다.

예수는 그들더러 모두 모이라는 시늉으로 팔을 흔들었다. 수염과 동글 모자와 줄무늬가 진 옷들이 잔뜩 모였다. 몇몇 사람은 배고픔을 잊으려고 대추야자나 해바라기 씨를 씹어 먹었고, 가장 나이가 많고 하느님을 잘 공경하는 사람들은 저마다 경전의 인용 구절을 담은 파란 헝겊을 자그마하게 매듭을 지어 만든 묵주로 긴 신공(神功)을 드렸다.

예수의 눈이 번득였다. 그토록 많은 군중 앞에 섰어도 그는 아무런 두려움도 느끼지 않았다. 그는 입을 열었다.

「형제들이여.」 그가 소리쳤다. 「귀를 열고 마음을 열어 내가 하려는 얘기를 들어요. 이사야는 이렇게 외쳤습니다. 〈주님의 혼이 내게로 임하였으니, 주님은 나를 선택하여 가난한 자들에게 기쁜 소식을 알리게 했고, 나를 보내 노예들에게 자유를, 눈먼 자들에게 광명을 전하라 하셨습니다!〉 예언의 날이 왔습니다, 형제들이여. 이스라엘의 하느님은 나를 보내 기쁜 소식을 전하라 하셨습니다. 하느님은 유대의 사막에서 내게 성령을 주셨고, 그곳으로부터 나는 왔습니다! 그분은 내게 큰 비밀을 알려 주셨습니다. 나는 그 비밀을 받고는 평야와 산을 지나 왔는데, 여러분은 언덕을 넘어오는 내 발소리를 듣지 못했습니까? 나는 즐거운 소식을 제일 먼저 내가 태어난 마을에 전하려고 이곳으로 달려왔습니다. 어떤 즐거운 소식이냐고요? 하늘나라가 임했습니다!」

낙타처럼 등에 혹이 두 개인 꼽추 노인이 묵주를 들어 보이며 떠들었다.

「막연한 얘기예요, 목수의 아들이여, 당신이 하는 말은 막연하고, 근거가 없어요. 〈하늘나라〉니, 〈옳은 일〉이니, 〈자유〉니, 〈다 공짜니까 마음대로 실컷 가져라〉 같은 소리 말이에요. 난 그런 소리에는 신물이 나요! 기적을 보여 줘요, 기적을! 난 지금 당장 당신이 이 자리에서 무엇인가 해 보이기를 바라요. 우리로 하여금 당신을 믿도록 무슨 기적을 행해 봐요. 그러지 못하겠으면 입 닥쳐요!」

「모두가 기적입니다.」 예수가 대답했다. 「또 무슨 기적을 여러분은 바랍니까? 발밑을 보면, 가장 초라한 풀잎 하나도 잘 자라도록 수호천사가 옆에 서서 도와줍니다. 머리를 들어 하늘을 보면 별들이 가득한 기적이 얼마나 위대합니까! 그리고 눈을 감으면, 우리 내면의 세계는 얼마나 훌륭한 기적인가요! 우리의 마음에는 얼마나 많은 별이 가득합니까!」

그들은 예수의 말을 듣고 놀라서 서로 옆 사람을 쳐다보았다.

「저 사람은 마리아의 아들이잖아요? 그런데 어떻게 저토록 의젓한 말을 할까요?」

「저 사람의 입을 통해서 말하는 자는 악마예요. 저 사람이 아무도 물어뜯지 못하게 묶어 둬야 할 텐데, 그의 형제들[2]은 어디 있나요?」

「저 사람이 다시 입을 열었어요. 조용들 해요!」

「주님의 날이 임했습니다, 형제들이여. 여러분은 준비가 되었습니까? 여러분에게는 겨우 몇 시간밖에 남지 않았습니다. 가난한 자들을 불러 당신들의 재산을 나눠 주십시오. 세상의 물건을 무엇 때문에 아까워합니까? 그것을 태워 버리려고 불이 가까이 왔는데요! 하늘나라가 오기 전에, 불의 나라가 먼저 옵니다. 주님의 날에, 부유한 자들의 집에서는 바위가 일어나 집주인을 눌러 죽이며, 부유한 자들의 궤짝에 숨겨 놓은 황금 덩어리들은 땀을 흘리고, 가난한 자들의 땀과 피가 흘러 번영하는 자들을 휩쓸어 갑니다. 천국이 터지고, 홍수와 불이 쏟아져 내리고, 새로운 방주가 불길 위로 떠갑니다. 나는 열쇠를 가지고 있으므로, 방주를 열고 선택하려 합니다. 내 나자렛 형제들이여, 나는 당신들로부터 시작하겠습니다. 나는 여러분을 가장 먼저 초청합니다. 와요, 안으로 들어와요. 하느님의 불길은 벌써 내려오기 시작했습니다!」

「엉터리다! 엉터리! 마리아의 아들이 우리를 구원하러 왔단다!」 요란하게, 미친 듯 웃어 대며 군중이 야유했다. 몇 사람은 허리를 굽혀 돌멩이를 손에 들고는 기다렸다.

광장의 언저리에 누가 뛰어오는 모습이 나타났다. 양치기 필립

---

2 여기에서의 형제는 야고보, 요셉, 유다, 시몬, 즉 예수의 가족을 의미한다. 「마르코의 복음서」 6장 1~7절 참조.

보였다. 친구들이 도착했다는 말을 듣자 그는 당장 달려왔다. 그는 많이 울기라도 했는지 눈이 퉁퉁 붓고 이글거렸으며, 뺨은 푹 꺼져 있었다. 그가 예수와 제자들에게 호숫가에서 작별 인사를 하고는 웃어 대며 〈내게는 양 떼가 있는데, 양들을 맡길 곳이 없으니, 같이 가지 않겠어요〉라고 소리쳤던 바로 그날 도둑들이 레바논에서 몰려와 그를 덮쳐 양치기 지팡이만 남겨 놓고 모조리 빼앗아 갔다. 그는 아직도 지팡이는 간직한 채로, 이 마을에서 저 마을로, 이 산에서 저 산으로, 왕좌가 없는 왕처럼 양 떼를 찾아 돌아다녔다. 그는 욕설을 퍼붓고, 위협을 하고, 큼직한 단검의 날을 세우고는 레바논으로 찾아가겠다고 맹세했다. 하지만 밤이 되어 혼자 남게 되면 그는 흐느껴 울었다……. 그는 이제 옛 친구들을 다시 만나 그들에게 괴로운 얘기를 털어놓고 같이 레바논으로 떠나자고 설득하기 위해 달려온 것이었다. 그는 웃고 야유를 퍼붓는 소리를 들었다. 「저기서 무슨 일이 났나?」 그가 중얼거렸다. 「왜들 웃을까?」 그는 더 가까이 갔다. 예수는 이제 격노했다.

「당신들은 왜 웃습니까?」 예수가 소리쳤다. 「왜 당신들은 사람의 아들을 치려고 돌을 집어 드나요? 왜 당신들은 당신들의 집과 올리브 숲과 포도밭을 자랑합니까? 잿더미예요! 잿더미! 그리고 여러분의 아들과 딸들, 그들도 잿더미예요! 그리고 불길과 수많은 도적이 산에서 달려 내려와 당신들의 양 떼를 끌고 갈 것입니다!」

「무슨 도적요, 무슨 양 떼 말인가?」 지팡이로 턱을 괴고 얘기를 듣고 있던 필립보가 투덜거렸다. 「지금 우리에게 가지고 온 불길이란 또 무엇입니까?」

예수가 얘기를 하는 동안 피부가 흙 빛깔인 빈민들이 점점 더 많이 모여들었다. 그들은 가난한 자들을 위한 새 선지자가 나타났다는 말을 듣고 달려온 것이었다. 소문을 들으니 그는 한 손에는 부유한 자들을 태워 죽일 하늘나라의 불을 들었고, 다른 손에는 부유한 자들의 재산을 가난한 사람들에게 나눠 주기 위한 저울을 들었다고 했다. 그는 새로운 모세, 소식을 전하는 사람, 보다 의로운 율법이었다. 사람들은 황홀해서 그의 얘기에 귀를 기울였다. 왔도다, 왔도다! 가난한 자들의 왕국이 임했도다!

하지만 예수가 다시 입을 열어 말하려는 순간, 두 사람의 팔이 덮쳐 그를 붙잡더니 바위에서 끌어 내렸다. 굵직한 밧줄이 재빨리 그의 몸을 휘감았다. 예수는 시선을 돌려 요셉의 아들, 그의 형제인 절름발이 시몬과 의인 야고보를 보았다.

「집으로 가요, 집 안으로 들어가요! 형에게는 마귀가 씌웠어요!」 황급히 예수를 끌어가며 그들이 소리쳤다.

「내게는 집이 없다. 이 손을 놓거라. 여기가 내 집이요, 이들은 곧 내 형제들이다!」 군중을 가리키며 예수가 소리쳤다.

「집으로 가요, 집으로 가라고요!」 마을 사람들이 웃고 소리쳤다. 한 사람이 팔을 들어 쥐고 있던 돌멩이를 던졌다. 돌멩이가 예수의 이마를 스쳤고, 핏방울이 흘렀다. 등에 혹이 둘인 꼽추가 소리쳤다.

「죽여라! 죽여라! 저 사람은 요술을 피우는 자이고, 우리에게 마술을 걸어서 불이 우리에게로 내려 태워 죽이라고 요술을 피우는데, 그런 꼴을 그냥 당하기만 하겠어요!」

「죽여라! 죽여라!」 사방에서 사람들이 소리쳤다.

베드로가 앞으로 달려 나갔다. 「모두들 부끄러운 줄을 아시오.」 그가 소리쳤다. 「저 사람이 당신들에게 구슨 짓을 했습니까? 저분은 아무 죄도 없어요!」

건장한 젊은이가 그에게 달려들었다. 「보아 하니 너도 저 사람하고 한 패거리로구나!」그는 베드로의 목을 움켜잡았다.

「아니에요! 아니에요! 난 그렇지 않아요!」목을 움켜쥔 큼직한 손에서 벗어나려고 몸부림치며 베드로가 소리를 질렀다.

예수의 다른 제자 세 사람은 혼비백산할 지경으로 겁이 났다. 야고보와 안드레아는 힘이 모자라서 옆으로 비켜났고, 요한의 눈에는 눈물이 가득 고였다. 하지만 유다는 두 팔로 군중을 헤쳐 길을 트고는 미친 듯한 동생들을 랍비에게서 떼어 놓고 밧줄을 풀었다.

「저리 가요.」그는 동생들에게 소리쳤다.「안 가겠다면 나하고 한바탕 붙는 수밖에 없을 테니까, 저리들 가라고요!」

「남의 마을에 와서 이래라저래라 설치지 말아요!」절름발이 시몬이 고함쳤다.

「나는 주먹만 멀쩡하면 어디서나 두목 노릇을 해요. 이 다리 짧은 양반아!」유다는 제자들에게로 돌아섰다.「벌써부터 그를 부정하다니, 당신들은 창피한 줄도 모릅니까? 앞으로 나와요! 아무도 손대지 못하게 이분을 둘러싸요!」

네 사람은 창피해졌다. 거지와 가난뱅이들이 앞으로 뛰어나오면서 소리쳤다.「형제들이여, 우린 당신들 편입니다! 놈들을 죽여 버립시다!」

「그리고 나도 당신들 편입니다.」거친 목소리가 외쳤다. 필립보는 지팡이를 휘둘러 군중을 옆으로 밀어내며 나아갔다.「나도 같은 편입니다!」

「잘 왔어요, 필립보.」붉은 수염이 그에게 말했다.「와서 우리와 함께 어울려요! 가난한 자들과 핍박받는 사람들은 모두 모이시오!」

빈민촌에 사는 자들이 그들에게 반기를 드는 광경을 보고 마을 사람들은 덩달아 분노를 터뜨렸다. 목수의 아들은 가난한 자들의 머리에 못된 사상을 불어넣고, 세계의 기존 질서를 뒤엎으려고 왔다. 그는 새로운 율법을 가지고 왔노라 말하지 않았던가? 죽여라! 죽여!

그들은 격분해서 어떤 사람은 지팡이로, 어떤 사람은 칼로, 그리고 어떤 사람은 돌멩이로 공격했다. 노인들은 옆으로 물러나서 격려의 함성을 질렀다. 예수의 친구들은 광장의 언저리에 있는 사시나무 뒤로 몸을 피했고, 다른 사람들은 광장으로 몰려 나갔다. 예수는 앞으로 나가, 맞선 두 진영의 중간에 섰다. 그는 두 팔을 번쩍 들고 〈형제들이여! 형제들이여!〉라고 소리쳤지만, 아무도 그의 말을 듣지 않았다. 분노한 군중은 서로 돌멩이를 던졌고, 다친 사람들은 신음을 했다.

좁다란 길거리에서 한 여자가 달려 나왔다. 보랏빛 수건으로 얼굴을 단단히 감싼 그녀는 눈물이 철철 넘치는 커다랗고 검은 눈과 입의 절반만 드러내 놓고 있었다.

「하느님의 이름으로 애원하노니, 저 애를 죽이지 말아요!」 그녀는 높은 목소리로 외쳤다.

「저 사람의 어머니 마리아다!」 사람들이 중얼거렸다.

하지만 미친 듯 날뛰는 노인들이 이제 와서 어찌 어머니를 동정할 여유를 찾겠는가. 「죽여라! 죽여라!」 그들이 아우성을 쳤다. 「사람들을 선동하고 반란을 일으켜, 우리 재산을 맨발로 돌아다니는 놈들에게 나눠 주려고 온 저놈을 죽여라!」

적들이 이제 서로 움켜잡을 만큼 가까워졌다. 요셉의 두 아들이 소리를 지르며 땅바닥으로 굴러 떨어졌다. 야고보가 돌멩이를 집어 그들의 머리를 쳤기 때문이다. 유다는 단검을 뽑아 들고 예수 앞에 서서 아무도 접근하지 못하게 막았다. 필립보는 그의 양들이 생각났다. 더 이상 참지 못하고 그는 적들의 머리를 향해 지팡이를 마구 휘둘렀다.

「하느님의 이름으로 부탁해요.」 마리아의 목소리가 다시 들려왔다. 「저 애는 병이 났어요! 저 애는 머리가 이상해졌어요! 저 애를 불쌍히 여겨 주세요!」

하지만 그녀의 외침은 소음 속에 잠겨 들리지 않았다. 유다는 이제 제일 건장하고 힘센 남자를 붙잡아 발로 찍어 누르고는 그의 목에다 칼을 대었다. 하지만 예수가 재빨리 달려와서 붉은 수염의 팔을 잡고 말렸다.

「유다, 내 형제여.」 그가 소리쳤다. 「피는 안 됩니다! 피는 안 돼요!」

「그럼 뭐예요, 물을 흘리란 말인가요?」 격노해서 붉은 수염이 소리쳤다. 「당신이 도끼를 손에 들었다는 사실을 잊어버렸나요? 때는 왔습니다!」

얻어맞아 화가 나서, 심지어 베드로까지도 사나워졌다. 그는 커다랗고 묵직한 돌멩이를 움켜쥐고 노인들에게 달려들었다. 마리아는 싸움판의 한가운데로 뛰어들어 아들에게로 갔다. 그녀는 아들의 손을 잡았다. 「애야.」 그녀가 말했다. 「너 어떻게 된 거냐? 네가 어쩌다가 이런 꼴이 되었니? 집으로 가서 몸을 씻고, 옷을 갈아입고, 신발을 신거라. 넌 몹시 더러워졌구나, 내 아들아.」

「나는 집이 없어요.」 그가 말했다. 「나는 어머니가 없습니다. 당신은 누구신가요?」

어머니는 흐느껴 울기 시작했다. 손톱으로 뺨을 후벼 파며, 그녀는 더 이상 말을 하지 않았다.

베드로가 돌을 던졌다. 돌은 등에 혹이 둘 달린 꼽추 노인의 발을 짓찧었다. 노인은 비명을 지르며 깡충거리고 뒷골목으로 랍비의 집을 향해 달아났다. 하지만 그때 씨근덕거리며 랍비가 나타났다. 그는 탁자에 앉아 경전에 얼굴을 처박고 어휘와 음절로부터 하느님의 뜻을 찾아내려고 골몰하다가 시끄러운 함성을 듣고 벌떡 몸을 일으켰다. 난장판이 벌어졌음을 안 그는 홀장을 집어들고 무슨 일인지 보려고 달려왔다. 그는 오던 길에 다친 사람 몇 명을 만나 자초지종을 들었다. 그는 군중을 옆으로 밀어내고 마리아의 아들에게로 갔다.

「이게 다 무슨 소동이냐, 예수야?」 그가 준엄하게 말했다. 「이것이 사랑을 전한다는 네가 할 짓이냐? 네가 가지고 온 사랑이 이런 것이고? 너는 창피하지도 않으냐?」

늙은 랍비는 군중에게로 돌아섰다.

「다들 집으로 돌아가요, 여러분. 이 사람은 내 조카입니다. 내 조카는 병들고 불우한 사람입니다. 여러 해 전부터 병자였습니다. 이 사람이 한 얘기에 대해서 나쁜 감정을 품지 말고, 용서해 주세요. 이 사람이 하는 얘기가 아니라, 다른 자가 그의 입을 이용했으니까요.」

「하느님이셨어요!」 예수가 소리쳤다.

「너는 조용하거라.」 힐책하느라고 홀장으로 그를 찌르며 랍비가 딱딱거렸다.

그는 다시금 군중에게로 돌아섰다.

「여러분, 이 사람을 그냥 내버려 두시오. 이 사람은 자신이 하는 얘기가 무엇인지도 모르니까, 유감을 품지 말아요. 모든 사람, 부유하거나 가난한 우리 모두는 아브라함의 씨앗입니다. 우리끼리는 싸우지 맙시다. 점심때가 되었으니 집으로들 돌아가요. 이 불운한 사람의 병은 내가 고치도록 하겠어요.」

그는 마리아에게로 돌아섰다. 「마리아, 집으로 가요. 우리도 곧

갈 테니까요.」

어머니는 마치 영원히 헤어지기 위해 작별 인사라도 하는 듯, 주체하기 어려운 그리움이 어린 눈길을 마지막으로 아들에게 던졌다. 그녀는 한숨을 짓고, 머릿수건을 입에 물고는 좁은 골목으로 사라졌다.

사람들이 서로 죽이겠다고 덤비는 동안 하늘에는 구름이 덮였고, 비로 대지를 신선하게 씻어 줄 준비를 했다. 바람이 일었다. 사시나무와 무화과나무의 마지막 잎사귀들이 줄기에서 떨어져 땅바닥에 흩어졌다. 광장이 텅 비었다. 예수는 필립보에게로 돌아서서 손을 내밀었다.

「필립보, 내 형제여, 잘 왔어요.」

「당신을 만나니 기뻐요, 랍비님.」 필립보는 예수의 손을 꼭 잡고 지팡이를 건네주며 대답했다.

「이 지팡이에 몸을 의지하세요.」 그가 말했다.

「갑시다, 동지들이여.」 예수가 말했다. 「같이 갑시다. 발에서 흙을 털어요. 잘 있거라, 나자렛이여!」

「아무도 너를 괴롭히지 못하게 내가 마을 밖까지 같이 가주마.」 늙은 랍비가 말했다.

그는 예수의 손을 잡았고, 그들은 함께 앞장서서 나아갔다. 랍비는 예수의 손바닥이 활활 타오른다고 느꼈다.

「애야.」 그가 말했다. 「다른 사람들의 고뇌를 네가 대신 걸머지지 말거라. 그 고뇌가 너를 잡아먹을 것이다.」

「나 자신의 고뇌는 없어요. 다른 사람들의 고뇌로 하여금 나를 잡아먹게 하죠!」

그들은 나자렛의 끝에 이르렀다. 과수원이 시야에 들어왔고, 그 너머는 밭이었다. 뒤에서 따라오던 제자들은 상처를 씻으려고 잠깐 샘터에서 걸음을 멈추었다. 그들과 함께 상당히 많은 거지와 불구자와 두 명의 장님이 따라오면서, 도두들 새로운 선지자가 기적을 행하기를 기다리며 떠들어 대었다. 그들은 큰 전투에서 돌아오는 듯 신이 나고 즐거워했다.

하지만 네 제자는 침묵을 지키며 나아갔다. 마음이 불안한 그들은 위로의 말을 들으려고 서둘러 랍비에게로 다가갔다. 스승님의 고향인 나자렛은 그들에게 야유를 퍼부으며 쫓아냈고, 위대한 전투는 시작부터 좋지 않았다! 그리고 만일 우리가 가나에서도, 그리고 가파르나움과 겐네사렛 호수 주변의 모든 곳에서도 쫓겨난다면 우리는 어떻게 되려나? 그들은 생각했다. 우리는 어디로 가나? 우리는 누구에게 하느님의 말씀을 전하나? 이스라엘 사람들이 야유를 퍼붓고 거부하니, 우리는 누구에게로 돌아서나? 이교도들에게로?

그들은 예수를 쳐다보았지만 입을 열어 말하는 사람은 아무도 없었다. 하지만 예수는 그들의 눈에서 두려움을 보고는 베드로의 손을 잡았다.

「믿음이 부족한 사람 베드로여.」 그가 말했다. 「털을 곤두세운 시커먼 짐승이 당신의 눈동자 속에 움크리고 앉아 벌벌 떠는군요. 그것은 두려움, 베드로, 두려움이에요. 두려운가요?」

「당신에게서 멀리 떨어져 있을 때면, 랍비님, 그래요, 저는 두렵습니다. 그렇기 때문에 저는 가까이 왔고, 그렇기 때문에 우리는 모두 가까이 왔습니다. 우리의 마음이 가라앉게 얘기를 해주세요.」

예수는 미소를 지었다. 「내 영혼 속을 깊이 들여다보면 어째서, 그리고 어떻게 진리가 항상 비유의 형태로 내 마음에서 우러나오는지 그 이유를 나는 알지 못합니다.」 그가 갈했다. 「친구들이여,

나는 또다시 여러분에게 비유를 하나 얘기하겠어요. 언젠가 굉장히 높은 신분의 어느 귀족이 아들의 결혼식 피로연을 자신의 궁전에서 푸짐하게 개최하라고 명령했어요. 소를 잡고 식탁을 차리자 곧 그는 초청한 손님들을 부르러 하인을 보냈어요. 〈모든 준비가 다 되었습니다. 결혼식에 와주시면 대단히 감사하겠어요.〉 하지만 초청을 받은 사람들은 저마다 가지 못하겠다는 핑계를 댔어요. 〈나는 밭을 샀기 때문에 가서 밭을 돌아봐야 합니다.〉 한 사람이 말했어요. 〈나도 최근에 결혼했기 때문에 가기가 어렵습니다.〉 다음 사람이 말했어요. 〈나는 황소를 다섯 쌍 샀는데, 가서 어떤 소인지 일을 시켜 봐야 되겠어요.〉 다음 사람도 핑계를 대었죠. 하인들이 집으로 돌아가서 주인에게 말했어요. 〈초청한 손님은 단 한 사람도 올 수가 없답니다. 모두들 바쁘다고 그러는군요.〉 귀족은 화가 났습니다. 〈어서 서둘러 광장과 건널목으로 가서 가난한 자와 절름발이와 장님과 불구자들을 모아서 이리로 데려오너라. 나는 친구들을 초청했지만 그들은 거절했다. 그러니 나는 초청하지 않은 사람들로 내 집을 가득 채워 그들로 하여금 내 아들의 결혼식에서 먹고, 마시고, 즐기게 하리라.〉」

예수가 얘기를 멈추었다. 그는 차분한 목소리로 얘기를 시작했지만, 얘기를 하면 할수록 나자렛 사람들과 유대인들이 생각났고, 그의 미간에서는 분노가 타올랐다. 제자들은 놀라서 그를 쳐다보았다.

「초청을 받은 자들은 누구이고, 초청을 받지 못한 자들은 누구이며, 결혼식이란 무엇을 뜻합니까? 용서해 주시기를 바랍니다만, 랍비님, 우리는 이해를 못했습니다.」 난처한 표정으로 큼직한 머리를 긁적거리며 베드로가 말했다.

예수가 말했다. 「내가 초청한 사람들더러 방주에 타라고 부르는데, 그들은 밭과 포도원과 아내를 돌봐야 하기 때문에, 그리고 그들의 눈과 귀와 입술과 콧구멍과 손이 (무슨 땅을 경작하는지는 몰라도) 경작하느라고 바쁘기 때문에 못 타겠다고 거절할 때는, 그것이 무슨 뜻인지를 당신도 이해해야 합니다. 끝없는 나락입니다!」

예수는 한숨을 지었다. 제자들을 보며 그는 철저히 버림받은 기분을 느꼈다.

「나는 얘기를 하지만, 그것이 누구에게 하는 얘긴가요?」 그가 중얼거렸다. 「허공에다 대고 하는 셈이죠. 얘기를 듣는 사람은 나 혼자뿐이니까요. 언제 사막에서 귀가 돋아 내 얘기를 듣게 될까요?」

「저희를 용서해 주세요, 랍비님.」 베드로가 되풀이해서 말했다. 「하지만 우리의 이성은 진흙 덩어리나 마찬가지입니다. 이성이 언젠가는 꽃을 피울 테니까, 참고 기다려 주세요.」

예수는 시선을 늙은 랍비에게 돌렸지만, 느인은 땅바닥만 물끄러미 쳐다보았다. 그는 숨겨진 무서운 의미에 대해서 불길한 예감을 느꼈다. 속눈썹이 없고 늙은 눈에서는 눈물이 흘러넘쳤다.

나자렛의 끝에 이르니, 나무로 지은 허술한 집 앞에서 관리가 통행세를 받으려고 기다리고 있었다. 그의 이름은 마태오였다. 마을로 들어오거나 떠나는 모든 상인은 로마인들에게 세금을 바쳐야 했다. 그는 키가 작고, 땅딸막하고, 얼굴은 황달로 누런 빛깔이었으며, 노란 손은 말랑말랑했고, 손톱이 시커먼 손가락은 잉크가 묻어 더러웠고, 기다란 귀에는 털이 많이 났고, 목소리는 내시처럼 고음이었다. 모든 마을 사람은 그를 역겹게 생각하고 미워했다. 그와 악수를 나누려는 사람은 아무도 없었고, 통행세를 징수하는 오두막 앞을 지나갈 때면 모두들 눈길을 다른 곳으로 돌렸다. 경전에서는 〈인간이 아니라 하느님께만 세금을 바치는 것이 우리의 의무이니라〉라고 하지 않았던가? 이 사람은 폭군을 섬겨 세금을 징수하는 징세원이었다. 그는 율법을 무시하고, 법을 어김으로써 밥벌이를 했다. 그의 주변 20리 안에서는 악취가 공기를 더럽혔다. 「빨리 지나갑시다.」 베드로가 말했다. 「숨을 멈춰요. 얼굴을 다른 쪽으로 돌리고요!」

하지만 예수는 걸음을 멈추었다. 오두막 밖에서 마태오는 깃털 펜을 이빨로 물고 서 있었다. 그는 어찌할 바를 몰라서 숨을 몰아쉬었다. 그는 그 자리에 그냥 서서 버티기도 두려웠고, 오두막 안으로 들어가고 싶지도 않았다. 벌써 오래전부터 그는 모든 사람이 형제라고 주장하는 새로운 선지자를 가까이서 보고 싶었다. 언젠가 그는 〈하느님은 전혀 죄를 범하지 않은 사람보다는 회개하는 죄인을 더 사랑한다〉는 말도 하지 않았던가? 그리고 또 언젠가 그는 이런 말도 하지 않았던가? 「나는 의로운 사람들이 아니라 죄인들을 위해서 세상으로 왔으며, 내가 더불어 얘기하거나 밥을 먹고 싶은 사람들은 바로 그들이니라.」 그리고 또 언젠가 〈랍비님, 참된 하느님의 이름은 무엇입니까?〉라는 질문을 받았을 때, 그는 〈사랑〉이라고 말하지 않았던가?

지금까지 수많은 낮과 밤을 마태오는 그런 말을 마음속으로 거듭거듭 되새기면서, 〈나는 언제 그분을 만나고, 언제 나는 그분의 발치에 몸을 던지게 되려는가!〉라고 한숨을 지으며 말한 적이 얼마나 많았던가. 그런데 이제, 그 사람 앞에 섰으면서도 마태오는 창피해서 눈을 들어 쳐다보지도 못했다. 그는 머리를 수그린 채 꼼짝도 않고 서서 기다렸다. 그는 무엇을 기다리는가? 선지자는 이제 가버리겠지. 그러면 영원히 그를 잃게 되리라.

예수는 그에게로 한 걸음 다가서더니, 세리의 마음이 녹아내려 눈을 들게 될 정도로 다정하고 조용한 목소리로, 〈마태오〉하고 불렀다. 예수는 바로 앞에 서서 그를 쳐다보았다. 예수의 눈길은 부드럽고 힘찼으며, 세리의 폐부까지 파고 들어가 마음에는 평화를, 그리고 이성에는 깨우침을 가져다주었다. 그의 급소들은 두려워 떨다가, 이제는 햇볕이 비쳐 따스해졌다. 이 얼마나 큰 기쁨이요, 자신감이 충일하는 우정이었던가! 그렇다면 세상이 그토록 단순하고, 구원은 그토록 쉽단 말인가?

마태오는 안으로 들어가 장부를 덮어 놓고는 아직 쓰지 않은 새 장부를 한 권 겨드랑이에 끼고, 청동 잉크병을 허리띠에 차고, 깃털 펜을 귀에다 꽂았다. 그러고는 허리띠에서 열쇠를 떼어 오두막을 채우고는 마당으로 열쇠를 던져 버렸다. 그러더니 곧 무릎을 떨며 예수에게로 갔다. 그는 걸음을 멈추었다. 〈나는 앞으로 나서야 하나, 말아야 하나? 스승은 내게 손을 내밀려는가?〉 그는 눈을 들어 마치 연민을 베풀어 달라고 간청하듯 예수를 쳐다보았다.

예수는 그에게 미소를 짓고 손을 내밀었다 「환영합니다, 마태오. 나하고 같이 갑시다.」

제자들은 난처한 기분이 들어 한쪽으로 물러섰다. 늙은 랍비는 예수의 귀로 몸을 기울였다. 「얘야.」 그가 말했다. 「세리 아니냐! 그건 대죄야. 너는 율법을 따라야 해.」

「랍비님.」 예수가 대답했다. 「나는 내 마음을 따릅니다.」

그들은 나자렛을 벗어났다. 과수원을 지난 그들은 밭에 이르렀다. 찬바람이 불었다. 첫눈이 내린 헤르몬 산이 어둠 속에서 반짝였다.

늙은 랍비는 다시 예수의 손을 잡았다. 노인은 헤어지기 전에 그에게 얘기를 하고 싶었다. 하지만 무슨 말을 하겠는가? 어디에서부터 얘기를 시작해야 하나? 예수는 유대의 사막에서 하느님이 그에게 한 손에는 불을, 다른 손에는 씨앗을 맡겼노라고 주장했다. 그는 세상을 태워 버린 다음에 새로운 세계를 심으리라고 말했다....... 랍비는 슬그머니 그를 훔쳐보았다. 그 말을 믿어야 하나? 하느님이 선택한 자는 돌멩이들 틈에서 싹이 터 말라비틀어진 나무처럼 사람들로부터 경멸과 거부를 당한다고 경전에 적혀 있지 않던가? 그러니까 이 사람이 바로 그분일지도 모르고, 그럴 가능성도 없지는 않다.......

랍비는 예수에게로 몸을 기울였다. 「너는 누구냐?」 다른 사람들이 듣지 못하도록 나지막한 목소리로 그가 물었다.

「당신은 내가 태어난 시간부터 나하고 그토록 오랫동안 같이 지냈으면서도 내가 누구인지 모르시나요, 시므온 삼촌?」

노인의 심장이 우뚝 멈추었다. 「내 이성으로서는 알 길이 없어.」 그가 중얼거렸다. 「그것만으로는 알 길이 없어.......」

「그럼 마음으로는 어떤가요, 시므온 삼촌?」

「애야, 나는 내 마음의 얘기는 듣지 않아. 마음이란 인간을 심연으로 끌고 들어가거든.」

「하느님의 심연으로, 구원으로 이끌죠.」 동정 어린 눈으로 노인을 쳐다보며 예수가 말했다. 「랍비님, 바빌론에서 어느 날 밤에 선지자 다니엘이 이스라엘 백성에 관해서 꾸었던 꿈을 기억하십니까? 하느님께서 눈처럼 새하얀 옷을 입고, 머리카락은 숫양의 털처럼 새하얀 모습으로 왕좌에 앉아 계셨어요. 그분의 왕좌는 불꽃으로 만들어졌고, 그분의 발치에서는 불꽃의 강이 흘러갔어요. 심판자들이 하느님의 왼쪽과 오른쪽에 자리를 잡았습니다. 그러자 하늘이 열렸고, 구름 위로 내려온 사람은...... 누구였나요? 기억하십니까, 랍비님?」

「사람의 아들이었지.」 몇 세대에 걸쳐 그 꿈을 소중히 간직해 왔던 늙은 랍비가 대답했다. 심지어 그는 똑같은 꿈을 꾼 밤들도 있었다.

「그리고 사람의 아들은 누구였던가요, 랍비님?」

늙은 랍비는 무릎에서 기운이 빠졌다. 그는 겁에 질려 예수를 쳐다보았다. 「누구였지?」 예수의 입술을 응시하며 그가 나지막이 말했다. 「누구였어?」

「나요.」 예수가 조용히 말하고는 축복을 내리듯 손을 노인의 머리에 얹었다.

늙은 랍비는 말을 하고 싶었지만 입이 열리지 않았다.

「안녕히 계세요, 랍비님.」 손을 내밀며 예수가 말했다. 「하느님께서 약속을 지켜 당신이 평생 동안 보고 싶어 갈망하던 바를 죽기 전에 보도록 해주셨으니, 시므온, 당신은 행복한 분이십니다.」

랍비는 멀거니 서서 휘둥그레진 눈으로 예수를 물끄러미 쳐다보았다. 왕좌와 날개와 구름 위로 내려온 사람의 아들, 그의 주변에서 들려오는 이런 모든 얘기는 무엇인가? 그는 지금 꿈을 꾸는가? 이것이 선지자 다니엘이 예언한 바인가? 미래의 문이 열려 그로 하여금 안을 들여다보게 하려고 그러는가? 그는 땅이 아니라 구름 위에 서 있으며, 손을 내밀고 미소를 짓는 이 젊은이는 마리아의 아들이 아니라 사람의 아들이었다!

현기증을 느끼며 랍비는 홀장을 땅바닥에 박고는 쓰러지지 않으려고 몸을 기대었다. 그는 양치기의 지팡이를 들고 낙엽 진 나무 밑으로 지나가는 예수를 보았다. 하늘이 어두워졌다. 더 이상 버티지 못하고 하늘에서 비가 내렸다. 늙은 랍비의 옷이 함빡 젖어 몸에 찰싹 달라붙었다. 머리카락에서 빗물이 줄줄 흘러내렸다. 덜덜 떨면서도 그는 길의 한가운데 꼼짝 않고 그대로 서 있었다. 제자들을 이끌고 예수는 벌써 나무들 뒤로 사라졌지만, 비바람 속에서 누더기를 걸치고 맨발로 선 늙은 랍비는 그들이 앞으로 나아가고 언덕을 오르는 모습이 눈에 선하게 보였다. 그들은 어디로 가는가? 어느 방향으로? 맨발로 돌아다니는 이 무식한 오합지졸이 과연 세상을 불태우려는가? 주님의 뜻은 심오하기만 하다…….

「아도나이……」 그는 나지막이 말했다. 그의 눈에서는 눈물이 흐르기 시작했다.

제22장

 로마는 막강하고 지칠 줄 모르는 군사들을 널리 배치하여 여러 민족을 장악하고 모든 세계와 바다의 배와 대상과 신(神)들과 농산물을 거두어들였다. 아무 신도 믿지 않으면서도 로마는 역설적인 겸손함을 보이며 무턱대고 모든 신을 그들의 영토로 받아들였다. 불을 섬기는 머나먼 페르시아에서는 얼굴은 태양이며 곧 죽게 될 성스러운 황소를 올라탄 아후라마즈다의 아들 미트라[1]를, 나일 강의 여러 젖줄이 뻗어 나간 땅에서는 티폰[2]이 갈기갈기 찢어 버린 오빠 오시리스[3]와 남편의 몸뚱어리 열네 조각을 봄철이 되어 들판에 꽃이 만발할 때마다 찾아다니는 이시스[4]를, 시리아에서는 가슴이 찢어지는 통곡 속에서도 아름다운 아도니스[5]를, 프리기아에서는 관 위에 길게 눕히고 시든 제비꽃을 덮은 아티스[6]를, 부끄

---

 1 빛의 신.
 2 그리스 신화에 등장하는 괴물로서, 이집트에서는 세트라는 신에 해당한다. 티포에우스라고도 하는데, 머리가 1백 개이고 불을 뿜어 댄다.
 3 산 자와 죽은 자를 심판하는 자비로운 신.
 4 솟아오르는 태양의 황금빛 햇살 속에 살며 들에는 곡스이 풍요롭게 자라고 인간에게는 아들이 태어나게 하는 여신이다.
 5 아프로디테의 사랑을 받은 미소년.
 6 본디 신들의 어머니인 키벨레의 배우자였으나 로마 신화에서는 크로이소스 왕의

러움을 모르는 페니키아에서는 천 명의 남편을 둔 아스타르테를, 아시아와 아프리카의 온갖 신과 악마를, 그리고 그리스에서는 산봉우리가 하얀 올림포스와 시커먼 하데스를 받아들였다.

로마는 모든 신을 받아들이고, 모든 길을 열었고, 해적의 바다와 도적의 땅을 해방시켰고, 세상에 평화와 질서를 가져왔다. 로마 위에는 어느 누구도, 하느님조차도 존재하지 않았다. 로마 밑에서는 모두가 무릎을 꿇었다. 신과 인간, 모두가 로마의 시민이요 노예였다. 시간과 공간은 로마가 움켜쥔 두루마리들을 화려하게 비추었다. 나는 영원하노라, 피로 물든 날개를 접고 주인의 발치에서 안식을 취하는 쌍두(雙頭) 독수리[7]를 어루만지며 로마는 자랑한다. 찬란한 영광과 전능하고 영원불멸한 존재로서의 확고부동한 기쁨, 로마는 이런 생각을 하고, 불그레하고 살진 그 얼굴에는 기름지고 환한 미소가 번진다.

만족해서 로마는 미소를 짓고…… 망각한다. 누구를 위하여 로마는 땅과 바다의 모든 길을 개통했으며, 누구를 위하여 로마는 그토록 오랜 세월에 걸쳐 세상에 평화와 안정을 가져다주려고 고생했는가? 이런 생각을 로마는 한 번도 마음에 새긴 적이 없었다. 로마는 정복하고, 법을 만들고, 부유해지고, 온 세상으로 뻗어 나갔는데, 그것은 누구를, 누구를 위해서였나?

지금 가난한 자들의 무리를 이끌고, 나자렛에서 가나로 가는 황량한 길을 따라 나아가는 맨발의 사나이를 위하여. 그는 잘 곳도 없고 입을 옷도, 먹을 음식도 없었다. 그가 먹을 모든 식량과 말[馬]과 값진 비단은 아직 하늘나라에 있었지만, 땅으로 내려오는 중이었다.

둘째 아들이 되었다.
  7 로마의 상징.

양치기의 지팡이를 들고, 피투성이 발로 흙과 돌멩이를 밟으며 그는 나아갔다. 때때로 그는 걸음을 멈추고, 지팡이에 몸을 기대고는 아무 말도 없이 산을 둘러보고, 다음에는 산봉우리 위의 빛을 우러러보았다. 하느님은 높은 곳에 앉아 인간들을 굽어보았다. 그는 지팡이를 들어 하느님께 예(禮)를 힝하고, 그러고는 다시 길을 갔다…….

그들은 마침내 가나에 이르렀다. 마을 밖 우물가에서는 자궁이 솟아오르고 창백한 젊은 여인이 즐겁게 물을 길어 물동이를 채우고 있었다. 그들은 그녀를 알아보았다. 그들은 여름에 그녀의 결혼식에 참석했었다. 그때 그들은 이 여인이 아들을 낳기를 축원했다.

「우리의 소망이 이루어졌습니다.」 미소를 지으며 예수가 그녀에게 말했다. 그녀는 낯을 붉히고 그들에게 혹시 목이 마르지 않느냐고 물었다. 그들은 목이 마르지 않았다. 그녀는 물동이를 머리에 이고 마을로 들어가 자취를 감추었다.

베드로가 앞장서서 뛰어다니며 집집마다 문을 두드렸다. 그는 신비한 도취에 사로잡혔다. 춤을 추며 그는 소리쳤다. 「문 열어요! 문 열어요!」

문이 열리고 여자들이 나타났다. 밤이 되어 농부들이 밭에서 집으로 돌아오고 있었다. 「무슨 일인가요, 친구여?」 그들이 놀라서 물었다. 「당신은 왜 집집마다 문을 두드리나요?」

「주님의 날이 왔습니다.」 베드로가 대답했다. 「홍수가 닥칩니다, 여러분! 우리는 새 방주를 마련했어요. 모든 믿는 자들이여, 방주를 타시오. 보시오! 주인께서 열쇠를 들고 계십니다. 어서 발길을 서둘러요!」

여자들은 겁이 났다. 잠시 후에 남자들은, 바위에 앉아 지팡이로 흙에다 별과 십자가를 그리는 예수에게로 다가갔다.

온 마을에서 찾아온 몸이 병들고 불구인 자들이 그의 주위로 모여들었다.

「랍비님, 병이 낫도록 우리에게 손길을 주세요. 우리가 눈멀고, 절름발이이고, 문둥병에 걸렸다는 사실을 잊도록 우리에게 자비로운 말을 해주소서.」

키가 크고 온통 검은 옷만 입은 귀족적인 노부인이 소리쳤다. 「나는 아들을 하나 두었었지만, 그들이 내 아들을 십자가에 매달았습니다. 그를 소생시켜 주소서!」

이 지체 높은 노부인은 누구였던가? 놀란 농부들이 시선을 돌렸다. 그들의 마을에서는 십자가에 매달린 사람이 아무도 없었다. 그들은 그 목소리가 어디에서 들려왔는지 보았지만, 노부인은 황혼 속으로 자취를 감춘 다음이었다.

땅바닥으로 몸을 수그린 예수는 십자가와 별을 그리면서, 맞은편 언덕에서 울려 내려오는 전쟁의 나팔 소리에 귀를 기울였다. 둔탁하고 율동적인 행군 소리가 들려왔고, 저녁 햇살 속에서 갑자기 청동 방패와 투구들이 번쩍거렸다. 마을 사람들은 시선을 돌렸고, 그들의 얼굴이 어두워졌다.

「망할 놈의 사냥꾼이 추적을 나갔다가 돌아오는구먼. 또 반란자들을 잡으러 나가더니.」

「그놈은 맑은 공기로 병을 고쳐 보겠다고 반신불수가 된 딸을 우리 마을로 데려왔지. 하지만 이스라엘의 하느님은 기록부에다 일일이 적어 놓고 용서를 하지 않아. 가나의 땅이 딸을 파묻고 말겠지.」

「큰 소리로 떠들지 마, 거지 같은 녀석들아. 그놈이 다 왔어!」

말을 탄 세 사람이 그들의 앞을 지나갔다. 중간에는 나자렛의 백부장 루포가 왔다. 말에게 박차를 질러, 그는 농민들의 무리로 다가왔다.

「이놈들 왜 모였어?」 채찍을 치켜들며 그가 소리쳤다. 「해산!」 그의 얼굴엔 고뇌가 가득했다. 몇 달 사이에 그는 부쩍 늙어서 머리가 백발이 되어 가고 있었다. 그는 어느 날 아침 일어나 잠자리에서 보니 반신불수가 되어 버린 외동딸 때문에 비탄에 빠져 괴로워했다. 말을 달려 나가 마을 사람들을 해산시키던 그는 바위의 한쪽으로 비켜나 앉은 예수를 언뜻 보았다. 갑자기 그의 얼굴이 밝아졌다. 그는 말에게 박차를 질러 그에게로 가까이 갔다.

「목수의 아들이여.」 그가 말했다. 「당신은 유대에서 왔군요. 잘 왔습니다! 나는 당신을 찾던 참이오.」

루포는 마을 사람들에게로 돌아섰다. 「나는 이 사람하고 얘기를 좀 나눠야 한다. 너희는 가라!」

그는 제자들과 나자렛에서부터 따라온 거지들을 둘러보고는, 낯익은 몇 사람이 눈에 띄자 얼굴을 찡그렸다.

「목수의 아들이여.」 그가 말했다. 「당신은 다른 사람들을 십자가에 매달도록 도운 사람이니까, 자신이 십자가에 매달리지 않도록 조심해요. 사람들을 건드리지 말고, 그들의 머릿속에 엉뚱한 생각을 불어넣지 말아요. 내 손은 준엄하고, 로마는 영원불멸하오.」

예수는 미소를 지었다. 그는 로마가 영원불멸하지 않다는 사실을 아주 잘 알았지만, 그런 말은 입 밖에 꺼내지 않았다.

농부들이 투덜거리며 흩어졌다. 그들은 멀찌감치 떨어져서, 로마의 군단병(軍團兵)들에게 붙잡혀 쇠사슬을 차고 끌려가는 세 명의 반란자를, 수염이 갈라지고 키가 큰 노인과 그의 두 아들을 물끄러미 쳐다보았다. 세 사람 모두 머리를 높이 들고 로마 병사들의 투구 너머로 군중을 물끄러미 쳐다보았지만, 그들은 아무것도, 공중에 꼿꼿이 선 분노한 이스라엘의 하느님 이외에는 아무 것도 눈에 띄지 않았다.

유다는 그들을 알아보았다. 그는 한때 그들과 나란히 싸운 적이 있었다. 그는 머리를 끄덕여 인사를 했지만, 하느님의 찬란한 빛에 눈이 부신 그들은 그를 보지 못했다.

「목수의 아들이여.」 말을 탄 채로 몸을 잔뜩 구부리며 백부장이 말했다. 「어떤 신은 우리를 미워해서 죽이고, 어떤 신은 하찮게 생각해서 우리를 내려다보지도 않는가 하면, 어떤 신은 마음이 선량하고 지극히 자비로워서 불우한 사람들의 병을 고쳐 주기도 해요. 목수의 아들이여, 이런 유형들 가운데 당신의 하느님은 어떤 종류에 속하나요?」

「하느님은 한 분뿐입니다.」 예수가 대답했다. 「신성 모독을 하지 마십시오, 백부장!」

루포가 머리를 저었다. 「나는 당신과 신학을 토론할 생각은 없어요.」 그가 말했다. 「나는 유대인들을 혐오하고, 내가 이런 말을 하더라도 당신이 개의치 않기를 바라지만, 당신들은 모두 끊임없이 하느님 타령만 읊어 대요. 내가 당신에게 묻고 싶었던 바는 오직 한 가지, 혹시 당신의 하느님이라면 그의 능력으로……」

그는 말을 멈추었다. 그는 유대인에게 굴욕적으로 부탁한다는 사실이 창피했다.

하지만 다음 순간, 그의 머릿속에서는 소녀가 눕는 좁다란 침대가 떠올랐다. 침대 위에는 꼼짝도 않고 어린 딸의 창백한 몸이 누웠으며, 그녀의 커다란 초록빛 두 눈은 그를 쳐다보고, 또 쳐다보고, 애원하는 표정으로…….

그는 자존심을 억누르고 안장 위에서 더욱 몸을 수그렸다. 「목수의 아들이여, 당신의 하느님은 병든 자를 고칠 줄 아나요?」

그는 고뇌에 차서 예수를 쳐다보았다.

「고칠 줄 압니까?」 잠잠해진 예수를 쳐다보며 그가 다시 물었다.

예수는 바위에서 천천히 몸을 일으켜 말을 탄 백부장에게로 다가갔다. 「〈아버지가 신 포도를 먹으면 아들의 이빨이 상한다.〉 하느님의 율법도 그러합니다.」

「그건 옳지 않아요!」 백부장이 전율하며 소리쳤다.

「아닙니다, 옳은 일이죠!」 예수가 그의 말에 반박했다. 「아버지와 아들은 뿌리가 같아요. 함께 그들은 천국으로 오르고, 함께 그들은 지옥으로 떨어집니다. 만일 한 사람을 치면 그들 두 사람 다 다치고, 한 사람이 잘못을 범하면 두 사람 다 벌을 받습니다. 백부장, 당신은 우리를 사냥해서 잡아 죽이고, 이스라엘의 하느님은 당신의 딸을 반신불수로 만들어 벌합니다.」

「목수의 아들이여, 그것은 가혹한 말입니다. 나는 우연히 언젠가 나자렛에서 당신이 하는 얘기를 들었는데, 그때의 당신 얘기는 로마인으로서는 기대도 못할 정도로 너그럽게 들렸어요. 하지만 지금 하는 얘기를……」

「그때는 하늘나라의 왕국이 얘기를 했고, 지금은 세상의 종말이 말을 합니다. 당신이 내 얘기를 들은 그날 이후로, 백부장, 〈의로운 심판관〉은 왕좌에 자리를 잡고 앉아서, 기록부를 펼치고는 정의의 신을 불렀고, 그는 칼을 손에 들고 심판관 옆에 섰습니다.」

「그렇다면 당신의 하느님은 정의를 초월하지 못하는 또 다른 하나의 신에 지나지 않는군요?」 분격한 백부장이 소리쳤다. 「그게 전부란 말이에요? 그렇다면 작년 여름에 갈릴래아에서 당신이 내세웠던 사랑의 새로운 이념은 무엇이었나요? 내 딸이 필요로 하는 것은 하느님의 정의가 아니고, 하느님의 사랑입니다. 나는 정의를 초월하고 내 아이의 병을 고쳐 줄 하느님을 찾습니다. 그렇기 때문에 나는 당신을 찾으려고 이스라엘을 샅샅이 뒤졌어요……. 사랑, 아시겠어요? 정의가 아니라 사랑 말이에요.」

「자비도 없고 사랑도 없는 로마의 백부장이여, 당신의 야수 같은 입이 어찌하여 그런 말을 하게 되었나요?」

「고통과 아이에 대한 내 사랑 때문입니다. 나는 내 아이의 병을 고쳐 줄 신을 찾고, 그 신을 믿고 싶어요.」

「기적을 요구함이 없이 하느님을 믿는 자는 축복을 받을 것입니다.」

「그래요, 축복을 받겠죠. 하지만 나는 우직한 사람이어서 쉽게 납득하지 못해요. 우린 수천의 신을 우리에 가두어 두었어요. 나는 로마에서 많은 신을 보았고, 이제는 진저리가 나요!」

「당신 따님은 어디 있습니까?」

「여기요. 이 마을 가장 높은 곳의 정원에요.」

「어디 가봅시다.」

백부장은 생기가 돌아 말에서 뛰어내렸다. 그와 예수는 앞장을 서서 나아갔다. 그들의 뒤에 조금 떨어져서 제자들이 따라왔고, 더 뒤쪽에는 농민들의 무리가 뒤따랐다. 그러자 군단의 후미 뒤쪽에서 정신이 나갈 정도로 즐거워하며 토마가 나타났다. 그는 병사들의 뒤를 쫓아오며 엄청난 이익을 남기고 물건들을 팔고 있었다.

「이봐요, 토마.」 제자들이 그에게 소리쳤다. 「당신은 아직도 우리를 따라오지 못하겠다 이거요? 그럼 기적을 볼 테니 믿도록 해요.」

「난 우선 봐야겠어요.」 토마가 대답했다. 「그리고 만져 봐야 해요.」

「뭘 만져 봐요, 약삭빠른 장사치야?」

「진실요.」

「진실이 형체가 있는 줄 아나? 왜 그런 쓸데없는 소리를 해요, 멍청이 같으니라고!」

「형체도 없다면 그걸 갖다 뭘 하게요?」 토가가 웃으며 말했다. 「나는 만져 봐야 해요. 나는 눈과 귀를 믿지 않고, 손을 믿어요.」

그들은 마을에서 가장 높은 곳에 이르러 화사하고 하얀 칠을 한 집으로 들어갔다.

열두 살쯤 되는 계집아이가 커다란 초록빛 두 눈을 뜬 채로 하얀 침대에 누워 있었다. 아버지를 보자 그녀의 얼굴이 환해졌다. 마비된 몸을 일으키려고 애쓰며 그녀의 영혼이 격렬하게 몸부림쳤지만 헛수고여서 기쁨이 얼굴에서 사라졌다. 몸을 수그려서 예수는 소녀의 손을 잡았다. 그는 모든 힘을, 모든 힘과 사랑과 자비를 손바닥으로 모았다. 아무 말도 없이 그는 초록빛 두 눈에다 시선을 고정시켰다. 그의 영혼이 손가락 끝을 통해 소녀의 몸으로 격렬하게 흘러 들어가는 것을 느꼈다. 소녀는 그를 뚫어져라 쳐다보았다. 입술이 겨우 벌어졌고, 미소를 지었다.

제자들은 발돋움을 하고 방으로 들어왔다. 팔 물건을 자루에 담아 등에 메고 뿔 나팔을 허리띠에 찬 토마가 제일 먼저였다. 농부들은 정원과 좁다란 오솔길 여기저기에 흩어졌다. 모두들 숨을 죽이고 기다렸다. 백부장은 벽에 몸을 기대고 고뇌를 감추려고 애쓰며 딸을 지켜보았다.

조금씩 조금씩 딸의 뺨에 혈기가 돌기 시작하고, 가슴이 부풀어 오르고, 감미로운 짜릿함이 그녀의 손에서 가슴으로, 그리고 가슴에서 발바닥까지 번져 나갔다. 그녀의 내장은 부드러운 산들바람이 스치는 사시나무의 잎사귀처럼 살랑거리며 떨었다. 예수는 그의 손아귀 속에서 소녀의 손이 심장처럼 고동치고 되살아나는 것을 느꼈다. 그제야 그는 입을 열고 말했다.

「일어나거라, 내 딸아!」 그는 부드럽게 명령했다.

소녀는 무감각한 상태에서 의식을 되찾듯 차분하게 움직였고, 잠에서 깨어나듯 기지개를 켰다. 그러더니 손으로 침대를 짚고 버티며 몸을 일으켜 펄쩍 뛰어 아버지의 품에 안겼다. 토마는 눈이 머리에서 튀어나올 지경으로 두리번거렸다. 틀림없이 소녀가 진짜인지 확인하고 싶어서였겠지만, 그는 손을 뻗어 그녀를 만져 보았다. 제자들은 놀라고 겁이 났다. 주위로 몰려든 군중은 순간적으로 함성을 질렀지만, 다음에는 겁에 질려 곧 잠잠해졌다. 아버지를 껴안고 입맞춤하는 소녀의 활기찬 웃음소리 이외에는 아무것도 들리지 않았다.

유다는 험악하고 성난 얼굴로 스승에게 다가갔다.

「당신은 믿지 않는 자들을 위해서 힘을 소모했어요. 당신은 우리의 적을 돕습니다. 이것이 우리에게 당신이 가져다주는 세계의 종말이란 말입니까? 이것이 불꽃인가요?」

하지만 머나먼 어두운 하늘에서 방황하던 예수는 그의 말을 듣지 못했다. 그는 침대에서 뛰쳐나오는 소녀를 보고는 누구보다도 더 겁이 났다. 제자들은 기쁨을 참지 못해 그의 둘레에서 원을 그리며 춤을 추었다. 뭐니 뭐니 해도 그러니까, 모든 것을 버리고 그들이 이 사람을 따라나선 것은 잘한 짓이었다. 그는 진짜였고, 그는 기적을 행했다. 토마는 마음속에서 저울로 달아 보았다. 한쪽 접시에다 그는 팔 물건들을 놓았고, 다른 쪽에는 천국을 올려놓았다. 접시들이 얼마 동안 기우뚱거리더니 결국은 가만히 섰다. 천국이 더 무거웠다. 그렇다, 내가 다섯을 주면 천(千)을 얻을 터이니, 그만하면 훌륭한 모험이었다. 그렇다면, 하느님의 이름으로 전진이다!

　토마는 스승에게로 갔다. 「랍비님.」 그가 말했다. 「당신을 소중하게 섬기는 뜻에서 저는 제 물건을 가난한 사람들에게 나눠 주겠습니다. 내일 하늘나라가 임하게 되면, 그때는 이것을 잊지 마시기를 부탁드립니다. 저는 오늘 진리를 보았고 만졌기 때문에, 당신과 더불어 가기 위해서 모든 것을 희생합니다.」

　하지만 예수는 아직도 아득한 곳에 머물렀다. 듣기는 했지만 그는 대답이 없었다.

　「뿔 나팔만은 간직하겠어요.」 도붓장수였던 토마가 말을 이었다. 「그래서 뿔 나팔을 불어 사람들을 모으겠습니다. 우린 새로운 상품(商品)을, 영원한 상품을 공짜로 팝니다!」

　딸을 품에 안고 백부장이 예수에게로 왔다. 「하느님의 사람이시여.」 그가 말했다. 「당신은 제 딸을 소생시켰습니다. 제가 들어 줄 만한 청은 없습니까?」

　「나는 당신의 딸을 사탄의 쇠사슬에서 풀어 주었습니다.」 예수가 대답했다. 「당신 백부장은 저 세 명의 반탄자를 로마의 쇠사슬에서 풀어 주십시오.」

　루포는 머리를 떨구고 한숨을 지었다. 「전 그럴 수가 없어요.」 그가 구슬프게 중얼거렸다. 「정말이지, 그것만큼은 못합니다. 당신이 섬기는 하느님께 당신이 서약을 했듯이 저는 로마의 황제에게 서약했습니다. 우리의 서약을 깨뜨리는 짓이 올바른 행동일까요? 다른 부탁이라면 뭐든 하세요. 저는 내일모레 예루살렘으로 떠나는데, 떠나기 전에 당신 부탁을 들어주고 싶어요.」

　「백부장이여.」 예수가 대답했다. 「언젠가 우리는 어려운 시간에 거룩한 예루살렘에서 만나게 됩니다. 그때 당신에게 부탁의 말을 하겠어요. 그때까지 참으세요.」

예수는 소녀의 금발 머리에 손을 얹고는 한참 동안 그대로 있었다. 그는 눈을 감고 머리의 따스함과 머리카락의 부드러움과 여자의 나긋나긋함을 느꼈다.

「애야.」 눈을 뜨며 그가 마침내 말했다. 「나는 네가 잊지 않기를 바라면서, 얘기를 하나 해주겠다. 너는 아버지의 손을 잡아 참된 길로 인도하거라.」

「무엇이 참된 길입니까, 하느님의 사람이시여?」 소녀가 물었다.

「사랑이니라.」

백부장이 명령을 내렸다. 음식과 술이 나오고 식탁이 차려졌다.

「어서들 드세요.」 그는 예수와 제자들에게 말했다. 「나는 딸의 부활을 축하하고 싶으니, 여러분은 오늘 밤 이 집에서 먹고 마시세요. 나는 오랫동안 행복하지 못했습니다. 오늘은 내 마음이 넘치는 기쁨으로 가득합니다. 잘들 오셨습니다!」

그는 예수에게로 몸을 기울였다. 「저는 당신이 섬기는 하느님께 크나큰 은혜를 입었습니다.」 그가 말했다. 「다른 신들과 더불어 그를 로마로 보내도록 당신의 하느님을 내게 주세요.」

「하느님께서는 스스로 그곳을 찾아가실 것입니다.」 예수는 대답한 뒤 바람을 쐬려고 마당으로 나갔다.

밤이 되었다. 별들이 하늘로 솟아오르기 시작했다. 아래쪽 작은 마을에서는 등불을 밝혔고, 사람들의 눈에서는 광채가 났다. 그들은 하느님이 너그러운 사자처럼 이 마을로 들어왔다는 사실을 의식했기 때문에 오늘 저녁에는 그들이 나누는 일상적인 잡담이 보통 때보다 한 단계 높아졌다.

식탁이 준비되었다. 예수는 제자들과 더불어 앉아서 빵을 나누어 먹었지만 말은 하지 않았다. 그의 내면에서는 아직도 영혼이 마치 방금 엄청난 위기를 벗어났거나 위대하고도 예기치 않았던

묘기를 끝냈을 때처럼 초조하게 날개를 쳤다. 그를 둘러싼 제자들도 말은 하지 않았지만, 마음은 환희로 뛰었다. 하늘나라니 세상의 종말이니 하는 모든 얘기는 꿈이나 단순한 흥분이 아니라 진실이었고, 다른 사람들이나 마찬가지로 먹고 얘기하고 웃고 잠을 자는 젊은이, 지금 그들의 옆에 앉은 혈색이 거무스름하고 맨발인 젊은이는 정말로 하느님의 사도였다.

식사가 끝나고 다른 모든 사람이 잠을 자려고 누운 다음에 마태오는 등불 밑에서 무릎을 꿇고 앉아 저고리 품에서 새 공책을 꺼내고 귀에 꽂았던 깃털 펜을 뽑아 텅 빈 면을 굽어보며 한참 동안 명상에 잠겼다. 어떻게 시작해야 하나? 어디서부터 시작해야 하나? 예수가 하는 말과 그가 행하는 기적을 충실하게 기록해서, 그 기록이 없어지지 않고 미래의 자손들이 이런 사실들을 깨우치고는, 그들 나름대로 구원의 길을 택하게끔, 하느님은 그를 이 거룩한 사람의 곁에 앉게 했다. 분명히 그에게 하느님이 맡긴 임무는 그것이었다. 그는 글을 읽고 쓸 줄 알았으며, 따라서 그에게는 사라지려는 모든 것을 펜으로 잡아 종이에 옮겨 놓음으로써 불멸하게 만들어야 한다는 무거운 책임이 주어졌다. 한때 세리였다고 해서 제자들이 혐오해도 그만이고, 그의 존재를 눈에 거슬려 해도 그만이다. 그는 이제 회개하는 죄인이 한 번도 죄를 범하지 않은 자보다 훌륭하다는 사실을 보여 주리라.

그는 깃털 펜을 청동 잉크병에 담그고는 그의 오른쪽에서 날개가 팔랑거리는 소리를 들었다. 천사가 그의 귓전으로 내려와 무엇이라고 써야 할지 불러 주는 듯싶었다. 확신을 가지고 그는 빠른 속도로 적어 나가기 시작했다. 〈아브라함의 후손이요, 다윗의 자손인 예수 그리스도의 족보는 다음과 같다. 아브라함은 이사악을…….〉

그는 글을 쓰고 또 썼으며, 결국은 동녘이 푸르스름하게 벗겨지며 첫 번째 수탉이 우는 소리가 들렸다.

그들은 길을 떠났다. 뿔 나팔을 찬 토마가 앞장을 섰다. 그가 뿔 나팔을 불면 마을이 잠에서 깨어났다. 「잘들 있어요.」 그가 소리쳤다. 「곧 하늘나라에서 다시 만납시다.」 제자들과, 나자렛에서부터 그를 따라온 이들과 가나에서 다시금 그 숫자가 불어난 가난뱅이들과 불구자들의 무리를 이끌고 예수가 그 뒤를 따랐다. 그들은 기다렸다. 저분이 우리를 잊어버렸을 리는 없어, 그들은 마음속으로 다짐했다. 축복받을 시간이 오면 그는 우리에게도 시선을 돌려 굶주림과 질병을 몰아내리라……. 오늘은 유다가 행렬의 맨 뒤로 처졌다. 그는 커다란 여행용 자루를 한 벌 구해 가지고 집집마다 문간에서 걸음을 멈추고는 아낙네들에게 반쯤은 부탁하고 반쯤은 협박하는 목소리로 말했다. 「불쌍한 것들, 당신들이 구원받도록 우리가 일하니까, 당신들도 우리 편이 되시오. 우리가 굶어 죽지 않도록 해주면 되니까, 당신들은 우리를 도울 능력이 있고, 그러니 우리 편이 되시오. 성자들이라고 해도 인류를 구원할 힘을 얻기 위해서는 먹어야 한다는 걸 당신들도 알아야 해요. 빵이나 치즈나 건포도나 대추야자나 한 줌의 올리브이거나 간에, 무엇이든 상관없이 하느님은 그것을 기록해 두었다가 내세에서 보상을 해줘요. 당신이 올리브 한 조각을 주면 하느님은 과수원을 통째로 보상으로 준다니까요.」

그리고 만일 어떤 아낙네가 우물쭈물하며 식량 저장실 문을 얼른 열지 않으면 그는 소리를 질렀다.

「이봐요, 왜 그렇게 인색하게 굴어요, 아주머니? 내일이나 모레나, 이르면 오늘 밤에라도 하늘이 열리고, 불이 쏟아져 내려 당신이 가진 재물은 우리에게 준 것 말고는 하나도 남지 않고 없애 버릴 텐데요. 만일 당신이 구원을 받는다면 그건 당신이 나한테 주는 빵과 올리브와 기름 한 병 때문이란 말이에요, 초라한 인간아!」

겁에 질려 여자들은 식량 저장고를 열었고, 마을 언저리에 다다를 때쯤이면 유다의 자루는 적선받은 물건들로 불룩했다.

겨울이 시작되어 대지는 오들오들 떨었다. 완전히 헐벗은 많은 나무들이 추워했다. 올리브와 대추야자와 실편백나무처럼 하느님의 축복을 받은 다른 나무들은 여름이나 겨울이나 고운 옷차림을 말짱하게 간직했다. 사람들도 마찬가지여서, 가난한 자들은 헐벗은 나무처럼 추워했다……. 요한은 예수의 몸에 털옷을 걸쳐 주고, 어서 가파르나움으로 가 어머니의 옷 궤짝을 열고 싶어 벌벌 떨면서 갈 길을 서둘렀다. 노부인 살로메는 평생 동안 많은 옷을 지었고, 마음이 너그럽고 숭고했다. 인색한 제베대오가 투덜거리거나 말거나 그는 따뜻한 옷을 친구들에게 나눠 줄 생각이었다. 집념과 다정한 마음으로 집안을 다스려 나간 사람은 살로메였다.

필립보도 역시 발길을 서둘렀는데, 그는 가파르나움에서 하루 종일 웅크리고 앉아 신발과 실내화를 깁고 꿰매는 그의 절친한 친구 나타나엘 생각만 머리에 가득했다. 나타나엘은 그런 식으로 삶을 낭비했다. 어디서 그는 시간을 내어 하느님을 우러러보고, 야곱의 사다리[8]를 타고 천국으로 오르겠는가! 그 가엾은 친구에게 위대한 비밀을 알려 주어 구원받도록 하기 위해, 오, 나는 언제 그곳에 도착하려나! 필립보는 생각했다.

---

8 「창세기」 28장 10~22절 참조.

그들은 방향을 바꿔 티베리아를, 세례자를 살해한 영주가 지옥의 불로 저주를 받고 하느님께 경멸을 받은 티베리아를 왼쪽으로 두고 지나쳤다. 마태오는 모든 일을 자세히 기록해 두기 위해 요르단 강과 세례자에 관해 그가 기억하는 온갖 사건을 얘기해 달라고 베드로에게 접근했지만, 베드로는 세리의 숨결을 들이마시지 않으려고 얼굴을 옆으로 돌리며 뒷걸음질을 쳤다. 서글퍼진 마태오는 일부만 기록한 공책을 겨드랑이에다 끼웠다. 그는 뒤로 처져 걸었다. 티베리아를 지나가는 마차꾼 두 사람을 보자 악독한 살해가 어떻게 이루어졌는지를 알아내 공책에다 적어 두기 위해 그들에게 물어보았다. 영주는 술이 취했고, 의붓딸 살로메가 정말로 그 앞에서 알몸으로 춤을 추었는가? 마태오는 그 사건을 영원히 글로 남기기 위해서 자세히 알아내야만 했다.

그때 일행은 막달라의 바깥, 커다란 우물에 이르렀다. 구름이 태양을 가리고, 희미한 어둠이 대지의 표면을 덮었다. 검은 실처럼 빗발이 늘어져 하늘과 땅을 이었다……. 막달라의 여인은 눈을 들어 컴컴해지는 하늘을 지붕창으로 보았다. 「겨울이 오는구나.」 그녀는 중얼거렸다. 「빨리빨리 해야겠어.」 그녀는 실패를 돌리고, 굉장히 빠른 속도로 그녀가 고른 좋은 털실을 감기 시작했다. 그녀는 사랑하는 이가 추위에 떨지 않도록 따뜻한 외투를 짤 생각이었다. 때때로 그녀는 마당 쪽을 힐끗 보고는 과일이 잔뜩 매달린 멋진 석류나무를 감탄 어린 눈으로 쳐다보았다. 그녀는 석류를 모두 예수에게 주겠다고 결심한 터여서 하나도 따지 않고 그대로 두었다. 하느님은 지극히 자비롭다고 그녀는 생각했다. 언젠가는 내가 사랑하는 분이 이곳 좁은 길을 다시 지나가시고, 그러면 나는 석류를 한 아름 안아다가 그분의 발치에 놓으리라. 그분은 허리를 굽혀 한 개 집어 기운을 내시고……. 실을 감고 석류나무를 쳐다보며 그녀는 머릿속에서 그녀의 삶을 되새겨 보았다. 그 삶은 마리아의 아들 예수와 더불어 시작되고 끝났다. 그녀의 슬픔과 기쁨은 얼마나 벅찼던가! 왜 그는 마지막 날 밤, 문을 열고 도둑처럼 도망쳐 그녀를 버리고 떠났던가? 그는 어디로 갔을까? 그는 땅을 파거나 나무를 깎아 물건을 만들거나 바다에서 고기잡이를 하는 대신에, (여자들도 하느님이 창조하셨는데) 아내를 얻어 그 여자와 나란히 누워 자는 대신에, 왜 아직도 그림자들과 씨름을 벌이기만 할까? 아, 만일 그분이 한 번만 더 막달라를 지나간다면 그녀는 달려가서 그의 발치에 석류를 갖다 놓아 그로 하여금 생기를 되찾게 하리라!

이런 모든 생각에 잠겨 재빠르고 능숙한 솜씨로 실패를 돌리는 사이에 그녀는 길거리에서 소리치고 사람들이 돌아다니는 소리와 뿔 나팔 소리를 들었고, 〈안녕하쇼! 사팔뜨기 도붓장수 토마가 안 왔습니까!〉 하는 날카로운 목소리도 들었다.

「열어요, 문을 열어요. 하늘나라가 임했습니다!」

기쁘고 가슴이 뛰어 막달라의 여인은 벌떡 일어났다. 그분이 오셨구나! 싸늘하고 훈훈한 전율이 그녀의 온몸을 타고 흘렀다. 머릿수건을 두르는 것도 잊어버리고 그녀는 어깨로 머리를 치렁치렁 휘날리며 밖으로 달려 나갔다. 그녀는 마당을 지나 문간 층계로 갔다. 그녀는 주님을 보았다. 기뻐 환희의 소리를 치며 그녀는 그의 발치에 몸을 던졌다.「랍비님, 랍비님.」그녀는 목울음 소리를 내었다.「잘 오셨습니다!」

막달라의 여인은 석류와 그녀가 했던 결심도 다 잊어버렸다. 그녀는 성스러운 분의 두 무릎을 껴안았다. 아직도 옛날의 저주받은 향수 냄새를 풍기는 검푸른 머리가 땅바닥으로 쏟아졌다.

「랍비님, 랍비님, 잘 오셨어요.」그녀는 목울음 소리를 내면서 그를 조심스럽게 그녀의 초라한 집으로 이끌었다.

예수는 허리를 굽혀 손을 잡아 그녀를 일으켜 세웠다. 수줍어 하면서도 매혹에 홀린 듯, 그는 어색하게 신부를 껴안는 신랑처럼 그녀를 포옹했다. 그의 몸은 구석구석 환희를 맛보았다. 그가 땅바닥에서 일으켜 세운 사람은 막달라의 여인이 아니라 인간의 영혼이었으며, 그는 그 영혼의 신랑이었다. 막달라의 여인은 부르르 떨고, 낯을 붉히고, 머리카락으로 덮어 젖가슴을 가렸다. 모두들 놀라서 그녀를 쳐다보았다. 그녀는 얼마나 수척해지고, 안색이 창백해졌는지! 눈 밑에는 시퍼런 자국이 둥그렇게 나 있고, 통통하고 탄력이 있던 입은 물을 주지 않은 꽃처럼 시들어 있었다. 그녀와 예수는 손을 맞잡고 걸어가며 꿈꾸는 듯한 기분을 느꼈다. 땅을 밟는 대신에 그들은 공중에 떠서 나아갔다. 이것은 결혼식이었나? 길거리를 모두 메우며 뒤에서 따라오던 너저분한 군중이 결혼식을 축하하는 손님들의 행렬인가? 그리고 열매가 잔뜩 달린 마당의 석류나무, 그것은 무슨 인자한 혼령인가, 아니면 집안을 돌보는 여신인가, 아니면 혹시 아들과 딸을 낳고 지금은 그녀의 마당에 서서 자식들을 대견스럽게 쳐다보는 소박한, 세 가지 복을 타고난 여인인가?

「막달라의 여인이여」 예수가 나지막이 말했다. 「당신은 사랑을 많이 했으므로, 당신의 모든 죄는 용서를 받았습니다.」

그녀는 행복감에 넘쳐 몸을 그에게로 숙였다. 〈나는 처녀의 몸이다!〉라고 말하고 싶었지만, 그녀는 너무나 기쁨이 커서 입을 벌릴 수가 없었다.

그녀는 달려가 석류나무에 덤벼들어 마구 따서는 앞치마를 가득 채운 다음에 시원하고 빨간 열매를 사랑하는 분의 발치에다 탑처럼 쌓아 놓았다. 다음에 벌어진 일은 바로 그녀가 애타게 바라던 바였다. 예수는 허리를 굽히더니 석류를 하나 집어 쪼개고는, 손에 씨앗을 가득 쥐고 목구멍을 시원하게 축였다. 제자들이 줄을 지어 차례를 기다렸다. 그들은 저마다 석류를 하나씩 집어 입 안을 가셨다.

「막달라의 여인이여.」 예수가 말했다. 「왜 당신은 마치 작별이라도 고하려는 듯 그토록 고뇌에 찬 눈으로 나를 쳐다보나요?」

「내 사랑하는 분이시여, 나는 태어난 순간부터 줄곧 당신께 안녕하십니까와 안녕히 가십시오를 되풀이해 왔습니다.」 그녀가 어찌나 나지막한 목소리로 말했는지 예수와 그녀 가까이 섰던 요한만이 그 소리를 들었다.

잠깐 침묵을 지킨 다음에 그녀가 말을 이었다. 「여자는 남자의 몸으로부터 생겨났고, 아직도 남자의 몸에서 떨어지지 못하기 때문에 저는 당신을 쳐다보지 않을 수가 없어요. 하지만 당신은 남자이고, 남자는 하느님이 창조하셨으니까 하늘을 쳐다봐야죠. 그러니까 저로 하여금 당신을 쳐다보도록 허락해 주세요, 내 아이여.」

〈내 아이〉라는 의미심장한 말을 어찌나 나지막한 목소리로 얘기했던지, 예수까지도 그녀의 말을 듣지 못했다. 하지만 그녀는 아들에게 젖을 빨라고 내미는 듯, 가슴이 부풀어 오르고 흥분되었다.

군중 속에서 웅성거리는 소리가 들려왔다. 다시금 불구자들이 어디서 갑자기 나타나 마당을 가득 채웠다.

「랍비님.」 베드로가 말했다. 「사람들이 투덜거리고 초조해합니다.」

「그들이 원하는 바가 무엇인가요?」

「자비의 말씀, 기적이죠. 그들을 보세요.」

예수가 돌아섰다. 소나기가 쏟아지며 소용돌이치는 대기 속에서 그는 열망이 넘쳐 반쯤 벌린 수많은 입과, 고뇌에 차서 그를 물끄러미 쳐다보는 수많은 눈을 보았다. 한 노인이 군중을 헤치고 앞으로 나왔다. 그는 속눈썹이 몽땅 빠져서 눈이 두 개의 상처 같았다. 뼈만 앙상한 목에다 십계명의 계명을 한 가지씩 저마다 담은 열 개의 부적을 둘렀다. 그는 갈라진 지팡이에다 몸을 의지하고는 문간에 서 있었다.

「랍비님.」 비탄과 고통이 가득한 목소리로 그가 말했다. 「저는 나이가 백 살입니다. 제 목에 항상 걸고 다니는 이것은 하느님의 십계명이죠. 저는 이 계명들 가운데 단 한 가지도 어기지 않았어요. 해마다 저는 예루살렘으로 찾아가 거룩한 만군(萬軍)[9]께 숫양을 제물로 바칩니다. 저는 촛불을 밝히고, 달콤한 향을 태워요. 밤이면 잠을 자는 대신 찬송가를 부릅니다. 저는 때때로 별을 보고, 때로는 산을 보면서 제가 직접 뵐 수 있도록 주님이, 주님이 내려오시기를 기다립니다. 제가 바라는 보상은 그것뿐이니까요. 저는 여러 해 동안 기다렸지만, 다 헛일이었어요. 저는 한쪽 발을 무덤에 디밀었으면서도 아직 하느님을 보지 못했어요. 왜, 왜 그런가요? 제 슬픔은 지극합니다, 랍비님. 저는 언제 주님을 보고, 언제 평화를 찾을까요?」

이 말을 하는 사이에 그는 점점 화가 났다. 얼마 후에는 갈라진 지팡이로 땅을 치며 소리를 지르는 지경이 되었다.

예수가 미소를 지었다. 「노인이시여.」 그가 대답했다. 「옛날 옛적에 어느 커다란 도시의 동쪽 성문에 대리석으로 만든 임금님의 의자가 놓였습니다. 이 왕좌에는 오른쪽 눈이 장님인 왕이 천 명,

---

[9] 하느님을 가리킨다.

왼쪽 눈이 장님인 왕이 천 명, 그리고 두 눈이 다 보이는 왕이 천 명 앉았어요. 그들은 모두 하느님을 뵙게 해달라고 소리쳐 불렀지만, 모두들 소원을 이루지 못하고 무덤으로 갔습니다. 왕들이 죽은 다음에 맨발에 굶주린 거지가 와서 왕좌에 앉았답니다. 그가 나지막이 말했어요. 〈인간의 눈은 태양을 똑바로 보면 눈이 부셔서 볼 수가 없나이다. 그렇다면, 전능하신 분이여, 어찌 그들이 당신을 똑바로 보았겠나이까? 주여, 긍휼히 여기셔서, 당신의 힘을 줄이시고, 당신의 찬란함을 낮추어, 가난하고 고통을 받는 저로 하여금 당신을 보도록 해주소서!〉 그랬더니, 들어 봐요, 노인이시여! 하느님은 빵 한 조각과 시원한 한 잔의 물과 따뜻한 겉옷과 오두막과 오두막 앞에서 아기에게 젖을 빨리는 여인이 되었어요. 거지는 두 팔을 벌리고는 행복하게 미소를 지었답니다. 〈감사합니다, 주님이시여.〉 그가 나지막이 말했어요. 〈당신은 저를 위해 겸손하게 자신을 낮추셨나이다. 당신은 제가 볼 수 있도록 빵과 물과 따뜻한 겉옷과 제 아내와 아들이 되셨습니다. 그리고 저는 당신을 보았습니다. 저는 사랑하는 당신의 여러 얼굴을 섬기고, 절합니다!〉」

아무도 말을 하지 않았다. 노인은 들소처럼 한숨을 짓고는 갈라진 지팡이를 내밀어 짚으며 군중 속으로 모습을 감추었다. 다음에는 갓 결혼한 젊은 남자가 주먹을 들고는 소리쳤다. 「사람들 얘기를 들으니까 당신은 세상을 태워 버릴 불을, 우리의 집과 아이들을 태워 버릴 불을 손에 들고 다닌다더군요. 당신이 우리에게 가져다준다고 떠들던 사랑은 그것이었나요? 불이 정의입니까?」

예수의 눈에는 눈물이 가득 고였다. 그는 갓 결혼한 젊은이를 가엾게 생각했다. 불, 정말로 그가 가져온 정의가 그것이었던가?

구원을 이룩할 다른 길은 없는가?

「구원을 받기 위해서 우리가 무엇을 해야 할지 분명히 얘기해 주세요.」 집을 소유한 사람이 소리치고는, 귀가 잘 안 들리기 때문에 대답을 잘 들으려고 모인 사람들을 팔꿈치로 밀어 헤치며 가까이 왔다.

「마음을 열어요.」 예수가 우렁차게 말했다. 「음식 저장고를 열고 여러분이 소유한 재물을 가난한 사람들에게 나눠 주세요! 주님의 날이 왔습니다! 빵 한 덩어리와 기름 한 항아리와 땅 한 조각을 마지막 시간까지 인색하게 붙잡고 놓지 않으려 하는 사람은 누구나 빵과 항아리와 땅이 목에 매달려 그를 지옥으로 끌고 내려간다는 진실을 알게 됩니다.」

「저는 귓속이 앵앵거립니다.」 집을 소유한 사람이 말했다. 「머리가 어지러워서 그러니, 제가 자리를 피하더라도 용서해 주시기 바랍니다.」

그는 격분해서 화려한 별장으로 가버렸다. 「기껏 한다는 소리가 그거야! 우리 재산을 누추한 비렁뱅이들에게 나눠 주라니! 그것이 정의란 말인가? 저런 놈은 저주를 받아 지옥으로 가야 해.」 혼자 투덜거리고 욕을 하며 그는 계속해서 걸어갔다.

예수는 그가 사라지는 뒷모습을 지켜보았다. 「지옥의 문은 넓을지어다.」 예수는 한숨을 지으며 말했다. 「길은 넓고 꽃으로 뒤덮였습니다. 하지만 하느님의 나라로 가는 문은 좁고, 그 길은 가파릅니다. 삶이란 자유를 의미하기 때문에 우리는 살아가는 동안에 선택을 하게 됩니다. 하지만 죽음이 오면 이미 저지른 행동은 이루어졌으니, 구원이란 없어요.」

「만일 나로 하여금 당신을 믿게 하고 싶다면, 기적을 행하여 내 병을 고쳐 주시오.」 목발을 짚은 남자가 소리쳤다. 「나는 다리를 절며 하늘나라로 들어가야 합니까?」

「나는 문둥이의 몸으로요?」

「나는 외팔이로요?」

「나는 장님으로요?」

불구자들은 한 덩어리를 이루어 앞으로 나오더니 위협을 하듯 그의 앞에 섰다. 모든 자제력을 잃고 그들은 소리를 지르기 시작했다. 장님 노인이 지팡이를 치켜들었다.

「우리의 병을 고쳐 줘요.」그가 고함쳤다.「고쳐 주지 않으면 당신은 이 마을을 살아서 떠나지 못할 거요!」

베드로는 노인의 손에서 지팡이를 낚아채었다.「눈이 말똥가리 같은 양반아, 당신처럼 그런 영혼을 가진 사람은 절대로 빛을 보지 못해요!」

불구자들이 한데 몰리더니 점점 험악해졌다. 제자들도 덩달아 험악한 표정으로 예수 옆으로 모여들었다. 겁에 질린 막달라의 여인은 문에다 빗장을 지르고 손을 내밀었지만, 예수가 그녀를 말렸다.

「막달라의 여인이여, 내 누이여.」그가 말했다.「지금은 불운한 시대, 모두가 육신뿐입니다. 인습과 죄악과 비계가 그들의 영혼을 짓눌러 죽이죠. 나는 영혼을 찾으려고 육체와 뼈와 창자를 밀어내지만, 찾지를 못했어요. 슬프도다, 나는 불이 유일한 치료 방법이라고 생각해요!」

예수는 군중에게로 돌아섰다. 그의 눈은 이제 눈물이 마르고 비정(非情)했다.

「좋은 씨앗이 무럭무럭 자라게 하기 위해 씨를 뿌리기 전에 밭에다 불을 질러 태워 버릴 때나 마찬가지로, 하느님께서도 이 땅을 불태워 버리시려고 합니다. 하느님은 가시나무나 살갈퀴나 사철쑥에게 자비를 베풀지 않아요. 정의가 의미하는 바가 그것입니다. 잘들 있으시오!」

예수는 토마에게로 돌아섰다. 「뿔 나팔을 불어요. 우리는 떠납니다.」

예수는 지팡이를 내밀었다. 영문을 몰라 멍청해진 사람들은 옆으로 길을 비켜 주었고, 예수는 지나갔다. 막달라의 여인은 집으로 달려 들어가 머릿수건을 낚아채고는, 반쯤 감은 털실과 부뚜막의 질그릇과 모이를 주지 않은 마당의 닭장을 그대로 내버려 둔 채 문의 열쇠를 길의 한가운데로 던져 버리고는 뒤도 돌아보지 않고, 머릿수건을 단단히 여민 뒤 마리아의 아들을 따라나섰다.

제23장

 그들이 가파르나움에 도착했을 때는 아직 초저녁이었다. 소나기가 그들의 머리 위로 지나갔다. 북풍이 불어 소나기를 남쪽으로 몰고 갔다.
 「모두 우리 집에서 자기로 해요.」 제베대오의 두 아들이 말했다. 「집이 커서 모두 묵을 만큼 방이 많죠. 우린 거기다 근거지를 마련하면 되겠어요.」
 「그럼 제베대오 영감님은 어쩌고요?」 베드로가 웃으며 말했다. 「천사에게 물 한 방울도 안 줄 사람인데.」
 요한이 낯을 붉혔다. 「스승님을 믿으세요.」 그가 말했다. 「스승님의 말씀이 아버지에게 훌륭한 영향을 끼칠 터이니까 두고 보세요.」
 하지만 예수는 그 말을 듣지 못했다. 앞에서 나아가던 그의 시야에는 온통 장님과 절름발이와 문둥이뿐이었다. ······아, 내가 모든 영혼에게 입김을 불어넣고, 그 영혼에게 〈일어나라!〉라고 소리칠 능력만 지녔다면 얼마나 좋으랴, 그는 생각했다. 그리고 만일 그 영혼이 정말로 일어나면, 육체는 영혼이 되어 고침을 얻으리라.
 넓은 장터로 들어가자 토마는 뿔 나팔을 입에다 물었다. 하지만 예수가 손을 내밀었다.「그러지 말아요.」그가 말했다.「나는 피곤합니다……」정말로 그의 얼굴은 창백하고 눈언저리는 시퍼렇게 변했다. 막달라의 여인은 첫 번째 집의 문을 두드리고 물을 한 잔 달라고 청했다. 예수는 물을 마시고 기운을 차렸다.

「나는 당신에게 시원한 물 한 잔을 빚졌습니다.」그는 미소를 지으며 말했다.

예수는 야곱의 우물에서 다른 여자에게, 사마리아 여자에게 그가 했던 말이 생각났다.

「나는 당신에게 영원불멸의 물 한 잔으로 갚겠어요.」그가 덧붙여 말했다.

「그것은 벌써 오래전에 당신이 저한테 주셨습니다, 랍비님.」막달라의 여인이 얼굴을 붉히며 대답했다.

그들은 나타나엘의 오두막을 지나가게 되었다. 마당의 무화과나무 밑에 선 집주인이 열린 문을 통해 보였다. 전지(剪枝) 낫을 손에 들고 그는 죽은 나뭇가지들을 쳐내고 있었다. 필립보는 재빨리 일행에게서 떨어져 나와 집으로 들어갔다.

「나타나엘.」그가 말했다.「얘기를 좀 나누고 싶은데요. 가지를 치는 일은 그만 해요.」필립보는 집 안으로 들어갔다. 나타나엘이 따라 들어가서 등잔에다 불을 켰다.「등잔과 무화과나무와 집은 잊어버려요.」필립보가 그에게 말했다.「그리고 우리하고 같이 가요.」

「어디로요?」

「어디로라뇨? 당신은 소식도 못 들었나요? 세상의 종말이 왔습니다! 오늘이나 내일 하늘이 열리고, 세상은 잿더미로 변해요. 빨리 행동을 취해 방주를 타서 구원을 받아요.」

「무슨 방주요?」

「마리아의 아들, 다윗의 자손, 나자렛에서 오신 우리 랍비님의 품 말입니다. 그분은 얼마 전에 하느님을 만나고 사막에서 돌아왔어요. 둘은 얘기를 나누었고, 세상의 멸망과 구원을 결정했죠. 하느님은 랍비님의 머리에 손을 얹었어요. 〈가서 구원을 받아야 할 자들을 선택하거라.〉 하느님이 말씀하셨습니다. 〈너는 새로운 노아이니라. 보라, 네가 방주를 열고 잠글 열쇠를 여기 주겠노라.〉 그리고 하느님이 그분께 황금 열쇠를 주셨어요. 랍비님은 열쇠를 목에 걸고 다니시지만, 인간의 눈에는 그것이 보이지 않아요.」

「확실하게 얘기해요, 필립보. 난 뭐가 뭔지 하나도 모르겠어요. 그런 희한한 일들이 다 언제 벌어졌나요?」

「얼마 전에 요르단 사막에서 그랬다니까요. 그들은 세례자를 죽였고, 그의 영혼이 우리 랍비님의 몸으로 들어갔어요. 만나면 그분을 알아보지도 못할 겁니다. 사람이 달라져서 사나워졌고, 손에서는 불꽃이 튑니다. 그래요, 얼마 전에만 해도 가나에서 그분은 나자렛 백부장의 반신불수가 된 딸에게 손을 얹었는데, 딸이 금방 벌떡 일어나 춤을 추기 시작했어요. 그래요, 우리의 우정을 걸고 맹세컨대, 그건 사실이에요! 우린 조금도 시간을 빼앗기면 안 돼요. 갑시다!」

나타나엘은 한숨을 지었다. 「이것 봐요, 필립보, 나는 지반을 잘 닦아 놓았고 주문도 무척 많이 받았어요. 보라고요. 손질을 끝내야 할 샌들과 가죽신들을 봐요. 내 사업은 한창 최고로 잘되어 가는데 이제 와서……」 그는 아쉬워하는 눈길로 주변을 둘러보고, 사랑하는 연장과, 그가 앉아서 신발을 깁던 의자와, 칼과 송곳과 기름을 먹인 끈과 나무들을 쳐다보았다……. 그는 다시 한숨을 지었다. 「내가 어떻게 이것들을 두고 떠나겠어요?」 그가 중얼거렸다.

「당신은 천국에서 황금 연장을 구할 테니까 걱정하지 말아요. 당신은 천사들의 황금 샌들을 수선하고, 수많은 영원한 주문을 받게 될 거요. 당신은 바느질을 하고, 가죽을 자르고, 일이 떨어지지 않을 거예요. 어서 빨리 행동을 취해, 가서 스승님에게 〈나는 당신과 함께하겠습니다!〉라는 말만 하면 돼요. 〈나는 당신과 함께하겠으며, 죽음까지도, 어디를 가거나 나는 당신을 따르겠나이다!〉 우리는 모두 그렇게 서약했어요.」

「죽음까지도요!」 구두장이가 전율하며 말했다. 그는 몸집이 엄청나게 컸지만, 마음은 나방처럼 약했다.

「가엾은 사람, 그건 말뿐이에요.」 양치기가 그를 안심시켰다. 「모두 그렇게 서약했지만, 우린 죽음이 아니라 찬란한 영광을 누리게 된다고요. 이 사람은, 내 친구여, 인간이 아니에요. 그래요, 그는 사람의 아들이에요.」

「그 말이 그 말 아닌가요?」

「똑같은 말이라고요? 그런 말을 하고도 당신은 부끄럽지 않아요? 누가 〈다니엘〉 예언서를 읽는 걸 들어 본 적도 없나요? 〈사람의 아들〉이란 메시아, 즉 왕을 뜻합니다! 그는 머지않아 우주의 왕좌에 앉고, 우리 가운데 그를 따를 만큼 현명한 자들은 그의 명예와 부를 나눠 받게 됩니다. 당신은 더 이상 맨발로 걷지 않아도 됩니다. 당신은 황금 신발을 신고, 천사들이 허리를 굽혀 신발 끈을 매줄 겁니다. 나타나엘, 정말 이건 훌륭한 장사라고 하겠죠. 토마가 우리하고 어울렸다는 사실 이상 내가 또 뭘 알려 줄 필요가 있겠어요? 그 못된 인간도 무언가 훌륭하다는 낌새를 눈치 채고는 등에 진 물건을 가난한 사람들에게 주어 버리고 달려왔어요. 그러니까 당신도 달려오도록 해요. 그분은 제베대오의 집에 머물러요. 자, 갑시다!」

하지만 나타나엘은 결심이 서지 않아 주춤했다. 「이것 봐요, 필립보, 나중 일은 당신이 책임져야 해요.」 마침내 그가 말했다. 「그리고 미리 말해 두겠는데, 일이 잘 안 돌아가면 나는 영영 떠나겠어요. 나는 십자가에 매달리는 것 말고는 무엇이라도 다 각오가 되어 있어요.」

「좋아요, 좋아요.」 필립보가 말했다. 「그런 경우에는 우리 둘 다 꺼져 버려야 되겠죠. 당신은 내가 완전히 돌았다고 생각하나요? ……찬성이죠? 갑시다!」

「글쎄, 그렇다면, 하느님의 이름으로!」 그는 문을 잠그고, 열쇠를 저고리 속에 넣었다. 두 사람은 팔짱을 끼고 제베대오의 집으로 향했다.

예수와 제자들이 둘러앉아 불을 쬐는 동안 노부인 살로메는 너무 좋아서 들락날락했다. 그녀의 모든 병이 사라졌다. 그녀는 분주히 왔다 갔다 하면서 식탁을 차렸고, 하늘나라를 가져올 거룩한 사람에게 봉사한다는 축복과 두 아들에 대한 자부심은 한이 없었다. 요한은 몸을 기울이더니 어머니의 귀에 대고 속삭였다. 제자들을 힐끗 쳐다보며 그는 어머니에게 아직도 여름옷을 그대로 걸친 그들이 추워서 떨고 있음을 일깨워 주었다. 어머니는 미소를 짓고 안으로 들어가서 옷 궤짝을 열고 털옷을 꺼냈다. 그러더니 남편이 돌아오기 전에 재빨리 제자들에게 옷을 나눠 주었다. 눈부시게 하얗고 가장 두툼한 옷을 그녀는 예수의 어깨에다 다정하게 둘러 주었다. 예수는 돌아서서 그녀에게 미소를 지었다.

「당신께 축복이 함께하기를 빕니다, 살로메 어머님.」 그가 말했다. 「당신께서 육신을 돌보는 데 신경을 쓰신다면 그것은 옳고도 마땅한 일입니다. 육신은 영혼이 사막을 건너기 위해 타고 가는 낙타니까요. 그러니까 육신이 잘 견디도록 돌봐 줘야 합니다.」

제베대오 노인이 들어오더니 예기치 않은 손님들을 보았다. 그는 건성으로 그들에게 인사를 하고는 한쪽 구석에 앉았다. 이 도둑놈들(그는 그들을 이렇게 불렀다)이 그는 조금도 마음에 들지 않았다. 누가 와서 그의 집을 독차지하라고 그들을 초청해 불렀단 말인가? 그리고 마음이 후한 아내는 벌써 그들에게 요란한 잔칫상을 차려 주었다! 이 새로운 광신자가 태어난 날에 저주가 쏟아질지어다. 두 아들을 모두 빼앗아 가고도 모자란단 말인가! 그렇다, 그뿐 아니라 두 아들의 편을 드는 백치 같은 아내와 하루 종일 말다툼을 하기도 힘겹다. 아이들이 훌륭한 일을 했다고 아내는 말했다. 「이 남자는 참된 선지자이고, 왕이 되어 로마인들을 쫓아내어 이스라엘의 왕좌에 앉으리라. 그러면 요한은 그의 오른쪽, 야고보는 왼쪽에 위대한 군주로서, 고기잡이배를 타는 어부가 아니라 위대하고도 당당한 군주로서 서리라! 왜 당신은 자식들이 평생을 이곳 호수에서 썩어야 한다고 생각하는가?」

밤낮으로 늙은 멍청이 여편네는 이런 소리, 그리고 다른 잔소리로 제베대오를 괴롭히며 발을 구르고 소리를 질렀다. 때때로 그는 욕설을 퍼붓고 닥치는 대로 물건들을 때려 부쉈고, 때때로 그는 포기하고 절망에 빠져 미친 사람처럼 호숫가를 방황했다. 결국 그는 술을 마시는 버릇이 생겼다. 그런데 이제, 이것은 또 뭐냐! 법도 모르는 위인들이 모두 그의 집으로 들이닥쳤는데, 잘도 먹어 대는 입이 아홉이나 덤으로 붙었고, 천번이나 입맞춤을 한 창녀 막달라의 여인까지 끌고 왔다. 그들은 식탁에 둘러앉아서 이 집의 주인인 그를 거들떠보지도 않고, 양해를 구하지도 않았다. 그래 우리가 어쩌다 이런 처지가 되었단 말인가! 그와 조상들이 그토록 오랫동안 고생한 일이 기껏 저 기생충 같은 작자들을 위해서였나? 그는 화가 나서 벌떡 일어나 소리를 질렀다.

「이것 좀 봐요, 당신네들, 여기가 당신들 집이오, 내 집이오, 누구 집이오? 둘 더하기 둘은 넷입니다. 어서 얘기해 보라고요!」

「여기는 하느님의 집입니다.」 몇 잔 거나하게 들어가 기분이 좋아진 베드로가 대답했다. 「하느님의 집이라고요, 제베대오. 당신은 소식도 못 들었나요? 이제는 무엇 하나도 당신이나 내 소유가 아니고, 모두가 하느님의 것입니다.」

「모세의 율법은…….」 제베대오가 말문을 열었지만, 미처 그가 분노를 터뜨릴 여유도 주지 않고 베드로가 말을 가로막았다.

「지금 뭐라고 하셨나요, 모세의 율법이라고요? 그건 다 끝난 얘기예요, 제베대오. 볼일 다 보고 멀리 산책을 나가 다시는 돌아오지 않을 그런 얘기란 말이에요. 이제 우리에게는 사람의 아들의 율법이 생겼어요. 아시겠어요? 우리는 모두 형제입니다! 우리의 마음은 넓어졌고, 마음과 더불어 율법 또한 넓어졌어요. 그것이 이제는 인류 전체를 감싸 줍니다. 온 세상이 〈약속 받은 땅〉입니다. 국경이 없어졌어요! 바로 당신 앞에 선 나는, 제베대오, 하느님의 말씀을 여러 백성들에게 전하러 갑니다. 나는 곧장 로마로 달려가서 — 그래요, 웃지 마세요 — 황제의 목을 움켜잡아 때려눕히고는 왕좌에 앉겠어요. 왜 못 그럽니까! 스승님이 말씀하셨듯이, 우리는 이제 당신과 같은 어부가 아니거든요. 우리는 물고기를 잡는 것이 아니라, 사람을 낚는 어부니까요. 그리고 현명한 얘기 하나 해드리겠는데, 우리의 마음을 기쁘게 하고, 술과 음식을 잔뜩 가져와야 하는데, 그 까닭은 곧 닥칠 어느 날엔가 우리는 위대한 군주가 되겠기 때문이죠. 당신이 우리에게 말라빠진 빵 한 조각을 주면 우리는 며칠 후에 가마로 하나 가득 되갚겠어요. 그리고 그 빵이 얼마나 훌륭한데요! 영원불멸이에요! 당신이 먹고 또 먹어도 절대로 없어지지 않아요.」

「가엾은 녀석, 자네가 거꾸로 십자가에 매달린 꼴이 벌써 내 눈에 선하구먼.」 제베대오는 투덜거리더니 다시 그가 있던 구석으로 슬그머니 돌아갔다. 베드로의 말을 들은 그는 점점 겁이 나기 시작했다. 나는 입을 다무는 편이 더 좋겠어, 그는 생각했다. 무슨 일이 벌어질지 전혀 모를 노릇이니까. 세상은 둥글고, 빙글빙글 돌아간다. 언젠가는 이 미친놈들이 혹시……. 그렇다면 어떤 사태가 벌어지는 경우에 대비해서 안전한 길을 택해야지!

제자들은 수염 속에서 미소를 지었다. 베드로가 흥건한 기분에 농담을 늘어놓았음을 잘 알았지만, 아직 그런 소리를 입 밖에 꺼낼 정도로 취하지는 않았어도, 그들은 저마다 마음속으로 남몰래 똑같은 생각을 전개시키고 있었다. 멋진 모습, 지위, 비단으로 지은 옷, 금반지, 푸짐한 음식, 그리고 유대인이 군림하는 세계, 그것이 하늘나라였다.

제베대오 노인은 술을 한 잔 더 마시고는 용기를 내었다.

「그리고 스승이라는 당신.」 그가 말했다. 「당신은 입을 열지 않을 셈이오? 이런 소동은 모두 당신이 시작해 놓았는데, 다른 사람들이 진땀을 빼는 동안 당신은 느긋하게 뒤로 물러앉아 버티고만 있구먼요……. 이것 봐요, 내 재산이 날아가는데 내가 악악거리지 않아야 할 이유를 하느님의 이름으로 얘기해 봐요.」

「제베대오.」 예수가 대답했다. 「옛날에 아주 돈이 많은 사람이 하나 살았는데, 그는 곡식과 포도와 올리브를 거두어들여서 독마다 가득 채우고는 그것을 먹고 배가 잔뜩 불러 마당에 누웠습니다. 〈내 영혼아.〉 그가 말했어요. 〈너에게는 재산이 많다. 먹고, 마시고, 즐겨라!〉 하지만 그가 이 말을 하려니까 하늘에서 목소리가 들려왔습니다. 〈어리석은 자, 어리석은 자여, 오늘 밤 너는 영혼을 지옥에 바치리라. 네가 모아 놓은 모든 재산을 너는 어찌하려느냐?〉 제베대오여, 당신은 귀가 있으니 내가 하는 말을 듣겠고, 지각이 있으니 그 말이 무슨 뜻인지 이해하겠죠. 하늘의 목소리가 밤낮으로 당신 머리 위에서 맴돌기를 바랍니다. 제베대오여!」

늙은 주인은 머리를 떨구고 다시는 입을 열지 않았다.

바로 그때 문이 열리고 필립보가 나타났다. 그의 뒤에는 거창하고 얼빠진 듯한 키다리 나타나엘이 따라왔다. 나타나엘의 마음속에서는 더 이상 두 개의 종이 동시에 울리지 않았고, 이미 결심이 서 있었다. 그는 예수에게로 가서 허리를 급히고 그의 발에다 입을 맞추었다.

「주인이시여.」 그가 말했다. 「저는 죽음에 이를 때까지 항상 당신과 함께하겠나이다.」[1]

예수는 들소처럼 곱슬거리는 그의 머리에 손을 얹었다. 「잘 왔어요, 나타나엘. 당신은 다른 모든 사람을 위해 신발을 만들지만 자신은 맨발이로군요. 그것을 보니 나는 무척 기뻐요. 나하고 같이 갑시다!」 그는 나타나엘을 오른쪽에다 앉히고 빵 한 조각과 포도주 한 잔을 주었다. 「내 사람이 되려면 이 빵을 한 입 먹고 이 포도주를 한 잔 마셔야 해요.」 그가 말했다.

빵을 먹고 포도주를 마시자 나타나엘은 그것이 당장 뼈와 영혼속으로 흘러드는 기운을 느꼈다. 포도주가 태양처럼 솟아올라 그의 이성을 주홍색으로 채색했다. 포도주와 빵과 영혼이 하나가 되었다.

그는 뜨거운 숯불 위에 올라앉은 듯했다. 그는 말을 하고 싶었지만, 너무 소심했다.

---

[1] 공관 복음서에 등장하는 열두 제자의 명단에는 없지만, 나타나엘은 바르톨로메오와 동일한 인물로 본다. 나타나엘은 「요한의 복음서」 이외에는 등장하지 않는다.

「얘기해요, 나타나엘.」 스승이 그에게 말했다. 「마음을 열고 자신을 털어놔요.」

「랍비님.」 그가 대답했다. 「제가 항상 가난하게 살았다는 사실을 알아주시기 바랍니다. 저는 하루 벌어 하루 먹고 살았으므로 율법을 공부할 시간이 없었어요. 저는 눈먼 장님입니다, 랍비님. 저를 용서하세요……. 그것이 제가 당신께 알려 드리고 싶었던 바입니다. 할 말을 다 하고 나니까 속이 후련하군요.」

예수는 새로 깨우친 사람의 널찍한 어깨를 쓰다듬듯 매만졌다.

「한숨은 짓지 말아요, 나타나엘.」 그가 웃으며 말했다. 「하느님의 품으로 인도하는 길은 두 가지입니다. 하나는 이성의 길이요, 하나는 마음의 길이죠. 내가 얘기를 하나 할 테니까 들어 봐요.

가난한 사람과 부유한 사람과 방탕한 사람이 같은 날 죽어 똑같은 시간에 하느님의 심판대 앞에 나타났습니다. 그들 가운데 율법을 공부한 사람은 아무도 없었어요. 하느님이 얼굴을 찌푸리며 가난한 사람에게 물었어요. 〈어찌하여 너는 살았을 때 율법을 공부하지 않았느뇨?〉

〈주여.〉 그가 대답했습니다. 〈저는 가난하고 굶주렸습니다. 저는 아내와 아이들을 먹여 살리기 위해 밤낮으로 노예처럼 일했습니다. 저는 시간이 없었어요.〉

〈너는 내 충실한 종 힐렐[2]보다도 가난했더냐?〉 하느님이 화를 내며 물었습니다. 〈그는 돈을 낼 능력이 없어 회당에 들어가 율법의 해석을 들을 길이 없었기 때문에 지붕으로 기어 올라가 목을 길게 빼고 지붕창을 통해 얘기를 들었느니라. 하지만 눈이 내렸는데도 그는 어찌나 강론에 몰두했었는지 눈이 오는 줄도 몰랐

---

2 『탈무드』에 등장하는 유대의 현인으로, 덕망이 높다.

다. 아침에 랍비가 회당으로 들어가니 그 안이 어두웠다고 한다. 눈을 들어 본 그는 지붕창 위에서 쓰러진 사람을 발견했다. 그는 지붕으로 올라가서 눈을 헤치고는 힐렐을 파내었느니라. 그는 힐렐을 두 팔로 안아 끌고 내려와서 불을 지피고는 그를 소생시켰다. 그리고 그는 힐렐에게 그 후로는 돈을 내지 않고 회당에 들어와서 얘기를 듣도록 허락했으며 힐렐은 온 세상 사람들이 다 아는 유명한 랍비가 되었느니라……. 너는 이 얘기를 듣고 무슨 할 말이 있느냐?〉

〈없습니다, 주님이시여.〉 가난한 사람이 나지막이 말하고는 흐느껴 울기 시작했습니다.

하느님은 부유한 사람에게로 시선을 돌렸어요. 〈그리고 너, 어찌하여 너는 살았을 때 율법을 공부하지 않았느뇨?〉

〈저는 너무 돈이 많았습니다. 저는 과수원도 많았고, 종도 많았고, 걱정거리도 많았습니다. 어떻게 제가 짬을 내었겠나이까?〉

하느님이 단호하게 말했습니다. 〈너는 천 가의 마을과 천 척의 배를 상속받은 하르솜의 아들 엘르아잘보다도 부자였더냐? 그는 율법을 해석하는 현인의 행방을 알아내자 모든 재물을 버렸노라. 너는 무슨 할 말이 있느냐?〉

〈없습니다, 주님이시여.〉 부유한 사람은 나지막이 말하고는 흐느껴 울기 시작했습니다.

그러자 하느님은 방탕한 사람에게로 시선을 돌렸어요. 〈그리고 너, 모습이 아름다운 자여, 어찌하여 너는 살았을 때 율법을 공부하지 않았느뇨?〉

〈저는 너무나 미남이어서 수많은 여자가 제 앞에 몸을 던졌습니다. 너무나 즐기다 보니 어떻게 제가 율법을 접할 시간이 있었겠나이까.〉

〈너는 보디발의 아내[3]가 사랑했던 요셉보다도 더 미남이었더란 말이냐? 그는 어찌나 아름다웠는지, 빛나라, 태양이여, 그래야 나도 빛나리라고 태양에게 말할 정도였다. 그가 율법을 펼치면 글자들이 문처럼 열렸고, 의미는 빛과 불꽃으로 단장하고 나왔느니라. 너는 이 얘기를 듣고 무슨 할 말이 있느냐?〉

〈없습니다, 주님이시여.〉 방탕한 사람 역시 나지막이 말하고는 흐느껴 울기 시작했습니다.

하느님이 손뼉을 쳐서 힐렐과 엘르아잘과 요셉을 천국으로부터 불러냈습니다. 그들이 오자 하느님이 말했죠. 〈가난과 부유함과 미모 때문에 율법을 공부하지 못한 사람들을 심판하라. 얘기하거라, 힐렐. 가난한 자를 심판하라!〉

〈주님이시여.〉 힐렐이 대답했어요. 〈제가 어찌 그에게 벌을 내리겠나이까? 저는 가난의 의미를 알고, 배고픔의 의미를 압니다. 그의 죄를 사하여 주셔야 합니다!〉

〈그리고 너, 엘르아잘은?〉 하느님이 말했어요. 〈저기 부유한 자가 있느니라. 나는 그를 너에게 넘겨주겠다!〉

〈주님이시여.〉 엘르아잘이 대답했습니다. 〈제가 어찌 그에게 벌을 내리겠나이까? 저는 부유함이 죽음을 뜻한다는 사실을 압니다! 그의 죄를 사하여 주셔야 합니다!〉

〈그리고 너, 요셉은? 네 차례로구나. 모습이 아름다운 자가 저기 있느니라!〉

〈주님이시여, 제가 어찌 그에게 벌을 내리겠나이까? 저는 육체의 아름다움을 정복하기가 얼마나 힘겨운 투쟁이며, 얼마나 무서운 순교인지를 압니다. 그의 죄를 사하여 주셔야 합니다!〉」

---

3 남편이 노예로 사서 가정 총무로 삼은 요셉을 유혹하다 실패하자 그를 무고하여 옥에 가두게 했다.

예수는 얘기를 중단하고, 미소를 짓고 나타나엘을 쳐다보았다. 하지만 구두장이는 마음이 불안했다.

「그래서 하느님은 어떻게 하셨나요?」그가 물었다.

「당신이 내렸을 바로 그런 판단을 내렸죠._ 예수가 웃으며 대답했다.

순박한 구두장이도 웃었다. 「그렇다면 저는 구원을 받았군요!」그는 스승의 두 손을 꽉 움켜쥐었다. 「랍비님.」그가 소리쳤다. 「저는 이해합니다. 당신은 하느님의 품으로 인도하는 길이 이성의 길과 마음의 길 두 가지라고 하셨습니다. 저는 마음의 길을 따랐고, 당신을 찾았습니다!」

몸을 일으켜 예수는 문으로 갔다. 세찬 바람이 일어 호수에서는 물결이 크게 일었다. 하늘의 별은 수없이 많고도 고운 모래알들이었다. 그는 사막이 생각나서 몸을 부르르 떨고는 문을 닫았다. 「밤은 하느님이 주신 위대한 선물입니다」그가 말했다. 「밤은 인간의 어머니여서, 조용히 찾아와서는 부드럽게 인간을 덮어 주죠. 밤은 서늘한 손을 인간의 이마에 얹고는 하루의 근심 걱정을 육신과 영혼으로부터 지워 버립니다. 형제들이여, 이제는 밤의 품에 우리 자신을 맡길 시간이로군요.」

노부인 살로메는 그 말을 듣고 몸을 일으켰다. 막달라의 여인도 불가의 한쪽 구석에서 머리를 수그린 채 즐거운 마음으로 사랑하는 분의 목소리에 귀를 기울이다가 몸을 일으켰다. 두 여자는 요를 펴고 이불을 가져왔다. 야고보는 마당으로 나가 올리브 나무 장작을 한 아름 가지고 들어와서 불 위에 쌓아 올렸다. 예루살렘 쪽으로 얼굴을 돌리고 집의 한가운데 꼿꼿한 자세로 선 예수는 두 손을 들더니 굵은 목소리로 저녁 기도를 드렸다. 「당신의 문을 우리에게 열어 주소서, 오, 주님이시여. 하루가 기울고, 해가 지고, 태양이 사라지나이다. 영원불멸하신 이여, 우리는 당신의 문으로 찾아갑니다. 우리는 간절히 비옵나이다, 우리를 사하여 주옵소서. 우리는 간절히 비옵나이다, 우리에게 자비를 베풀어 주옵소서. 우리를 구원해 주소서!」

「그리고 우리에게 좋은 꿈을 내려 주소서, 주님이시여.」베드로가 덧붙여 말했다.「꿈속에서, 주님이시여, 저로 하여금 낡고 초록빛인 저의 배가 붉은 돛을 단 새 배로 보이게 해주시옵소서!」그는 술을 많이 마셔 기분이 즐거웠다.

예수는 제자들에게 둘러싸여 한가운데 누웠다. 그들은 집 안을 몽땅 차지해 버렸다. 제베대오와 그의 아내는 잠잘 곳이 없어서 바깥채로 나갔고, 막달라의 여인도 그들과 함께 갔다. 노인이 투덜거렸다. 그는 안락한 잠자리를 잃었다. 분격한 그는 막달라의 여인더러 들으라고 일부러 커다란 목소리로 아내에게 말했다.「다음에는 또 뭘까! 낯선 자들의 패거리에게 내 집에서 쫓겨나다니. 우리 꼴을 보라고!」

하지만 노부인은 벽을 향해 돌아눕고는 그에게 말대꾸를 하지 않았다.

마태오는 잠을 자지 못했다. 그는 등잔 밑에 쪼그리고 앉아 일부만 기록한 공책을 품속에서 꺼내 예수가 가파르나움에 들어간 일과, 어떻게 막달라의 여인이 그들과 어울리게 되었는지, 그리고 옛날에 가난한 사람과 부유한 사람과 방탕한 사람이…… 하면서 얘기를 시작한 비유를 적어 나갔다. 글을 다 쓴 다음 그는 등불을 끄고 역시 잠자리에 들었지만, 제자들이 아직도 그의 숨결을 꺼렸기 때문에 한쪽으로 조금 떨어진 곳에 따로 누웠다.

베드로는 눈을 감자마자 곧 잠이 들었다. 잠시 후에 하늘에서 천사가 내려와 조용히 그의 관자놀이를 열고는 꿈의 모습을 갖추고 들어갔다. 굉장히 많은 사람이 호숫가에 모인 듯싶었다. 스승님도 그곳에 서서 빨간 돛을 달고 물 위로 떠가는 초록빛 새 배를 감탄하며 구경했다. 뱃머리 뒷부분에서는 베드로의 가슴에 문신(文身)을 박은 물고기와 똑같이 그려 놓은 커다란 물고기가 반짝거렸다. 「저 아름다운 배는 누구 것인가요?」 예수가 물었다. 「제 배입니다.」 베드로가 자랑스럽게 대답했다. 「가요, 베드로, 당신의 용기를 보고 나는 흐뭇한 마음을 느끼고 싶으니까 다른 제자들을 태우고 한가운데로 나가 봐요!」

「기꺼이 그러겠습니다, 랍비님.」 베드로가 말했다. 그는 밧줄을 풀었다. 다른 제자들이 배로 뛰어올랐다. 고물 쪽에서 순풍이 불어와 돛이 부풀었고, 그들은 노래를 부르며 망망대해에 이르렀다.

그런데 갑자기 회오리바람이 일었다. 배가 빙글빙글 돌았고, 삐거덕거리는 선체가 당장에라도 부서질 기세였다. 배는 물을 뒤집어쓰며 가라앉으려고 했다. 갑판에 엎어진 제자들은 아우성을 쳤다. 베드로는 돛대를 부둥켜안고 〈랍비님, 랍비님, 살려 주세요!〉라고 소리쳤는데, 보라! 짙은 어둠 속에서 그는 하얀 옷을 입은 랍비가 그들을 향해 물 위로 걸어오는 모습을 보았다. 제자들도 머리를 들고 예수를 보았다. 그들은 떨면서 〈귀신이다! 귀신이다!〉라고 소리쳤다. 「두려워하지 말아요.」 예수가 그들에게 말했다. 「나입니다!」 베드로가 예수에게 대답했다. 「주님이시여, 정말 당신이시라면 저에게도 파도 위로 걸어 당신을 맞으러 가라고 명령하세요.」

「이리 오시오!」 예수가 그에게 명령했다. 베드로가 배에서 뛰어나와 물을 밟고 걸어가기 시작했다. 하지만 사납게 파도치는 바다를 보자 그는 두려움에 사로잡혀 온몸이 굳어 버렸다. 그는 가라앉기 시작했다. 「주여, 저를 구해 주세요.」 그가 비명을 질렀다.「저는 물에 빠져 죽게 되었어요!」예수가 손을 내밀어 그를 끌어 올렸다.「믿음이 없는 사람이여.」예수가 말했다.「왜 당신은 두려워합니까? 당신은 나를 믿지 않나요? 봐요!」예수가 파도 위로 손을 들고 〈잠잠하여라!〉라고 말하자, 당장에 바람이 가라앉으며 물이 잔잔해졌다. 베드로는 울음을 터뜨렸다. 이번에도 그의 영혼은 시험을 받았으며, 또다시 굴욕적인 꼴을 보였다.

큰 소리로 외치며 그는 잠이 깨었다. 그의 수염에는 눈물이 튀었다. 그는 요 위에 일어나 앉아서 벽에다 등을 기대고 한숨을 지었다. 아직도 잠들지 못했던 마태오가 그 소리를 들었다.

「왜 한숨을 짓나요, 베드로?」마태오가 물었다.

잠깐 동안 베드로는 못 들은 체하며 대답하지 않으려고 했다. 정말로 그는 세리들과의 대화가 즐겁지 않았다. 하지만 꿈이 답답하게 그의 목을 졸랐고, 그는 꿈을 몸속에서 뽑아 버려야만 마음이 놓일 듯싶었다. 그래서 마태오에게로 가까이 기어가서 꿈 얘기를 시작했다. 그런데 얘기를 하면 할수록 그는 자꾸 과장한다는 기분을 느꼈다. 마태오는 지칠 줄 모르고 얘기를 들어 머릿속에다 기록해 두었다. 하느님의 뜻에 따라 내일 동틀 녘에 마태오는 이 얘기를 공책에 옮겨 적으리라.

베드로는 얘기를 끝냈지만, 가슴속에서는 꿈속의 배처럼 심장이 아직도 울렁거렸다. 갑자기 겁이 나서 그는 온몸이 떨렸다.

「주님이 정말로 밤에 나한테로 와서 나를 시험하기 위해 망망대해로 끌고 나갔던 건 아닐까요? 평생 나는 그토록 생동하는 바다와 그토록 실감나는 두려움과 그토록 진짜 같은 배를 본 적이 없어요. 어쩌면 그것은 꿈이 아니고....... 어떻게 생각해요, 마태오?」

「그건 분명히 꿈이 아니었어요. 기적은 틀림없이 실제로 일어난 거예요.」마태오가 대답했고, 이튿날 어떻게 종이에다 기록해야 할지 마음속으로 깊이 따져 보았다. 그것이 전적으로 꿈이었는지도 확실치 않고 전적으로 진실이었다는 확신도 서지 않았기 때문에 그 얘기를 기록하기는 지극히 어려우리라는 생각이 들었다. 그것은 꿈이기도 하고 진실이기도 했다. 기적은 일어났지만, 이 땅에서도 아니고, 이 바다에서도 일어나지 않았다. 다른 곳이었지만, 그곳은 어디였던가?

그는 명상을 통해 해답을 찾으려고 눈을 감았다. 하지만 잠이 찾아와 그를 멀리 데리고 갔다.

이튿날은 계속해서 폭우가 쏟아지고 심한 바람이 불어 어부들은 배를 띄우지 않았다. 오두막에 틀어박혀 그들은 그물을 손질하고 제베대오 노인의 집에서 묵는 이상한 손님 얘기를 했다. 보아하니 그는 세례자 요한이 부활한 인물 같았다. 사형 집행관이 칼로 내려친 다음에 당장 세례자는 허리를 굽혀 머리를 집어 목 위에다 올려놓고 눈 깜짝할 사이에 도망쳤다. 하지만 헤로데가 그를 다시 잡아 또다시 머리를 자르지 못하게 그는 나자렛 목수 아들의 몸으로 들어가 하나가 되었다. 그를 보면 누구나 정신의 갈피를 못 잡게 된다. 그는 한 사람일까, 아니면 두 사람일까? 도대체 영문을 모를 노릇이었다. 정면에서 얼굴을 마주 보면 그는 미소를 짓는 소박한 사람이었다. 조금만 옆으로 움직여 보면 그의 한쪽 눈은 사납고 사람을 잡아먹으려는 듯 살기가 등등했고, 다른 쪽 눈은 더 가까이 오라고 불렀다. 가까이 접근하면 어지러워졌다. 자기도 모르는 사이에 사람들은 가정과 아이들을 버리고 그를 따라나서게 된다!

한 늙은 어부는 이런 모든 얘기를 듣고 나서 머리를 저었다. 「결혼을 하지 않는 사람들은 결국 그런 일을 당하지.」 그가 말했다.「무슨 방법을 쓰고 무슨 재주를 부려서라도 세상을 구원하는 일 말고는 아무 욕심 없다잖아. 정액이 머리로 올라가 두뇌를 괴롭히니까. 정말이지 자네들은 모두 결혼해서, 여자에게 기운을 풀고, 아이를 낳아 마음을 가라앉혀야 해!」

요나 노인은 어제 저녁에 소식을 듣고는 오두막에서 기다리고 또 기다렸다. 끝까지, 이럴 리는 없어, 그는 생각했다. 분명히 내 두 아들은 내가 죽었는지 살았는지 보려고 찾아오겠지. 그는 밤새도록 기다렸고, 희망을 품었다가 그 희망을 잃었다. 아침이 되자 그가 결혼할 때 만들었으며 중요한 경사가 닥칠 때만 신었던 높직한 선장의 장화를 신고는 찢어진 우비로 몸을 감싸고 빗속을 뚫고 그의 친구 제베대오의 집으로 갔다. 마침 문이 열려 있어, 그는 안으로 들어갔다.

불을 지펴 놓고 열 명쯤 되는 남자들과 여자 두 명이 책상다리를 하고 불 앞에 둘러앉아 있었다. 그는 여자들 가운데 한 사람이 노부인 살로메임을 알았다. 다른 여자는 나이가 젊었다. 그는 어디에선가 저 여자를 보았지만 어디에서였는지 기억이 나지 않았다. 집은 반쯤 어둠에 잠겨 있었다. 그는 잠깐 얼굴을 돌려 불빛이 비춘 그의 두 아들 베드로와 안드레아를 알아보았다. 하지만 그가 들어오는 소리를 아무도 듣지 못했고, 아무도 그를 보려고 얼굴을 돌리지 않았다. 모두들 머리를 앞으로 내밀고 입을 벌린 채로 마주 보고 앉은 사람의 얘기에 귀를 기울였다. 그는 무슨 말을 하는가? 요나 노인은 귀에다 신경을 잔뜩 곤두세우고는 입을 벌리고 얘기를 들었다. 언뜻언뜻 그는 〈정의〉니, 〈하느님〉이니, 〈하늘나라……〉니 하는 말이 귀에 들어왔다. 똑같은 얘기, 그리고 또 똑같은 얘기가 날이면 날마다! 그는 이런 얘기에는 신물이 났다. 물고기를 어떻게 잡고, 돛을 고치거나 배의 뱃밥을 먹이는 방법이나, 추위와 배고픔과 습기를 어떻게 피해야 하는지를 가르쳐 주는 대신에 그들은 둘러앉아서 천국 얘기만 했다! 제기랄, 그들은 땅과 바다에 관해서는 할 얘기가 하나도 없단 말인가? 요나 노인은 화가 났다. 그는 사람들이 소리를 듣고 돌아다보라고 기침을 했다. 그러나 아무도 쳐다보지 않았다. 그는 묵직한 다리를 들어 선장 장화로 요란하게 발을 굴렀지만, 스용이 없었다. 그들은 모두 얼굴이 하얀 사람의 입만 지켜보았다.

노부인 살로메만이 시선을 돌렸다. 그녀는 얼굴을 돌렸지만 그를 보지는 못했다. 그래서 요나 노인은 앞으로 나아가 두 아들 바로 뒤, 벽난로 앞에 쪼그리고 앉았다. 그는 베드로의 어깨에 커다란 손을 얹고 흔들었다. 베드로가 머리를 돌려 아버지를 보고는 조용히 하라는 시늉으로 손가락을 입술에 대었고, 마치 이 사람은 그의 아버지 요나가 아니라는 듯, 마치 그들이 만난 지가 몇 달이나 되었다는 사실을 모르는 듯, 다시금 창백한 젊은이에게로 얼굴을 돌렸다. 요나는 처음에는 슬픔을, 그러고는 분노를 느꼈다. 그는 (너무 꼭 끼어 발이 아프기 시작한) 장화를 스승의 얼굴에다 집어 던져 잠잠하게 만들고는 드디어 자식들과 얘기를 하게 되기를 바라며 신발을 벗었다. 그가 장화를 들고 추진력을 모으기 위해 휘두르고 있는데, 뒤에서 누군가 손을 붙잡았다. 돌아다보니 제베대오 노인이었다.

「일어나요, 요나.」 친구가 그의 귀에다 대고 속삭였다. 「안으로 들어갑시다. 가엾은 양반, 당신한테 할 얘기가 있어요.」

늙은 어부는 장화를 겨드랑이에 끼고는 제베대오를 따라갔다. 그들은 집의 안쪽으로 들어가 살로메의 옷 궤짝에 나란히 걸터앉았다.

「요나.」 분노를 진정시켜 보려고 술을 너무 많이 마셨기 때문에 말을 더듬으며 제베대오가 얘기를 시작했다.「요나, 많은 시달림을 받아 온 내 친구여, 당신은 아들이 둘이었지만, 모두 버린 자식으로 생각해요. 나도 아들이 둘이었지만, 다 버린 자식이라고 생각하죠. 그들의 아버지는 하느님인 듯싶은데, 무엇 하러 우리가 끼어드나요? 그들이 우리를 쳐다보는 눈초리는 마치〈수염이 허연 아저씨, 당신은 누구시죠?〉라고 묻는 눈치더라니까요……. 세상의 종말이 왔어요, 우리 가엾은 요나!

처음에는 나도 화를 내었어요. 난 작살로 찍어 그들을 내쫓고 싶었죠. 하지만 나중에 나는 아무런 해결 방법도 없다는 사실을 알고는 내 처소로 다시 기어 들어가 열쇠를 그들에게 넘겨주었어요. 아내는 저것들과 한통속이 되어 버렸답니다, 한심한 여자 같으니라고. 당신도 알다시피, 약간 노망기가 보이거든요. 그러니까 입 다물고 가만히 참는 게 상책이야, 제배대오 영감아 하고 난 생각했는데, 입 다물고 가만히 참는 게 상책이라는 말은 당신한테도 해주고 싶군요, 요나 영감. 우리 자신에게 거짓말을 해봤자 무슨 소용이겠어요? 둘 더하기 둘은 넷이니까, 우린 당한 셈이에요!」

요나 노인은 다시 장화를 신고 우비로 몸을 감쌌다. 그러더니 더 할 얘기가 남았는지 보려고 제베대오를 물끄러미 쳐다보았다. 그럴 눈치가 아니자 요나는 문을 열고, 하늘을 보고 땅을 보았는데, 칠흑 같은 어둠과 비, 추위……. 그는 입술을 움찔거렸다.「우리는 망했다고.」그가 투덜거렸다.「우린 망했어.」그러고는 철버덕거리며 흙탕물을 지나 오두막으로 돌아갔다.

씨근덕거리며 요나가 집으로 가는 동안, 마리아의 아들은 불꽃 속에 숨어 사람들에게 따스함을 주는 하느님의 혼에게 기도를 드리는 듯 두 손바닥을 불에 쬐었다. 그는 마음을 열고, 손바닥을 내밀며 말했다.

「내가 율법과 선지자들을 폐하러 왔다고는 생각하지 마시오. 나는 옛 계명을 폐하기 위해서가 아니라 연장하기 위해서 왔습니다. 여러분은 모세가 받은 계명에 〈살인하지 말지어다!〉라는 구절이 나온다는 사실을 압니다. 하지만 나는 형제에게 화를 내고 손을 들거나, 좋지 않은 말을 하면 누구라도 지옥의 불길 속으로 떨어지리라는 얘기를 여러분에게 하고 싶습니다. 여러분은 모세가 받은 계명에 〈간음하지 말지어다!〉라는 구절이 나온다는 사실을 압니다. 하지만 나는 음욕을 품고 여자를 쳐다보는 자라면 누구나 이미 마음속으로 간음한 사람이라는 얘기를 여러분에게 하고 싶습니다. 불결한 눈초리는 음탕한 자를 지옥으로 떨어지게 합니다……

옛날 율법은 여러분에게 아버지와 어머니를 공경하라고 가르치지만, 나는 마음을 부모의 집에만 묶어 두지 말라고 말하렵니다. 여러분의 마음은 밖으로 나와 모든 집으로 들어가고, 헤르몬 산에서부터 에돔 사막에 이르기까지 이스라엘 전체를, 심지어 그 너머 동쪽과 서쪽으로, 온 세상을 감싸게 하시오. 우리의 아버지는 하느님이요, 우리의 어머니는 대지입니다. 우리의 절반은 땅이고 절반은 하늘입니다. 아버지와 어머니를 공경한다는 말은 하늘과 땅을 공경한다는 의미가 됩니다.」

노부인 살로메는 한숨을 지었다. 「당신의 말은 가혹합니다, 랍비님, 어머니에게는 가혹합니다.」

「하느님의 말씀은 항상 가혹합니다.」 예수가 대답했다.

「내 두 아들을 데리고 가세요.」 두 손을 맞잡으며 늙은 어머니가 중얼거렸다. 「그들은 당신의 아들이니, 데리고 가세요.」

예수는 자식을 잃은 어머니의 말을 듣고는 세상의 모든 아들과 딸들이 그의 목에 주렁주렁 매달린 듯한 기분을 느꼈다. 그는 목에 건 파란 부적 속에 사람들의 온갖 죄를 담고 가던 염소, 사막에서 본 검은 숫염소가 생각났다. 아무 말도 없이 그는 두 아들을 바치겠다고 한 노부인 살로메 쪽으로 몸을 기울였다. 예수는 그녀에게 〈보세요, 여기 내 목에다 당신 아들들을 걸어요……〉라고 말하는 듯한 시늉이었다.

그는 포도나무 줄기 한 줌을 불에다 던져 넣었다. 불길이 그것을 집어삼켰다. 한참 동안 예수는 쉭쉭거리며 포도나무 줄기를 태우는 불을 지켜보았고, 다음에는 다시 제자들에게로 시선을 돌렸다.

「아버지와 어머니를 나보다 사랑하는 자는 나를 따라올 자격이 없고, 아들이나 딸을 나보다 사랑하는 자도 나를 따라올 자격이 없습니다. 옛 계명은 이제 우리를 다스리기에는 부족하고, 옛 사랑도 마찬가지입니다.」

그는 잠깐 침묵을 지킨 다음에 말을 이었다. 「인간은 경계(境界), 대지가 끝나고 하늘이 시작되는 곳입니다. 하지만 이 경계는 그 한계에서 끝나지 않고 하늘을 향해 나아갑니다. 그와 더불어 하느님의 계명도 스스로 발전합니다. 나는 하느님의 계명을 모세에게서 받아 연장하고 발전시킵니다.」

「그렇다면 하느님의 뜻이 달라진다는 얘기인가요, 랍비님?」 요한이 놀라서 물었다.

「아닙니다, 사랑하는 요한이여. 하지만 인간의 마음이 넓어져서 하느님의 뜻을 더 많이 받아들이게 됩니다.」

「그렇다면 전진해야죠.」 벌떡 일어나며 베드로가 소리쳤다. 「왜 앉아 있기만 하나요? 우리 가서 새로운 계명을 세상에 선포합시다.」

「몸이 젖지 않게 비가 끝나기나 기다려요!」 토마가 비웃으며 나지막이 말했다.

유다는 화를 벌컥 내며 머리를 설레설레 흔들었다.「우선 우리는 로마인들부터 쫓아내야 해요.」그가 말했다.「우리는 제대로 순서에 맞게, 영혼을 해방시키기 전에 우리의 몸부터 해방을 시켜야 합니다. 지붕부터 거꾸로 집을 지어 내려오는 짓은 하지 말아야죠. 기초부터 세워야 합니다.」

「기초는 영혼이에요, 유다.」

「기초는 육체라니까요!」

「만일 우리 내면의 영혼이 달라지지 않는다면, 유다여, 우리 외부의 세계는 절대로 달라지지 않아요. 적은 내면에 존재하고, 로마인들도 내면에 존재하며, 구원은 내면에서부터 시작됩니다!」

유다가 화를 내며 벌떡 일어섰다. 그는 소리를 지르지 않으려고 오랫동안 마음을 억눌렀었다. 그는 듣고 또 들어서 모든 얘기를 마음속에 간직했지만 이제는 더 이상 견딜 수가 없었다.

「우선 로마인들부터 몰아내야 해요!」숨 막히는 목소리로 그가 다시 외쳤다.「로마인들부터 먼저요!」

「하지만 우리가 어떻게 그들을 몰아냅니까?」불안감을 느끼기 시작해 문을 곁눈질해 보며 나타나엘이 물었다.「그 방법을 얘기해 주겠어요, 가리옷 사람 유다?」

「혁명이죠! 마카베오들을 봐요! 그들은 그리스인들을 쫓아냈어요. 이제는 우리 차례이고, 새로운 마카베오들이 로마인들을 쫓아낼 때가 왔어요. 나중에, 모든 것이 다시 우리 수중에 들어온 다음 부유한 자와 가난한 자, 박해하는 자와 박해받는 자의 문제를 해결해야죠.」

아무도 입을 열지 않았다. 제자들은 두 가지 길 가운데 어느 쪽을 택해야 옳은지 알 길이 없었다. 그들은 스승을 물끄러미 쳐다보며 기다렸다. 그는 깊은 생각에 잠겨 불꽃을 응시했다……. 눈에 보이는 세계와 눈에 보이지 않는 세계에 다 같이 오직 하나, 영혼만이 존재한다는 사실을 사람들이 언제 이해하려나!

베드로가 일어섰다. 「죄송합니다.」 그가 말했다. 「하지만 이것은 복잡한 얘기여서 저는 이해를 못하겠어요. 어느 쪽이 기초인지 경험이 저희에게 가르쳐 주리라고 믿습니다. 무슨 일이 벌어질지 두고 보기로 합시다. 스승님, 저희끼리만 나가서 사람들에게 좋은 소식을 전하도록 허락해 주십시오. 돌아온 다음에 저희는 다시 토론을 해보겠습니다.」

예수는 눈을 들어 제자들을 둘러보았다. 그는 베드로와 요한과 야고보에게 머리를 끄덕였다. 그들은 앞으로 나섰고, 그는 그들의 머리에 묵직하게 손을 얹었다.

「내 축복과 더불어 가시오.」 그가 말했다. 「사람들에게 복음을 전하시오. 두려워하지 말아요. 하느님은 여러분을 손으로 거두어 지켜 주십니다. 하느님의 뜻이 없이는 단 한 마리의 새도 하늘에서 떨어져 죽지 않으며, 여러분은 많은 참새만큼 값진 존재들입니다. 하느님이 여러분과 함께하시기를! 빨리 돌아오도록 하고, 수천의 영혼이 여러분의 목에 매달리기를 바랍니다. 당신들은 내 사도입니다.」

세 명의 사도는 축복을 받았다. 문을 열고 그들은 비바람 속으로 나가 저마다 다른 길로 갔다.

여러 날이 흘러갔다. 제베대오의 집 마당은 아침이면 사람들로 가득 찼고, 저녁이면 텅 비었다. 병자들과 절름발이들과 악귀에 들린 자들이 사방에서 모여들었다. 어떤 사람은 흐느껴 울고, 또 어떤 사람은 사납게 소리치며 사람의 아들로 하여금 기적을 행하여 그들의 병을 고쳐 달라고 했다. 그렇기 때문에 하느님이 그를 보내시지 않았던가? 그렇다면 그분이 마당에 나타나도록 하라! 날이면 날마다 그들의 불평 소리를 듣고 예수는 슬퍼졌다. 그는 마당으로 나가서 한 사람씩 손을 얹고 말했다. 「형제들이여, 기적에는 두 가지가 있나니, 육신의 기적과 영혼의 기적이 그것입니다. 오직 영혼의 기적만을 믿도록 하시오. 회개하고 여러분의 영혼을 깨끗이 하면 육신도 깨끗해집니다. 영혼은 나무입니다. 질병, 건강, 천국과 지옥은 나무가 맺는 열매입니다.」

많은 사람들이 믿었고, 믿게 되자 당장 그들은 피가 솟구쳐 마비된 몸을 가득 채우는 기분을 느꼈다. 그들은 목발을 던져 버리고 춤추었다. 어떤 사람들은 꺼져 버린 그들의 눈에 예수가 손을 대면 그의 손가락 끝에서 광명이 흘러나온다고 느꼈다. 그들은 눈을 뜨고 기뻐 소리쳤으니, 이제 그들은 세상을 보게 되었기 때문이다.

마태오는 항상 깃털 펜을 준비하고, 눈과 귀로 신경을 집중했다. 그는 단 한 마디의 말도 흘려버리지 않고 모든 내용을 수집해서 종이에 기록해 두었다. 그리하여 조금씩 조금씩, 날이면 날마다 기쁜 소식이, 복음이 이루어졌다. 복음은 뿌리를 내리고, 가지를 치고, 나무가 되어 열매를 맺고, 태어난 자와 깨어날 자들에게 영양분을 제공했다. 마태오는 경전을 환히 알았다. 그는 스승의 말과 행동이 수백 년 전에 선지자들이 얘기했던 그대로임을 깨달았고 어쩌다 예수의 삶과 예언이 별로 상응하지 않을 경우가 생기더라도 그것은 인간의 이성이 거룩한 글에 숨겨진 의미를 이해할 열성이 모자라기 때문이었다. 하느님의 말씀은 일곱 단계의 의미를 내포했으며, 마태오는 모순된 요소들이 어느 단계의 의미에 상응하는지를 알아내려고 애썼다. 비록 그가 가끔 억지로 결부시켰다고 하더라도, 하느님께서 용서하시기를! 하느님은 용서했을 뿐 아니라, 그러기를 원했다. 마태오가 깃털 펜을 잡을 때마다 천사가 찾아와서 그의 귓전에다 무슨 글을 쓰라고 영창하지 않았던가?

오늘 처음으로 마태오는 예수의 생애를 어디에서 어떻게 시작해야 할지 확실하게 이해했다. 먼저, 어디에서 그가 태어났고, 부모와 조부모 그리고 14대에 걸친 조상의 계보를 밝혀야 한다. 그는 나자렛에서 목수인 요셉 그리고 요아킴과 안나의 딸 마리아, 이들 두 가난한 부모에게서 태어났다. ……마태오는 깃털 펜을 잡고 자신의 이성을 깨우치고 자신에게 힘을 달라고 조용히 하느님을 불렀다. 하지만 아름다운 손으로 그가 첫 구절을 종이에다 쓰기 시작하자 손가락들이 굳어졌다. 천사가 그를 붙잡았기 때문이다. 그는 공중에서 분노한 날개가 퍼덕이는 소리를 들었으며, 그의 귓전에서 목소리가 울렸다. 「요셉의 아들이 아니에요! 선지자 이사야가 뭐라고 했나요? 〈보라, 처녀가 아들을 잉태하여 낳으리라.〉 ……이렇게 써요 ─ 마리아는 처녀였다. 어떤 남자도 그녀에게 접하기 전에 대천사 가브리엘이 그녀의 집으로 내려와 말했다. 〈영광 있으라, 마리아여, 은총이 지극하여 주님이 당신과 함께할지니라!〉 당장 그녀의 몸은 열매를 품었도다……. 알겠어요? 당신은 그렇게 써야 합니다. 그리고 나자렛이 아니에요, 그래요, 그는 나자렛에서 태어나지 않았어요. 선지자 미가의 말을 잊지 말아요. 〈그리고 그대, 베들레헴이여, 유대 땅 수천의 작은 고을 중에 그대에게서 오랜 옛날, 영원의 시절부터 뿌리를 이어왔으며 이스라엘을 지배할 분이 태어나리라.〉 ……그러니까 예수는 베들레헴에서, 마구간에서 태어나셨어요. 전혀 오류가 없는 〈시편〉에는 뭐라고 적혔나요? 〈하느님은 야곱의 양 떼를 돌보는 목자로 만들기 위해서 어린 양들이 젖을 **빠는** 마구간에서 그가 태어나게 했느니라.〉 왜 멈추나요? 나는 당신의 손을 놓았으니, 써요!」 하지만 마태오는 화가 났다. 그는 오른쪽으로, 눈에 보이지 않는 날개로 몸을 돌려 잠든 제자들이 듣지 못하도록 나지막한 목소리로 투덜거렸다. 「그것은 사실이 아니에요. 난 그렇게 쓰고 싶지 않아요, 쓰지 않겠어요!」 비웃는 웃음소리. 그러고는 목소리가 허공에서 들려왔다. 「한 줌의 흙에 지나지 않는 당신이 진리가 무엇인지 어떻게 알겠어요? 진리는 일곱 단계로 이루어졌는데요. 가장 높은 곳에는 인간의 진리와는 전혀 비슷한 양상이 없는 하느님의 진리가 자리를 잡았어요. 내가 당신의 귓전에 대고 불러 주는 내용은 그런 진리예요. 복음서를 집필하는 마태오여…… 써요. 〈그리고 세 명의 동방 박사가 커다란 별을 따라 아기에게 경배를 드리려고 찾아왔고…….〉」

마태오의 이마에서 땀이 마구 쏟아졌다. 「난 쓰지 않겠어요! 난 쓰지 않겠어요!」 그는 소리쳤지만, 손은 저절로 글을 써나갔다.

예수는 잠결에 마태오가 불평하는 소리를 듣고는 눈을 떴다. 그는 마태오가 몸을 수그리고 등불 밑에서 숨을 몰아쉬며 찍찍 소리를 내는 깃털 펜이 부러져라고 미친 듯 써 내려가는 모습을 보았다.

「마태오, 내 형제여.」 그가 조용히 말했다. 「왜 신음 소리를 내나요? 당신 위에 누가 있습니까?」

「묻지 마세요, 랍비님.」 아직도 종이 위로 펜을 놀리며 그가 대답했다. 「저는 바쁩니다. 주무세요.」

예수는 하느님이 그의 머리 위에 계시다는 예감을 느꼈다. 그는 거룩한 혼에 사로잡힌 그를 방해하고 싶지 않아서 눈을 감았다.

제24장

 여러 날이, 그리고 여러 밤이 흘러갔다. 달이 하나 왔다 가고, 다음 달이 또 왔다. 비, 추위, 벽난로의 불, 노부인 살로메의 집에서 보낸 거룩한 밤들……. 가파르나움의 가난하고 애통해하는 자들이 하루의 일을 끝내고 저녁이면 새로운 위안을 주는 이의 얘기를 들으려고 찾아왔다. 그들은 가난하고 위안을 얻지 못한 사람으로 왔다가, 위로를 받아 풍요한 마음으로 그들의 초라한 오두막으로 돌아갔다. 그는 그들의 포도밭과 고기잡이배와 기쁨을 지상에서 천국으로 옮겨 놓았고, 지상보다 천국이 얼마나 더 확실한지를 그들에게 설명했다. 불우한 자들의 마음은 인내와 희망으로 가득 찼다. 제베대오의 냉혹한 마음까지도 물들기 시작했다. 조금씩 조금씩 예수의 말이 그에게로 파고들어서 가볍게 그의 이성을 도취시켰다. 현세는 희미해지고, 그의 머리 위에서는 멸하지 않는 풍요와 영원으로 이루어진 새로운 세계가 너울거렸다. 이상하고 새로운 세계에서 제베대오와 두 아들과 노부인 살로메와 심지어는 돛배 다섯 척과 넘치는 궤짝들이 영원히 살아가리라고 그는 생각했다. 그러므로 불청객들이 밤낮으로 그의 집에서 기거하고 그의 음식을 먹어 치우는 꼴을 보고도 불평하지 않아야 이로운 일이었다. 보상이 내릴 테니까 말이다.

한겨울 동지 무렵, 두 주일 동안 화창한 날씨가 찾아왔다. 태양이 빛나며 헐벗은 대지의 뼈를 따스하게 비추고, 제베대오의 집 마당 한가운데 선 아몬드나무는 바보처럼 속아서 봄이 온 줄 알고 움이 트기 시작했다. 물총새들은 바위에다 알을 맡기고 싶어서 이렇게 따스하고 자비로운 나날이 오기를 기다렸었다. 하느님의 다른 모든 새들은 봄철이 오기를 기다리지만 물총새들은 한겨울에 알을 낳는다. 하느님은 그들을 불쌍히 여겨서 겨울에 며칠 동안 그들만을 위해 따뜻한 태양을 올려 보내기로 약속했다. 그래서 바다의 개똥지빠귀들은 지금 환희하며 겐네사렛의 물과 바위들 위로 날았고 다시금 약속을 지킨 데 대해 하느님께 감사의 노래를 불렀다.

이렇듯 화창한 나날 동안 나머지 제자들은 고기잡이배와 근처의 마을로 흩어져 나가서 역시 그들의 날개를 시험해 보았다. 필립보와 나타나엘은 육로로 가서 친구와 농부와 양치기들을 만나 하느님의 말씀을 전했다. 안드레아와 토마는 어부들을 낚으려고 호수로 갔다. 남들과 사귈 줄 모르던 유다는 분노를 마음으로부터 걸러 내기 위해 혼자 산으로 떠났다. 스승의 행동이 그의 마음을 크게 기쁘게 하기는 했어도 그냥 참고 넘기지 못할 일도 몇 가지 벌어졌었다. 때로는 사나운 세례자가 예수의 입을 통해 우렁차게 말했지만, 때로는 똑같은 목수의 아들이 아직도 우는 소리를 했다. 〈사랑! 사랑! 무슨 사랑 말인가, 예언자여? 누구를 사랑하라는 얘기인가? 세상은 부패했으므로 칼이 필요하다, 이것이 내가 부르짖는 바이다!〉

집에는 마태오 혼자만 남았다. 스승이 무엇인가 얘기를 할지도 모르고, 마태오는 그의 말이 바람에 실려 날아가 버리기를 원하지 않았다. 그가 무슨 기적을 행할지도 모르는데 마태오는 그런 얘기를 기록하기 위해서는 실제로 두 눈으로 똑똑히 봐두어야 했기 때문에 집을 떠나고 싶지 않았다. 그런가 하면 또한 그는 어디로 가서, 누구에게 얘기를 해야 할지도 알지 못했다. 옛날에 한때 더러운 세리였기 때문에 아무도 그에게 가까이 오려고 하지 않았다. 따라서 그는 집에 남았고, 한쪽 구석에 쭈그리고 앉아 마당의 움트는 아몬드나무 밑에 앉은 예수를 몰래 훔쳐보곤 했다. 예수는 발치에 앉은 막달라의 여인에게 부드럽게 얘기했다. 마태오는 한마디 말이라도 더 들으려고 커다란 귀에 신경을 잔뜩 곤두세웠지만 헛일이었다. 그는 준엄하고 고뇌에 찬 랍비의 얼굴과 막달라 여인의 머리카락을 자꾸만 쓰다듬는 예수의 손을 지켜보기만 했을 뿐 별 도리가 없었다.

안식일이었고, 천국과 지옥과 불운한 인류와 하느님의 자비심에 관해서 새로운 선지자가 하는 얘기를 들으려고 티베리아에서 농부들이, 겐네사렛에서 어부들이, 산에서 목자들이, 먼 마을로부터 순례자들이 아침 일찍 길을 나섰다. 해가 나고 찬란한 날이어서 그들은 선지자를 모시고 푸르른 산기슭으로 올라가 포근한 풀밭에 흩어져 예수의 얘기에 귀를 기울였고, 때로는 봄철의 풀 위에서 달콤하게 잠이 들기도 했다. 그리하여 그들은, 문이 닫혔기 때문에 바깥 길에 모여 스승더러 나오라고 소리쳐 불렀다.

「막달라의 여인, 내 누이여.」 예수가 말했다. 「들어 봐요. 사람들이 나를 데리러 왔군요.」

하지만 그녀는 랍비의 눈에 몰입해 넋을 잃은 상태여서 그 말을 듣지 못했다. 그리고 그토록 오랫동안 그가 해준 많은 얘기도 그녀는 전혀 듣지 못했다. 그녀는 그의 목소리만 들어도 기뻤고,

목소리가 그녀에게 모든 얘기를 했다. 그녀는 남자가 아니었으므로 말이 필요 없었다. 언젠가 그녀는 그에게 이렇게 말했다. 「랍비님, 어찌하여 당신은 미래의 삶 얘기를 저에게 하십니까? 우리는 남자가 아니어서 또 다른 삶, 영원한 삶은 필요로 하지 않고, 여자인 우리에게는 사랑하는 남자와 함께 지내는 한순간이 영원한 천국이며, 사랑하는 남자로부터 멀리 떨어져 지내는 한순간은 영원한 지옥입니다. 우리 여자들이 영원을 살아가는 곳은 여기, 이 세상입니다.」

「막달라의 여인, 내 누이여.」 예수가 그녀에게 되풀이해서 말했다. 「사람들이 나를 데리러 왔어요. 나는 가야 합니다.」 그는 일어나서 문을 열었다. 길은 열렬히 갈구하는 눈과 소리치는 입과 손을 뻗치며 신음하는 병든 사람들로 넘쳐흘렀다……. 문간에 나타난 막달라의 여인은 터져 나오려는 비명을 숨기려고 손으로 입을 가렸다. 「사람들은 사나운 짐승, 그분을 삼켜 버릴 피에 굶주린 야수들이지.」 그녀는 뒤에서 아우성치는 군중을 이끌고 앞장서서 차분히 걸어가는 그를 지켜보며 중얼거렸다.

예수는 침착한 걸음으로 성큼성큼, 호수 위로 솟아오른 산을 향해서, 언젠가 그가 군중에게 두 팔을 벌리고는 〈사랑하라! 사랑하라!〉고 외쳤던 그 산을 향해 나아갔다. 하지만 그날 이후로 오늘에 이르기까지 그의 마음은 사나워졌다. 사막은 그의 마음을 굳어지게 했고, 그는 아직도 불타는 두 개의 숯 덩어리처럼 그의 입에 와 닿았던 세례자의 입술이 느껴졌다. 그의 머릿속에서는 예언들이 스쳐 지나갔고, 인간이 아니고 신의 외침이 되살아났으며, 그는 하느님의 세 딸인 문둥병과 광증과 불이 하늘을 찢고 내려오는 광경을 보았다.

그가 언덕 꼭대기에 이르러 말을 하려고 입을 열자 옛날 선지자가 그의 내면으로부터 튀어나와 소리치기 시작했다.

「용맹한 대군이 함성을 올리며 세상의 끝으로부터 오는데, 무섭고도 빠른 속도로 그들이 오는도다. 용사들 가운데 지쳐 다리를 절룩이는 자 한 사람도 없고, 졸리거나 잠을 자려는 자 또한 한 사람도 없도다. 허리띠가 느슨한 자 한 사람도 없고, 신발의 가죽 끈이 끊어진 자 또한 한 사람도 없도다. 화살은 날카롭고, 활의 시위는 팽팽하며, 말굽이 돌멩이를 밟아 요란스럽게 울리고, 수레의 바퀴들은 회오리를 일으키는도다. 대군은 암사자처럼 무섭게 포효한다. 누구라도 붙잡히기만 하면 이빨로 물어 휘두를 테니, 아무도 그를 구하지 못할지니라!」

「그것은 무슨 대군입니까?」 백발 머리가 쭈뼛쭈뼛 일어선 노인이 소리쳤다.

「그것이 무슨 대군이냐고요? 귀가 먹고 눈이 멀고 어리석은 사람들이여, 묻지 말아요!」 예수는 손을 하늘로 들었다. 「그것은 하느님의 군사입니다, 초라한 군상들이여! 멀리서 보면 하느님의 용사들은 천사처럼 보이지만, 가까이 가서 보면 그들은 타오르는 불꽃입니다. 지금 내가 서 있는 바로 이 바위에서 〈사랑하라! 사랑하라!〉고 외쳤던 지난여름에만 해도 나 자신까지도 그들을 천사라고 생각했었습니다. 하지만 이제는 사막의 하느님이 내 눈을 뜨게 해주셨어요. 나는 보았습니다. 그들은 타오르는 불꽃이었어요! 〈나는 더 이상 그냥 인내하며 구경만 하지는 못하겠도다.〉 하느님이 소리치십니다. 〈내가 내려가겠도다!〉 예루살렘과 로마에서 통곡 소리가 들리고, 산과 무덤에서 통곡 소리가 들립니다. 대지는 그곳에서 태어난 이 땅의 아이들을 위해 흐느껴 웁니다. 하느님의 천사들이 황폐한 대지로 내려와서 등불을 밝히고는 어디가 로마였으며, 어디가 예루살렘이었는지 찾아보려고 돌아다닙니다. 그들은 손가락으로 재를 문질러 보고는 냄새를 맡아요. 틀림없이 여기가 로마였고, 여기는 예루살렘이었구나, 그들은 이렇게 말하고는 잿가루를 바람에 날려 버립니다.

「구원은 없나이까?」 아기를 젖가슴에 부둥켜안으며 젊은 어머니가 소리쳤다.

「있습니다!」 예수가 그녀에게 대답했다. 「홍수가 밀려올 때마다 하느님은 방주를 만들고, 거기에 미래 세계의 생명을 맡기셨어요. 그 열쇠를 내가 가지고 있습니다!」

「미래의 생명으로 구원을 받는 사람들은 누구입니까? 당신은 누구를 구원하시겠습니까? 우리에게는 시간이 넉넉한가요?」 아래턱을 떨며 또 다른 노인이 소리쳤다.

「우주가 내 앞을 지나가고, 나는 선택합니다. 한쪽에는 너무 많이 먹고, 너무 많이 마시고, 너무 입맞춤을 많이 한 자들을 모두 모으겠습니다. 다른 쪽에는 세상의 굶주리고 박해를 받는 사람들을 잘라 놓습니다. 내가 선택하는 쪽은 이 사람들, 굶주리고 박해를 받는 자들입니다. 그들은 내가 새로운 예루살렘을 세우는 데 사용할 돌멩이들이죠.」

「새로운 예루살렘요?」 눈을 반짝이며 사람들이 소리쳤다.

「그래요, 새로운 예루살렘입니다. 사막에서 하느님이 내게 비밀을 털어놓을 때까지는 나 자신도 그런 사실을 몰랐어요. 사랑은 불길이 지나간 다음에 찾아옵니다. 먼저 세상은 잿더미가 되고, 그런 다음에 하느님은 새로운 포도밭을 가꾸실 테니까요. 잿더미보다 훌륭한 비료는 없습니다.」

「잿더미보다 훌륭한 비료는 없습니다!」 예수의 목소리 같기는 하지만, 훨씬 굵고 기뻐하며 거칠고 환희하는 목소리가 되울렸다. 깜짝 놀라 돌아다보니 그의 뒤에 유다가 서 있었다. 도래할 불길이 이미 그에게 내려온 듯 번갯불이 번득이는 붉은 수염의 얼굴을 보자 예수는 두려워졌다.

유다는 앞으로 달려 나가 예수의 손을 움켜잡았다. 「랍비님.」 예기치 않던 부드러움을 보이며 그가 속삭였다. 「내 랍비님……」

유다는 평생 어느 누구에게도 이토록 부드럽게 얘기한 적이 없었다. 그는 창피해졌다. 유다는 몸을 수그리고는 뭐라고 묻는 척했지만 무엇을 물어야 할지를 몰랐다. 마침 제철도 아닌데 피어난 작은 아네모네 한 포기가 눈에 띄자 뿌리째 뽑아 버렸다.

저녁이 되어 다시 돌아와 벽난로 앞 동글 의자에 앉아 불을 물끄러미 쳐다보던 예수는 갑자기 그의 내면에 계신 하느님이 조급해져서, 그가 더 이상 기다리게 내버려 두지 않으려 한다는 기분을 느꼈다. 그는 슬픔과 분노와 수치심에 사로잡혔다. 오늘 또다시 그는 얘기를 하고 사람들의 머리 위로 불길을 휘둘렀다. 순박한 어부와 농부들은 잠깐 동안 겁을 냈지만, 곧 침착성을 되찾고 조용해졌다. 모든 위협이 그들에게는 가당치도 않은 지어낸 이야기처럼 들렸고, 심지어 몇 명은 그의 목소리에 졸음을 느껴 따스한 풀밭에서 잠이 들었다.

불안한 마음으로 말없이 그는 불을 지켜보았다. 막달라의 여인은 구석에 서서 그를 쳐다보았다. 그녀는 말을 하고 싶었지만 감히 용기가 나지 않았다. 여자의 말은 때로는 남자의 마음을 기쁘게 해주고, 때로는 분노를 자극한다. 막달라의 여인은 그 사실을 알았기 때문에 침묵을 지켰다.

아무 소리도 나지 않았다. 집에서는 생선과 박하 냄새가 났다. 마당으로 난 창문은 열려 있었다. 근처 어디에서인가 서양모과나무의 꽃이 피었는지 달콤하고도 자극적인 향기가 저녁 바람을 타고 흘러왔다.

예수는 일어나서 창문을 닫았다. 봄철의 모든 향기는 유혹의 숨결이었으며, 그의 영혼에 알맞은 분위기가 아니었다. 이곳을 떠나 그에게 알맞은 공기를 찾아야 할 때가 되었다. 하느님은 서둘렀다.

문이 열렸다. 유다가 들어와서 파란 눈으로 방 안을 힐끔힐끔 둘러보았다. 그는 불을 노려보던 스승을 보았고, 다리가 긴 막달라의 여인과, 잠이 들어 코를 고는 제베대오와, 등불 밑에서 열심히 깃털 펜을 놀려 종이에 글자를 채워 넣는 셰리를 보았다. 그는 머리를 저었다. 이것이 그들의 위대한 전투였던가? 이것이 세상을 정복하려고 그들이 나선 길이었던가? 예언자 한 사람에, 비서 한 사람, 도덕적으로 문제가 많은 여자 한 명, 어부 몇 사람, 구두장이 한 사람, 도붓장수 한 사람. 그들은 모두 가파르나움에서 편히 쉬기만 할 따름이다! 그는 구석에서 몸을 웅숭그렸다. 노부인 살로메는 벌써 식탁을 차려 놓고 있었다.

「나는 배고프지 않아요.」 유다가 험악하게 소리쳤다. 냉큼 식탁에 둘러앉는 사람들의 꼴을 보고 싶지 않아서 그는 〈난 자고 싶어요〉라고 말하고는 눈을 감았다. 나방 한 마리가 문으로 들어와서 등잔의 불꽃 주위로 날개를 치며 돌아다니더니 잠깐 동안 예수의 머리로 날아가 퍼덕거린 다음 방 안을 빙빙 돌기 시작했다.

「손님이 올 거예요.」 노부인 살로메가 말했다. 「우리가 보면 반가워할 손님이죠.」

예수는 빵에 축복을 내린 다음 잘랐고, 그들은 식사를 시작했다. 아무도 입을 열지 않았다. 식사를 하려고 잠이 깬 제베대오 노인은 너무 조용해 질식당하는 기분이었다. 그는 더 이상 견딜 수가 없었다.

「얘기를 해요, 여러분!」 주먹으로 식탁을 쾅 치며 그가 말했다. 「무슨 일이에요? 우리 앞에 송장이라도 놓였나요? 서너 명이 앉아 식사를 하면서 하느님 얘기를 하지 않는다면 장례식을 치르는 집에서 저녁 식사를 하는 꼴이라는 얘기를 못 들었어요? 하느님의 축복을 받아 마땅한 나자렛의 랍비 영감님이 언젠가 그 말을 했는데, 난 아직도 그걸 기억하죠. 그러니, 마리아의 아들이여, 얘기를 해요. 다시 하느님을 내 집으로 모셔요! 당신을 내가 마리아의 아들이라고 부르는 걸 용서해 주기 바라지만, 난 아직도 당신을 뭐라고 불러야 좋을지 모르겠군요. 어떤 사람은 당신을 목수의 아들이라 부르고, 또 어떤 사람은 다윗의 아들이니, 하느님의 아들이니 사람의 아들이니 하죠. 모두들 혼란을 일으킵니다. 세상 사람들은 보아 하니 아직 마음이 일치되지 않은 모양이에요.」

「제베대오 영감님.」 예수가 대답했다. 「무수한 천사의 대군이 하느님의 왕좌 주위를 날아다녀요. 그들의 목소리는 은과 금과 흐르는 맑은 물이며, 그들은 하느님을 찬양하지만, 먼발치에서 찬양할 뿐이죠. 감히 가까이 가는 천사는 하나뿐이에요.」

「어느 천사인데요?」 술로 찌든 눈을 휘둥그레 뜨고 제베대오가 물었다.

「침묵의 천사입니다.」 예수가 대답하고는 더 이상 말을 하지 않았다.

집주인은 숨이 막혀 포도주를 잔에 가득 부어 단숨에 들이켰다.

이 손님은 확실히 분위기를 망치는 작자로구나, 그는 속으로 생각했다. 나는 마치 사자와 함께 식탁에 마주 앉은 기분이야……. 이런 생각이 들자, 그는 당장 겁이 나서 몸을 일으켰다.

「난 사람답게 얘기라도 좀 나누게 요나 영감님을 찾아가야겠어요.」 문으로 향하면서 그가 말했다. 하지만 그 순간에 마당에서 가벼운 발소리가 들려왔다.

「봐요, 우리 손님이 오셨어요.」 몸을 일으키며 노부인 살로메가 말했다. 그들은 모두 시선을 돌렸다. 나자렛의 늙은 랍비가 문간에 나타났다.

랍비는 얼마나 늙고 몸이 쇠약해졌던가! 영혼이 날아가 버리지 않고 겨우 매달릴 정도로 햇볕에 그을린 가죽이 덮인 몇 개의 뼈만 남아 있었다. 요즈음 랍비는 잠을 이루지 못했고, 어쩌다가 새벽녘에 잠이 들더라도 그는 반복되는 이상한 꿈을 꾸어, 천사와 불 그리고 상처를 입어 울부짖으며 시온 산을 기어오른 야수의 형태로 나타나는 예루살렘을 보곤 했다. 지난번 동틀 녘에 다시 이 꿈을 꾸게 되자 그는 참을성을 잃고 말았다. 그는 벌떡 일어나 집을 나와서 들판에 이르러 에스드렐론 평야를 횡단했다. 하느님의 발길이 지나간 가르멜 산이 그의 눈앞에 치솟았다. 선지자 엘리야가 틀림없이 저 꼭대기에 서 있으리라. 랍비를 끌어내고, 그에게 산에 오를 힘을 준 사람은 바로 엘리야였다. 노인이 산꼭대기에 다다랐을 때는 해가 질 무렵이었다. 그는 성스러운 산봉우리에 커다란 바위 세 개가 똑바로 제단처럼 늘어서고, 바위들 주변에는 제물로 바친 동물의 뼈와 뿔이 흩어졌으리라고 믿었다. 하지만 가까이 가서 눈을 든 그는 소리를 질렀다. 바위들이 없어진 것이다! 오늘 저녁에는 몸집이 거대한 세 남자가 서서 기다렸다. 그들은 모두 눈처럼 새하얀 옷차림이었고, 얼굴은 광채로 이루어졌다. 마리아의 아들 예수가 중간에 섰다. 그의 왼쪽에는 불타는 숯을 주먹에 움켜쥔 엘리야가 섰고, 오른쪽에는 뒤틀린 뿔이 돋고 불의 글씨로 새겨진 두 개의 판석을 손에 든 모세가 서 있었다……. 랍비는 엎드려 절했다. 「아도나이! 아도나이!」 그는 떨며 나지막이 말했다. 그는 엘리야와 모세가 죽지 않았으며, 숙명적인 주님의 날에 다시 지상에 나타나리라는 사실을 알았다. 그것은 세상의 종말이 왔다는 계시였다. 그들이, 여기 그들이 나타났고, 랍비는 겁에 질려 벌벌 떨었다. 그는 눈을 들고 보았다. 황혼 속에서 햇빛을 담뿍 받은 세 개의 거대한 바위가 빛을 냈다.

 랍비는 오랜 세월에 걸쳐 경전을 공부했고, 오랜 세월에 걸쳐 그는 여호와의 숨결을 호흡했다. 그는 눈에 보이거나 보이지 않는 사물의 뒤에 숨은 하느님의 의미를 어떻게 찾아내는지 터득했고, 이제 그는 이해했다. 쇠약한 몸에서 어떻게 그런 힘이 나오는지는 모르겠지만, 그는 홀장을 들고 마리아의 아들을 찾아내기 위해 나자렛, 가나, 막달라, 가파르나움, 모든 곳을 두루 돌아다니려고 길을 떠났다. 그는 마리아의 아들이 유대 사막에서 돌아왔다는 소식을 들었고, 갈릴래아 각처에서 예수가 지나간 발자취를 따라가던 그는 새로운 선지자가 어떤 기적을 행하였고, 어떤 말을 했고, 어느 바위에 서서 얘기했고, 그 바위가 어떻게 갑자기 꽃들로 뒤덮였다는 둥 농부들과 어부들이 벌써 예수에 관한 전설을 엮어 내고 있음을 알게 되었다……. 그는 길에서 만난 어느 노인에게 물어보았다. 노인은 두 손을 하늘로 치켜들었다. 「나는 장님이었습니다. 그분이 내 눈꺼풀을 손으로 만져 내게 광명을 주었어요. 비록 나더러 한마디도 얘기하지 말라고 지시하기는 했지만, 나는 이 마을 저 마을로 돌아다니며 모든 사람에게 얘기를 한답니다.」

 「그렇다면 지금 어디로 가야 그 사람을 찾아낼지 알려 주겠어요, 영감님?」

 「난 가파르나움 제베대오의 집에서 그분과 헤어졌어요. 어서 길을 서둘러 그분이 승천하기 전에 만나도록 해요.」

 랍비는 활기차게 걸음을 서둘렀고, 밤이 되자 어둠 속에서 제베대오 노인의 집을 찾아내어 안으로 들어갔다. 노부인 살로메가 그를 맞으려고 벌떡 일어섰다.

「살로메.」 문턱을 성큼 넘어서며 랍비가 말했다. 「이 집에 평화가 깃들고, 아브라함과 이사악의 풍요가 이곳에 사는 사람들에게 찾아들기를 바랍니다.」

그는 시선을 돌렸고, 예수를 보자 눈이 부시고 어지러웠다.

「많은 새들이 내 머리 위로 지나가며 네 소식을 전해 주더구나.」 그가 말했다. 「얘야, 네가 택한 길은 험하고 지극히 길더구나. 하느님이 네게 함께하기를!」

「아멘!」 예수가 엄숙한 목소리로 대답했다.

제베대오 노인은 가슴에 손을 대고 손님을 맞았다. 「무슨 바람이 불어 우리 집으로 찾아오셨나요, 랍비님?」 그가 물었다.

하지만 그 말을 듣지 못했는지 랍비는 대답을 않고 불가에 앉았다. 그는 지치고, 배고프고, 추웠지만, 무엇을 먹고 싶은 생각이 없었다. 그의 앞에는 두세 가지 길이 뻗어 나갔지만 그는 어느 길을 따라야 할지 알지 못했다. 왜 그는 길을 떠나 이곳으로 왔던가? 그의 꿈을 예수에게 알려 주기 위해서였다. 하지만 그 꿈이 하느님께서 내려 주신 꿈이 아니라면 어쩌나? 랍비는 사람들을 기만하기 위해서 유혹자가 하느님의 얼굴을 취하기도 한다는 사실을 잘 알았다. 만일 그가 본 것을 예수에게 얘기한다면, 교만의 악귀가 예수의 영혼을 사로잡을지도 모를 일이고, 그렇게 되면 예수는 길을 잃겠으며, 랍비가 그에 대한 책임을 모두 져야 하리라. 비밀을 숨기고 예수가 가는 곳을 어디나 따라야 하나? 하지만 나자렛의 랍비인 몸으로 그가 가장 엉뚱한 혁명가들 가운데 한 사람이고, 새로운 율법을 가져오리라고 큰소리치는 사람을 따르는 것이 과연 올바른 행위일까? 이곳으로 오던 중, 얼마 전에 거쳐 온 가나에서도 예수가 율법과 상반되는 무슨 얘기를 했기 때문에 사람들이 혼란을 일으켰음을 그는 보지 않았던가? 거룩한 안식일에 예수가 들판으로 나갔다가 도랑 청소를 하고 밭에다 물을 대느라고 바쁘던 어떤 사람을 만난 모양이었다. 「여보시오.」 예수가 농부에게 말했다. 「만일 당신이 지금 무엇을 하는지 스스로 안다면 기쁨이 당신을 찾아오겠고, 알지 못한다면 당신은 율법을 어겼으니 저주를 받을 것입니다.」 늙은 랍비는 그 얘기를 듣고 마음이 착잡했다. 이 반란자는 위험하구나, 그는 생각했다. 정신을 바짝 차려야 해, 시므온, 그렇지 않았다가는 넌 이 늙은 나이에 저주를 받는다고!

예수가 와서 그의 곁에 앉았다. 유다는 땅바닥에 누워 눈을 감았다. 마태오는 등불 밑 자기 자리로 가서 깃털 펜을 들고 기다렸다. 하지만 예수는 입을 열지 않았다. 그는 나무를 집어삼키는 불을 지켜보았고, 옆에 앉은 랍비가 아직도 길을 가는 듯 헉헉거리는 숨결을 느꼈다.

그사이에 노부인 살로메는 랍비의 잠자리를 마련했다. 랍비는 노인이었으므로 요와 베개가 푹신해야 했다. 그녀는 또한 밤에 그가 목이 마를까 봐 작은 물병을 잠자리 옆에다 갖다 놓았다. 제베대오 노인은 새로 온 손님이 자신을 찾아온 것이 아니라는 사실을 깨달았다. 지팡이를 들고 그는 사자들로 가득 찬 그의 집을 벗어나 다시 인간의 숨결을 호흡하려고 요나를 찾아 밖으로 나갔다. 막달라의 여인과 살로메는 예수와 랍비만 남겨 두려고 내실로 물러갔다. 그들은 두 남자가 심각하고 은밀한 토론을 하고 싶어 한다는 눈치를 챘다.

하지만 예수와 랍비는 얘기를 하지 않았다. 그들은 두 사람 다 인간의 마음이란 말로는 절대로 비우거나 후련하게 풀어 주지 못한다는 사실을 잘 알았다. 침묵만이 그렇게 하는 길이었으므로 그들은 침묵을 지켰다. 몇 시간이 흘러갔다. 마태오는 깃털 펜을 손에 든 채로 잠이 들었으며, 제베대오는 실컷 얘기를 한 다음 돌아가서 늙은 아내 곁에 누웠다. 한밤중이었다. 랍비도 침묵을 만끽한 셈이었다. 그가 일어섰다.

「우린 오늘 밤 많은 얘기를 했구나, 예수야.」 랍비가 나지막이 말했다. 「내일 다시 얘기를 계속하자!」 그는 기운이 없는 무릎으로 기어서 그의 잠자리로 갔다.

해가 떠올라 하늘로 솟았다. 정오가 다 되었지만 랍비는 아직도 눈을 뜨지 않았다. 예수는 어부들과 얘기를 나누려고 호숫가로 나갔다. 그는 고기잡이를 거들어 주려고 요나의 배로 기어 올라갔다. 유다는 양치기 개처럼 혼자서 어쩔 줄 모르고 배회했다.

노부인 살로메는 랍비가 아직도 숨을 쉬는가 보려고 몸을 구부려 소리를 들었다. 그는 숨을 쉬었다. 「하느님께 영광을 돌려야 되겠지만, 영감님은 아직 살아 계시는구나.」 그녀가 중얼거렸다. 살로메가 막 자리를 뜨려고 하니까 늙은 랍비가 눈을 뜨고 그에게로 몸을 수그린 그녀를 보더니 왜 그랬는지를 이해하고는 미소를 지었다.

「두려워하지 말아요, 살로메.」 그가 말했다. 「난 죽지 않았어요. 나는 아직 죽을 때가 안 되었으니까요.」

「우린 둘 다 늙었어요.」 살로메가 근엄하게 대답했다. 「우린 사람들로부터 점점 더 멀어지고, 그만큼 하느님과 가까워지죠. 시간과 순간은 아무도 모릅니다. 〈난 아직 죽지 않는다〉고 말하는 건 죄악이라고 난 믿어요.」

「난 아직 죽지 않아요, 살로메.」 랍비가 고집스럽게 말했다. 「이스라엘의 하느님이 나한테 약속하셨거든요. 〈시므온아, 너는 메시아를 보기 전에는 죽지 않으리라!〉라고요.」

하지만 이 말을 하면서 그는 두려움으로 눈이 휘둥그레졌다. 그는 이미 메시아를 보지 않았을까? 혹시 예수가 그 메시아는 아닐까? 가르멜에서 그가 보았던 환상은 하느님이 보내 주신 환상이 아니었을까? 그렇다면 그는 죽을 때가 되었다! 그의 온몸에서 식은땀이 흘렀다. 그는 기뻐해도 좋은지 판단이 서지 않았다. 그의 영혼은 기뻐했다. 〈메시아가 오셨도다!〉 하지만 비틀거리는 그의 육신은 죽으려고 하지 않았다. 숨을 몰아쉬며 그는 몸을 일으켜 문으로 기어가서 햇볕을 쬐려고 문턱에 올라앉아 깊은 생각에 잠겼다.

예수는 어둑어둑해질 무렵이 되어서야 지친 몸으로 돌아왔다. 그는 하루 종일 요나와 고기잡이를 했다. 배에는 물고기가 가득했고, 요나는 기쁨이 넘쳐 말을 하려고 입을 열었지만, 생각을 고쳐먹고는 펄떡거리는 물고기 더미 속으로 무릎까지 푹푹 빠지며 들어가 예수를 쳐다보고 웃었다.

같은 날 밤 근처의 여러 마을로 나갔던 제자들이 돌아왔다. 그들은 예수 주변에 쪼그리고 앉아 그들이 보았거나 행한 일을 모두 얘기하기 시작했다. 농부들과 어부들에게 겁을 주려고 굵직한 목소리를 써가며 그들은 주님의 날이 오리라고 전했지만, 듣는 사람들은 계속해서 조용히 그물을 손질하거나 밭을 파헤칠 따름이었다. 가끔 그들은 설레설레 머리를 저으며 〈어디 두고 보면 알겠죠…… 두고 보면 알겠죠……〉라고 말하고는 화제를 바꾸었다.

제자들이 이런 얘기를 나누려니까, 보라! 세 명의 사도가 갑자기 돌아왔다. 한쪽으로 떨어져 말없이 앉아 있던 유다는 그들을 보자 웃음을 참을 수가 없었다.

「이게 무슨 꼴인가요, 사도들이여!」그가 소리쳤다.「가엾은 사람들, 혼쭐이 빠지도록 사람들에게 두들겨 맞은 모양이로군요!」

그의 말마따나, 베드로는 오른쪽 눈이 부어오르고 눈물이 줄줄 흘렀으며, 요한은 두 뺨이 긁힌 상처와 피투성이였고, 야고보는 다리를 절었다.

「랍비님.」한숨을 지으며 베드로가 말했다.「하느님의 말씀은 고생바가지, 정말 기막힌 고생바가지예요!」

모두 웃었지만 예수는 깊은 생각에 잠겨 그들을 쳐다보았다.

「정신이 나갈 정도로 얻어맞았습니다.」모두 털어놓고 마음이 개운해지고 싶어 서두르며 베드로가 얘기를 계속했다.「처음에 우리는 저마다 길을 택해 따로 가자고 그랬어요. 하지만 한 사람씩 따로 나서기가 겁이 났고, 우리 세 사람은 다시 함께 모여 설교를 시작했습니다. 저는 마을 광장의 나무나 바위로 올라가서 손뼉을 치거나 손가락을 입에 넣고 휘파람을 불어 사람들을 모았어요. 요한은 여자들이 많이 모일 때만 얘기를 했어요. 그래서 뺨이 저렇게 할퀸 자국투성이랍니다. 남자들이 더 많을 때면 목소리가 굵은 야고보가 나서서 얘기했고, 야고보가 목이 잠기면 제가 일어나서 얘기했죠. 우리가 무슨 얘기를 했는지 아세요? 당신이 한 것과 똑같은 얘기를 했습니다. 하지만 그들은 세상의 멸망을 우리가 가져왔다면서 썩은 레몬과 야유로 우리를 맞아 주었어요. 그들은 우리에게 덤벼들었고, 여자들은 손톱으로, 남자들은 주먹으로 공격했습니다. 그래서 우린 이런 꼴이 되고 말았어요!」

유다는 다시 껄껄 웃었지만, 예수가 근엄한 표정으로 돌아다보는 바람에 입을 삼갔다.

「여러분을 사람들에게 보내는 것이 늑대들 속으로 어린 양을 보내는 셈이라는 사실을 나는 알아요.」그가 말했다.「그들은 여러분에게 욕설을 퍼붓고, 돌을 던지고, 여러분이 부도덕성과 싸움을 벌이기 때문에 여러분을 부도덕하다고 말하며, 우리의 믿음이 보다 순수하고, 우리의 집이 보다 넓고, 우리의 조국은 온 세상이기 때문에 그들은 여러분이 믿음과 가족과 조국을 폐하려 한다고 말하며 비방합니다! 동지들이여, 각오를 단단히 해요. 빵과 기쁨과 안일한 삶에 작별을 고해요. 우린 싸우러 갑니다!」

나타나엘이 시선을 돌려 초조한 눈빛으로 필립보를 쳐다보았다. 하지만 필립보는 〈저분은 그냥 우리를 시험하기 위해서 저런 얘기를 하니까 두려워하지 말아요〉라고 말하는 듯한 손짓을 보냈다.

늙은 랍비는 무척 피곤했다. 그는 다시 잠자리에 누웠지만, 마음은 활짝 열어 놓았기 때문에 모든 것을 보고 들었다. 그는 이제 결심이 섰고, 마음이 평온해졌다. 그의 내면에서 목소리가 울렸는데, 그의 목소리였나? 하느님의 목소리였나? 아니면 두 목소리 모두였는지도 모르지만, 목소리가 그에게 명령했다. 〈시므온아, 그가 가는 곳 어디나 너도 따르거라!〉

베드로는 다시 입을 열려고 했다. 그는 할 말이 남았는데, 예수가 손을 내밀었다.

「그만 해요!」 예수가 말했다.

예수는 몸을 일으켰다. (희망이 그곳에서 시작되기는 하지만) 절망의 꼭대기에 다다르고, 야수적이고, 피가 넘치는 예루살렘이 눈앞에서 솟아올랐다. 순박한 어부와 농부들과 더불어 가파르나움이 사라졌다. 겐네사렛 호수가 그의 내면에서 침몰해 멀어졌다. 제베대오의 집은 좁아져서, 네 벽이 서로 다가서더니 그의 몸에 닿았다. 숨이 막혀 그는 문으로 가서 열었다.

〈왜 나는 이곳에 머무르며 먹고, 마시고, 불을 지펴 놓고, 밤낮으로 식사를 대접받는가? 나는 목적도 없이 시간을 보내고 있다. 이것이 내가 세상을 구하려고 계획했던 방법인가? 나는 부끄러움도 모르는가?〉

예수는 마당으로 나아갔다. 따스한 바람에 움트는 나무의 냄새가 실려 왔다. 별들은 밤의 목과 팔에 두른 진주 다발이었다. 발밑에서는 무수한 입들이 젖을 빨기라도 하는 듯 흙이 간지럽게 느껴졌다.

예수는 남쪽으로, 거룩한 예루살렘 쪽으로 얼굴을 돌렸다. 열심히 귀를 기울여 어둠 속에서 피 묻은 딱딱한 돌멩이들로 이루어진 도시의 굳어 버린 얼굴을 살펴보려고 애쓰는 듯싶었다. 그리고 절망에 빠져 열심히 그의 마음이 강처럼 흘러 산과 평야를 지나 마침내 거룩한 도시에 이르려고 했을 때, 갑자기 그는 움트는 아몬드나무 밑 마당에서 꿈틀거리는 거대한 그림자가 눈에 보인다고 생각했다. 어느 틈엔가 (그렇기 때문에 겨우 식별이 가능했지만) 밤의 어둠보다도 더 시커먼 무엇이 캄캄한 대기 속에서 일어섰다. 그것은 그와 함께 길을 가는 거대한 동반자였다. 고요한 밤의 어둠 속에서 그는 이 그림자가 심호흡하는 소리를 뚜렷이 들었지만, 겁을 내지는 않았다. 시간이 흐르다 보니 그는 이 숨소리에도 익숙해졌다. 그는 기다렸다. 그러자 천천히, 위압적으로, 아몬드나무 밑에서 조용한 목소리가 〈갑시다!〉라고 말했다.

요한이 난처한 표정을 짓고 문간에 나타났다. 그는 어둠 속에서 무슨 소리를 들었다고 생각했다. 「랍비님.」 그가 나지막이 말했다. 「누구하고 얘기를 하십니까?」

하지만 예수는 집으로 들어가 손을 내밀어 구석에 놓아두었던 양치기 지팡이를 집었다.

「친구들이여.」 그가 말했다. 「갑시다!」 그는 제자들이 따라오는지 확인하려고 뒤를 돌아다보지도 않고 문을 향해 나아갔다.

늙은 랍비는 침대에서 뛰쳐나와 허리띠를 죄고는 홀장을 잡았다.「나도 같이 가겠다.」그러더니 가장 먼저 문을 향했다.

노부인 살로메는 실을 잣고 있었다. 그녀도 실패를 옷 궤짝에 놓더니 말했다.「나도 같이 가겠어요. 제베대오, 열쇠들은 당신에게 맡겨 두겠어요. 안녕히 계세요!」그녀는 허리에 찼던 열쇠 꾸러미를 풀어 남편에게 주었다. 그러더니 그녀는 머릿수건을 잘 여미고는 집을 한 바퀴 둘러보더니 머리를 끄덕여 집에게 작별을 고했다. 그녀의 마음은 갑자기 스무 살 난 처녀처럼 되었다.

막달라의 여인도 말없이, 행복한 표정으로, 역시 몸을 일으켰다. 흥분한 제자들은 일어서더니 서로를 쳐다보았다.

「우린 어디로 가는 건가요?」뿔 나팔을 허리띠에 차면서 토마가 물었다.

「이런 한밤중에 말이에요. 왜 이렇게 서두르죠? 내일 아침에 떠나면 안 되나요?」나타나엘이 말하고는 뚱한 표정으로 필립보를 쳐다보았다.

하지만 예수는 성큼성큼 벌써 마당을 지나 남쪽으로 걸어가기 시작했다.

제25장

 사람들이 예루살렘이라고 부르는 돌무더기 밑에, 예언과 그리스도의 재림과 파문(破門) 밑에, 바리사이파 사람들과 사두가이파 사람들, 잘 먹는 부유한 자들과 굶주린 가난한 자들 밑에, 그리고 턱수염과 콧수염에서 인류의 피가 수백 수천 년 동안 심연으로 흘러내리는 하느님 밑에 짓눌려, 인간의 마음이 흔들렸기 때문에 세상의 근거가 흔들렸다. 하느님은 어디를 만져도 호통만 쳤다. 하느님께 듣기 좋은 말을 하면 그는 주먹을 휘두르며 〈난 고기를 먹고 싶단 말이야〉라고 소리를 질렀다. 어린 양이나 맏아들을 제물로 바치면 하느님이 다시 소리쳤다. 「나는 고기를 원하지 않는다. 네 옷을 찢지 말고, 마음을 찢어라. 네 육신을 혼으로, 혼을 기도로 바꿔 바람에 날려 보내라!」
 인간의 마음은 히브리 율법에 쓰인 603가지의 계명과 글로 쓰이지 않은 수천 가지의 계명에 짓눌렸지만 동요하지 않았고, 「창세기」와 「레위기」와 「민수기」와 「판관기」와 「열왕기」 밑에 짓눌렸지만 동요하지 않았다. 그러다가 갑자기 예기치 못한 순간에 가벼운 산들바람이 하늘로부터가 아니라 밑에서, 대지로부터 불어와 인간의 마음은 구석구석 흔들렸다. 곧 판관들[1]의 기록과 역대 왕의 기록과 예언과 파문과 바리사이파 사람들과 사두가이파 사람들과 사람들이 예루살렘이라 일컫는 돌무더기가 갈라지고, 흔들리고, 쓰러지기 시작했는데, 처음에는 마음속에서, 그러고는 이성 속에서, 마지막으로는 대지 위로 무너졌다. 의기양양한 여호와는 또다시 장인(匠人)의 가죽 앞치마를 두르고, 수평과 자를 들고, 지상으로 내려와 직접 사람들과 더불어 과거를 멸하고 미래를 세우는 일을 도왔다. 하지만 우선 예루살렘 유대인들의 여호와 성전에서부터 하느님은 일을 시작했다.

예수는 날마다 찾아가서 핏자국이 여기저기 흩어진 판석을 디디고 섰다. 웅대한 성전을 쳐다보고는 그것을 무너뜨리려고 망치질을 하듯 그의 가슴이 방망이질을 했다. 하지만 성전은 그대로 서서 황금 뿔이 돋은 화관을 쓴 황소처럼 햇빛을 받으며 번쩍였다. 벽은 바다처럼 파란 빛깔의 무늬가 박힌 하얀 대리석을 지붕까지 붙여 장식해서 성전은 폭풍우가 치는 바다 위에 떠다니는 인상을 주었다. 그의 앞에는 차곡차곡 쌓인 모양의 방이 세 층을 이루었다. 맨 밑에 위치한 가장 넓은 방에는 우상을 숭배하는 이교도들이 들어가고, 가운데 방은 이스라엘 백성들을 위한 것이었으며, 제일 윗방은 등잔들을 켜고 끄며, 물로 씻고, 사포(砂布)로 빛을 내고, 성전을 청소하는 2만 명의 레위 사람들이 사용했다. 밤낮으로 일곱 가지의 향을 태웠다. 그 연기가 어찌나 짙은지 20리 밖에서도 염소들이 재채기를 했다.

율법을 담은 초라한 방주, 방랑하던 그들의 조상이 사막을 가로질러 타고 온 방주는 시온 산의 꼭대기인 이곳에 닻을 내렸고, 뿌리를 내려 싹이 트고, 실편백나무와 황금과 대리석으로 뒤덮여

---

1 이스라엘 백성이 가나안을 정복한 다음부터 왕국을 건설할 때까지 그들을 다스린 지도자들로, 구약 성서에 열두 명이 나온다.

성전이 되었다. 처음에는 사나운 사막의 하느님이 이 집에 들려고 하지 않았으나 실편백나무와 향의 냄새와 제물로 바친 짐승의 맛이 어찌나 좋았던지 그는 발을 들어 성전으로 들어갔다.

예수가 가파르나움에서 도착한 지도 어느덧 두 달이 되었다. 날마다 그는 성전 앞으로 찾아가 걸음을 멈추고 서서 쳐다보았지만 날마다 처음으로 이 성전을 보는 듯한 기분이 들었다. 그는 아침마다 성전이 땅으로 무너져 내려 한쪽 끝에서 다른 쪽 끝까지 밟고 지나가게 되기를 바라는 듯싶었다. 그는 이곳의 성전을 더 이상 보고 싶지도 않았으며, 두려워하지도 않았다. 그의 마음속에서는 이미 성전이 파괴되었다. 어느 날 늙은 랍비가 예수에게 왜 경배를 드리러 가지 않는지 물었고, 그는 머리를 저으며 대답했다. 「여러 해 동안 성전 주위를 맴돌았지만, 이제는 성전이 내 주위를 맴돌고 있습니다.」

「예수야, 그건 교만한 말이다.」 늙은 머리를 예수의 가슴에다 기대며 랍비가 반박했다. 「너는 두렵지도 않으냐?」

예수가 대답했다. 「내가 〈나〉라고 말할 때는 흙이나 마찬가지인 내 육신을 얘기하지 않고, 역시 작디작은 불꽃을 지닌 흙덩어리에 지나지 않는 마리아의 아들을 뜻하지도 않습니다. 내 입을 통해 나오는 〈나〉라는 말은, 랍비님, 하느님을 의미합니다.」

「그건 더욱 끔찍한 신성 모독이야!」 얼굴을 가리고 랍비가 소리쳤다.

「나는 〈거룩한 신성 모독자〉이니, 그걸 잊지 마세요.」 예수가 웃으며 대답했다.

어느 날 웅장한 신전 앞에 선 그는, 입을 벌리고 서서 감탄하는 제자들을 보자 화가 났다.

「성전을 보고 여러분은 놀랐군요.」 예수는 냉소를 띠고 그들에게 말했다. 「이것을 세우는 데 몇 년이 필요했을까요? 20년요? 인부는 1만 명이 동원되었을까요? 사흘 동안에 나는 이 성전을 헐어 버리겠어요. 마지막으로 잘 봐두시오. 돌 하나도 남기지 않고 무너져 내릴 테니, 성전에 작별을 고해요!」

제자들은 겁이 나 뒤로 물러섰다. 스승의 마음이 어디 잘못되었나? 최근에 그는 너무나 이상해지고 퉁명스러워졌으며, 너무나 고집스러워졌다. 예수의 머리 위로 묘하게 진동하는 바람이 불었다. 때로는 그의 얼굴이 솟아오르는 태양처럼 빛을 내고 그의 주변 모든 사물이 그 광채를 받았으며, 때로는 표정이 어두워지고 눈에는 절망이 서렸다.

「섭섭하다고 생각하지 않으십니까, 랍비님?」 요한이 용기를 내어 물었다.

「뭐가요?」

「여호와의 성전요. 왜 당신은 그것을 허물려고 하십니까?」

「새로운 성전을 짓기 위해서입니다. 나는 사흘 동안에 새 성전을 짓겠어요. 하지만 먼저 이 성전이 터를 비워 줘야 합니다.」

예수는 필립보가 그에게 내준 양치기의 지팡이를 잡고 그 지팡이로 땅바닥을 쾅쾅 쳤다. 분노의 바람이 그의 머리 위로 불었다. 그는 벽돌 앞에서 하느님의 지극한 찬란함 때문에 눈이 부셔 앞이 보이지 않는지 고꾸라지고 벽에 부딪혀 스스로 몸에 상처를 입는 바리사이파 사람들을 보았다. 「위선자들아!」 예수가 그들에게 소리쳤다. 「만일 하느님이 칼을 들어 그대들의 가슴을 찢어 열었다면, 속에서는 뱀과 전갈과 오물이 쏟아져 나오리라.」 바리사이파 사람들은 그 말을 듣고 미친 듯 흥분했으며, 겁을 모르는 저 입을 똥으로 틀어막으리라고 속으로 결심했다.

늙은 랍비가 예수의 입을 손바닥으로 막아 말을 못하게 했다.

「너는 죽음을 재촉하고 싶으냐?」 눈물을 글썽거리며 어느 날 그가 예수에게 물었다. 「서기관과 바리사이파 사람들이 끊임없이 빌라도에게 찾아가서 네 목을 요구한다는 걸 너는 모르느냐?」

「나도 알아요, 아버님.[2]」 예수가 대답했다. 「하지만 나는 더 많이, 더 많은 것을 알아요…….」

토마더러 뿔 나팔을 울리라고 지시한 다음, 그는 늘 올라가는 솔로몬의 행각(行閣)[3]으로 올라가 외쳤다. 「그날이, 주님의 날이 오셨도다!」 인간의 목소리는 전능한 마력을 지녔음을 잘 알았기 때문에, 날마다 아침부터 해 질 녘까지 그는 하늘이 열려 불이 퍼부어 내리라고 소리쳤다. 불이나 이슬, 또는 지옥이나 천국에게 〈오라!〉고 소리치면, 그것은 왔다. 마찬가지로 그는 불을 소리쳐 불렀다. 불은 세상을 깨끗하게 하고, 사랑이 도래할 길을 터놓는다. 사랑은 항상 잿더미를 즐겨 밟고 온다…….

「랍비님.」 어느 날 안드레아가 예수에게 물었다. 「왜 당신은 더 이상 웃지 않으시고, 왜 당신은 전처럼 즐거워하지 않으시나요? 왜 당신은 자꾸만 더 사나워지시나요?」

하지만 예수는 대답하지 않았다. 그가 무슨 말을 하겠으며, 안드레아의 순진한 마음이 어떻게 그를 이해하겠는가? 새로운 세계를 심기 위해서는 지금의 세계를 뿌리까지 파괴해야 한다고 그는 생각했다. 옛 율법도 무너뜨려야 하는데, 그것을 파괴할 자는 바로 나다. 마음의 판석에다 새로운 율법을 새겨야 하는데, 그것을 새겨야 할 자는 바로 나다. 나는 율법을 넓혀 친구와 적, 유대인과 이교도를 다 같이 다스리게 하겠으며, 십계명을 활짝 꽃피우리라! 그렇기 때문에 나는 이곳 예루살렘으로 왔다. 이곳에서

---

2 손윗사람에 대한 경칭의 의미이다.
3 헤로데 성전 안 이방인의 뜰 동편, 지붕이 있는 주랑의 일부를 말한다.

하늘이 열리리라. 위대한 기적과 죽음. 하늘에서는 무엇이 내려오려는가? 하느님이 뜻하시는 대로 되리라. 나는 하늘로 올라가거나 지옥으로 떨어질 각오가 되었다. 주여, 결정을 내리소서!

유월절(逾越節)이 가까웠다. 예기치 않았던 봄의 감미로움이 유대 땅의 딱딱한 표면 위로 흘렀다. 땅과 바다의 길이 열렸고, 유대 세계 각처에서 경배를 드리려는 사람들이 모여들었다. 성전의 시끄러운 여러 층은 사람과, 제물로 죽인 동물과 똥 냄새가 악취를 풍겼다.

오늘은 솔로몬의 행각 밖에 누더기를 걸치고 다리를 저는 사람들이 굉장히 많이 모였다. 창백하고 굶주린 얼굴에 불타는 눈으로 그들은 무거운 황금 팔찌를 찬 아내를 거느린 돈 많고 유쾌한 공민(公民)들과, 잘 먹어 살찐 사두가이파 사람들을 악의에 찬 눈초리로 노려보았다.

「언제까지 그렇게 웃어 대나 두고 보자고.」 누군가 으르렁거렸다. 「머지않아 우리가 너희 목을 자를 테니까. 가난한 자들이 부유한 자들을 죽이고, 그들의 재산을 나눠 가지리라고 스승님이 말했어.」

「자넨 얘기를 제대로 듣지 못했구먼, 므나쎄.」 머리카락과 눈이 양처럼 생기고 얼굴이 하얀 남자가 딱딱거렸다. 「가난한 자와 부유한 자는 이제부터 존재하지 않고 하나가 될 거야. 그게 바로 하늘나라가 의미하는 바니까.」

「하늘나라는 로마인들을 몰아내는 걸 의미해.」 어색하게 키만 껑충 큰 남자가 말참견을 했다. 「로마인들이 없어지지 않으면 하늘나라가 이루어지기란 불가능해.」

「자넨 스승님이 하신 말씀을 하나도 이해하지 못했어, 아론.」 입술이 토끼처럼 생기고 점잖은 남자가 대답했다. 그는 대머리가 벗겨진 머리를 저었다. 「이스라엘 사람과 로마 사람, 그리스 사람과 갈대아 사람은 존재하지 않고, 에돔 사람도 마찬가지야. 우린 모두 형제들이니까!」

「우린 모두 잿더미라네!」 또 다른 사람이 소리쳤다. 「내가 두 귀로 똑똑히 들었고, 내가 이해하는 바는 그것이지. 스승님이 말씀하셨어. 〈하늘이 열리리라. 첫 번째 홍수는 물이었지만, 이번에는 불의 홍수가 쏟아지리라. 부유한 자와 가난한 자, 이스라엘 사람과 로마 사람은 모두 잿더미가 되리라!〉」

「〈올리브나무가 흔들리겠지만, 두세 개의 올리브가 제일 높은 가지에 서너 개 남으리라.〉 선지자 이사야가 그런 말을 했어······. 모두들 용기를 내라고. 남은 올리브는 우리일 테니까. 우리가 할 일이라고는 스승님이 우리에게서 멀리 가버리지 않고 늘 붙어 다니는 것뿐이야!」 이 말을 한 남자는 살갗이 연기에 그을린 솥 빛깔이고, 툭 불거진 둥그런 눈으로는 베다니아로 가는 하얗고 먼지가 자욱한 길을 응시했다. 「오늘은 늦는군.」 그가 투덜거렸다. 「늦었어······. 자네들 조심하라고! 그 사람이 우리에게서 멀리 가버리지 못하게 해야지!」

「가긴 어디로 간다고 그래?」 입술이 토끼 같은 노인이 말했다. 「하느님이 그에게 예루살렘에서 싸움을 치르라고 하셨으니까, 여기에서 싸움을 치르는 거야!」

태양이 중천에 떴다. 길에서는 아지랑이가 피어올랐고, 염열(炎熱)과 더불어 악취가 심해졌다. 바리사이파 사람 야곱이 부적을 잔뜩 안고 나타났다. 그는 저마다 다른 특별한 은총을 불러오는 부적을 만들어, 어떤 부적은 천연두와 산통(疝痛)과 단독(丹毒)을 고치고, 어떤 부적은 악귀를 추방했고, 가장 비싸고 강력한 부적으로는 미워하는 적을 죽이기도 했다······. 가난뱅이들과 불구자들이 그의 눈에 띄었다. 독기가 서린 그의 입에서 냉혹한 말이 터져 나왔다. 「마귀에게로 가라!」 그러더니 그는 공중에다 침을 세 번 뱉었다.

저마다 제 마음에 드는 대로 스승의 말을 왜곡하며 가난뱅이들이 토론을 벌이는 사이에 몸집이 크고 점잖은 남자가 기다란 몽둥이를 들고, 먼지를 잔뜩 뒤집어쓰고, 땀을 흘리고, 아직 주름이 지지 않은 널찍한 얼굴을 반짝이며 그들 앞으로 뛰어나왔다.

「멜기세덱!」 입술이 토끼 같은 노인이 소리쳤다. 「베다니아에서 무슨 좋은 소식이라도 가지고 왔나요? 얼굴이 환한데!」

「기뻐하고 환희하시오, 여러분!」 지체 높은 노인이 소리쳤다. 계속해서 흐느껴 울며 그는 그들을 모두 차례로 포옹하기 시작했다. 「내 눈으로 똑똑히 봤는데, 죽은 사람이 부활했어요. 그는 무덤에서 걸어 나왔어요! 사람들이 물을 주었더니 그가 마셨고, 사람들이 빵을 주었더니 그가 먹고 얘기를 했어요!」

「누가요? 누가 부활을, 누가 부활했다고요?」 늙은 족장에게로 몰려들면서 그들이 모두 물었다. 근처의 상점 거리에서 오가던 사람들도 그 말을 들었다. 남자들과 여자들이 달려왔다. 몇 명의 레위 사람과 바리사이파 사람들도 가까이 왔다. 마침 그곳을 지나가던 바라빠도 소란한 소리를 듣고 역시 군중과 어울렸다. 멜기세덱은 그토록 수많은 군중이 자신의 입술만 응시하 기분이 좋아졌다. 그는 지팡이에 몸을 의지하고는 자랑스럽게 얘기를 시작했다.

「마나킴의 아들 라자로요. 누구 그 사람 알아요? 며칠 전에 죽어서 우리가 그를 매장했었어요. 하루가 지나고 이틀, 사흘이 흘러가자 우리는 그를 잊어버렸어요. 나흘째 되던 날 갑자기 우린 길거리에서 요란히 떠드는 소리를 들었죠. 내가 밖으로 달려 나가 보니까 나자렛 마리아의 아들 예수가 왔고, 라자로의 두 여동생은 꿇어 엎드려 그의 발에다 입을 맞추며 오빠의 죽음 때문에 통곡했어요. 〈만일 당신이 곁에 계셨다면, 랍비님, 오빠는 죽지 않았을 텐데요.〉 그들은 소리치고 목 놓아 울며 자꾸만 머리카락을 잡아뜯었죠. 〈오빠를 하데스에서 도로 데려다 주세요, 랍비님. 부르시면 오빠가 올 겁니다!〉

예수는 손을 잡아 두 사람을 일으켜 세웠어요.

〈갑시다.〉 그가 말했답니다.

우리는 모두 무덤까지 그들의 뒤를 따라갔어요. 무덤에 이르자 예수는 걸음을 멈추었죠. 그는 피가 모두 머리로 몰렸고, 눈이 뒤집혀 눈동자는 사라지고 흰자위만 남더군요. 그가 어찌나 우렁차게 소리를 질렀는지 뱃속에 황소라도 들어앉은 듯싶었고, 우리는 모두 겁이 났어요. 그러더니 갑자기, 우리가 벌벌 떨면서 그곳에 서서 지켜보려니까 그는 다른 세상에서 들려오는 무슨 소리처럼 사나운 고함을, 이상한 고함을 질렀어요. 아마 대천사들이 화가 나면 그런 식으로 소리를 지르겠죠……. 〈라자로여.〉 그가 소리쳤어요. 〈나오시오!〉 그러자 당장 우리는 무덤의 흙이 흔들리고 갈라지는 소리를 들었어요. 묘석이 움직이기 시작했는데, 누가 그걸 서서히 들어 올렸던 거예요. 두려움으로 떨리고…… 나는 평생 어떤 죽음보다도 그 부활이 훨씬 무서웠어요. 혹시 누가 나더러 사자와 부활 가운데 어느 쪽을 보겠느냐고 묻는다면, 나는 사자라고 말하겠어요.」

「주여, 우리에게 자비를 베풀어 주소서! 주여, 우리에게 자비를 베풀어 주소서!」 흐느껴 울며 사람들이 소리쳤다. 「얘기하세요, 멜기세덱 선생님, 얘기하세요!」

「여자들은 비명을 지르고, 바위 뒤로 몸을 숨긴 남자들도 많고,

남아 있던 우리는 벌벌 떨었어요. 묘석이 조금씩 조금씩 들려 올라왔죠. 우리는 누런 두 팔을, 그러고는 온통 시퍼렇고, 갈라지고, 흙이 가득 찬 머리를, 그리고 마지막으로는 수의로 싸인 뼈만 앙상한 몸을 보았죠. 시체는 한쪽 발을, 그러고는 다른 쪽 발을 앞으로 내디디며 밖으로 나왔어요. 라자로였습니다.」

늙은 족장은 얘기를 멈추고 널찍한 소매로 땀을 씻어 내었다. 그의 주변에서는 사람들이 아우성을 쳤다. 어떤 사람은 흐느껴 울었고, 또 어떤 사람은 춤을 추었다. 바라빠가 털이 잔뜩 난 큼직한 손을 들었다.

「거짓말! 거짓말이에요!」그가 소리쳤다.「저 사람은 로마 놈들의 돈을 받고 라자로에 관한 이런 얘기를 꾸며 대는 거예요. 반역자들을 몰아냅시다!」

「입 닥쳐!」그의 뒤에서 성난 목소리가 고함쳤다.「무슨 로마 놈들 말이냐?」

사람들은 모두 뒤를 돌아보더니 당장 뒷걸음질을 쳤다. 백부장 루포가 채찍을 높이 들고 바라빠를 향해 오고 있다. 얼굴이 하얗고 머리가 금발인 소녀가 그의 팔을 잡았다. 소녀는 커다란 초록빛 눈에서 눈물을 흘리며 아까부터 멜기세덱의 얘기에 귀를 기울였었다. 바라빠는 잔뜩 모인 사람들 속으로 숨어들어 자취를 감추었고, 그의 뒤를 따라 부적을 가지고 바리사이파 사람 야곱이 쫓아 달려갔다. 그는 기둥 뒤에서 바라빠를 따라잡았다. 그곳에서 두 사람은 머리를 바싹 맞대고 수군수군 얘기를 나누었고, 도적과 바리사이파 사람은 형제가 되었다. 바라빠가 먼저 입을 열었다.

「그거 사실이라고 생각해요?」그가 초조하게 물었다.

「뭐가요?」

「사람들이 하는 얘기, 송장이 되살아났다는 얘기요……」

「내가 하는 말을 잘 들어요. 나는 바리사이파 사람이고 당신은 열심당원이죠. 지금까지 나는 항상 이스라엘은 기도와 단식과 거룩한 율법으로만 구원되리라고 말해 왔어요. 하지만 이제는……」

「이제는요?」 눈을 번득이며 열심당원이 물었다.

「이제는요, 열심당원, 나는 당신들과 같은 관점으로 사물을 보기 시작했어요. 기도와 단식만으로는 충분하지 않아요. 지금은 칼을 써야 할 단계니까요. 내 말 알아듣겠어요?」

바라빠가 껄껄 웃었다. 「나더러 묻는 거예요? 칼보다 훌륭한 기도는 없죠. 어때요?」

「우리 그 사람부터 시작합시다.」

「누구요? 확실히 얘기를 해요.」

「라자로요. 그 사람을 다시 죽여 땅에 파묻어 버리는 게 가장 중요한 일이죠. 그가 살아서 돌아다니는 꼴을 보면 사람들은 자꾸 이런 말을 할 겁니다. 〈저 사람은 죽었었는데, 마리아의 아들이 부활시켰다는군요.〉 이런 식으로 나가다간 가짜 선지자의 영광만 퍼져 나가고……. 당신 말이 맞아요, 바라빠, 그 사람은 로마 놈들에게서 돈을 받아먹고 그런 소리를 떠들고 다닙니다. 〈지상의 왕국은 생각하지 마시오.〉 그가 말하죠. 〈하늘을 보시오!〉 그래서 우리가 하늘을 쳐다보며 시간을 낭비하는 사이에 로마 놈들이 우리 목을 타고 누르는 겁니다. 알겠어요?」

「그래서요? 당신은 그 사람이 당신의 형제인데도 우리가 해치우기를 바라나요?」

「그는 내 형제가 아니고, 난 그 사람하고 상종도 하기 싫어요!」 옷을 잡아 찢는 척하면서 바리사이파 사람이 소리쳤다. 「난 그 사람을 당신에게 맡기겠습니다.」

이 말을 하고 그는 기둥에서 몸을 떼더니 또다시 부적을 팔려고 손님을 소리쳐 부르기 시작했다. 그는 바라빠를 잔뜩 부추겨 놓아 마음이 흡족했다.

솔로몬의 행각 바깥에 모였던 거지들의 무리는 예수가 오는 모습을 보겠다는 희망을 포기하고 뿔뿔이 흩어지기 시작했다. 멜기세덱 노인은 그의 백성을 가엾게 여기고 마침내 그들에게, 그토록 오랜 세월이 지난 끝에, 새 선지자를 보내 주신 이스라엘의 하느님께 감사를 드리기 위해 제물로 바치려고 하얀 비둘기 두 마리를 샀다.

돌멩이에 불이 붙었다. 사람들의 얼굴이 눈부신 빛 속으로 사라졌다. 베다니아에서 오는 길 쪽에서 갑자기 먼지 구름이 일고 즐거운 외침이 들려왔다. 마을 사람들이 모두 가게 문을 닫고 쫓아오고 있었다. 종려나무 가지와 월계수를 든 아이들이 제일 먼저 나타났다. 종려나무 가지들 뒤에서는 얼굴이 광채로 빛나는 예수가 따라왔고, 더 뒤쪽에서는 저마다 죽은 자를 직접 소생시키기라도 한 듯 땀을 흘리고 상기한 얼굴로 제자들이 쫓아왔으며, 맨 뒤에서는 소리를 너무 질러 완전히 목이 쉰 베다니아 사람들이 왔다. 그들은 모두 성전으로 몰려갔다. 예수는 한꺼번에 두 계단씩 올라가 첫 번째 층을 지나 두 번째 층에 이르렀다. 그의 얼굴과 두 손에서는 맹렬한 빛이 쏟아져 나왔고, 아무도 그에게 가까이 갈 엄두를 내지 못했다. 다른 사람들이나 마찬가지로 숨을 헐떡이며 달려가던 늙은 랍비는 한순간 스승 주변의 눈에 보이지 않는 울타리를 건너 안으로 들어가려고 했지만, 불길이 몸에 닿기라도 한 듯 당장 뒤로 물러섰다.

예수는 방금 하느님의 가마〔火爐〕에서 나왔고, 피는 아직도 사납게 부글부글 끓었다. 영혼의 힘이 그토록 위대한지, 그는 아직도 믿어지지 않았고, 믿고 싶지도 않았다. 영혼이 산더러 〈오라!〉

고 명령하면 정말로 산이 움직일까? 영혼의 힘은 땅을 파헤쳐 죽은 자를 끌어내고, 사흘 동안에 세계를 무너뜨리고 사흘 만에 다시 세울 수 있을까? 하지만 만일 영혼의 힘이 그토록 전능하다면, 그렇다면 인류의 어깨에 떨어진 모든 구원이나 파멸의 짐이, 하느님과 인간의 구분이 하나가 되어…… 이것은 무섭고도 위험한 생각이었다. 예수는 관자놀이가 지끈거렸다.

예수는 수의를 걸치고 무덤 위에 올라선 라자로를 두고 떠나 예루살렘의 성전을 향해 정신없이 길을 서둘렀다. 세상이 종말을 꼭 보고, 새로운 예루살렘이 무덤으로부터 솟아올라야만 한다고 그가 이토록 확고하게 느끼기는 이번이 처음이었다. 때는 왔다. 이것은 그가 기다려 온 계시였다. 희망이 없을 정도로 썩은 세상이 라자로였다. 그가〈세상이여, 일어서라!〉라고 소리칠 때가 왔다. 그에게는 의무가 주어졌고, 무엇보다도 무서운 사실이었지만 그는 지금 자신에게 그럴 힘이 생겼다는 사실도 깨달았다.〈나는 그럴 능력이 없다!〉라고 말하며 그가 도피하기가 이제는 불가능했다. 그는 능력을 갖추었고, 만일 세계가 구원을 받지 못한다면 모든 죄를 그가 짊어져야 하리라.

예수는 피가 머리로 치솟았다. 그는 사방에서 자기에게 모든 희망을 걸고 물끄러미 쳐다보는 억눌린 사람들과 가난뱅이들을 보았다. 야수처럼 소리를 지르며 그는 단 위로 뛰어 올라갔다. 사람들이 그의 주위로 몰려들었다. 부유하고 즐 먹어 살진 자들도 얘기를 들으려고 히죽거리며 걸음을 멈추었다. 예수는 시선을 돌려 그들을 보고는 주먹을 치켜들었다.

「들으라, 너희 돈 많은 자들아!」그가 소리쳤다.「듣거라, 세상의 군주들아. 불의와 추악함과 굶주림은 더 이상 계속되어서는 안 되느니라! 하느님은 타오르는 숯불을 내 입술에 문질렀고, 나는 외치노라. 그대들은 언제까지 푹신한 이부자리와 상아 침대에 느긋하게 누워서 지내겠느냐? 언제까지 너희는 가난한 자들의 살을 뜯어먹고, 그들의 땀과 피와 눈물을 받아 마시려느냐? 〈나는 더 이상 참지 못하겠노라!〉 내 하느님께서 소리친다. 불이 가까이 오고, 죽은 자가 일어나고, 세상의 종말이 임했도다!」

두 명의 장대한 부랑아가 그를 머리 위로 들어 올렸다. 군중이 주변으로 모여들어 종려나무 잎사귀를 흔들었다. 선지자의 불타는 머리 위로 아지랑이가 피어올랐다.

「나는 세상에 평화가 아니라 칼을 가져다주려고 왔노라. 나는 가정에 불화를 가져다주어, 아들이 아버지에게 손을 들고, 딸이 어머니에게, 며느리가 시어머니에게, 나 때문에 싸우게 하리라. 나를 따르려는 자 누구나 모든 재물을 버려야 하느니라. 이 세상에서 생명을 구하려는 자 무릇 그것을 잃을 터이며, 나를 위하여 덧없는 삶을 버리는 자 영원한 삶을 얻으리로다.」

「율법은 무엇이라고 하느냐, 배교자야?」 거센 목소리가 소리쳤다. 「성서에서는 뭐라고 하더냐, 사탄아?」

「위대한 예언자들 예레미야와 에제키엘은 뭐라고 말했더냐?」 눈을 반짝이며 예수가 대답했다. 「나는 모세의 판석에 새겨진 율법을 폐하고 인간의 마음에다 새로운 율법을 새길지니라. 나는 지금 사람들이 지니고 살아가는 돌의 마음을 꺼내고 살의 마음을 그들에게 주겠으며, 마음속에다 나는 새로운 희망을 심겠노라! 새로운 마음에다 새로운 율법을 새길 자는 나이고, 또한 나는 새로운 희망이기도 하니라! 나는 사랑을 연장하고, 나는 모든 민족이 들어오도록 동쪽, 서쪽, 북쪽, 남쪽, 하느님의 위대한 성문 네 개를 열어 놓겠노라. 하느님은 유대인만의 터전이 아니어서, 온 세상을 감싸 주느니라! 하느님은 이스라엘 사람이 아니고, 영원불멸한 혼이시니라!」

늙은 랍비는 두 손으로 얼굴을 가렸다. 그는 〈예수야, 이것은 엄청난 신성 모독이니 조용히 하라〉고 소리치고 싶었지만, 너무 늦었다. 우렁찬 기쁨의 함성이 터져 나왔다. 가난한 자들이 기뻐 소리쳤고, 레위 사람들이 야유를 퍼부었고, 바리사이파 사람 야곱은 옷을 찢고 공중에다 침을 뱉었다. 늙은 랍비는 절망에 빠져 포기했다. 흐느껴 울며 그는 그곳을 떠났다. 「저 애는 다 끝났어.」 그곳을 벗어나며 그가 중얼거렸다. 「끝장이라고! 그의 마음속에서 외치는 마귀는, 그 신은 무엇일까?」

늙은 랍비는 너무 피곤해 자주 발이 걸려 비틀거리며 걸었다. 지금까지 수많은 나날, 수많은 수일 동안 그는 예수의 뒤를 쫓아다니며 그가 누구인지 이해하려고 애쓰느라고 쇠약한 몸은 완전히 기력이 빠졌다. 이제는 영혼이 매달려 기다리는 뼈를 감싼 껍질, 햇볕에 그을린 가죽 이외에는 아무것도 남아 있지 않았다. 〈이 사람이 하느님이 그에게 약속한 메시아인가, 아닌가?〉 그가 행한 모든 기적은 죽은 자를 부활시키는 능력까지 지닌 사탄도 역시 행하는 그런 기적이었다. 따라서 기적은 랍비가 판단을 내리기에 충분한 근거를 주지 못했고, 예언도 마찬가지였다. 사탄은 교활하고도 지극히 강력한 대천사였다. 인류를 기만하기 위해서라면 사탄은 그의 말과 행동을 성스러운 예언과 완벽하게 맞아떨어지도록 엮어 낼 능력을 지녔다. 그런 이유로 랍비는 밤에 잠자리에 누워도 잠을 이루지 못했고, 그를 불쌍히 여겨 확실한 계시를 내려 달라고 하느님께 빌었다. 무슨 계시를? 죽음, 자기 자신의 죽음이 계시라는 사실을 랍비는 잘 알았다. 이 계시가 떠오르자 그는 부르르 떨었다.

랍비는 먼지 구름 속에서 고꾸라지며 나아갔다. 태양이 통째로 삼킨 베다니아가 언덕 꼭대기에 나타났다. 헉헉거리며 그는 언덕을 오르기 시작했다.

라자로의 집에는 문을 열어 두었다. 마을 사람들은 다시 살아난 사람을 보고, 손으로 만지고, 그의 호흡을 조심스럽게 들어보고, 그가 정말로 살아서 말도 하는지, 아니면 혹시 유령은 아닌지 알아내려고 바쁘게 들락날락했다. 지친 몸으로 묵묵히 라자로는 빛이 눈에 거슬리기 때문에 집 안에서 가장 컴컴한 구석에 앉아 있었다. 그의 다리와 팔과 배는 나흘이 지난 시체처럼 시퍼렇게 부어오른 채였다. 퉁퉁 부은 얼굴은 여기저기 갈라졌고, 누르스름한 진물이 흘러나와서, 몸에 찰싹 들러붙어 벗어지지 않아 계속해서 그가 입고 있는 하얀 수의를 더럽혔다. 처음에는 너무 악취가 심해 가까이 오는 사람들은 코를 막았지만, 조금씩 조금씩 악취가 줄어들더니 이제는 흙과 향냄새만 났다. 때때로 그는 손을 움직여 머리카락과 수염에 엉겨 붙은 풀잎을 떼어 냈다. 누이동생 마르타와 마리아는 그의 몸에 묻은 흙과 그에게 달라붙은 작은 지렁이들을 깨끗하게 제거했다. 동정심이 많은 이웃이 그에게 닭고기를 가져다주었고, 노부인 살로메는 부활한 사람이 마음을 먹고 기운을 차리게 하려고 아궁이 앞에 쪼그려 앉아 죽을 끓였다. 농부들이 와서 그를 자세히 살펴보고 얘기를 해보려고 잠깐씩 머물다 갔다. 그들의 질문에 그는 무뚝뚝하게 〈그렇소〉, 〈아니요〉라고 힘없이 대답할 뿐이었다. 다음에는 마을과 인근 읍내로부터 사람들이 찾아왔다. 오늘은 눈먼 촌장도 찾아왔다. 그는 손을 뻗어 라자로를 열심히 더듬었다. 「하데스에서 재미있게 놀다 왔어요?」 그가 웃으면서 물었다. 「당신은 재수가 좋은 사람이에요, 라자로. 당신은 이제 지하 세계의 모든 비밀을 알게 되었으니까요. 하지만 그런 얘기를 다 했다가는 이곳 사람들 모두 미쳐 버리고 말 거요.」그는 라자로의 귀로 몸을 기울이고는 반쯤은 농담으로, 반쯤은 두려워 떨며 물었다. 「벌레들이 많던가요? 벌레 말고는 아무것도 없었죠?」 한참을 기다렸지만 라자로는 대답을 하지 않았다. 눈먼 사람은 화가 치밀어 지팡이를 들고 가버렸다.

막달라의 여인은 문간에 서서 예루살렘으로 뻗어 나간 길을 물끄러미 내려다보았다. 그녀의 마음은 어린 아기처럼 울고 있었다. 요즈음 밤마다 그녀는 예수가 결혼하는 악몽을 꾸었는데, 그것은 죽음을 의미했다. 어젯밤에도 그녀는 예수가 날치로 변해 지느러미를 펼치고 물에서 뛰어나와 땅으로 떨어지는 꿈을 꾼 듯싶었다. 날치는 지느러미를 다시 한 번 펼치려고 헛되이 애쓰며 바닷가의 자갈밭에서 발작적으로 퍼덕거렸다. 숨이 막히자 물고기는 눈이 부옇게 변하기 시작했다. 날치가 몸을 돌려 그녀를 쳐다보았지만 그녀는 물고기를 움켜잡아 다시 바다로 넣어 주려고 죽을 지경으로 애를 먹었다. 그녀가 허리를 굽히고 손으로 물고기를 잡았지만, 이미 죽어 버렸다. 물고기를 쥐고 그녀가 통곡하며 눈물을 마구 흘리다 보니 그것은 점점 커지더니 죽은 남자가 되어 그녀의 품에 안겼다.

「그분이 예루살렘으로 돌아가시도록 놔둬서는 안 돼. ……그냥 놔둬서는 안 돼…….」그녀는 한숨을 짓고 혹시 그가 나타나지 않나 확인하려고 하얀 길을 물끄러미 내려다보았다.

하지만 예루살렘 쪽에서 나타난 사람은 예수가 아니었다. 대신에 막달라의 여인은 잔뜩 허리가 굽고 비틀거리는 그녀의 늙은 아버지를 보았다. 가엾게도 쪼그라든 노인이 되었구나, 그녀는 생각했다. 저토록 쇠약한 몸으로 왜 그는 충실하고 늙은 개처럼 랍비를 따라가려고 했을까. 막달라의 여인은 아버지가 한밤중에 일어나 마당으로 나가서 꿇어 엎드려 하느님께 〈저를 도와주소서, 저에게 계시를 내려 주소서!〉라고 부르짖는 소리가 귓전에 들리는 듯했다. 하지만 하느님은 그가 스스로 자신을 괴롭히도록 그냥 놔두었는데, 그를 사랑하기 때문에 분명 이런 벌을 내리는 것이었으니, 이런 방법으로 가엾은 노인은 안식을 찾았다…….

그녀는 이제 홀장으로 몸을 지탱하면서 길을 올라오는 아버지를 지켜보았다. 그는 자주 걸음을 멈추고는 예루살렘 쪽을 돌아다보고, 숨을 돌리려고 두 팔을 활짝 벌렸다……. 베다니아에서 같이 지낸 여러 날 동안 그들은 두 사람 다 과거를 잊어버리고 다시 얘기를 주고받는 사이가 되었다. 딸이 악의 길을 버렸음을 알고 랍비는 그녀를 용서했다. 그는 모든 죄악이 눈물에 씻겨 사라진다고 알았었는데, 막달라의 여인은 많이 울었다.

노인은 숨을 헐떡이며 도착했다. 막달라의 여인은 그가 문으로 들어가도록 옆으로 비켜섰지만, 노인은 걸음을 멈추더니 애원하듯 그녀의 손을 잡았다. 「애야, 내 딸 마리아야.」 그가 말했다. 「너는 여자니까, 네 눈물과 어루만지는 손길은 굉장한 힘을 발휘한단다. 그의 발 앞에 몸을 던지고, 예루살렘으로 돌아가지 말라고 애원해 봐라. 요즈음엔 서기관들과 바리사이파 사람들이 더욱 악랄해졌단다. 나는 그들이 자기들끼리 몰래 나누는 얘기를 들었는데, 입술에서 독이 뚝뚝 떨어지는 것 같더구나. 그들은 예수를 죽일 계략을 꾸미느라고 바쁘단다.」

「죽이다뇨!」 막달라의 여인은 가슴이 찢어지는 기분을 느끼며 소리쳤다. 「그분이 죽을 리가 있나요, 아버지?」

늙은 랍비는 딸을 쳐다보더니 씁쓸한 미소를 지었다. 「우린 우리가 사랑하는 사람들에 대해서는 항상 그런 식으로 얘기하지.」 그는 중얼거리더니 잠잠해졌다.

「하지만 랍비는 다른 모든 사람과 같은 그런 인간이 아니에요,

그래요, 인간이 아니라고요!」 막달라의 여인이 절망스러워하며 말했다. 「인간이 아니에요! 인간이 아니에요!」 그녀는 두려움을 쫓아 버리려고 거듭거듭 되풀이해서 말했다.

「네가 어떻게 아느냐?」 노인이 물었다. 그는 여자들의 육감을 믿었기 때문에 가슴이 철렁했다.

「전 알아요.」 막달라의 여인이 대답했다. 「어떻게 아느냐고는 묻지 마세요. 저는 확신해요. 두려워하지 말아요, 아버지. 라자로를 소생시킨 마당에 감히 누가 그분을 해치겠어요?」

「라자로를 소생시켰기 때문에 이제는 그들이 어느 때보다 더욱 광분해서 날뛴단다. 전에는 그의 설교를 들으면 그들은 머리만 설레설레 흔들고 말았어. 하지만 이제는 기적을 행했음이 알려졌고, 사람들은 용기를 찾았어. 〈그분은 메시다!〉라고 사람들이 소리치지. 〈그분은 죽은 자를 소생시키고, 하느님으로부터 그런 능력을 얻었으니, 우리 모두 가서 힘을 모으자!〉라고 말이다. 요즈음에는 남자들과 여자들이 종려나무 가지를 들고 그의 뒤를 쫓아다니지. 절름발이들이 목발을 치켜들어 위협하고, 가난한 자들은 제멋대로 날뛴단다. 서기관들과 바리사이파 사람들은 이런 모든 사태를 보고는 미친 듯 분노를 터뜨리곤 해. 〈만일 저 작자를 조금만 더 내버려 두었다간 우리가 당하고 말아요.〉 그들은 이런 말을 하며 자꾸만 안나스[4]를 찾아가고, 안나스에게서 가야파에게로, 가야파에게서 빌라도에게로 찾아다니며 예수의 무덤을 파느라고 바쁘단다……. 얘야, 내 딸 마리아야, 그의 무릎에 매달려 다시는 예루살렘으로 들어가지 못하게 막아라. 우리는 모두 갈릴래아로 돌아가야 해!」

---

4 아주 교활하고 유능한 대제사장으로 가야파의 장인이며, 예수 재판 때 산헤드린 의회에서 관여했다.

늙은 랍비는 음울하고 얽은 얼굴이 머리에 떠올랐다.「마리아야.」그가 말했다.「이곳으로 오던 길에 나는 카론[5]처럼 험악한 표정으로 배회하는 바라빠를 보았어. 내 발소리를 듣자 그는 덤불 속으로 숨더구나. 그건 좋지 않은 징조야!」

그의 쇠약한 몸에서 기운이 완전히 빠졌다. 딸은 그를 두 팔로 안아 부축해서 안으로 데리고 들어갔다. 그녀가 동글 의자를 가져다 놓자 아버지가 앉았다. 딸은 아버지 옆에 무릎을 꿇었다.

「그분 지금 어디로 갔나요?」그녀가 물었다.「어디서 그분과 헤어졌나요, 아버지?」

「성전에서. 그는 눈에서 불똥이 튀어나올 정도로 소리치는데, 거룩한 건물에다 불을 지를 기세였단다! 그리고 그 말, 맙소사, 그런 신성 모독은 들어 보지도 못했어! 모세의 율법을 없애고 새로운 율법을 세우겠다는구나. 하느님을 시나이 산꼭대기로 가서 만나는 게 아니고, 자기 마음속에서 만나겠대!」

노인은 목소리를 낮추었다.「때로는 말이다, 애야, 난 내 정신이 돌아 버리는 기분이란다.」그는 떨며 말했다.「아니면 혹시 사탄이……」

「조용하세요!」막달라의 여인이 명령하고는 두 손으로 노인의 입을 막았다.

그들이 얘기를 나누고 있는데 예수의 제자들이 한 사람씩 줄을 지어 문간에 나타났다. 막달라의 여인이 벌떡 일어나서 찾아보았지만, 예수는 없었다.

「랍비님은요?」가슴이 찢어지는 목소리로 그녀가 물었다.「랍비님은 어디 계세요?」

---

5 삼도천(三途川)의 나룻배 사공인데, 죽음을 상징한다.

「두려워하지 말아요.」 뚱한 표정으로 베드르가 그녀에게 대답했다.「곧 오실 테니까요.」

마리아가 몸을 일으켰다. 그녀는 오빠를 남겨 두고 초조해하며 제자들에게로 갔다. 그들의 얼굴은 어둡고 고뇌에 차 있으며, 눈은 멍한 표정이었다. 그녀는 벽에다 몸을 기대었다.

「랍비님은요?」 그녀가 힘없이 중얼거렸다.

「곧 오실 거예요, 마리아, 오실 거라고요……」 요한이 대답했다.「만일 무슨 일이 생겼다면 우리가 그분을 그냥 놔두고 왔겠어요?」

시무룩한 제자들은 서로 멀리 피하며 집 안으로 뿔뿔이 흩어졌다.

마태오는 저고리 속에서 종이를 꺼내더니 글을 쓸 준비를 갖추었다.

「얘기해 봐요, 마태오.」 늙은 랍비가 말했다.「아무 얘기라도 하면 내가 당신에게 축복을 내리겠어요.」

「아버지시여.」 마태오가 대답했다.「우리가 함께 돌아오는데 백부장 루포가 예루살렘 성문까지 따라왔어요. 〈멈추시오!〉 그가 소리쳤어요. 〈당신들에게 전할 명령서를 가지고 왔어요!〉 우리는 모두 겁이 나서 정신이 나갈 정도였죠. 하지만 랍비님은 로마인에게 조용히 손을 내밀었어요. 〈잘 왔어요, 친구여.〉 그가 말했어요. 〈내게서 원하는 바가 무엇인가요?〉

〈당신을 원하는 사람은 내가 아니라 빌라도입니다.〉 루포가 대답했어요. 〈저하고 같이 가셨으면 좋겠는데요.〉

〈가겠어요.〉 스승님은 차분히 말하고는 예루살렘 쪽으로 얼굴을 돌렸어요.

하지만 우리가 모두 그에게 달려들었습니다. 〈랍비님이시여,

어디로 가시나이까?〉 우리가 소리쳤습니다. 〈우리는 당신이 떠나게 내버려 두지 않겠어요!〉

백부장이 우리 사이로 오더니 말했어요. 〈두려워하지 말아요. 나쁜 뜻에서 그러는 게 아니라고 내가 다짐하겠어요.〉

〈가요.〉 스승님이 우리에게 명령하셨습니다. 〈그리고 두려워하지 말아요. 때는 아직 오지 않았으니까요.〉

하지만 유다가 말을 가로막았어요. 〈내가 같이 가겠습니다, 스승님, 나는 당신 곁을 떠나지 않겠어요.〉

〈같이 갑시다.〉 스승님이 말씀하셨어요. 〈나도 당신과 떨어지지 않겠어요.〉 두 사람이 앞장을 서고, 유다는 양치기 개처럼 뒤따라서, 그들은 예루살렘으로 갔어요.」

마태오가 얘기를 하는 동안 제자들은 아무 말도 없이 다가와서 마룻바닥에 무릎을 꿇었다.

「당신들 얼굴이 침울하군요.」 늙은 랍비가 말했다. 「당신들은 무엇인가 숨기고 있어요.」

「우린 다른 걱정거리가 많아요, 아버님, 다른 걱정거리요……」 베드로는 중얼거리더니 다시금 잠잠해졌다.

이곳으로 오는 도중에 정말로 악귀들이 그들의 마음속으로 침투했었다. 죽은 자의 부활은 시작되었다. 분명히 주님의 날은 가까웠고, 스승님은 왕좌로 오르리라. 그러니까 전리품을 분배할 때도 온 셈이었다. 제자들이 말다툼을 벌인 것은 바로 그 분배 때문이었다.

「그분은 나를 가장 사랑하시니까 나는 그분의 오른쪽에 앉겠소.」 한 사람이 말했다. 그들은 모두 앞으로 달려 나와 소리쳤다.

「아니에요, 나예요! 나요!」

「나예요!」

「나예요!」

「그분을 랍비라고 제일 먼저 부른 사람은 나였어요!」 안드레아가 말했다.

「그분은 당신보다 내 꿈에 더 자주 나타나셔요.」 베드로가 반박했다.

「그분은 나를 〈사랑하는 이〉라고 불러요.」 요한이 말했다.

「나한테도 그래요!」

「나한테도요!」

베드로는 피가 끓어오르기 시작했다. 「모두들 물러서요!」 그가 소리쳤다. 「며칠 전에만 해도 그분은 〈베드로여, 당신은 바위이고, 그 바위 위에다 나는 새로운 예루살렘을 일으켜 세우겠소〉라는 말을 하지 않았나요?」

「그분은 〈새로운 예루살렘〉이라는 말은 하지 않았어요! 나는 그분의 말을 여기 다 적어 놓았어요.」 품속에 넣은 공책을 탁탁 치며 마태오가 외쳤다.

「그렇다면 그분이 나한테 뭐라고 그랬나요, 엉터리 글이나 쓰는 사람아? 나는 그렇게 들었단 말이에요!」 베드로가 화를 내며 말했다.

「그분 말씀은 〈너는 베드로이고, 이 바위 위에다 나는 내 교회를 세우겠노라〉였어요. 〈예루살렘〉이 아니라 〈내 교회〉인데, 그 차이점은 커요!」

「그리고 또 어떤 것을 그분이 내게 약속했던가요?」 베드로가 소리쳤다. 「왜 말을 하다 말아요? 얘기를 계속하면 손해를 보게 생겼다 이거예요? 열쇠 얘기는 어떻고요? 어디 얘기해 봐요!」

별로 마음이 내키지 않았지만 마태오는 공책을 꺼내 펼치더니 읽었다. 「〈그리고 나는 하늘나라의 열쇠를 너에게 주겠으니……〉」

「어서 읽어요! 어서 더 읽어요!」 베드로가 의기양양하게 소리쳤다.

마태오는 침을 삼키더니 다시 공책 위로 몸을 수그렸다. 「〈그리고 당신이 지상에서 묶어 놓는 것은 무엇이나 다 하늘에서도 묶이고, 지상에서 풀어 놓는 것은 무엇이나 다 하늘에서도 풀립니다……〉 됐어요, 그게 전부예요!」

「그래, 그게 당신 귀에는 시시하게 들린단 말이에요? 모두들 잘 들으라고요. 열쇠는 내가 갖게 되었으며, 천국의 문을 열고 닫는 사람은 바로 나란 말입니다. 마음이 내키는 대로 난 여러분을 들여보내기도 하지만, 마음이 안 내키면 들여보내지 않아요!」

이때쯤에는 제자들이 미친 듯 흥분했고, 벌써 베다니아가 가깝지만 않았더라면 그들은 주먹다짐이라도 벌였으리라. 그들은 마을 사람들 앞이라 창피한 기분이 들었고, 분노를 꾹 참았다. 하지만 그들의 얼굴은 아직도 무척 음울했다.

제26장

한편 예수는 양치기 개 유다보다 앞장을 서서 백부장과 함께 걸어갔다. 그들은 좁고 꼬불꼬불한 뒷골목으로 들어가서 성전 쪽으로 나아가 본티오 빌라도의 궁전으로 향했다.

백부장이 먼저 입을 열었다. 「랍비님.」 그는 감정이 북받쳐 말했다. 「제 딸은 건강이 대단히 좋고, 늘 당신 생각을 한답니다. 당신이 사람들 앞에서 얘기하리라는 걸 알아내기만 하면 그 애는 언제나 집에서 몰래 빠져나와 당신 얘기를 들으러 달려가죠. 오늘 난 그 애의 손을 꼭 잡고 놓아주지 않았어요. 우리는 함께 성전에서 당신 얘기에 귀를 기울였고, 딸아이는 당신에게 달려가 발에다 입을 맞추고 싶어 했기 때문이죠.」

「왜 그냥 내버려 두시지 않았죠?」 예수가 물었다. 「인간의 영혼을 구원하는 데는 한순간이면 충분해요. 왜 당신은 그 순간이 낭비되게 그냥 내버려 두었나요?」

로마의 소녀가 유대인의 발에다 입을 맞추다니! 루포는 수치심을 느끼며 생각했지만, 말은 하지 않았다.

손에 든 짧은 채찍으로 그는 길을 트게 시끄러운 군중을 쫓았다. 졸도할 정도로 더웠고, 파리가 구름처럼 몰렸다. 유대의 공기를 호흡하며 백부장은 구토증을 느꼈다. 그는 여러 해 동안 팔레스타인에서 살았지만 아직도 유대인 사회에는 길이 들지 않았다……. 그들은 이제 밀짚 깔개로 뒤덮인 장바닥을 지나갔다. 이곳은 훨씬 시원했고, 그들은 발걸음을 늦추었다.

「이런 개떼 같은 무리에게 당신은 어떻게 얘기를 하나요?」 백부장이 물었다.

예수는 낯을 붉혔다. 「그들은 개가 아니라 영혼입니다.」 그가 말했다. 「하느님의 불꽃들이죠. 하느님은 거대한 불이고, 백부장이여, 영혼은 저마다 당신의 존경을 받아 마땅한 불꽃이죠.」

「나는 로마인입니다.」 루포가 대답했다. 「그리고 내 신은 로마인입니다. 그는 도로를 뚫고, 막사를 건축하고, 도시에 물을 대고, 청동 갑옷을 입고는 싸움터로 나갑니다. 그는 길을 이끌고, 우리는 뒤따릅니다. 당신이 얘기하는 육신과 영혼은 우리에게는 똑같은 것으로 들리고, 그 위에는 로마의 황제가 존재합니다. 우리가 죽으면 영혼과 육체가 함께 죽고. 그래도 우리 자식들이 남아요. 우리가 말하는 불멸성의 의미는 그것이죠. 미안합니다만, 하늘나라에 관한 당신 얘기는 우리가 듣기에는 동화에 지나지 않아요.」

잠깐 동안 침묵을 지킨 다음 그는 얘기를 계속했다. 「우리 로마 사람들은 인간을 지배하도록 태어났어요. 인간은 사랑으로는 지배하기가 불가능해요.」

「사랑이 무기를 지니지 않았다고는 말할 수 없어요.」 백부장의 냉혹하고 파란 눈과, 갓 면도한 두 뺨과, 통통하고 손가락이 짧은 손을 쳐다보며 예수가 말했다. 「사랑도 역시 투쟁하고, 달려가 공격합니다.」

「그렇다면 그건 사랑이 아니죠.」 백부장이 말했다.

예수는 머리를 떨구었다. 새 포도주를 부으려면 새 부대를 찾아야 되겠구나, 그는 생각했다. 새 부대, 새로운 언어……

마침내 그들은 도착했다. 한때는 성채였고 궁전이었으며, 지금은 오만한 로마의 총독 본티오 빌라도가 안에 도사린 탑이 그들 앞에 우뚝 솟았다. 그는 유대 민족을 혐오했고, 예루살렘의 골목길을 걸어가거나 피치 못해 히브리 사람들과 얘기를 하게 될 때마다 향수를 뿌린 손수건으로 코를 막았다. 그는 신이나 인간, 심지어는 본티오 빌라도 자신이나 그 어떤 것도 믿지 않았다. 그는 먹고, 마시고, 통치하기에 싫증이 나거나 황제가 그를 추방할 경우 핏줄을 자르려고 날카롭게 날을 세운 면도칼을 가느다란 금사슬에 묶어 항상 목에다 걸고 다녔다. 그는 유대인들이 목이 쉬도록 메시아가 와서 해방시켜 달라고 외치는 소리를 자주 들었고, 그러면 그는 웃었다. 그는 날을 세운 면도칼을 손으로 가리키며 걸핏하면 아내에게 말했다. 「보라고, 이것이 내 메시아, 나를 해방시키는 메시아라고.」 하지만 아내는 대답을 하지 않고 머리를 돌려 버리곤 했다.

예수는 탑의 거대한 문 밖에서 걸음을 멈추었다. 「백부장이여.」 그가 말했다. 「당신은 내게 신세 진 빚을 갚아야 해요. 기억하죠? 그 보상을 내가 당신에게 요구할 때가 왔군요.」

「나자렛 예수여, 나는 당신에게 내 삶의 모든 기쁨을 빚졌습니다.」 루포가 대답했다. 「말하세요. 내 힘이 자라는 것이라면 부탁을 들어 드리겠어요.」

「만일 그들이 나를 체포하면, 만일 그들이 나를 투옥시키면, 만일 그들이 나를 죽이면 나를 구하기 위한 아무런 시도도 하지 마세요. 약속하시겠어요?」

그들은 이제 탑의 성문을 통과했다. 경비병들이 손을 들어 백부장에게 경례했다.

「아니, 그것도 부탁이라고 하는 건가요?」 놀라서 루포가 말했다. 「난 당신네 유대인들을 이해할 수가 없어요.」

몸집이 거대한 두 흑인이 빌라도의 문 바깥에 서 있었다.

「그래요, 부탁입니다, 백부장이여.」 예수가 말했다. 「약속하시겠어요?」

루포는 문을 열라고 흑인들에게 머리를 끄덕였다.

빌라도는 흉측하게 조각한 독수리로 장식한 높다란 의자에 앉아 독서를 하고 있었다. 산뜻하고, 면도를 말끔하게 하고, 이마가 좁고, 눈은 딱딱하고 회색이며, 입술은 칼처럼 곧고 좁다란 그는 머리를 들어 앞에 선 예수를 쳐다보았다.

「당신이 유대인들의 왕인 나자렛 예수인가?」 향수를 뿌린 손수건을 콧구멍에 대고 그는 놀리는 말투로 나지막이 말했다.

「나는 왕이 아니오.」 예수가 대답했다.

「뭐라고? 당신은 메시아이고, 아브라함의 후손들이 그토록 여러 세대에 걸쳐 그들을 해방시키러 와서 이스라엘의 왕좌에 앉아 우리 로마인들을 몰아내리라고 기대하며 기다리고 기다려온 메시아가 맞지 않은가? 그런데 왜 당신은 자신이 왕이 아니라고 하는가?」

「내 왕국은 이 땅에 존재하지 않습니다.」

「그렇다면 어디인가, 물 위인가, 아니면 공중에 떠다니나?」 웃음을 터뜨리며 빌라도가 물었다.

「하늘에 있습니다.」 예수가 차분하게 대답했다.

「좋아.」 빌라도가 말했다. 「선물로 줄 테니까 하늘은 당신이 갖고, 지상의 왕국은 건드리지 말게!」

그는 엄지손가락에 낀 굵직한 반지를 빼서 높이 들어 빛에다 비춰 빨간 보석을 보았다. 거기에는 〈그대는 내일 죽을지니, 먹고, 마시고, 즐기라〉는 말로 빙 둘러싼 해골을 새겨 놓았다.

「난 유대인을 역겹게 생각해.」그가 말했다.「유대인은 통 몸을 씻지 않고, 자기들 모습 그대로 머리카락이 길고, 목욕도 안 하고, 탐욕스럽고, 교만하고 낙타처럼 성미가 고약한 하느님을 신이라고 내세워.」

「그 하느님이 벌써 로마를 치려고 주먹을 치켜들었음을 알아야 합니다.」또다시 차분하게 예수가 말했다.

「로마는 영원불멸이야.」하품을 하며 빌라도가 대답했다.

「로마는 선지자 다니엘이 환상 속에서 본 거대한 조상(彫像)이에요.」

「조상이라니? 무슨 조상 말인가? 당신네 유대인들은 깨어 있을 때 갈망하던 대상을 꿈속에서나 본다니까. 당신들은 환상 속에서 살고, 환상 속에서 죽지.」

「환상과 더불어, 그것이 인간으로서의 투쟁을 시작하는 길입니다. 조금씩 조금씩 그늘이 짙어지고 굳어져서, 영혼은 육체를 입고 땅으로 내려옵니다. 선지자 다니엘은 환상을 보았고, 그 환상을 가졌기 때문에, 바로 그것입니다! 영혼은 육체를 입고, 땅으로 내려와 로마를 멸망시킬 것입니다.」

「나자렛 예수여, 나는 당신의 교만함에 감탄을 금하지 못하겠는데, 혹시 교만함이란 백치성이 아닐까? 보아 하니 당신은 죽음을 두려워하지 않는군. 아마도 그래서 그토록 제멋대로 얘기를 하는 모양이야……. 난 당신이 마음에 들어. 그래, 다니엘의 환상 얘기 좀 하시지.」

「어느 날 밤 선지자 다니엘은 거대한 조상을 보았습니다. 머리는 황금으로 되어 있고, 가슴과 팔은 은이었으며, 배와 넓적다리는 청동이었죠. 종아리는 쇠였지만, 맨 밑바닥의 발은 찰흙이었죠. 갑자기 보이지 않는 손이 흙으로 이루어진 발에 돌을 던져 산산조각 나게 깨뜨렸고, 곧 황금과 은과 청동과 쇠로 이루어진 조상 전체가 땅바닥으로 무너져 내렸어요……. 보이지 않는 손은, 본티오 빌라도여, 이스라엘의 하느님이고, 나는 돌맹이이고, 조상은 로마입니다.」

빌라도는 또다시 하품을 했다. 「난 당신이 무슨 장난을 치려는지 알아, 유대인들의 왕 나자렛 예수여.」 그가 짜증스럽게 말했다. 「당신은 나로 하여금 화가 나서 당신을 십자가에 매달게 하고, 그러면 당신도 영웅의 대열에 끼이게 될 거라는 속셈에서 로마를 모욕하는 거야. 당신은 모든 걸 아주 약삭빠르게 준비했군. 듣자 하니 당신은 심지어 죽은 자들도 소생시키기 시작했다는데, 그래, 당신은 길을 닦는 중이야. 나중에, 마찬가지 방법으로, 당신 제자들은 당신이 죽지 않았고, 부활해서 천국으로 승천했다는 소문을 퍼뜨리고 다니겠지. 하지만 말이야, 우리 친애하는 악당 선생, 당신은 배를 놓쳤어. 당신 계략은 벌써 한물갔으니까, 무슨 새로운 방법을 찾아내는 게 좋겠군. 난 당신을 죽이지 않을 것이고, 당신을 영웅으로 만들지도 않겠어. 당신은 하느님이 되지 않을 테니까, 그따위 생각은 꿈도 꾸지 말게.」

예수는 말을 하지 않았다. 열린 창문을 통해 그는, 이리저리 드나드는 알록달록한 사람들의 무리를 꼼짝도 않으며 시커먼 입을 딱 벌리고 잡아먹는 짐승처럼, 햇빛 속에서 번쩍거리는 웅장한 여호와의 성전을 쳐다보았다. 빌라도는 정교한 황금 사슬을 매만지며 말이 없었다. 그는 유대인에게 부탁하는 것이 창피했지만 아내에게 그러마고 약속한 터라 어쩔 도리가 없었다.

「그것이 전부입니까?」 예수가 물었다. 그는 문 쪽으로 돌아섰다.

빌라도가 몸을 일으켰다. 「가지 말게.」 그가 말했다. 「당신한테 할 얘기가 있어 당신을 이리로 부른 거야. 내 아내는 밤마다 당신을 꿈에서 본다고 그러더군. 당신 때문에 아내는 차마 눈을 감을 용기조차 없어졌대. 아내 얘기를 들어 보니까, 당신은 아내에게 당신의 동족인 안나스와 가야파가 당신을 죽이려 한다고 불평하고는, 나한테 얘기해서 그들이 당신을 죽이지 못하게 말려 달라고 밤이면 밤마다 애원한다는 거야. (난 여자들 일이라면 관여하지 않으니까 그 이유는 모르겠지만) 보아 하니 아내는 당신을 가엾게 생각하나 봐. 글쎄 내 발치에 몸을 던지고는 당신을 불러 이곳을 떠나 멀리 가서 목숨을 건지라는 얘기를 하라고 부탁하더구먼. 나자렛 예수, 예루살렘의 공기는 당신 건강에 좋지 않아. 갈릴래아로 돌아가게! 나는 폭력을 쓰고 싶지 않아 친구로서 얘기하는 거야. 갈릴래아로 돌아가!」

「삶은 투쟁입니다!」 변함없이 단호하고 고요한 목소리로 예수가 대답했다. 「그리고 당신은 군인이요 로마인이기 때문에 그걸 알죠. 하지만 당신이 모르는 것이 있습니다. 하느님은 사령관이요 우리는 그분의 병사입니다. 인간이 태어난 순간부터 하느님은 그에게 대지와 대지 위에 선 도시와 마을과 산과 바다와 사막을 보여 주시고는 그에게 이런 말을 한답니다. 〈여기에서 너는 투쟁을 벌일지니라!〉 유대의 총독이시여, 어느 날 밤 하느님은 내 머리카락을 움켜잡아 들어 올려 예루살렘으로 데려다 여호와의 성전 앞에 내려놓고는 말했어요. 〈여기에서 너는 투쟁을 벌일지니라!〉 나는 낙오자가 아닙니다, 유대의 총독이시여, 이곳에서 나는 투쟁을 벌일 생각입니다!」

빌라도는 머리를 저었다. 그는 유대인에게 부탁했다는 사실,

집안의 비밀을 털어놓았다는 사실을 벌써 후회하게 되었다. 버릇이 그랬지만, 그는 손을 씻으려는 시늉을 했다.

「당신 좋을 대로 해.」 그가 말했다. 「난 이 모든 일에서 손을 씻을 테니까. 가라고!」

예수는 팔을 들고 그 자리를 떠났다. 문턱을 넘어서려는데 빌라도가 놀리는 듯한 말투로 소리쳤다. 「여보게, 메시아 선생, 내가 듣기에는 당신이 세상 사람들에게 무시무시한 무슨 소식을 전한다고 하던데, 그게 뭐지?」

「불입니다.」 이번에도 차분하게 예수가 대답했다. 「세상을 깨끗이 쓸어 낼 불이죠.」

「로마인들 말인가?」

「아뇨, 믿지 않는 자들요. 의롭지 못하고, 명예롭지 못하고, 포만(暴慢)한 자들요.」

「그러고는?」

「그러고는 불타고 깨끗해진 대지 위에다 새로운 예루살렘을 세웁니다.」

「그럼 새로운 예루살렘은 누가 세우지?」

「내가요.」

빌라도는 웃음을 터뜨렸다. 「그래, 좋아, 아내한테 당신이 미친 사람이라고 내가 한 말이 사실이었구먼. 당신은 가끔 날 찾아와 줘야겠어. 시간을 보내는 데 도움이 될 테니까. 그럼 좋아, 가라고! 이젠 당신 꼴을 보는 데도 싫증이 났어.」

빌라도가 손뼉을 쳤다. 몸집이 거대한 두 명의 흑인이 들어오더니 예수를 문으로 안내했다.

유다는 탑 밖에서 초조하게 기다렸다. 몸속에 숨은 무슨 벌레가 요즈음 스승을 파먹어 들어가는 듯싶었다. 날마다 그의 얼굴은 점점 더 주름이 늘고 사나워졌으며, 하는 말은 점점 슬프고 위협적으로 변했다. 걸핏하면 그는 로마인들이 반란자들을 십자가에 매달아 처형하는 예루살렘 밖의 언덕인 골고타로 가서 홀로 몇 시간씩 보내곤 했는데, 주변에 제사장들과 대제사장들이 얼마나 많이 모였느냐에 따라 때로는 미친 듯 불안해하며 자기가 묻힐 무덤을 파기도 하고, 심지어는 그들에게 달려들어 독을 품은 살무사들이니, 거짓말쟁이니, 모기를 잡아먹는 생각만 해도 끔찍하다고 치를 떨다가도 서슴지 않고 낙타를 잡아먹는 위선자들이라고 욕했다. 날마다 그는 동틀 녘부터 해 질 녘까지 여호와의 성전 밖에 서서 일부러 스스로 죽음을 구하는 듯 험한 말을 마구 퍼부었다. 어느 날 유다는 자신에게 언제 마침내 양가죽을 벗어 버리고 영광이 찬란하게 넘치는 사자의 모습을 드러내겠느냐고 예수에게 물었더니 예수는 머리를 설레설레 저었는데, 유다는 평생 인간의 얼굴에서 그보다 쓸쓸한 미소를 본 적이 없었다. 그때부터 유다는 그의 곁을 떠나지 않았다. 예수가 골고타 언덕을 올라가는 모습을 봤을 때만 해도 그는 숨어서 기다리던 적(敵)이 손을 들어 그를 저지할까 봐 걱정이라도 되는 듯 조심하며 몰래 그의 뒤를 따라갔다.

유다는 저주받을 탑 바깥에서 서성이며, 놋쇠 갑옷을 입고 꼼짝도 않고 서서 버티는 경비병들, 얼굴이 무겁고 야비한 로마의 경비병들을 무서운 눈으로 힐끔거렸고, 경비병들의 뒤 높다란 깃대 위에서 이리저리 펄럭거리는, 신을 무시하고 독수리를 그린 군기(軍旗)도 쳐다보았다. 빌라도가 그에게서 바라는 바가 무엇이며, 왜 예수를 불러들였을까? 유다는 예루샬렘의 열심당원들로부터 소식을 들어 잘 아는 사실이었지만, 안나스와 가야파는 이

탑을 쉴 새 없이 드나들며 로마인들을 몰아내고 자기가 왕이 될 못된 마음을 먹고 예수가 혁명을 일으키려 한다고 무고했다. 하지만 빌라도는 의견이 달랐다. 「그 사람 철저히 미쳤더군요.」 그가 말했다. 「그 사람은 로마하고 얽혀 드는 일은 벌이지 않아요. 언젠가 난 일부러 사람들을 보내 그에게 이렇게 물어보라고 시켰어요. 〈이스라엘의 하느님은 우리가 로마 사람들에게 세금을 내기를 원하시는지, 당신 의견은 어떻습니까?〉 그랬더니 그는 상당히 솔직하게, 상당히 똑똑하게 이런 대답을 했답니다. 〈카이사르[1]의 것들은 카이사르에게 주고, 하느님의 것들은 하느님께 바치시오!〉 그는 성자만큼 미치지는 않았어요.」 빌라도는 가끔 웃으며 이런 말을 했다. 「그 사람은 성자가 되고 싶어서 미친 거죠. 만일 그자가 당신들의 종교를 짓밟는다면, 처벌하시오. 난 모든 일에서 손을 씻을 테니까요. 하지만 그 사람은 로마에는 아무런 걱정도 끼치지 않아요.」 그들에게 빌라도는 항상 이런 얘기를 한 다음 돌려보냈다. 하지만 이제는…… 그 사람의 마음이 달라지지 않았을까?

유다는 걸음을 멈추고 탑의 맞은편 성벽에 몸을 기댄 채 초조하게 주먹을 쥐었다 폈다 했다.

갑자기 그는 섬뜩했다. 나팔 소리가 울리고, 군중이 길을 터주었다. 네 명의 레위 사람들이 오더니 탑의 성문 앞에다 금으로 장식한 가마를 조심스럽게 내려놓았다. 비단 휘장이 열리자 피부가 깨끗하고, 완전히 비단으로만 만든 노란 가운을 걸친 가야파가 천천히 내려섰다. 그는 어찌나 뚱뚱했던지 눈언저리에 군살이 누에고치처럼 더덕더덕 붙어 있었다. 예수가 문을 막 나오려는데

---

[1] 카이우스 율리우스 카이사르, 즉 시저의 성서식 표기이다.

육중한 이중문이 열렸고, 두 사람은 문간에서 정면으로 마주쳤다. 예수가 우뚝 멈춰 섰다. 그는 맨발에 하얀 겉옷은 누덕누덕 기워 입은 차림이었다. 꼼짝도 하지 않으며 그는 대제사장의 눈을 빤히 노려보았다. 상대방은 두툼한 눈꺼풀을 치켜뜨고는 그를 알아보자 재빨리 머리끝부터 발끝까지 훑어보았다. 그는 염소 같은 입을 열었다.

「당신이 여긴 무슨 볼일로 왔지, 반역자 같으니라고.」

하지만 예수는 아직도 꼼짝하지 않으며 커다랗고 고뇌에 찬 눈으로 그를 준엄하게 노려보았다.

「나는 당신을 두려워하지 않는다, 사탄의 대제사장아.」 그가 대답했다.

「저자를 쫓아내라!」 네 명의 가마꾼에게 가야파가 소리쳤다. 마당으로 들어가는 그의 뒷모습은 뚱뚱한 안짱다리 난쟁이 같았고, 커다란 엉덩이는 땅에 질질 끌릴 지경이었다.

네 명의 레위 사람이 예수에게로 다가섰지만 유다가 재빨리 앞으로 달려 나갔다. 「손대지 마라!」 그가 고함쳤다. 그들을 옆으로 밀쳐 내고 유다는 스승의 팔을 잡았다.

「오세요.」 그가 말했다. 「갑시다.」

예수가 지나가도록 유다는 낙타와 사람과 양을 밀어 내어 길을 터주었다. 그들은 도시의 요새화한 성문 밑으로 성큼성큼 나가서 키드론 골짜기로 내려갔다 맞은편으로 올라가서 베다니아로 가는 길로 나섰다.

「왜 그 사람이 당신을 불렀죠?」 고민에 빠져 스승의 팔을 꽉 잡으며 유다가 물었다.

「유다여.」 깊은 침묵 끝에 예수가 대답했다. 「이제 나는 끔찍한 비밀을 당신에게 털어놓겠소.」

유다는 붉은 머리를 숙이고는 입을 멍하니 벌린 채로 기다렸다.

「당신은 우리 일행 가운데 가장 강인한 사람이죠. 내 생각에는 이런 얘기를 듣고도 견뎌 낼 만한 사람은 오직 당신뿐이에요. 나는 다른 사람들에게는 아무 얘기도 하지 않았고, 앞으로도 하지 않겠어요. 그들은 인내력이 모자라니까요.」

유다는 기뻐서 얼굴이 상기되었다. 「나를 믿어 주셔서 감사합니다, 랍비님.」 그가 말했다. 「말해 보세요. 당신은 나를 결코 부끄럽게 생각하지 않을 테니, 두고 보세요.」

「유다여, 내가 왜 사랑하는 갈릴래아를 떠나 예루살렘으로 왔는지 알아요?」

「네.」 유다가 대답했다. 「일어나야 할 일이 바로 이곳에서 일어나야 하기 때문이죠.」

「맞아요. 주님의 불길은 여기에서부터 붙기 시작하죠. 나는 이제 잠도 자지 못합니다. 나는 한밤중에 깜짝 놀라 일어나서 하늘을 우러러 보죠. 아직도 하늘이 열리지 않았는가? 불길이 쏟아져 내리지 않는가? 날이 밝으면 나는 성전으로 달려가 설교하고, 위협하고, 하늘을 가리키고, 명령하고, 애원하고, 불이 쏟아지도록 기구하죠. 하지만 내 목소리는 항상 미치지 못해요. 하늘은 그대로 닫혀 있고, 내 머리 위에서 말없이 고요할 따름이에요. 그러던 어느 날 불현듯······.」

그는 목이 메었다. 유다는 얘기를 잘 들으려고 몸을 숙였지만, 예수의 이빨이 덜덜 떨리고 숨이 막히는 소리만 들릴 따름이었다.

「어서 얘기해요! 어서요!」 유다는 숨을 몰아쉬었다.

예수는 숨을 돌리고 얘기를 계속했다. 「어느 날 내가 골고타 꼭대기에 홀로 누워 있으려니까 선지자 이사야가 내 머릿속에 떠올랐는데, 아냐, 아냐, 내 머릿속에 떠오른 게 아니고, 골고타의 바위 위에, 내 앞에 선 그의 모습을 보았는데, 그는 누덕누덕 기우고 바람을 불어 넣어 부풀어 오르게 한 염소 가죽을 손에 들었고, 그 가죽은 내가 사막에서 만난 검정 숫염소와 똑같아 보였어요. 가죽에는 글씨가 적혀 있더군요.〈읽어 봐요!〉염소 가죽을 내 앞으로 내밀며 그가 명령했어요. 하지만 그 목소리를 듣는 순간 선지자와 염소 가죽은 사라지고, 큼직하고 꺼멓고 시뻘겋게 공중에 써놓은 듯 남았어요.」

예수는 눈을 들어 태양을 쳐다보았다. 그는 얼굴이 창백해졌다. 그는 유다의 팔을 꼭 잡고 매달렸다.「저기 있어요!」겁에 질려 그는 나지막이 말했다.「글씨가 하늘에 가득 찼어요!」

「읽어 봐요!」역시 부들부들 떨며 유다가 말했다.

숨을 헐떡이며 예수는 거센 목소리로 단어들을 읽기 시작했다. 글자들은 살아 움직이는 짐승들이나 마찬가지여서, 그는 글자들을 사냥했고, 글자들은 그에게 저항했다. 그는 계속해서 땀을 씻어 내며 읽어 나갔다.「그는 우리의 잘못을 짊어졌고, 그는 우리의 죄로 인하여 상처를 입었으며, 우리의 부정함으로 인하여 멍이 들었도다. 그는 고통을 받으면서도 입을 열지 않았노라. 모든 사람에게 경멸당하고 거절당하면서도 그는 죽으러 끌려가는 어린 양처럼 저항도 없이 앞으로 나아갔더라.」

예수는 더 이상 말을 하지 않았다. 그의 얼굴은 죽은 사람처럼 창백해져 있었다.

「난 이해를 못하겠어요.」그 자리에 서서 엄지발가락으로 돌멩이를 굴리며 유다가 말했다.「죽음을 맞으러 끌려가는 어린 양은 누구입니까? 누가 죽나요?」

「유다여.」예수가 천천히 대답했다.「형제여, 유다여, 죽을 사람은 나입니다.」

「당신요?」 뒷걸음질을 치며 유다가 말했다. 「그렇다면 당신은 메시아가 아닌가요?」

「메시아입니다.」

「이해를 못하겠어요!」 유다는 되풀이해서 말하고는 돌멩이를 걷어차는 바람에 발가락에 상처가 났다.

「소리는 지르지 말아요, 유다여. 그렇게 되어야만 하니까요. 세상이 구원받기 위해서는 내가 스스로 죽음을 맞아야 해요. 처음에는 나 자신도 그것을 이해하지 못했어요. 하느님은 내게 헛되이 계시를 보내곤 해서, 때로는 공중에 환상으로 나타나기도 하고, 때로는 내가 잠든 사이에 꿈으로 나타나기도 하고, 사람들의 온갖 죄악을 목에 건 염소의 시체로 사막에서 나타나기도 했어요. 그리고 내가 어머니의 집을 버리고 떠난 그날 이후로 그림자가 개처럼 내 뒤를 따라왔고, 때로는 앞장을 서서 길을 인도하기도 했어요. 어디로 가는 길을 인도했을까요? 십자가로요!」

예수는 머뭇거리는 눈길로 주위를 둘러보았다. 그의 뒤로는 눈부시게 빛나는 하얀 해골 더미인 예루살렘이 있고, 앞에는 바위와 은빛 잎사귀의 올리브나무 몇 그루와 검은 삼나무들이 있었다. 피가 가득 넘치는 태양이 지기 시작했다.

유다는 수염을 뽑아 던져 버렸다. 그는 다른 메시아를, 칼을 든 메시아를, 그가 한 번 소리치면 모든 세대의 죽은 자들이 무덤에서 뛰쳐나와 여호사밧 골짜기에서 살아 있는 자들과 어울리게 만드는 그런 메시아를 기대했었다. 그와 동시에 유대인들의 말과 낙타들도 소생시켜서, 보병과 기마병이 다 같이 진격해 로마 놈들을 모조리 잡아 죽이리라. 그러면 메시아는 우주를 방석처럼 디디고 다윗의 왕좌에 올라앉으리라. 이것이, 이것이 가리옷 사람 유다가 기대한 메시아였다. 그런데 이제······.

그는 성난 눈으로 예수를 쳐다보고는 못된 말이 흘러 나가지 못하게 참으려고 입술을 깨물었다. 그는 다시금, 이번에는 발뒤꿈치로 돌멩이들을 치기 시작했다. 예수는 그를 불쌍히 여겼다.

「용기를 내요, 유다, 내 형제여.」 목소리를 상냥하게 바꿔 그가 말했다. 「나도 그랬으니까요. 이것이 따라야 할 길이고, 다른 길은 없어요.」

「그러면 나중에 어떻게 되나요?」 바위를 노려보며 유다가 말했다.

「나는 온갖 영광과 더불어 돌아와 산 자와 죽은 자들을 심판합니다.」

「언제요?」

「지금 세대의 많은 사람들은 나를 보기 전에는 죽지 않아요.」

「갑시다!」 유다가 말했다. 그는 걸음을 재촉했다. 예수는 뒤에서 따라오느라고 힘이 들어 헐떡였다. 드디어 해가 유대의 산 너머로 굴러 떨어질 참이었다. 저 멀리 사해 쪽에서 처음 잠이 깬 들개의 울음소리가 들려왔다.

유다는 화가 나서 씨근덕거리며 앞에서 길을 서둘렀다. 그의 마음속에서는 지진이 일어나 온 세상이 무너져 내리고 있었다. 그는 죽음을 믿지 않았고, 죽음이라면 그에게는 가장 나쁜 길이라고 여겨졌고, 어떤 죽은 자보다 훨씬 더 송장처럼 보이고 더럽기만 하던 부활한 라자로를 보면 그는 구역질을 느꼈다. 메시아만 해도, 도대체 이런 사람이 카론과의 싸움을 어떻게 감당하겠다는 말인가? ……아니다, 아니다, 유다는 죽음을 올바른 길이라고 믿지 않았다.

유다는 돌아섰다. 그는 반박하고, 입 안에서 타오르는 험한 말을 털어 버리고 싶었다. 어쩌면 예수로 하여금 마음을 달리해서 죽음이 아닌 다른 길을 선택하게 설득할 방법이 나올지도 모를 일이었다. 하지만 돌아선 그는 공포에 질려 소리를 질렀다. 예수의 몸에 엄청나게 거대한 그림자가 드리워져 있었다. 그것은 사람의 그림자가 아니라 거대한 십자가였다. 그는 예수의 손을 꽉 움켜잡았다.

「봐요!」 손으로 가리키며 그가 말했다.

예수가 부르르 떨었다.

「조용해요, 유다, 내 형제여. 말을 하지 말아요.」

그래서 팔짱을 끼고 그들은 이렇듯 베다니아로 가는 완만한 비탈길을 오르기 시작했다. 예수는 무릎의 기운이 빠져 유다가 부축했다. 그들은 말을 하지 않았다. 그러다가 예수는 허리를 굽혀 따스한 돌멩이를 하나 집어 한참 동안 손바닥으로 꼭 쥐었다. 이것은 돌멩이였나, 아니면 사랑하는 어떤 사람의 손이었나? 그는 주위를 둘러보았다. 겨울 동안 죽었던 흙에서는 풀이 돋아나고, 꽃이 만발했다.

「유다, 내 형제여.」 그가 말했다. 「슬퍼하지 말아요. 대지에서 어떻게 밀이 자라는지를 봐요. 하느님께서 비를 내려 주시고, 대지가 살지고, 곡식이 푸석푸석한 흙에서 이삭을 맺어 인류를 먹여 살리는 걸 봐요. 만일 밀알이 죽지 않았다면, 그래도 곡식이 부활했을까요? 사람의 아들도 마찬가지예요.」

하지만 유다는 위안을 받지 못했다. 아무 말도 없이 그는 계속해서 비탈길을 올라갔다. 산 너머로 해가 지고, 흙에서 어둠이 솟아올랐다. 언덕 꼭대기에서는 벌써 등불이 깜박거렸다.

「라자로를 잊지 말아요……」 예수가 말했다. 하지만 유다는 구역질을 느껴 침을 뱉으며 걸음을 서둘렀다.

마르타는 등잔에 불을 밝혔다. 아직도 빛을 보면 눈이 아파서 라자로는 손으로 눈을 가렸다. 베드로는 마태오의 팔을 잡고, 함께 등불 아래에 앉았다. 노부인 살로메는 검정 양털 한 뭉치를 찾아내어 두 아들을 생각하며 실을 잣고 있었다. 머리에 황금 띠를 맨 찬란한 모습으로 두 아들이 나타나고, 겐네사렛 호수가 모두 그들의 소유가 될 날을 그녀는 영원히 보지 못하게 되지는 않을까……

막달라의 여인은 길을 내려가기 시작했다. 스승님이 늦고 있었다. 고통이 어찌나 강렬한지 그녀는 더 이상 집 안에 눌러앉아 기다리기가 힘들었다. 그녀는 사랑하는 분을 만나려는 마음에서 길을 내려갔다. 제자들은 마당에 쪼그리고 앉아 길거리 쪽 문을 곁눈질로 힐끔거리며 보고는 말이 없었다. 그들의 마음속에서는 아직도 분노가 부글부글 끓어올랐다. 집 전체가 너무나 평화로워 숨소리조차 들리지 않았다. 벌써부터 세리가 저녁마다 공책에다 뭐라고 썼는지 보고 싶었던 베드로에게는 적당한 계기가 온 셈이었다. 다른 제자들과 그가 말다툼까지 벌인 오늘 밤, 더 이상 기다릴 마음이 아니었고, 마태오가 자신에 관해서 무슨 말을 적었는지 알아야 했다. 하나같이 글쟁이는 몰염치한 작자여서, 다음 세대의 자손들에게 조롱을 받지나 않을지, 조심하는 편이 좋으리라. 만일 마태오가 감히 그따위 짓을 했다면 그는 펜이고 공책이고 몽땅 빼앗아 불 속에 던져 넣으리라. 그렇다, 바로 오늘 저녁이다! 그는 장난을 치듯 세리의 팔을 잡았고, 그들 두 사람은 등잔 밑에 무릎을 꿇고 앉았다.

「부탁이니 그걸 나한테 읽어 줘요, 마태오.」 그가 부탁했다. 「꼭 알고 싶다면 얘기하겠는데, 난 당신이 스승님에 관해서 무슨 얘기를 하려는지 알고 싶어요.」

마태오는 이 말을 듣고 기뻐했다. 그는 품속에 넣었던 공책을 천천히 꺼냈다. 그는 공책을 얼마 전에 라자로의 누이동생 마리아가 그에게 선물로 준 수건, 여자가 머리에 쓰는 수를 놓은 머릿수건으로 감쌌었다. 이제 그는 마치 상처를 입은 무슨 살아 숨 쉬는 동물이기라도 한 듯 조심스럽게 수건을 펼쳤다. 그러고는 공책을 펼쳤다. 그는 몸을 앞뒤로 흔들며 힘을 가다듬고는 노래를 하듯 읊어 대기 시작했다.

「〈아브라함의 후손이요, 다윗의 자손인 예수 그리스도의 족보는 다음과 같다. 아브라함은 이사악을 낳았고 이사악은 야곱을, 야곱은 유다와 그의 형제를 낳았으며 유다는 다말에게서 베레스와 제라를 낳았고……〉」

베드로는 눈을 감고 귀를 기울였다. 아브라함에서 다윗에 이르기까지 14대, 히브리 사람들의 조상이 대대로 그의 눈앞을 스치며 지나갔다……. 얼마나 많고, 불멸하는, 무수한 대군인가! 그리고 유대인으로 태어났음이 얼마나 벅찬 기쁨이요, 얼마나 자랑스러운가! 베드로는 벽에다 머리를 기대고 귀를 기울였다. 여러 세대가 지나가고, 예수의 시대에 이르렀다. 베드로는 얘기에 귀를 기울였다. 그토록 많은 기적이 일어났는데도 그는 전혀 알지 못하고 살아왔다! 그랬구나……. 예수는 베들레헴에서 태어났고, 아버지는 목수 요셉이 아니라 성령이었으며, 동방 박사 세 사람이 찾아와 그에게 경배를 드렸고, 세례를 받을 때 하늘에서 비둘기를 통해서 전한 말은 무엇이었나? 베드로는 그 말을 듣지 못했었다. 현장에는 있지도 않았던 마태오에게 누가 그런 얘기를 해 주었을까? 점점 그는 얘기가 조금씩 들리지 않게 되었고, 단조롭고도 슬프게, 자장가 같은 음악으로 들려왔으며, 그러다가 슬그머니 잠이 들었다. 잠결에 그는 음악과 말 두 가지를 다 아주 또렷하게 들었다. 한마디 한마디의 말이 그에게는 석류처럼, 지난

해 그가 예리고에서 먹었던 석류처럼 여겨졌다. 그 말은 허공에서 터져 나왔고, 내면으로부터 때로는 불길이, 때로는 천사와 날개와 나팔 소리가 튀어나왔다…….

갑자기 잠의 깊은 감미로움 속에서 그는 즐거워 떠드는 함성을 들었다. 그는 언뜻 잠이 깨었다. 그의 앞에서는 마태오가 공책을 무릎에 올려놓고 아직도 읽고 있었다. 그는 기억을 되찾아 잠이 들었음을 부끄럽게 여기고는 세리의 품으로 달려들어 입을 맞추었다.

「나를 용서해요, 마태오 형제여.」 그가 말했다. 「하지만 당신 얘기를 듣는 동안 나는 천국에 들어갔었어요.」

막달라의 여인을 이끌고 예수가 문간에 나타났다. 그녀는 기뻐서 얼굴이 환히 빛났다. 그녀의 입술과 눈과 노출된 목에서는 불길이 뿜어져 나왔다. 세리를 껴안고 입을 맞추는 베드로를 보자 예수의 표정이 부드러워졌다. 그는 포옹한 두 사람을 손으로 가리켰다.

「저것이 하늘나라입니다.」 그가 말했다.

예수는 몸을 일으키려고 애쓰는 라자로에게도 다가갔다. 하지만 그는 부러질까 봐 걱정이 될 정도로 허벅지가 삐걱거렸다. 그는 다시 자리에 앉았다. 팔을 뻗어 그는 손가락 끝으로 예수의 손을 만졌다. 예수는 부르르 떨었다. 라자로의 손은 지극히 차갑고, 시커멓고, 흙냄새가 났다.

예수는 숨을 쉬려고 다시 마당으로 나갔다. 부활한 남자는 아직도 삶과 죽음 사이에서 비틀거렸다. 하느님은 아직 그의 부패한 내면을 정복하지 못했다. 이 사람에게서처럼 죽음이 참된 힘을 잘 보여 준 적은 없었다. 예수는 두려움과 벅찬 슬픔에 사로잡혔다.

노부인 살로메는 실패를 겨드랑이에 끼고 그에게로 가까이 와서 발돋움하고 서더니 그의 귀에다 대고 남몰래 속삭였다.
　「랍비님.」 그녀가 입을 열었다. 예수는 그녀의 얘기를 들으려고 몸을 숙였다.
　「얘기해요, 살로메.」
　「랍비님, 당신이 하늘로 올라가실 때, 부탁을 하나 드리고 싶어요. 우리가 당신을 위해 얼마나 많은 일을 했는지는 당신도 아실 테니까요.」
　「얘기해요, 살로메…….」 예수의 가슴이 갑자기 죄어들었다. 선행(善行)이란 보상을 받아들일 정도로 지조를 굽혀서는 안 된다는 사실을 사람들은 언제 깨달으려나, 그는 혼자 속으로 생각했다.
　「이제 당신은 왕좌에 오르게 될 테니까 내 두 아들 요한과 야고보를 하나는 오른쪽, 하나는 왼쪽, 당신의 곁에 앉혀요.」
　말을 하지 않으려고 입술을 깨물며 예수는 땅바닥을 물끄러미 쳐다보았다.
　「내 말 들었어요? 요한은…….」
　예수는 성큼성큼 걸어서 집으로 들어갔다. 그는 아직도 공책을 무릎에 펼쳐 놓고 등잔 옆에 있는 마태오를 보았다. 예수는 걸음을 멈추었다. 마태오는 지금까지 읽은 모든 글에 몰입해서 눈을 감았다.
　「마태오.」 예수가 말했다. 「당신 공책을 이리 가지고 와요. 무슨 글을 써놓았죠?」
　마태오는 몸을 일으켜 그가 쓴 글을 예수에게 넘겨주었다. 그는 무척 기뻤다.
　「랍비님.」 그가 말했다. 「여기에다 저는 미래의 사람들을 위해 당신의 삶과 업적을 기록합니다.」

예수는 등불 밑에 무릎을 꿇고 앉아서 읽기 시작했다. 처음 몇 줄을 읽고는 흠칫했다. 그는 획획 넘겨 가며 굉장히 서둘러 읽었고, 얼굴은 화가 나서 붉어졌다. 그를 보고 마태오는 겁이 나 구석에서 엉거주춤 기다렸다. 예수는 공책을 대충 훑어보고는 더 이상 참지 못하고 꼿꼿하게 몸을 일으키더니 화를 내며 마태오의 복음서를 땅바닥으로 내던졌다.

「이게 뭐죠?」그가 소리쳤다.「거짓말! 거짓말! 거짓말이에요! 메시아는 기적을 필요로 하지 않아요. 메시아 자신이 바로 기적이니까, 그 이상은 하나도 필요가 없죠! 나는 베들레헴이 아니라 나자렛에서 태어났고, 베들레헴에는 가본 적도 없고, 동방 박사는 한 사람도 기억하지 못해요. 나는 평생 이집트에는 가본 적도 없고, 내가 세례를 받을 때 비둘기가 〈이는 내 사랑하는 아들이니라〉라는 말을 했다고 적었는데, 그런 얘기는 누구한테서 들었나요? 나 자신도 그 말을 확실히 듣지 못했어요 현장에는 실제로 가보지도 않았던 당신이, 어떻게 그걸 알아냈죠?」

「천사가 저한테 알려 줬어요.」벌벌 떨며 마태오가 대답했다.

「천사가요? 어떤 천사가요?」

「내가 저녁마다 펜을 잡으면 찾아오는 천사요. 그는 내 귓전으로 몸을 수그리고는 내가 무슨 글을 써야 하는지 불러 줍니다.」

「천사가요?」당황해서 예수가 물었다.「천사가 불러 주면 당신이 그걸 받아쓰나요?」

마태오는 용기를 내었다.「그래요, 천사예요. 때때로 나는 그를 눈으로 보기도 하고, 나는 항상 그가 하는 얘기를 듣는데, 그럴 때면 천사의 입술이 내 오른쪽 귀에 닿아요. 나는 천사의 날개가 나를 감싸는 걸 느끼죠. 아기처럼 천사의 날개에 감싸여 나는 글을 쓰고, 아니죠, 쓰는 것이 아니라 난 천사가 하는 말을 그대로 베끼는 셈입니다. 어떻게 생각하세요? 내가 모든 기적을 지어내서 쓸 능력을 타고났을까요?」

「천사가요?」 예수는 다시 중얼거리고는 명상에 빠졌다. 베들레헴, 동방 박사, 애굽 그리고 〈이는 내 사랑하는 아들이니라〉, 이 모두가 가장 참된 진실이라면…… 만일 이것이 오직 하느님만이 터득하는 가장 높은 단계의 진실이라면…… 만일 우리가 진리라 일컫는 것을 하느님은 거짓이라 일컫는다면…….

그는 말을 하지 않았다. 몸을 굽혀 그는 땅바닥에 던져 버렸던 글들을 조심스럽게 모아 마태오에게 주었고, 마태오는 그것을 다시 수를 놓은 수건으로 싸서 품에다 넣었다.

「천사가 불러 주는 대로 그대로 써요.」 예수가 말했다. 「나로서는 이제 너무 늦었기 때문에…….」 하지만 그는 말을 끝맺지 않았다.

그러는 사이에 제자들은 마당에서 유다를 빙 둘러싸고는 빌라도가 왜 랍비님을 불렀는지 얘기해 달라며 졸랐다. 하지만 유다는 그들을 거들떠보지도 않고 떨어져 나가 길거리 쪽 문으로 가서 섰다. 그는 혐오감을 느껴 제자들의 꼴과 말을 보기도 듣기도 싫었으며 이제는 랍비하고 이외에는 누구하고도 얘기를 할 수가 없었다. 엄청난 비밀이 그들 두 사람을 결속시키고, 나머지 다른 사람들로부터 분리시켰다……. 유다는 세상을 집어삼킨 밤과, 방금 광채를 내기 시작한 작은 성상 등불 같은 머리 위의 첫 별들을 쳐다보았다.

「이스라엘의 하느님이여.」 그는 마음속으로 중얼거렸다. 「나를 도와주지 않으면 나는 머리가 돌아 버릴 것 같으이다.」

막달라의 여인은 불안감을 느껴 유다의 옆으로 가서 섰다. 그는 자리를 피하려고 했지만 그녀가 옷자락을 붙잡았다.

「유다, 두려워하지 말고 나한테 비밀을 얘기하셔도 돼요. 당신은 내가 어떤 사람인지 알잖아요.」

「무슨 비밀요? 빌라도는 조심하라고 경고해 주려고 그를 불렀어요. 가야파는······.」

「그것 말고, 다른 비밀요.」

「다른 비밀이라뇨? 당신 또 속이 타는 모양이군요, 막달라의 마리아. 당신 눈은 활활 타오르는 숯불 같아요.」그는 허탈하게 웃었다. 「울어요, 울어. 눈물이 불을 꺼줄 테니까요.」

하지만 막달라의 여인은 머릿수건을 이빨로 물어뜯었다. 「왜 그분이 당신을 선택했을까요?」그녀가 중얼거렸다. 「가리옷 사람 유다, 당신을요?」

이제는 붉은 수염이 화를 냈다. 그는 막달라 여인의 팔을 손으로 꽉 움켜잡았다. 「그럼 그분이 누구를 선택하기를 바랐나요, 막달라의 마리아. 풍차 베드로요, 아니면 백치 요한요······ 아니면 당신이, 여자인 당신이 선택되기를 바랐나요? 나는 사막에서 단련을 받은 바위나 마찬가지여서 지칠 줄 모르는 사람이오. 그래서 나를 선택했어요!」

막달라의 여인의 눈에 눈물이 가득 고였다. 「당신 말이 맞아요.」그녀가 중얼거렸다. 「나는 여자, 상처를 입고 팔다리가 잘린 동물이나 마찬가지죠······.」그녀는 안으로 들어가 불 옆에 웅크리고 앉았다.

마르타가 저녁 식탁을 차렸다. 제자들은 마당에서 들어와 꿇어앉았다. 라자로는 닭고기 미음을 먹은 뒤였다. 미음은 그의 내면에서 피가 되었고, 그는 이제 더 이상 마룻바닥만 쳐다보지 않았다. 조금씩 조금씩 공기와 빛과 영양분을 받아 그의 갈라졌던 육체는 균열이 메워지고 기운을 차렸다.

안쪽 문이 열리더니 유령처럼 창백하고 흐늘거리는 늙은 랍비가 나타났다. 그는 무릎에 더 이상 지탱할 힘이 없어 홀장에다 몸을 의지했다. 예수를 보자 그는 얘기하고 싶다는 시늉을 했다. 예수는 몸을 일으켜 노인을 붙잡아 자리에 앉히더니 라자로 옆에 앉았다.

「아버님.」 그가 말했다. 「나도 당신에게 할 말이 있습니다.」

「오늘 난 너한테 못마땅한 얘기를 하고 싶구나.」 엄격한 표정을 보이며 늙은 랍비는 그를 쳐다보고 말했다. 「나는 모든 사람이 듣는 앞에서 이 얘기를 하고 싶어. 남자건 여자건, 모든 사람이 우리 얘기를 들어야 하고, 무덤에서 소생한 라자로가 알아야 할 비밀도 많으니까. 모두들 우리 얘기를 듣고 심판하게 하자.」

「사람들이 무엇을 알겠어요?」 예수가 대답했다. 「천사가 이 집으로 날아 들어와 얘기를 듣는다고 하니, 마태오에게 물어봐요. 천사로 하여금 판단을 내리게 하죠. 당신의 불만이 무엇인가요, 아버님?」

「왜 너는 성스러운 율법을 폐하려고 하느냐? 지금까지 너는 아들이 마땅히 늙은 아비를 사랑하듯 그 율법을 지켜 왔어. 하지만 오늘 여호와의 성전 앞에서 너는 너 자신의 기치를 들었지. 네 마음속에서 연유한 반항은 어디까지 가려고 하느냐?」

「사랑까지, 하느님의 발밑까지요, 아버님. 그곳에서 옹호하는 힘을 찾고 평화롭게 쉬려고 합니다.」

「성스러운 율법으로는 거기까지 다다를 수 없니? 우리 거룩한 경전에 무슨 말이 담겼는지 너는 모르니? 율법은 하느님이 세상을 이룩했을 때보다 914대 이전에 쓰였어. 하지만 그것은 그 무렵에 아무 동물도 존재하지 않았으므로 가죽을 얻지 못해 양피지에 기록되지도 않았고, 나무가 없었기 때문에 나무에 기록되지도 않았고, 아직 바위도 없었기 때문에 바위에 기록되지도 않았어. 그것은 주님의 왼쪽 팔뚝에, 하얀 불에다 검은 불길로 썼지. 그 성스러운 율법에 따라 하느님이 세상을 창조했다는 사실을 네가 알기 바란다.」

「아니에요, 아니에요!」 더 이상 자제할 힘을 잃고 예수가 소리쳤다. 「아닙니다!」

늙은 랍비는 다정하게 그의 손을 잡았다. 「왜 그리 소리를 치느냐?」

예수는 부끄럽게 여겨 낯을 붉혔다. 고삐가 그의 손에서 빠져나가 더 이상 그는 자신의 영혼을 가눌 능력이 없었다. 마치 그는 머리끝부터 발끝까지 온통 상처로 뒤덮인 기분이었다. 어디를 만지든지 간에, 아무리 가볍게 만지더라도, 그는 항상 고통스러워 비명을 질렀다.

예수는 이번에도 비명을 질렀다가 차분해졌다. 그는 늙은 랍비의 손을 잡고 목소리를 낮추었다. 「거룩한 경전이라는 것은, 아버님, 내 마음속에 기록된 말입니다. 나는 다른 모든 말은 찢어 버렸어요.」

하지만 얘기를 하는 사이에 다른 생각이 떠올랐다. 「내가 아니죠…… 내가 아니라, 나를 보내 주신 하느님이 그러셨어요.」

서로 무릎이 닿을 정도로 예수 옆에 바싹 붙어 앉았던 늙은 랍비는 예수의 몸에서 견디기 힘든 불 같은 힘이 분출된다고 느꼈으며, 강한 바람이 갑자기 열린 창문을 통해 불어 들어와서 등불을 꺼버리자 랍비는 어둠 속에서, 불의 기둥처럼 온통 찬란한 모습으로 방의 한가운데 꿋꿋하게 선 마리아의 아들을 보게 되었다. 그는 혹시 모세와 엘리야가 다시 나타나지 않을까 해서 오른쪽과 왼쪽을 보았지만, 두 예언자 모두 눈에 띄지 않았다. 예수는 찬란함 속에 혼자뿐이었고, 머리는 등나무가 얽힌 천장에 닿아 불빛을 뿜었다. 늙은 랍비가 비명을 지르려고 하자 예수가 두 팔을 펼쳤다. 그는 이제 십자가가 되었고, 불꽃이 십자가를 타고 올라갔다.

마르타가 일어서서 다시 등잔에 불을 붙였다. 모든 것이 질서를 되찾았다. 예수는 아직도 머리를 떨구고 생각에 잠겼다. 랍비가 두리번거리며 살폈지만, 어둠 이외에 무엇을 본 사람이 아무도 없었다. 다른 사람들은 모두 식탁에 둘러앉아 저녁을 먹으려고 조용히 자세를 가다듬었다. 하느님이 나를 손에 쥐고 희롱하시는구나, 랍비는 생각했다. 진실은 일곱 단계로 이루어져 있다. 하느님은 이 단계에서 저 단계로, 나를 끌고 오르락내리락 돌아다니고, 나는 어지러워서······.

예수는 배가 고프지 않아 식사를 하려고 자리에 앉지 않았다. 늙은 랍비도 마찬가지였다. 두 사람은 눈을 감고 잠이 든 듯싶은 라자로 곁에 남았다. 하지만 라자로는 잠을 자지 않았고, 생각에 잠겼다. 그가 꾸었던 꿈은 무엇일까? 그는 정말로 죽었었고, 땅속에 묻혔었고, 그러다가 갑자기, 〈라자로여, 나오시오!〉하는 무시무시한 목소리를 들었고, 그래서 벌떡 일어나 온통 수의로 둘둘 감싼 자신의 모습을 꿈속에서 보게 되었을까? 그는 의아한 생각이 들었다. 아니면 이것은 꿈이 아니었는지도 모른다. 그가 정말로 하데스로 내려갔었단 말인가?

「왜 너는 이 사람을 무덤에서 나오게 했지?」

「그것은 내가 원한 일이 아니었어요.」 예수가 나지막이 대답했다. 「나는 그러고 싶지 않았어요, 아버님. 나는 그가 묘석을 들어 올리는 걸 보고는 겁이 났어요. 나는 도망이라도 치고 싶었지만 너무 창피했죠. 나는 그 자리에 서서 그냥 덜덜 떨기만 했어요.」

「난 무엇이나 다 참아 낼 수 있어.」 랍비가 말했다. 「썩어 가는 시체의 악취 이외에는 말이야. 난 전에도 끔찍한 시체를 보았지. 그 시체는 아직 살아서 먹고, 말하고, 한숨을 짓는 동안에 썩어 갔단다. 지옥으로 떨어질 저주를 받은 위대한 영혼 헤로데 왕 말이야. 그는 자신이 사랑했던 아름다운 여인 마리아나를 죽였고, 친구와 장군과 자식들도 죽였어. 그는 여러 왕국을 정복하고, 탑과 성전과 도시, 그리고 솔로몬의 옛 성전보다도 찬란한 예루살렘의 거룩한 성전도 지었어. 그는 불멸성을 갈구했기 때문에 황금과 청동과 바위에 자신의 이름을 깊이 새겼지. 그러다가 갑자기 한창 영광의 절정에 이르렀을 때 하느님의 손가락이 그의 목을 건드렸고, 당장 그는 썩기 시작했어. 그는 항상 굶주렸어. 그는 끊임없이 먹어 댔지만 전혀 배가 부르지 않았단다. 그의 내장은 호물호물 부패하는 하나의 상처나 마찬가지였고, 어찌나 배가 고팠는지 밤에 그가 지르는 소리를 들으면 들개들까지도 무서워서 벌벌 떨었지. 그의 배와 발과 겨드랑이가 부어오르기 시작했고, 불알에서는 벌레들이 기어 나왔는데, 제일 먼저 썩은 건 고환이었거든. 악취가 어찌나 심했는지 사람이라면 아무도 그에게 접근할 용기가 나지 않았어. 노예들은 기절했고. 그는 요르단 강 근처의 갈릴호에라는 온천으로 실려 갔지만, 상태가 더욱 심해졌어. 따스한 기름으로 목욕을 했지만 더욱 악화될 뿐이었지. 그 무렵에 난 질병을 고치고 몰아내는 힘이 능하다는 소문이 나 있었지. 소문을 들은 왕은 날 불렀어. 그들은 왕을 예리고의 꽃밭으로 데려갔지만, 악취는 예루살렘에서 요르단 강에까지 이르렀어. 처음 왕에게 가까이 갔을 때 난 기절하고 말았지. 나는 연고를 만들어 그에게 발라 주었어. 나는 몰래 머리를 숙이고 토했어. 〈이 사람이 왕인가?〉 나는 속으로 생각했단다. 오물과 악취, 이것이 인간이란 말인가? 그렇다면 만물에 질서를 부여하는 영혼은 어디로 갔는가?」

랍비는 나지막한 목소리로 말했다. 식사를 하다가 다른 사람들이 그런 얘기를 듣는다면 바람직한 일이 아니었다. 예수는 절망에 빠져 머리를 떨구고 얘기를 들었다. 그가 힘을 얻게끔 죽음에 관한 얘기를 해달라는 것, 그것이 바로 오늘 저녁에 그가 랍비에게 부탁하려던 바였다. 지금 그는 죽음에 익숙해지기 위해서 항상 죽음을 앞에 두어야 했다. 하지만 지금은……. 그는 손을 내밀어 늙은 랍비의 얘기를 중단시키고, 〈그만 해요!〉라고 소리치고 싶었지만, 지금 이런 단계에서 어떻게 그가 노인의 말을 가로막겠는가? 랍비는 모든 더러움을 회고하고, 그것을 기억 속에서 꺼내 버려 자신을 깨끗하게 하고 싶어 조급한 마음에 기다릴 여유가 없었다.

「벌레들이 연고까지도 먹어 치웠기 때문에 내 치료는 소용이 없었단다. 하지만 그런 더러움 속에서 악귀는 아직도 왕좌를 차지하고 앉아 명령을 내렸어. 그는 이스라엘의 부유하고 권세가 드높은 사람들을 모두 모이라고 명령해서 그들을 마당에다 가두었지. 죽어 가면서 그는 누이 살로메를 불렀어. 〈내가 숨이 넘어가면 저 놈들을 모조리 죽여야 해.〉 그가 말했어. 〈내 죽음을 기뻐하는 놈이 아무도 없도록 말이야!〉 왕은 죽었지. 유대의 마지막 왕 헤로데 대왕이 죽었단 말이야. 나는 나무 뒤에 숨어 춤을 추기 시작했고. 유대의 마지막 왕이 죽었고, 축복받은 시간이, 모세가 예언서에서 밝혔던 축복받은 시간이 왔어. 〈마지막에는 주색에 빠져 방탕한 왕과 쓸모없는 그의 자식들이 올 터이고, 서쪽으로부터 야만스러운 군대와 왕이 나타나 거룩한 땅을 차지하리라. 그러면 세상은 종말을 맞으리라!〉 그것이 선지자 모세가 예언한 바야. 그런 일이 모두 일어났어. 세상은 종말을 맞았으니까.」

예수는 흠칫 놀랐다. 이런 예언을 듣기는 처음이었다. 「그것이 어디에 씌어 있나요?」 그가 소리쳤다. 「선지자가 누구예요? 난 이 얘기를 처음 들어요!」

「별로 오래전이 아닌 몇 년 전에 유대 사막의 동굴에서 어느 수도사가 오지항아리 속에 담긴 오래된 양피지 원고를 발견했어. 그것을 펴보니 꼭대기에 붉은 글씨로 〈모세의 성약서(聖約書)〉라고 적혔더란다. 죽기 전에 위대한 족장 모세는 후계자인 눈[2]의 아들 여호수아를 불러 미래에 벌어질 모든 일을 받아쓰도록 했어. 보라고! 우린 그가 예언한 시대에 이르렀단다. 방탕한 왕은 헤로데였고, 야만적인 군대는 로마인들이었고, 세상의 종말에 대해서 알고 싶다면, 머리를 들면 너는 문으로 들어오는 종말이 보이겠지!」

예수는 몸을 일으켰다. 그는 집 안이 답답하게 느껴졌다. 그는 아무 걱정도 없이 식사를 하는 제자들을 지나 마당으로 나갔다. 그곳에서 그는 머리를 들었다. 커다랗고 처량한 달이 마침 모압의 산 너머에서 솟아올랐다. 달은 마침내 가득 차서 유월절을 이끌어 들이려 하고 있었다.

그는 마치 생전 처음 보는 듯 놀라서 달을 물끄러미 쳐다보았다. 개들이 겁을 내고 다리 사이로 꼬리를 감추며 쳐다보고 짖어 대게 만드는 이 달은 무엇일까? 그는 속으로 생각했다. 무서운 침묵 속에서 달은 조용히 떠 독을 뚝뚝 떨어뜨린다. 인간의 마음은 웅덩이가 되어 독을 가득 받는다……. 예수는 독을 품은 혓바닥이 그의 두 뺨과 목과 팔을 핥고, 하얀 빛, 하얀 수의로 감싼 그의 몸과 얼굴을 칭칭 감는 기분을 느꼈다.

---

[2] 에브라임 사람이다. 「민수기」 11장 28절 참조.

요한은 스승의 고통을 육감으로 눈치 채었다. 그는 마당으로 나와서 달빛을 온몸에 받는 예수의 모습을 보았다. 놀라지 않게 하려고 나지막한 소리로 〈랍비님……〉이라고 말하고 그는 발돋움을 하고 다가갔다.

예수가 돌아서서 그를 보았다. 연약하고 수염도 안 난 청년의 모습은 사라지고, 노인이, 아주 늙은 노인이 달빛을 받고 마당 한가운데 섰다. 그는 한 손에는 아무 글도 기록하지 않은 공책을, 그리고 다른 손에는 구리로 촉을 만든 창처럼 기다란 깃털 펜을 들고 있었다. 그리고 새하얀 수염이 무릎까지 치렁치렁 늘어져 있었다.

「천둥의 아들이여.」 몰아의 지경에 이르러 예수가 소리쳤다. 「이렇게 쓰라. 〈나는 알파요 오메가, 과거에 존재했었고, 현재에 존재하고, 미래에도 존재할 만군의 주이니라.〉 나팔처럼 우렁차게 울리는 소리를 들었느냐?」

요한은 겁이 났다. 랍비의 마음이 흔들리기 시작했다! 그는 달이 마음을 도취시킨다는 사실을 알았고, 그렇기 때문에 예수를 안으로 데리고 들어가려고 마당으로 나왔다. 하지만 슬프도다! 그는 너무 늦게 왔다. 「가만히 계세요, 랍비님.」 그가 말했다. 「나는 당신이 사랑하는 요한입니다. 안으로 들어가요. 여긴 라자로의 집입니다.」

「쓰라니까!」 예수가 다시 명령했다. 「〈하느님의 왕좌 둘레에는 저마다 입에 나팔을 댄 천사가 일곱이니라.〉 그들이 보이느냐, 천둥의 아들아? 이렇게 쓰라. 〈첫 번째 천사가 피와 뒤섞인 우박과 불이 되어 땅으로 쏟아졌노라. 땅의 삼분의 일과, 숲의 삼분의 일과, 푸른 풀밭의 삼분의 일이 타버렸더라. 두 번째 천사가 나팔을 울렸더라. 불의 산이 바다로 빠졌고, 바다의 삼분의 일이 피가 되었으며, 물고기의 삼분의 일이 죽었고, 항해를 하는 배의 삼분의 일이 침몰했다. 세 번째 천사가 나팔을 울렸더라. 거대한 별이 하늘에서 떨어졌고, 강과 호수와 샘의 삼분의 일이 독을 머금었다. 네 번째 천사가 나팔을 울렸더라. 태양과 달과 별들의 삼분의 일이 어두워졌다. 다섯 번째 천사가 나팔을 울렸더라. 또 다른 별이 굴러 떨어지고, 심연이 열리고, 연기 구름이 쏟아져 나왔으며, 연기를 타고 몰려나온 메뚜기들은 풀이나 나무가 아니라 사람에게 덤벼들었는데, 메뚜기들은 여자처럼 머리카락이 길었고, 이빨은 사자의 이빨이었다. 그들은 철 갑옷을 입었고, 날개는 수많은 말이 끌고 싸움터로 달려가는 수레처럼 요란하게 울렸다. 여섯 번째 천사가 나팔을 울렸더라······〉」

하지만 요한은 더 이상 견딜 수가 없었다. 그는 울음을 터뜨리고 예수의 발치에 몸을 던졌다. 「내 랍비님이시여.」 그가 외쳤다. 「정신을 차리세요······ 정신을 차리세요······.」

예수는 흐느껴 우는 소리를 듣고, 전율하고, 허리를 굽혀 그의 발치에 엎드린 사랑하는 제자를 보았다. 「사랑하는 요한이여.」 그가 말했다. 「왜 울고 있나요?」

요한은 달빛을 받아 스승의 마음이 잠깐 동안 비틀거렸다는 애기를 차마 창피해서 입 밖에 꺼내지 못했다. 「랍비님.」 그가 말했다. 「안으로 들어가요. 영감님은 당신이 어떻게 되었느냐고 궁금해하고, 제자들은 당신을 보고 싶어 합니다.

「그리고 당신은 그런 이유 때문에 울었나요, 사랑하는 요한이여? ······안으로 들어갑시다.」

그는 안으로 들어가 다시 늙은 랍비 옆에 앉았다. 그는 극도로 피곤했다. 손에서 땀이 나고, 타오르는 듯 열이 나고 떨렸다. 늙은 랍비는 겁에 질린 표정으로 그를 멀거니 쳐다보았다.

「애야, 달을 쳐다보지 말거라.」 땀이 뚝뚝 방울져 떨어지는 예수의 손을 꼭 잡으며 그가 말했다. 「달은 사탄이 가장 사랑하는 밤의 젖꼭지라는데, 거기서 흘러나오는…….」

하지만 예수의 마음은 죽음에 몰두해 있었다.

「아버님.」 그가 말했다. 「나는 당신이 죽음을 나쁘게 얘기했다고 믿어요. 죽음에게는 헤로데의 머리가 달리지 않았어요. 그래요, 죽음이란 위대한 영주이고, 하느님의 열쇠를 지키는 자여서, 문을 열어 줍니다. 다른 죽음을 회고해서 내 마음을 편하게 해주세요, 아버님.」

제자들은 식사를 마쳤다. 그들은 얘기를 들으려고 그들이 하던 잡담을 중간에 끝냈다. 마르타는 식탁을 치우고 두 마리아는 예수의 발치에 엎어졌다. 가끔 한 여자는 누가 더 아름다운지 초조하게 가늠해 보느라고 다른 여자의 팔과 가슴과 눈과 입과 머리카락을 힐끔힐끔 훔쳐보았다.

「애야, 네 말이 옳다.」 노인이 말했다. 「난 하느님의 검은 대천사를 나쁘게 얘기했어. 그는 항상 다 죽어 가는 사람의 얼굴을 하고 나타나지. 헤로데가 죽으면 그는 헤로데가 되지만, 성자가 죽을 때는 그의 얼굴이 일곱 개의 태양처럼 빛난단다. 위대한 영주인 그는 전쟁 수레를 타고 와서 성자를 땅에서 들어 올려 천국으로 데리고 올라가지. 너는 영원한 삶에서 네가 어떤 얼굴을 지니게 될지 알고 싶으냐? 그렇다면 마지막 시간에 죽음이 네 앞에 어떤 모습으로 나타나는지를 보거라.」

그들은 모두 입을 벌린 채 얘기를 들었고, 저마다 마음속으로 초조하게 자신의 영혼을 예측해 보았다. 마치 저마다 자신의 죽음이 지닌 얼굴을 보려고 애쓰는 듯 오랫동안 그들은 모두 침묵을 지켰다.

마침내 예수가 입을 열고 말했다.「언젠가, 아버님, 내 나이 열두 살이었을 때, 난 회당에 가서 랍비님이 선지자 이사야의 순교와 죽음 얘기를 나자렛 사람들에게 설명해 주는 것을 들었어요. 하지만 너무 오래전이어서 그 얘기를 잊어버렸습니다. 오늘 밤에는 헤로데 얘기를 해서 내 영혼을 심히 분노하게 만드셨기 때문에, 내 영혼으로 하여금 위안을 받아 죽음과 내가 융화하게끔, 이사야의 최후 얘기를 다시 한 번 듣고 싶은 강한 욕망을 느낍니다.」

「왜 너는 오늘 저녁엔 죽음에 관한 얘기만 하고 싶어 하니? 네가 내게 부탁하고 싶다는 게 이것이었느냐?」

「바로 그것이었어요. 그보다 더 큰 소망은 없으니까요.」 그는 제자들에게로 돌아섰다.「여러분, 죽음을 두려워하지 말아요. 죽음에 축복 있으라! 만일 죽음이 존재하지 않는다면, 우리가 어떻게 하느님께 이르고, 하느님과 영원히 함께하겠어요? 정말 다시 얘기하겠는데, 죽음은 열쇠를 가지고 문을 열어 줍니다.」

늙은 랍비는 놀라서 그를 쳐다보았다.「예수야, 너는 죽음에 관해서 어쩌면 그토록 사랑과 확신을 가지고 얘기하느냐? 너에게서 그토록 부드러운 목소리를 들어 보기도 오래간만이구나.」

「우리에게 선지자 이사야의 죽음에 대해 얘기해 주세요. 그러면 내가 옳다는 걸 알게 되시겠죠.」

늙은 랍비는 라자로의 몸에 닿지 않으려고 자세를 바꾸었다.

「간악한 왕 므나쎄[3]는 하느님을 공경하는 아버지 히즈키야의 명령을 잊었고, 사탄이 그를 사로잡았지. 므나쎄는 하느님의 목소리 이사야를 더 이상 듣고 싶지 않았어. 그래서 그는 유대 각처로 자객을 보내 더 이상 말을 못하게 그를 찾아 목을 베라고 시켰

---

3 악정을 행하고, 시리아에서 주신으로 섬기던 남성의 신 바알을 장려하여 자기 아들까지 희생 제물로 바쳤다.

지. 하지만 이사야는 베들레헴에 머무르고 있었어. 거대한 삼나무 안에 숨어서 그는 하느님이 이스라엘을 불쌍히 여겨 구원해 주도록 기도하고 단식했지. 어느 날 율법을 어기고 살아가는 사마리아 사람이 마침 그곳을 지나가려는데 기도를 드리던 선지자의 손이 나무에서 밖으로 튀어나왔어. 율법을 무시하는 사마리아 사람은 손을 보고 곧장 왕에게로 달려가서 일러 바쳤지. 선지자는 붙잡혀 왕에게로 끌려갔단다. 〈나무를 자르는 톱을 가져다가 저자를 두 도막으로 잘라라!〉 그들은 선지자를 눕혔어. 두 사람이 양쪽에서 손잡이를 잡고 톱질을 시작했지. 〈네가 한 예언을 부정하거라.〉 왕이 소리쳤어. 〈그러면 내가 네 목숨을 살려 주마!〉 하지만 이사야는 벌써 천국으로 들어갔고, 이제는 지상의 목소리 따위는 들리지도 않았어. 〈하느님을 부정하라.〉 왕이 다시 소리를 질렀지. 〈그러면 내 백성들더러 네 발밑에 엎드려 너에게 경배를 드리라 하겠다.〉

〈그대에게는 아무런 힘도 없노라.〉 그러자 선지자가 그에게 대답했단다. 〈내 육신을 죽일 힘 이외에는. 그대는 내 영혼을 건드리지도 못하고, 그대는 내 목소리를 질식시켜 죽일 수도 없도다. 두 가지 다 영원불멸하기 때문이니라. 하나는 하느님께로 올라가고, 또 다른 하나인 내 목소리는 더욱 영원히 대지에 남아 설교하리라.〉 그가 말을 끝내자 머리에 황금 빛깔로 장식한 삼나무 관을 쓴 죽음이 불의 수레를 타고 와서 그를 데려갔지.」

눈이 빛나며 예수가 몸을 일으켰다. 불의 수레가 그의 머리 위로 떠올랐다.

「친구들이여.」 제자들을 한 사람씩 둘러보며 그가 말했다. 「같이 길을 가는 사랑하는 이들이여, 만일 당신들이 나를 사랑한다면 내가 오늘 밤 당신들에게 하는 말에 귀를 기울여요. 가죽신을 가진 사람은 가죽신을 신고, 지팡이를 가진 사람들은 지팡이를 들고, 여러분은 항상 단단히 각오하고 준비를, 위대한 여행을 위한 준비를 해야만 합니다. 육체는 무엇인가요? 영혼이 깃드는 천막입니다. 〈우리는 천막을 거두고 떠난다!〉 여러분은 모든 순간에 이렇게 말해야 합니다. 〈우리는 이곳을 떠나 고향으로 돌아간다.〉 어느 고향 말인가요? 천국이죠!

친구들이여, 오늘 밤 여러분에게 내가 마지막으로 하고 싶은 말은 바로 이것입니다. 사랑하는 이의 무덤 앞에 선 자신의 모습을 여러분이 발견하게 되면, 흐느껴 울지 말아요. 이 위대한 위안의 말을 영원히 마음에 새겨 두도록 해요. 〈죽음이란 불멸로 들어가는 문, 다른 문은 하나도 없도다. 여러분이 사랑하는 이는 죽지 않았고, 그는 영원불멸한 존재가 된다.〉」

제27장

 동이 터서 하늘이 벗겨질 때부터 시작하여 하루 종일, 그리고 아무도 보는 사람이 없는 밤이면 더욱, 봄은 서서히 돌멩이와 흙을 옆으로 밀어 내고 이스라엘의 땅으로부터 솟아올랐다. 하룻밤 사이에 사마리아의 사론과 갈릴래아의 에스드렐론 평야는 노란 실국과 들백합이 가득 피었고, 커다란 핏방울 같고 수명이 짧은 바람꽃은 유대의 퉁명스러운 바위들 사이에서 싹텄다. 포도 넝쿨에서는 게의 눈처럼 움들이 튀어나왔다. 발그레하고 초록빛인 움에서는 저마다 무르익은 포도와 새 포도주를 맺을 익지 않은 송이가 터져 나오고, 더욱 깊은 곳, 하나하나의 움 속에는 사람들의 노래가 담겼다. 작은 잎사귀 옆에는 저마다 수호천사가 하나씩 서서 잎이 자라도록 도와주었다. 하느님의 말이 한 마디 떨어질 때마다 새로 갈아엎은 흙에서 나무와 야생화와 푸른 초목이 잔뜩 솟아오르던, 창조의 처음 며칠이 되돌아오기라도 한 듯싶었다.

 오늘 아침 거룩한 그리짐 산기슭에서 사마리아의 여인은 다시금 야곱의 우물에서 물동이를 채우며, 언젠가 그녀에게 영원한 생명수 얘기를 했던 피부가 하얀 젊은이가 보고 싶다는 듯 갈릴래아로 가는 길을 내려다보았다. 그리고 쾌락을 사랑하던 이 과

부는, 이제 봄철이 되어, 땀이 흐르는 젖가슴의 두 언덕을 더욱 많이 노출시켰다.

이런 봄철의 밤이면 이스라엘의 영원불멸한 영혼은 변신해서 개똥지빠귀가 되어 시집을 안 간 젊은 유대 여자의 방 열린 창문을 저마다 찾아가 앉아서 노래를 불러 처녀가 동틀 녘까지 잠을 이루지 못하게 했다. 왜 아가씨는 혼자서 잠자리에 드는가? 새가 그녀를 꾸짖으며 지저귀었다. 왜 내가 그대에게 기다란 머리카락과 두 개의 젖가슴과 큼직하고 둥그런 엉덩이를 주었다고 생각하는가? 일어나서, 보석을 몸에 달고, 창밖으로 몸을 내밀어라. 동틀 녘에 문간으로 나가 물동이를 들고 우물로 가는 길에 결혼을 안 한 유대인들에게 추파를 던지고, 그들과 함께 나를 위해 아이들을 만들어라. 우리 히브리 사람들은 적이 많지만, 우리 딸들이 내게 아이들만 낳아 준다면, 나는 영원불멸하다. 나는 이스라엘의 땅에서 갈아 놓지 않은 밭과 접목하지 않은 나무, 그리고 처녀들을 싫어한다.

에돔 사막에서, 하느님이 보호하는 헤브론에서, 지극히 거룩한 아브라함의 무덤 주변에서, 히브리 아이들은 아침 일찍 잠이 깨어 메시아 놀이를 벌였다. 그들은 고리버들로 활을 만들고 등나무로 만든 화살을 하늘로 쏘며 메시아여, 이스라엘의 왕이여, 긴 칼을 차고 황금 투구를 쓰고 내려오라고 소리쳤다. 그들은 성스러운 무덤에다 양가죽을 펴놓아 메시아가 앉을 왕좌를 만들었다. 그들은 메시아를 위해 특별한 노래를 지었고, 그가 나타나라고 박수를 쳤으며, 갑자기 무덤의 뒤쪽에서 함성과 북소리가 터져 나왔고, 얼굴을 험악하게 칠하고 옥수수수염을 턱과 코밑에 단 메시아가 고함치며 위풍당당하게 나타났다. 그는 대추야자나무 가지로 만든 기다란 칼을 들고 아이들의 목을 하나씩 쳤다. 그들은 모두 죽임을 당해 쓰러졌다.

베다니아에 있는 라자로의 집에서도 날은 밝았지만, 예수는 여태껏 눈을 붙이지 못했다. 그의 고뇌는 좀처럼 가라앉지 않았고, 죽음 이외에는 그의 앞에 어떤 길도 열리지 않았다. 예언자들이 내 얘기를 했어, 그는 생각했다. 나는 세상의 죄악을 스스로 걸머지고 이번 유월절에 죽음을 당할 어린 양이다. 그래, 그렇다면 어린 양으로 하여금 한 시간 더 일찍 죽음을 당하게 하여라. 육체는 힘이 없고, 나는 육체를 믿지 못한다. 마지막 순간에 그것은 겁쟁이가 될지도 모른다. 내 영혼이 아직 꼿꼿하게 서서 버틴다고 느껴지는 지금 죽음이 오게 하라……. 오, 언제 해가 떠서 성전으로 가나. 나는 오늘, 모든 일의 끝을 맺어야 한다!

결심을 하자 예수는 마음이 훨씬 편안해졌다. 그는 눈을 감고, 잠이 들어 꿈을 꾸었다. 하늘은 목책 울타리를 두르고 야생 동물을 가득 넣어 둔 과수원 같았다. 자신도 역시 들짐승이어서 다른 짐승들과 더불어 뛰놀았으며, 뛰노는 동안에 그는 울타리를 뛰어넘고 땅바닥으로 떨어졌다. 사람들은 그를 보고 겁을 내었다. 여자들은 비명을 지르고 짐승에게 잡아먹히지 않게 길거리에서 아이들을 불러들였다. 남자들은 창과 돌멩이와 칼을 들고 사냥을 시작했다. ……갑자기 땅바닥에 모로 쓰러진 그의 온몸에서 피가 흘렀다. 그러더니 재판관들이 그를 심판하려고 모여든 듯싶었다. 하지만 그들은 사람이 아니라 여우, 개, 산돼지, 늑대 들이었다. 그들은 재판을 벌여 그에게 죽음의 형을 내렸다. 하지만 그들이 형장으로 그를 끌고 나가는 동안에 자기는 영원불멸한 하등의 짐승이어서 마음대로 죽지도 못한다는 사실이 떠올랐다. 그리고 그 사실을 기억해 낸 순간 한 여자가 그의 손을 잡았는데, 막달라의 마리아였다. 그녀는 도시에서 그를 들판으로 이끌어 나갔다. 「천국으로 가지 말아요.」 그녀가 그에게 말했다. 「이곳에 봄이 왔으니 우리하고 같이 지내요.」 그들은 걷고 또 걸어서 사마리아의 변경에까지 이르렀다. 그곳에서 물동이를 어깨에 얹은 사마리아 여인이 나타났다. 그녀가 동이를 내주자 그는 물을 마셨고, 그녀 역시 그의 손을 잡더니 아무 말도 없이 갈릴래아의 경계까지 그를 데려다 주었다. 그러자 늙고 꽃이 만발한 올리브나무들 밑에서 그의 어머니가 나타났다. 그녀는 검은 머릿수건을 쓰고 흐느껴 울었다. 온몸에 흐르는 피와 상처와 머리에 쓴 가시 면류관을 보더니 그녀는 두 손을 들어 올렸다. 「네가 내게 상처를 주었듯이, 하느님이 너에게 상처를 내리시길 바란다.」 그녀가 그에게 말했다. 「너는 내 이름을 사람들의 입에 오르게 했고, 온 세상을 시끄럽게 만들었구나. 너는 조국과 율법과 이스라엘의 하느님을 거역했느니라. 너는 하느님을 두려워하지도 않았고, 사람들 앞에서 부끄럽지도 않았더냐? 너는 어머니와 아버지는 생각도 하지 않았더냐? 너에게 저주가 내릴지어다!」 이 말을 하고 그녀는 사라졌다.

예수는 흠뻑 땀에 젖어 깜짝 놀라 잠에서 깨었다. 그의 주변에서는 제자들이 널브러져 코를 골았다. 마당에서는 수탉이 울었다. 그 소리에 베드로는 눈을 반쯤 떴다. 그는 예수가 서 있는 것을 보았다. 「랍비님.」 그가 말했다. 「수탉이 울었을 때 저는 꿈을 꾸고 있었어요. 당신은 엇갈려 박은 두 개의 널빤지를 손에 든 것 같았죠. 당신의 손에서 그것은 수금(竪琴)과 활이 되었고, 당신은 악기를 연주하며 노래를 불렀습니다. 당신의 연주를 들으려고 세상 방방곡곡에서 들짐승들이 모여들었어요······. 그것은 무엇을 의미합니까? 노(老) 랍비님에게 물어보겠어요.」

「그 꿈은 거기에서 끝나지 않는답니다, 베드로.」 예수가 대답했다.「왜 당신은 그렇게 서둘러 잠이 깨었나요? 꿈은 더 계속되는데요.」

「더요? 전 이해를 못하겠어요. 그러면 당신은 그 꿈을 끝까지 꾸신 모양이군요, 랍비님.」

「짐승들은 노래를 듣더니 앞으로 달려 나가 노래 부르는 사람을 잡아먹어요.」

베드로는 눈이 휘둥그레졌다. 그의 마음속에서는 어렴풋이 의미를 터득했지만, 이성은 요지부동이었다.「저는 이해를 못하겠어요.」그가 말했다.

「나중에 이해하겠죠.」예수가 대답했다.「다시 아침 수탉이 우는 소리를 듣게 될 때 말이에요.」

예수는 동료들을 한 사람씩 발로 쿡쿡 찔렀다.「일어나요, 게으름뱅이들 같으니라고.」그가 말했다.「우린 오늘 할 일이 많아요.」

「떠나는 건가요?」눈을 비비며 필립보가 물었다.「난 모두 안전하게 갈릴래아로 돌아가야 한다고 생각하는데요.」

유다는 이를 갈았지만 말은 하지 않았다.

내실에서는 여자들이 잠에서 깨어 부산을 떨기 시작했다. 노부인 살로메가 불을 지피러 나왔다. 제자들은 벌써 마당에 모였다. 그들은 랍비에게로 몸을 숙이고는 나지막한 목소리로 무슨 얘기인지를 나누는 예수가 밖으로 나오기를 기다렸다. 병이 심한 노인은 집의 뒤쪽 구석에 누워 일어나지도 못했다.

「애야, 이제는 어디로 가려느냐?」랍비가 물었다.「너는 군사를 어디로 이끌려 하느냐? 또다시 예루살렘으로 가느냐? 너는 여호와의 성전을 무너뜨리려고 다시 손을 들겠느냐? 너도 알지만, 말도 위대한 영혼으로부터 나오면 행동이 되게 마련인데, 너는 위대한 영혼이야. 너는 네가 하는 말에 책임을 져야 한다. 만일 여호와의 성전이 무너지라고 네가 말하면 어느 날엔가는 정말로 그것이 무너지겠지. 그러니까 너는 말을 삼가야 하느니라!」

「나는 삼가려고 해요, 아버님. 내가 말을 할 때는 온 누리가 내 머릿속에 담깁니다. 나는 무엇은 남고 무엇은 남지 않아야 하는지를 선택합니다. 나는 나 자신에 대한 책임을 지니까요.」

「오, 네가 누구인지 알게 될 때까지 내가 살 수만 있다면 얼마나 좋을까! 하지만 나는 늙었어. 세상이란 내 머리 주변에서 배회하며 들어오고 싶어 하는 환영(幻影)이 되어 버렸지. 하지만 모든 문이 막혔어.」

「며칠만이라도 더 살도록 해보세요, 랍비님. 유월절까지만이라도요. 값진 삶을 찾아 도망치려는 영혼을 붙잡아 두시면, 그러면 알게 되실 테니까요. 아직은 때가 되지 않았어요.」

랍비는 머리를 저었다. 「그 시간이 언제 온단 말이냐? 하느님의 약속은 어찌 되었고? 나는 죽어 가는데, 나는 죽어 가는데, 메시아는 어디 있느냐?」 그는 남은 모든 힘을 모아 예수의 두 어깨를 움켜잡았다.

「유월절까지만 버티세요, 아버님. 당신은 하느님이 약속을 꼭 지킨다는 사실을 알게 될 테니까요!」 예수는 노인의 손아귀에서 몸을 빼내고는 마당으로 나갔다.

「나타나엘.」 그가 말했다. 「그리고 필립보, 마을 끝으로, 제일 끝 집으로 가요. 그곳에 가면 문고리에 매놓은 당나귀와 그 새끼가 눈에 띌 거예요. 당나귀를 풀어서 이리 데리고 와요. 만일 당나귀를 어디로 끌고 가느냐고 누가 물으면 〈랍비가 쓰려고 하니, 나중에 돌려주마〉고 대답해요.」

「그러다간 난처한 꼴을 당할 텐데요.」 나타나엘이 친구에게 속삭였다.

「갑시다.」 필립보가 말했다. 「무슨 일을 당하든 간에 스승님이 시키는 대로 해요!」

마태오는 아침이 되자 우선 펜을 들고 눈과 귀에 신경을 잔뜩 곤두세웠다. 이스라엘의 하느님이시여, 신의 빛을 받아 모든 일이 선지자들이 꾸몄던 그대로 이루어짐을 보소서! 그는 생각했다. 「선지자 즈가리야는 뭐라고 말하는가? 〈기뻐하고 즐거워하라, 시온의 딸아, 즐거워 소리치라, 예루살렘의 딸아. 보라, 비록 정복자이기는 해도, 나귀를 타고 초라한 모습으로 왕이 너를 찾아오도다!〉」

「랍비님.」 스승을 시험해 보려고 마태오가 말했다. 「보아 하니 피곤해서 예루살렘까지 걸어가실 기운이 없으신 모양이로군요.」

「아니에요, 난 피곤하지 않아요.」 예수가 대답했다. 「왜 그걸 묻죠? 난 갑자기 나귀를 타고 그곳으로 가고 싶은 생각이 들었어요.」

「당신은 흰말을 타야 합니다!」 베드로가 말을 가로막았다. 「당신은 이스라엘의 왕이 아니던가요? 그러니까 당신은 백마를 타고 수도로 입성해야 합니다.」

예수는 유다에게 황급한 눈길을 던질 뿐 대답을 하지 않았다.

그러는 동안 막달라의 여인이 밖으로 나와 문간에 섰다. 밤을 꼬박 뜬눈으로 보냈기 때문에 그녀는 눈두덩이 축 늘어져 있었다. 문설주에 몸을 기대고 그녀는 예수를, 마치 영원히 그와 작별하는 듯 한없이 슬퍼하며 그를 물끄러미 쳐다보기만 했다. 그녀는 가지 말라고 붙잡고 싶었지만 목구멍이 막힌 듯싶었다. 마태오는 그녀가 입을 열었다가 다물며 아무 말도 못하는 모습을 보았고, 이해했다. 선지자들은 그녀가 말을 하도록 용납하지 않는구나, 그는 생각했다. 선지자들은 그들이 예언한 바를 랍비가 달성하는 데 그녀가 방해하도록 내버려 두지 않는다. 그는 막달라의 여인이 좋아하건 말건, 자신이 원하건 말건, 나귀를 타고 예루살렘으로 가리라. 예언서에 그렇게 적혔기 때문이다!

필립보와 나타나엘이 안장을 채우지 않은 새끼와 어미 당나귀를 밧줄 하나로 연결해서 끌고 즐거운 표정으로 나타났다. 「당신이 말씀하신 그대로였어요, 랍비님.」 필립보가 소리쳤다. 「이제 타고 떠나시죠.」

예수는 집 쪽으로 시선을 돌렸다. 침묵을 지키고 슬퍼하며, 여자들이 손을 맞잡고 서서 쳐다보았다. 노부인 살로메와 두 자매, 그리고 앞에는 막달라의 여인이······.

「집에 채찍이 있나요, 마르타?」 예수가 물었다.

「없는데요, 랍비님.」 마르타가 대답했다. 「오빠가 쓰는 소몰이 막대기뿐이에요.」

「그걸 줘요.」

제자들은 온순한 짐승의 잔등에 스승이 올라앉을 푹신한 자리를 마련하려고 그들의 옷을 얹어 놓았다. 그 의에 막달라의 여인은 직접 짠, 가장자리를 작고 까만 실편백으로 장식한 붉은 담요를 얹었다.

「준비 다 되었나요?」 예수가 물었다. 「모두들 기분은 좋고요?」

「네.」 앞으로 나선 베드로가 대답했다. 나귀 고삐를 잡고 그는 길을 이끌었다.

베다니아 사람들은 그들 일행이 지나가는 소리를 듣고 문을 열었다.

「젊은이들, 어디로 가는 건가요? 선지자께서는 오늘 나귀를 타고 어디로 가시나요?」

제자들은 그들에게 몸을 기울이고는 비밀을 알려 주었다. 「저분은 오늘 왕좌에 앉으시려고 떠납니다.」

「무슨 왕좌 말인가요?」

「쉿. 그건 비밀이에요. 당신의 눈앞에 보이는 저분이 이스라엘의 왕이에요.」

「정말인가요! 우리도 같이 갑시다.」 젊은 여자들이 소리쳤고, 점점 더 많은 사람들이 몰려들었다.

아이들이 종려나무 가지를 잘라 앞서 나아가며 기뻐 소리쳤다. 「주님의 이름으로 오시는 이에게 축복 있으라!」 남자들은 저고리를 벗어 그가 지나가도록 길을 따라 펴놓았다. 그들은 마구 달렸다! 얼마나 멋진 봄날인가! 금년에는 꽃도 아주 크게 피었고, 새들은 노래하며 예루살렘을 향해 그들의 행렬을 뒤따라 날아갔다!

야고보가 동생에게로 몸을 수그렸다. 「어머니가 어제 스승님한테 얘기를 했대. 어머니는 그분이 이제 영광의 왕좌에 오르게 되면 우리를 왼쪽과 오른쪽에 앉혀야 한다고 말했다는구나. 하지만 그분은 어머니 말에 대답하지 않았어. 아마 화가 나셨던 모양이야. 표정이 어두워지는 것 같았다더군.」

「물론 화가 났겠지.」 요한이 대답했다. 「어머니는 그런 말을 하시는 게 아니었어.」

「그렇다면 어쩌지? 그럼 스승님이 우리를 제쳐 두고 가리옷 사람 유다에게 윗자리를 주지 않을까? 요즈음 두 사람이 걸핏하면 몰래 비밀 얘기를 나누는 거 봤지? 떼어 놓을 수 없는 사람들 같았어. 조심해, 요한. 우리가 조금이라도 손해를 보지 않게 네가 가서 스승님한테 직접 얘기를 해봐. 명예를 분배할 때가 왔으니까.」

하지만 요한은 머리를 저었다. 「내 형이여.」 그가 말했다. 「그분이 얼마나 고뇌에 시달리는지 봐요. 마치 죽으러 가는 사람 같아요.」

나는 이제 무슨 일이 벌어질 운명인지 알고 싶다. 다른 사람들 뒤에서 혼자 뒤따라 걸어가며 마태오는 생각했다. 선지자들은 별로 설명을 잘 하지 못한다. 어떤 선지자는 왕좌라고 하고, 또 어떤 선지자는 죽음이라고 말한다. 두 가지 예언 가운데 그는 어느 쪽을 풀어내야 하는가? 사건이 일단 벌어지기 전에는 아무도 예언을 풀이할 능력이 없다. 일이 끝난 다음에야 우리는 선지자가 한 말이 무엇을 뜻했는지 이해하게 된다. 그러니까 무슨 일이 벌어질지를 확실히 알려면 참고 기다리며 지켜보아야 한다. 오늘 밤 돌아온 다음에 그것을 모두 기록하리라.

이때쯤에는 기쁜 소식은 날개가 돋아 근처의 마을과, 올리브나무 숲과 포도밭과 사방에 흩어진 오두막들까지 이르렀다. 농부들이 여기저기서 달려와 선지자가 밟고 지나가도록 외투와 머릿수건을 땅바닥에 펴놓았다. 다리를 절고, 병들고, 누더기를 걸친 사람들도 많았다. 때때로 예수는 머리를 돌려 뒤를 따라오는 군사를 둘러보았다. 갑자기 그는 엄청난 고독감을 느꼈다. 그는 몸을 돌려 〈유다여!〉라고 소리쳤지만, 붙임성이 없던 제자는 제일 뒤쪽으로 처졌으므로 듣지 못했다.

「유다!」 예수가 절망에 빠져 다시 소리쳤다.

「여기 갑니다!」 붉은 수염이 대답했다. 그는 다른 제자들을 옆으로 밀어젖히고 지나갔다.

「왜 그러시나요, 랍비님?」

「내 곁을 떠나지 말아요, 유다. 내 길동무가 되어 줘요.」

「난 당신 곁을 떠나지 않을 테니 걱정하지 마세요, 랍비님.」 그는 베드로의 손에서 고삐를 받아 들고 길을 이끌기 시작했다.

「나를 버리지 말아요, 유다, 내 형제여.」 예수가 다시 한 번 말했다.

「내가 왜 당신을 버리겠나이까, 랍비님이시여? 우리 벌써 그런 얘기는 모두 끝내지 않았던가요?」

마침내 그들은 예루살렘에 가까이 이르렀다. 무자비한 햇빛을 받아 눈부시게 하얀 빛깔로 반짝이는 거룩한 도시가 시온 산 위로 그들 앞에 솟아올랐다. 그들은 조그마한 마을을 하나 지나갔고, 따스한 봄비처럼 마을의 한쪽 끝에서 다른 쪽 끝까지 조용하고 감미롭게 울리는 장송곡이 들려왔다.

「누구 때문에 저들이 통곡하나요? 누가 죽었나요?」 전율을 느끼며 예수가 물었다.

하지만 그들 뒤를 따라오던 마을 사람들은 웃었다. 「신경 쓰지 마세요, 스승님. 아무도 안 죽었으니까요. 마을 처녀들이 맷돌을 돌리며 장송곡을 부르니까요.」

「왜요?」

「연습을 해두는 거랍니다, 스승님. 때가 오면 어떻게 통곡할지를 익혀 두기 위해서요.」

그들은 자갈을 깐 골목을 올라가서 사람들이 서로 잡아먹는 야만적인 도시로 들어갔다. 내일모레는 영원불멸한 축제일이고, 모든 유대인은 형제들이었으므로, 저마다 그 지역의 악취와 추악함을 지니고 세계의 모든 유대인 지역에서 온 시끄럽고 요란하게 장식한 사람들이 떼를 지어 서로 껴안고 입을 맞추었다. 초라한 나귀를 타고, 종려나무 가지를 흔들어 대는 군중을 이끌고 오는 예수의 모습을 보자 그들은 웃었다.

「도대체 저 작자는 누구지?」

하지만 불구자들과 병자들과 가난뱅이들은 주먹을 들어 그들을 위협했다. 「이제 네놈들도 알게 되리라! 이분은 유대인들의 왕 나자렛 예수다!」

예수는 나귀에서 내리더니 서둘러 여호와의 성전 계단을 성큼성큼 두 개씩 올라갔다. 그는 솔로몬의 행각에 다다르자 걸음을 멈추더니 주변을 둘러보았다. 노점들이 늘어섰다. 장사꾼, 환전상(換錢商), 술집 주인, 창녀, 수천 명의 사람들이 팔고, 사고, 흥정하고, 다투고, 손님을 소리쳐 불렀다. 예수는 분노가 눈으로 치솟아 올랐고, 거룩한 격노에 사로잡혔다. 그는 소몰이 막대기를 들어 술 파는 가게와 군것질 상점과 작업장들을 휩쓸어 버리고, 탁자들을 뒤엎고, 장사꾼들을 후려갈겼다. 「나가라! 여기서 나가! 여기서 나가라고!」 소몰이 막대기를 휘두르고 나아가며 그가 소리쳤다. 그의 마음속에서는 조용하고도 뼈아픈 탄원의 소리가 울렸다. 〈주님이시여, 주님이시여, 당신이 결정하신 바는 이루어져야 하니, 그대로 이루어지되, 빨리 이루어지게 하소서. 저는 당신께 드릴 다른 부탁은 없나이다. 저에게 아직 힘이 남았을 때, 어서!〉

폭도가 그의 뒤에서 몰려 나가며 역시 미친 듯 〈여기서 나가라! 나가라!〉 소리를 지르며 점포들을 약탈했다. 예수는 키드론 골짜기 위쪽 왕족 상점가에서 걸음을 멈추었다. 그의 온몸에서는 연기가 피어올랐으며, 길고도 까마귀처럼 새까만 머리카락은 어깨로 흘러내렸고, 두 눈에서는 불꽃이 뿜어져 나왔다. 「나는 세상에 불을 지르려고 왔노라.」 그가 외쳤다. 「사막에서 요한은 〈회개하라! 회개하라! 주님의 날이 가까웠도다!〉라고 소리쳤다. 하지만 내가 그대들에게 이르노니, 그대들에게는 이제 회개할 시간이 없도다. 때는 왔도다, 이미 때는 왔도다. 내가 주님의 날이니라! 사막에서 요한은 물로 세례를 주었고, 나는 불로 세례하노라. 나는 사람과 산과 도시와 배들을 세례한다. 나는 세상의 네 귀퉁이, 영혼의 네 귀퉁이를 집어삼키는 불을 이미 보았으며, 그래서 나는 기뻐하노라. 주님의 날이, 내 날이 왔도다!」

「불! 불이다!」 폭도가 소리쳤다. 「불을 가져다가 세상을 태워 버려라!」

레위 사람들은 창과 칼을 잡았다. 목에 부적을 건 예수의 동생 야고보가 선두로 나섰다. 그들은 예수를 잡으려고 달려갔다. 하지만 사람들이 난폭해졌고, 제자들은 용기를 내어 한 덩어리로 뭉쳐 함성을 지르며 달려 나가 난투를 벌이는 다른 사람들과 합세했다. 궁전의 탑 높은 곳에서는 로마 보초병들이 그들을 구경하며 웃고 있었다.

베드로는 한 점포에서 불이 붙은 횃불을 움켜잡았다. 「저놈들을 쳐부숴라, 형제들이여.」 그가 소리쳤다. 「여러분, 불이다. 때는 왔도다!」

만일 빌라도의 탑에서 위협적인 나팔 소리가 울리지만 않았다면 하느님의 뜰에서 많은 피가 흘렀으리라. 마침 막강한 대제사장 가야파가 성전에서 나오더니 레위 사람들더러 무기를 놓으라고 명령했다. 그는 많은 계략을 동원해 큰 충돌 없이도 반란이 일어나도록 함정을 파놓은 장본인이었다.

제자들은 예수를 에워싸고는 그를 걱정스럽게 쳐다보았다. 그는 신호를 하려는가 말려는가? 그는 무엇을 기다리는가? 그는 언제까지 기다리려고 하는가? 그는 왜 지체하며, 하늘로 손을 들어 신호를 보내는 대신 땅바닥만 멍하니 내려다볼까? 그는 분명히 서두를 필요가 없겠지만, 그들은, 그들은 모든 것을 이미 희생한 가난한 사람들이었고, 그들은 보상을 받아야만 했다.

「결정을 내리세요, 랍비님!」 벌겋게 달아오른 얼굴로 땀을 흘리며 베드로가 말했다. 「신호를 하세요!」

예수는 꼼짝도 않고 눈을 감았다. 그의 이마에서는 땀이 방울져 흘러내렸다. 「당신의 날이 왔습니다, 주님이시여.」 그는 마음 속으로 거듭거듭 말했다. 「세상의 종말이 왔습니다. 그날이 오게 해야 한다는 사실을 저는 알고, 저는, 오직 죽음으로써…….」 이 말을 거듭하자 그는 용기가 났다.

요한도 그에게로 왔다. 요한은 눈을 뜨라고 그의 어깨를 밀었다. 「지금 신호를 하지 않으시면 우린 끝장입니다.」 그가 말했다. 「오늘 당신이 행한 일은 죽음을 의미하니까요.」

「그것은 죽음을 의미합니다.」 토마가 말을 거들었다. 「그리고 당신에게 알려 드리고 싶지만, 우린 죽고 싶지 않아요.」

「죽다뇨!」 필립보와 나타나엘이 놀라서 소리쳤다. 「우린 다스리려고 여기에 왔잖아요!」

요한은 예수의 가슴에 바싹 몸을 기대었다. 「무슨 생각을 하고 계신가요, 랍비님?」 그가 물었다.

하지만 예수는 그를 밀어 내었다. 「유다, 이리 내 곁으로 와요.」 그는 붉은 수염의 건장한 팔에다 몸을 의지했다.

「용기를 내요, 랍비님.」 유다가 속삭였다. 「띠는 왔고, 우린 그들이 우리를 부끄럽게 생각하도록 해서는 안 됩니다.」

야고보는 증오하는 눈으로 유다를 노려보았다. 전에는 스승이 그를 거들떠보지도 않았는데, 이런 다정함과 남모르게 속이는 수군거림은 다 무엇일까? 「두 사람은 뭔가 꿍꿍이속이 있어요. 어떻게 생각하세요, 마태오?」

「난 아무 말도 안 하겠어요. 난 당신들이 무슨 행동을 하고 무슨 말을 하는지 보고, 그대로 기록할 따름이니까요. 그게 내가 할 일이죠.」

예수는 유다의 팔을 꽉 움켜잡았다. 갑자기 그는 머리가 어지러웠다. 유다가 그를 부축했다. 「피곤하신가도, 랍비님?」 유다가 물었다.

「그래요, 피곤해요.」

「하느님을 생각하면 기운이 날 거예요.」 붉은 수염이 말했다.

예수는 다시 몸의 균형을 잡고 제자들에게 돌아섰다. 「갑시다.」 그가 말했다.

하지만 제자들은 꼼짝도 하지 않았다. 어디로 간다는 말인가? 다시 베다니아로? 얼마 동안이냐? 그들은 이렇게 왔다 갔다 하는데도 신물이 났다.

「우리를 놀리려고 저러시나 봐요.」 나타나엘이 그의 친구에게 나지막이 말했다. 「난 꼼짝도 하지 않겠어요!」 이 말을 하고 난 그는 시무룩해서 베다니아로 돌아가려고 출발하는 나머지 다른 제자들을 따라갔다.

그들의 등 뒤에서는 레위 사람들과 바리사이파 사람들이 요란하게 웃어 대었다. 어깨가 늘어지고 추한 젊은 레위 사람이 집어 던진 레몬 껍질이 베드로의 얼굴에 정통으로 맞았다.

「잘 던졌어, 사울! 명중이야!」

베드로는 돌아서서 레위 사람에게 덤벼들려고 했지만 안드레아가 붙잡아 말렸다. 「참아요, 형.」 그가 말했다. 「우리 차례가 올 테니까요.」

「언제? 제기랄, 언제 차례가 온단 말이냐?」 베드로가 투덜거렸다. 「넌 우리가 얼마나 한심한 꼴이 되었는지 보이지도 않아?」

굴욕을 당한 그들은 말없이 길로 나섰다. 그들을 따라다니던 군중이 욕설을 퍼부으며 뿔뿔이 흩어졌다. 이제는 아무도 그들을 뒤따르지 않았고, 랍비가 밟고 지나가도록 옷을 펴놓는 사람도 없었다. 이제는 필립보가 당나귀를 끌었고, 나타나엘이 뒤에서 꼬리를 잡았다. 두 사람은 난처한 꼴을 당하지 않으려면 어서 당나귀를 주인에게 돌려줘야 한다는 마음에 조급해했다. 태양이 이글거리고, 훈훈한 산들바람이 불고, 먼지 구름이 일어 그들은 숨이 막혔다. 그들이 베다니아에 가까웠을 때 수염이 엄청나게 큰 야수 같은 두 동반자와 함께 바라빠가 나타났다.

「당신들은 스승님을 어디로 모시고 가는 건가요?」 그가 소리쳤다. 「우리에게 자비를 베푸소서, 저분은 똥줄 빠지게 겁이 나신 모양이에요!」

「이 사람들은 라자로를 부활시키려고 저분을 모시고 가는 길이랍니다!」 바라빠의 동료들이 너털웃음을 터뜨리며 대답했다.

그들이 베다니아에 이르러 집으로 들어갔더니 늙은 랍비는 마지막 숨을 거두는 중이었다. 여자들은 그의 주위에 무릎을 꿇고 앉아 떠나가는 그를 꼼짝도 않고 말없이 지켜보았다. 그들은 그를 다시는 불러올 수 없음을 알았다. 예수가 다가가서 노인의 이마에 손을 얹었다. 랍비는 미소를 지었지만 눈은 뜨지 않았다.

제자들은 씁쓸한 입맛을 느끼며 마당에 쪼그리고 앉았다. 그들은 말이 없었다.

예수는 유다에게 머리를 끄덕였다. 「유다, 내 형제여, 때가 왔어요. 준비되었나요?」

「다시 묻겠는데, 랍비님, 왜 나를 선택하셨나요?」

「당신이 가장 강하다는 걸 당신도 알잖아요. 다른 사람들로서는 견디어 내기가……. 대제사장 가야파를 찾아가 얘기를 했나요?」

「네, 시간과 장소를 알고 싶다더군요.」

「유월절 전야, 만찬이 끝난 다음, 게쎄마니여요. 힘을 내야 해요, 유다, 내 형제여. 나도 그러려고 노력하니까요.」

유다는 머리를 저으며 아무 말도 없이 길로 나가 달이 뜨기를 기다렸다.

「예루살렘에서 무슨 일이 일어났지?」 노부인 살로메가 그녀의 두 아들에게 물었다. 「무슨 일을 겪었기에 너희는 그토록 말이 없느냐?」

「우리가 모래 위에다 집을 지은 모양이에요, 어머니.」 야고보가 대답했다. 「끝장이 났다고요!」

「그렇다면 랍비하고, 찬란한 영광이니, 황금으로 수놓은 비단옷이니, 왕좌는 다 어떻게 되었니? ……그럼 저 사람이 우리를 속였단 말이냐?」 노부인은 두 아들을 쳐다보며 손뼉을 쳤지만, 두 사람 다 대답을 하지 않았다.

쓸쓸한 보름달이 모압의 산 너머에서 떠올랐다. 머뭇거리며 달은 산꼭대기에 잠깐 멈추더니 세상을 굽어 살펴본 다음 결심을 내린 듯 산봉우리에서 떨어져 솟아오르기 시작했다. 라자로의 시커먼 오두막은 갑자기 흰 도료를 바른 듯 눈부시게 반짝였다.

동틀 녘에 제자들은 스승의 주위로 몰려들었다. 그는 말을 하지 않았지만 마치 처음으로, 또는 마지막으로 보는 듯 그들을 한 사람씩 차례로 둘러보았다. 한낮이 다 되어서야 그는 입을 열었다. 「친구들이여, 나는 거룩한 유월절을 여러분과 함께 지내고 싶습니다. 바로 이날, 우리 조상들이 노예 생활의 땅을 떠나 자유의 사막으로 들어갔어요. 우리 또한 금년 유월절에 처음으로, 또 다른 노예 생활을 벗어나 또 다른 자유로 들어갑니다. 귀가 있어 듣는 자들은 듣게 하시오!」

아무도 입을 열지 않았다. 스승의 말이 너무나 막연하기 때문이었다. 새로운 노예 생활은 무엇이고 새로운 자유란 무엇인가? 그들은 이해를 못했다. 잠시 후에 베드로가 말했다. 「제가 그나마 이해하는 내용은 한 가지뿐이에요, 랍비님. 어린 양이 없는 유월절이란 불가능해요. 우린 어디서 어린 양을 구하나요?」

예수는 씁쓸한 미소를 지었다.「어린 양은 준비되었어요, 베드로. 바로 지금 어린 양은 세상의 가난한 사람들이 새로운 유월절을 축하하게 하려고 홀로 죽음을 맞으러 갑니다. 그러니까 어린 양 걱정은 하지 말아요.」

말없이 구석에 앉았던 라자로가 몸을 일으키며 뼈만 남은 손을 가슴에 얹고 말했다.「랍비님, 저는 당신에게 삶을 빚졌고, 나쁘기는 해도 이 삶이 그래도 하데스의 암흑보다는 좋아요. 그러니까 유월절에 쓸 어린 양은 제가 선물로 갖다 드리겠어요. 제 친구 한 사람이 산에서 양을 치거든요. 전 그 사람한테 가봐야 하니까, 안녕히들 계세요.」

제자들은 놀라서 그를 쳐다보았다. 살았고 죽은 사람이 어디서 힘이 나서 일어나 문까지 걸어갔을까! 두 자매가 가지 말라고 말리려 달려갔지만 라자로는 그들을 옆으로 밀쳐 버리고 몸을 지탱할 지팡이를 집더니 문턱을 성큼 넘어섰다.

라자로는 마을 골목을 따라 나아갔다. 그가 지나가자 집집마다 문이 열렸다. 겁에 질리고 놀란 여자들이 밖으로 나와서 축 늘어졌으나 부러지지 않는 그의 허리와 앙상하게 말랐어도 잘 걸어가는 종아리를 보고 감탄했다. 비록 고통스럽기는 해도 그는 마음을 가다듬고, 그가 의심할 나위 없이 되살아났다는 사실을 사람들에게 보여 주기 위해, 가끔 휘파람을 불려고 애썼다. 하지만 두 입술이 서로 닿지 않았다. 그래서 그는 휘파람을 포기하고, 심각한 표정으로 친구가 양을 치는 우리를 향해 산등성이를 올라갔다.

하지만 그가 돌멩이를 던질 만한 거리에도 미처 다다르기 전에 꽃이 만발한 금작화 덤불 뒤에서 바라빠가 그의 앞으로 뛰어나왔다. 이 순간을 기다리며, 부활한 거지 같은 작자를 처치해 버리려고 그가 집에서 코를 내미는 순간을 기다리며, 그는 얼마나 많은 나날을 마을 주변에서 배회했던가? 바라빠는 사람들이 라자로를 보고 기적을 상기하지 못하도록 막아야만 했다. 이 사람을 소생시킨 이후로 마리아의 아들을 추종하는 자들이 굉장히 많아졌고 따라서 라자로를 무슨 수를 써서라도 무덤으로 다시 보내 영원히 제거해 버려야 했다.

「지옥에서 도망친 저주받은 놈아.」 바라빠가 그에게 소리쳤다. 「이렇게 만나다니 정말 잘됐구나! 이것 봐, 너 땅속에서 재미있게 지내다 왔냐? 삶과 죽음에서 어느 쪽이 더 좋으냐?」

「하나씩 여섯 개나, 열두 개의 절반이나, 피차일반이죠.」 라자로가 대답했다. 그는 지나가려고 했지만, 바라빠가 팔을 내밀어 길을 가로막았다.

「실례하네, 우리 친애하는 유령 선생.」 그가 말했다. 「하지만 유월절이 되었고, 난 어린 양이 없어서, 오늘 아침에는 나도 역시 유월절을 지내기 위해 어린 양 대신 길에서 만나는 첫 번째 산 동물을 죽여 제물로 바치겠노라고 하느님께 맹세를 했다네. 글쎄, 자넨 재수가 좋은 놈이지. 이제 하느님께 제물로 바쳐질 테니까, 목을 길게 내밀어.」

라자로는 비명을 지르기 시작했다. 라자로의 목을 움켜잡은 바라빠는 공포감에 사로잡혔다. 그의 손에 잡힌 살은 솜처럼 푹신푹신했다. 아니, 그보다도 더 부드러워서 마치 공기 같았다. 그의 손톱이 쑥 들어갔다 나와도 피는 한 방울도 나지 않았다. 아마 이 사람은 귀신인지도 몰라, 그의 심하게 얽은 얼굴이 파랗게 질리며 생각했다.

「아프냐?」 바라빠가 물었다.

「아뇨.」 몸을 피하려고 바라빠의 손아귀에서 미끄러져 빠져나오며 라자로가 대답했다.

「어딜 가!」 그의 머리카락을 잡으며 바라빠가 고함을 쳤다. 하지만 바라빠의 손에는 머리 가죽과 더불어 머리카락만 남았다. 라자로의 두개골은 햇빛을 받아 노랗고 하얀 섬광처럼 번쩍였다.

「재수 없어!」 덜덜 떨며 바라빠가 투덜거렸다. 「제기랄, 너 유령 아냐?」 그는 라자로의 오른팔을 움켜쥐고 세차게 흔들었다. 「네가 유령이라고 말하면 그냥 보내 주겠어.」

하지만 그가 흔드는 바람에 라자로의 팔이 쑥 빠져 버렸다. 그는 겁이 덜컥 났다. 그는 썩은 팔을 꽃이 만발한 금작화 덤불로 던지고는 구역질이 나서 침을 뱉었다. 어찌나 겁이 났는지 머리카락이 쭈뼛 일어섰다. 그는 칼을 움켜잡았다. 그는 단숨에 라자로를 처치하고, 제거해 버리고 싶었다. 그는 라자로의 목을 조심스럽게 잡아 바위에다 대고는 찔러 대기 시작했다. 그는 썰고 또 썰었지만 칼이 들어가지 않았다. 마치 털실 뭉치를 베는 기분이었다. 바라빠는 몸에서 차가운 피가 흐르는 느낌이었다. 내가 시체에 칼질을 하는 셈일까? 그는 속으로 생각했다. 그는 도망치려고 언덕을 내려가려다, 라자로가 움직이는 모습을 보고는 거지 같은 라자로의 친구가 또다시 라자로를 부활시킬까 봐 겁이 났다. 두려움을 억누르고 그는 라자로의 양쪽 끝을 붙잡고는 빨랫줄에 널기 전에 젖은 옷을 비틀어 짜듯 비틀어서 탁 꺾어 놓았다. 라자로는 척추가 끊어져 두 도막으로 잘라졌다. 잘라진 두 도막을 바라빠는 금작화 덤불 속에다 감추고 도망쳤다. 그는 달리고 또 달렸다. 그가 겁을 내기는 평생 처음이었다. 그는 감히 뒤를 돌아다볼 엄두가 나지 않았다. 「아…….」 그가 중얼거렸다. 「너무 늦기 전에 예루살렘으로 가서 야고보를 찾아내야 해! 악귀를 몰아낼 부적을 그에게서 구해야 하니까!」

한편 라자로의 집에서는 예수가 제자들을 굽어보며, 곧 그들이 겪게 될 사태 때문에 겁이 나서 뿔뿔이 흩어지지 않도록, 그들의 마음에 약간의 빛을 비춰 주려고 애쓰고 있었다.

「나는 길이요, 사람들이 찾아가는 집이기도 합니다.」 그는 제자들에게 말했다. 「나는 또한 길잡이요, 마중을 나가는 사람입니다. 여러분은 모두 내게 믿음을 가져야 해요. 나는 죽지 않으니, 어떤 일이 벌어지더라도 두려워하지 말아요. 나는 죽지 않는다는 것, 아시겠죠?」

유다는 마당에 홀로 남았다. 그는 커다란 발가락으로 돌멩이들을 뽑아내었다. 그를 자주 돌아다보던 예수의 얼굴에서는 형언하기 어려운 슬픔이 번지곤 했다.

「랍비님.」 요한이 불평했다. 「당신은 어찌하여 그를 항상 당신 곁에 머물라고 부르십니까? 그의 눈동자를 보면 칼날이 보일 텐데요.」

「아니에요, 사랑하는 요한이여.」 예수가 대답했다. 「칼이 아니라, 십자가예요.」

제자들은 언짢은 표정을 지으며 서로 물끄러미 쳐다보았다.

「십자가라뇨!」 예수의 가슴으로 달려들며 요한이 소리쳤다. 「랍비님, 누가 십자가에 매달리는데요?」

「그 눈으로 가까이 가서 들여다보면 누구나 다 십자가에 매달린 자의 얼굴을 보게 됩니다. 나는 내 얼굴을 보았어요.」

하지만 제자들은 이해를 못했다. 몇 명은 웃었다.

「그런 얘기를 해주셔서 고맙군요, 랍비님.」 토마가 잘라 말했다.「저는 죽을 때까지 붉은 수염의 눈은 들여다보고 싶지 않아요!」

「당신의 자식들과 손자들은 들여다볼 거예요, 토마.」예수가 말했다. 예수는 이제 문 앞 층계에 서서 예루살렘 쪽을 멍하니 쳐다보는 유다를 창문을 통해 힐끗 보았다.

「당신 얘기는 애매합니다, 랍비님.」마태오가 불평했다.「그러니 제가 그런 얘기를 어찌 공책에다 기록하겠습니까?」지금까지 줄곧 그는 알아듣거나 기록할 만한 내용이 하나도 없어서 펜을 들고만 있었다.

「나는 당신에게 기록하게 하려고 말을 하지는 않아요, 마태오.」예수가 씁쓸하게 대답했다.「당신네 관리들을 수탉이라고 부르는 것도 적절한 표현입니다. 당신들은 자기가 울지 않으면 해가 떠오르지 않으리라고 생각하죠. 난 당신의 펜과 종이를 빼앗아 불 속에 던져 버리고 싶은 기분이에요!」

마태오는 자신이 쓴 글을 재빨리 거두고는 곰을 도사리며 물러났다.

예수의 분노는 가라앉지를 않았다.「내가 이런 말을 하면 당신은 저런 얘기를 쓰고, 당신 글을 읽는 사람은 또 다른 뜻으로 이해하죠! 내가 십자가, 죽음, 하늘나라, 하느님이라고 말하면……당신은 무엇을 이해하나요? 여러분은 저마다 자신의 고통과 관심사와 욕망을 이런 성스러운 어휘들에다 결부시킵니다. 내 말은 사라지고, 내 영혼은 길을 잃어요. 나는 더 이상 못 참겠어요!」

그는 숨이 막혀 몸을 일으켰다. 갑자기 가슴과 머릿속이 모래로 가득 차는 기분을 느꼈다.

제자들은 몸을 움츠렸다. 마치 그들은 몸을 움직이지 않으려고 버티는 게으른 황소들이고, 랍비는 아직도 소몰이 막대기를 들고 그들을 찔러 대는 꼴이었다. 세상은 그들이 끌고 다녀야 할 수레였으며, 예수가 그들을 찌르며 몰아댔지만 그들은 꿈쩍도 하지 않았다. 그들을 보니 예수는 기운이 빠졌다. 땅에서 하늘로 올라가는 길은 멀지만, 그들은 꼼짝도 하지 않았다.

「여러분은 얼마나 오랫동안 내가 여러분과 함께하리라고 생각하나요?」 그가 소리쳤다. 「마음속에 심각한 의문을 품은 사람은 어서 질문을 하시오. 내게 상냥한 말을 하고 싶은 사람은 그런 말이 내게 도움이 될 테니 어서 그렇게 말하시오. 내게 다정한 말을 할 기회를 놓쳤으며, 여러분이 나를 얼마나 사랑하는지를 전혀 나로 하여금 깨닫게 해주지 못했다고 내가 떠난 다음에 불평하지 않도록, 어서 얘기하시오. 그때가 되면 너무 늦습니다.」

여자들은 얘기에 귀를 기울였다. 그들은 무릎 사이에 턱을 끼고는 구석에 웅숭그리고 앉아 가끔 한숨을 지었다. 그들은 모든 내용을 이해했지만 아무 말도 할 수가 없었다. 갑자기 막달라의 여인이 비명을 질렀다. 그녀가 가장 먼저 육감을 느꼈으며, 마음속에서 장송의 통곡이 터져 나왔다. 그녀는 벌떡 일어나서 내실로 들어갔다. 베개 밑을 뒤져 그녀는 몸에 지니고 다니던 목이 가느다란 옥합을 찾아내었다. 그 병에는 하룻밤을 같이 지낸 대가로 전에 손님이 그녀에게 주었던 나르드 향유가 가득 들어 있었다. 예수를 따라다니는 동안 그녀는 혼자 이런 생각을 했었다. 불쌍한 계집아, 하느님은 위대하시니까, 내가 사랑하는 분의 머리를 귀중한 향유로 씻어 줄 날이 찾아올지 누가 아느냐. 그분이 신랑으로서 내 곁에 서기를 원하는 날이 올지도 모른다. 그녀는 가슴속에 이런 그리움을 숨겨 왔지만, 지금 그녀가 사랑하는 분의 몸 뒤에서 본 것은 죽음, 남녀의 사랑이 아니라 죽음이었다. 죽음 또한 사랑이나 마찬가지로 향유가 필요했다. 그녀는 옥합을 베개

밑에서 꺼내 가슴에 품고는 흐느껴 울기 시작했다. 향유 병을 젖가슴에 대고 어린 아기처럼 흔들며 아무도 듣지 못하게 조용히 흐느껴 울었다. 그러더니 눈물을 씻고, 밖으로 나가 예수의 발치에 엎어졌다. 그가 미처 허리를 굽혀 그녀를 일으켜 세울 틈도 주지 않고 막달라의 여인은 향유 병을 기울였고, 향기로운 향유가 거룩한 발 위로 흘러내렸다. 그러더니 흐느껴 울면서 그녀는 머리를 풀어 향기를 풍기는 발을 씻어 주었다. 남은 향유로는 사랑하는 분의 머리를 씻어 주었다. 곧 그녀는 다시 랍비의 발에 엎어져 입을 맞추었다.

제자들은 화가 났다.

「그토록 많은 값비싼 향유를 낭비하다니, 부끄러운 일이에요.」 장사꾼 토마가 말했다. 「그걸 팔면 가난한 사람을 여럿 먹일 텐데요.」

「고아들도 도와주고요.」 나타나엘이 말했다.

「양도 사고요.」 필립보가 말했다.

「좋지 못한 징조예요.」 한숨을 지으며 요한이 중얼거렸다. 「그런 향유는 부유한 자들의 시체에 바르죠. 그래서는 안 되는 짓이었어요, 마리아. 만일 그가 좋아하는 향기를 맡고 카론이 찾아오면……」

예수가 빙그레 웃었다. 「여러분에게는 항상 가난한 자들이 더불어 살아갑니다.」 그가 말했다. 「하지만 나는 옇원히 여러분 곁에 머물지는 않을 거예요. 따라서 향유 한 병이 나 때문에 낭비되었다 하더라도 상관없어요. 심지어는 방탕자까지 하늘로 올라가 존귀한 자 곁에 앉기도 하니까요. 당신, 사랑하는 요한이여, 답답하게 생각하지 말아요. 죽음이란 항상 찾아오니까요. 이왕이면 머리카락에서 향내가 날 때 죽음이 찾아오면 더 좋겠죠.」

집에서는 부유한 자의 무덤 냄새가 풍겼다. 유다는 힐끔 랍비를 쳐다보았다. 그가 제자들에게 비밀을 털어놓았을까? 왜 그들은 곧 죽을 사람에게 장례식을 치르듯 향유를 바르는가?

하지만 예수는 미소를 짓고 〈유다, 내 형제여〉라고 부르더니 〈땅에서 움직이는 사슴보다는 하늘에서 날아가는 제비가 더 빠르고, 인간의 머리는 참새보다 더 빨리 움직이고, 인간의 머리보다는 여자의 마음이 더욱 빨리 움직여요〉라고 말했다. 말을 끝내자 그는 눈짓으로 막달라의 여인을 가리켰다.

베드로가 입을 열었다. 「우리는 많은 얘기를 했지만 가장 중요한 사실을 망각했어요. 예루살렘 어디에서, 랍비님, 우리는 유월절을 맞게 되나요? 전 키레네 사람 시몬의 술집에서 보내면 좋으리라고 생각하는데요.」

「하느님께서는 달리 준비를 하셨습니다.」 예수가 말했다. 「일어나요, 베드로. 요한을 데리고 예루살렘으로 가요. 당신은 그곳에 가면 물동이를 어깨에 멘 남자를 만나게 됩니다. 그 사람을 따라가요. 그는 어느 집으로 들어갈 거예요. 당신도 따라 들어가서 주인에게 이렇게 부탁해요. 〈우리 스승께서 당신께 안부를 전하며 스승님이 제자들과 더불어 유월절 만찬을 들 식탁을 어디에 마련했느냐고 물으라시더군요.〉 그러면 그 사람이 이렇게 대답합니다. 〈스승님께 저도 인사를 드립니다. 모든 준비가 다 되었습니다. 어서 그분을 뵙고 싶군요.〉」

제자들은 아기처럼 감탄 어린 눈으로 서로를 물끄러미 쳐다보았다.

「진담으로 하시는 얘기인가요, 랍비님?」 눈이 튀어나올 정도로 두리번거리며 베드로가 물었다. 「모든 준비가 다 되었나요? 어린 양에, 꼬챙이에, 포도주에, 모두가요?」

「모든 준비가 되었어요.」예수가 대답했다.「가요, 믿음을 가져요. 우리는 여기 앉아 얘기를 하지만, 하느님은 앉아서 얘기나 하고 계시지는 않아요. 하느님은 인간을 위해 일합니다.」

그때 그들은 뒤쪽에서 힘없는 허파의 수포음(水疱音) 소리를 들었다. 그들은 부끄러워하며 모두 시선을 돌렸다. 지금까지 줄곧 그들은 죽음의 고통에 빠진 늙은 랍비를 완전히 잊고 있었다! 막달라의 여인은 다른 세 여자를 이끌고 달려갔다. 제자들이 침상 곁으로 모였다. 예수는 다시 노인의 싸늘한 입에다 손바닥을 대었다. 노인이 눈을 뜨고 그를 보더니 미소를 지었다. 그러더니 손을 움직여 다른 사람들은 모두 나가라는 시늉을 했다. 그들 두 사람만 남자, 예수는 허리를 숙여 그의 입과 눈과 이마에 입을 맞추었다. 노인은 환한 얼굴로 그의 눈을 빤히 들여다보았다.

「난 세 사람을 또 봤어. 엘리야와 모세와 너를. 이제 나는 확실히 알았고…… 나는 떠난다!」

「하느님의 축복이 함께하기를 빕니다, 아버님. 마음이 기쁘신가요?」

「그래. 네 손에 입을 맞추게 해다오.」

그는 예수의 손을 잡더니 싸늘한 입술을 한참 동안 꼭 대고 있었다. 노인은 황홀해서, 말없이, 그를 쳐다보며 작별을 고했다. 잠시 후에 그가 말했다.

「저곳, 위로, 너는 언제 그곳으로 오겠느냐?」

「내일, 유월절에요. 그럼 그때 뵙겠습니다, 아버님!」

늙은 랍비는 두 손을 모았다.「오, 주여! 당신의 종을 풀어 주소서.」그가 중얼거렸다.「제 눈은 구세주를 보았나이다!」

제28장

 눈부시게 붉은 태양이 지평선에 닿아 곧 가라앉으려 했다. 하늘의 반대쪽 끝에서는 푸르스름한 광채가 어느새 동쪽으로 나타났다. 거대하고 말 없는 유월절 달이 떠오르려는 참이었다. 엷은 햇살이 아직도 집으로 흘러 들어와 예수의 야윈 얼굴을 비스듬히 비추고, 제자들의 이마와 코와 손이 드러났으며, 구석으로 가서는 늙은 랍비의 차분하고, 행복하고, 이제는 영원불멸해진 얼굴에 평화로운 빛살을 뿌렸다. 마리아는 베틀 앞에 앉았다. 그녀는 컴컴한 그늘 속에 앉아 있어, 눈물이 뺨과 턱을 타고 흘러내려 반쯤 짠 옷감 위로 떨어지는 것을 아무도 보지 못했다. 집 안에는 아직도 향기가 가득했고 예수의 손가락 끝에서는 향유가 뚝뚝 떨어졌다.
 밤이 다가오자 그들은 저마다 점점 더 비탄에 빠져 침묵을 지키고 앉아 있었다. 갑자기 칼로 찌르듯 제비 한 마리가 창문으로 뛰어 들어오더니 즐겁게 지지배배거리며 그들의 머리 위를 세 바퀴 돌고는 다시 태양을 향해 쏜살같이 날아갔다. 그들은 제비의 하얀 배와 톱니 같은 날개를 눈여겨볼 겨를도 없었다.
 이것이 마치 기다렸던 미지의 계시이기라도 한 듯, 예수는 일어섰다. 「때가 되었어요.」 그가 말했다.

그는 머뭇거리는 눈길로 주변에 흩어진 벽난로와 연장과 집 안에서 쓰는 도구와 등잔과 물동이와 베틀을, 그러고는 노부인 살로메와 마르타와 막달라의 여인과 옷감을 짜는 마리아 이렇게 네 여자를, 그러고는 마지막으로 영원한 삶의 세계로 들어간 노인을 둘러보았다.

「잘 있어요.」 손을 흔들며 그가 말했다.

세 젊은 여자 모두 아무런 대답을 하지 못했다. 하지만 노부인 살로메가 말했다. 「우리를 그런 눈으로 쳐다보지 말아요. 마치 우리에게 영원히 작별을 고하는 기분이 들어요.」

「잘 있어요.」 예수가 되풀이해서 말했다. 그는 여자들에게로 다가가서 처음에는 막달라 여인의 머리에, 다음에는 마르타의 머리에 손을 얹었다. 베틀에 앉아 있던 여자가 몸을 일으켜 가까이 왔다. 그녀도 머리를 수그렸다. 그들은 마치 그가 그들을 포옹하고 축복을 내리는 듯한, 마치 그들 세 사람을 영원히 데리고 가려는 듯한 기분이 들었다. 세 여자는 갑자기 통곡하기 시작했다.

그들은 마당으로 나갔다. 제자들이 그의 뒤를 따랐다. 우물 위로 솟은 마당의 산울타리에서는 인동덩굴에 꽃이 만발했다. 밤이 되어, 꽃의 향기가 진동했다. 예수는 손을 내밀어 꽃을 한 송이 꺾어 입에 물었다. 하느님 저에게 힘을 주소서, 그는 마음속으로 기도했다. 십자가 처형의 고통을 받는 동안 연약한 꽃을 입에 물더라도 이빨이 들어가지 않도록 하느님께서 제게 힘을 주소서!

길거리 쪽 문간에서 그는 다시 한 번 걸음을 멈추고는 손을 치켜들고 굵은 목소리로 외쳤다.

「여인들이여, 잘 있어요!」

그들 가운데 아무도 대답을 하지 않았다. 그들의 통곡이 마당에 가득했다.

예수가 앞장을 서고, 일행은 예루살렘으로 가는 길을 따라 출발했다. 모압의 산으로부터 보름달이 떠올랐고, 유대의 산 너머로 해가 졌다. 잠깐 동안 하늘의 거대한 두 보석(寶石)이 멈추고 서로 쳐다보았다. 그러더니 하나는 솟고, 하나는 가라앉았다.

예수가 머리를 끄덕이자 유다가 오더니 그의 곁에서 나란히 걸었다. 그들 두 사람은 남몰래 비밀을 주고받기라도 하는지, 나지막한 목소리로 얘기했다. 때로는 예수가, 때로는 유다가 머리를 수그렸고, 마치 한마디 한마디가 황금 조각이기라도 한 듯 그들은 대답을 신중하게 검토했다.

「미안해요, 유다, 내 형제여.」예수가 말했다.「하지만 꼭 그래야 해요.」

「전에도 물어봤지만요, 랍비님, 다른 방법은 없나요?」

「그래요, 유다, 내 형제여. 나도 다른 방법을 알았으면 좋았을 것이오. 나 또한 지금까지 희망을 품고 기다려 왔지만, 소용없는 일이었어요. 그래요, 다른 방법은 없어요. 세상의 종말이 왔어요. 이 세상, 이 마귀의 왕국은 무너지고, 하늘의 왕국이 도래해요. 그것은 내가 가져옵니다. 어떻게요? 죽음으로써요. 떨지 말아요, 유다, 내 형제여. 사흘 후에 나는 다시 소생하니까요.」

「당신은 나를 안심시키고, 그래서 나로 하여금 마음의 고통을 받지 않으며 당신을 배반하게끔 하려고 이런 얘기를 하십니다. 당신은 내가 참을성이 많다고 말씀하시는데, 그것은 내게 용기를 주려고 하는 얘깁니다. 아니에요, 무서운 순간이 가까이 오면 올수록…… 아니에요, 랍비님, 나는 인내하지 못합니다!」

「당신은 인내해요, 유다, 내 형제여. 필요하기 때문에, 내가 죽어야 하고 당신이 나를 배반하는 일이 필요하기 때문에, 당신에게 모자라는 힘은 하느님께서 주셔요. 우리 두 사람은 세상을 구원해야만 합니다. 나를 도와줘요.」

유다는 머리를 수그렸다. 잠시 후에 그가 물었다.「만일 당신이 스승을 배반해야만 할 입장이라면, 그를 배반하겠습니까?」

예수는 오랫동안 생각에 잠겼다. 마침내 예수가 말했다.「아뇨, 내게는 그럴 만한 능력이 없다고 생각해요. 그렇기 때문에 하느님이 나를 가엾게 여겨 그보다 쉬운 일을 맡겨 십자가에 매달리도록 하셨어요.」

예수는 유다의 팔을 잡고는 애원하듯 부드럽게 말했다.「나를 저버리지 말고 도와줘요. 당신은 대제사장 가야파와 얘기를 나누지 않았나요? 나를 체포할 여호와 성전의 노예들, 그들은 무장하고 준비가 되지 않았나요? 모든 일은 우리가 계획한 그대로 이루어지지 않았던가요, 유다여? 그러니까 오늘 밤 우리는 다 같이 유월절을 보내고, 나는 자리에서 일어나 그들을 데리고 오도록 당신에게 신호를 하겠어요. 암흑의 날은 사흘밖에 안 되고, 그 사흘은 번갯불처럼 순식간에 지나가, 사흘째 되는 날에는 부활이 이루어져서 우리 모두 환희하고 춤을 춥니다!」

「다른 사람들도 알까요?」 엄지손가락으로 뒤에서 따라오는 제자들의 무리를 가리키며 유다가 물었다.

「내가 오늘 밤에 얘기하겠어요. 나는 병사들과 레위 사람들이 나를 체포할 때 그들이 어떤 저항도 하지 않기를 바라요.」

유다는 경멸을 나타내어 입술을 일그러뜨렸다.「저 사람들이 잘도 저항하겠어요! 저런 사람들을 도대체 어디서 끌어 모았나요, 랍비님? 누가 못났는지 서로 경쟁이라도 벌이는 격이에요.」

예수는 머리를 떨구고 대답하지 않았다.

달이 돌멩이와 나무와 사람들에게 향유를 뿌리며 대지 위로 흘러갔다. 검푸른 그림자들이 땅 위에 드리워졌다. 뒤쪽에서는 제자들이 무리를 지어 따라오며 떠들고 말다툼을 벌였다. 몇 사람은 잔칫상을 받으리라는 생각에 입맛을 다셨고, 몇몇은 예수의 의미심장한 말에 대해 걱정스러운 얘기를 했다. 토마는 가엾은 늙은 랍비가 생각났다.

「이제는 다 끝나셨지. 다음은 우리 차례야!」

「뭐라고요, 우리도 죽는다는 얘긴가요?」 나타나엘이 놀라서 말했다. 「우리는 영생을 향해 나아간다고 그러지 않았나요?」

「맞아요. 하지만 우선 우리는 죽음의 길을 거쳐야 하는 모양이에요.」 베드로가 그에게 설명했다.

나타나엘이 머리를 저었다. 「우린 영생을 찾기 위해 나쁜 길을 택했군요.」 그가 투덜거렸다. 「지옥에 떨어져 기분 좋지 않은 꼴을 당하고 말 테니, 내 말 명심해요!」

유령처럼 하얗고 투명한 예루살렘이 이제 온통 달빛에 뒤덮여 그들 앞에 솟아올랐다. 달빛에 잠긴 집들은 따로 떨어져서 허공에 매달린 듯싶었다. 찬송가를 부르는 사람들과 죽음을 당하는 짐승들이 내는 소음이 점점 더 뚜렷하게 밤의 대기를 타고 올랐다.

베드로와 요한은 동쪽 성문 앞에 서서 기다렸다. 환한 달빛을 받아 반짝이는 얼굴로 그들은 기뻐 일행을 맞으러 달려 나갔다. 「모든 일이 말씀하신 그대로였어요, 랍비님. 식탁은 준비되었습니다. 만찬을 드세요!」

「그리고 집주인을 만나고 싶어 하실지 모르겠지만, 그는 모든 준비를 끝낸 다음 사라져 버렸어요.」 요한이 웃으며 덧붙여 말했다.

예수가 미소를 지었다. 「주인께서 자리를 피해 주셨다니, 정말 지극히 친절한 일이군요.」

그들은 모두 걸음을 서둘렀다. 길거리에는 사람과 불을 켠 제등(提燈)과 도금양이 가득했다. 문 닫힌 집들에서는 유월절 찬송가가 힘차게 울려 나왔다.

> 이스라엘이 애굽을 떠나올 때,
> 야곱의 집이 야만인들에게서 해방되었을 때,
> 바다가 보더니 도망쳤고,
> 요르단 강은 거꾸로 흐르기 시작했으며,
> 산들은 숫양처럼
> 언덕들은 어린 양처럼 뛰어 달아났더라.
> 도망을 친 바다, 그대여,
> 등을 돌려 댄 요르단 강, 그대여, 무엇이 괴르웠더냐?
> 숫양처럼 뛰어 달아난 산 그대들이여,
> 어린 양처럼 뛰어 달아난 언덕들이여, 무엇이 괴로웠더냐?
> 오, 대지여, 주님 앞에서,
> 이스라엘의 하느님 앞에서,
> 당신의 손길이 닿으면 바위가 호수로 변하고
> 돌멩이에서 시원한 물이 뿜어져 나오는 븐 앞에서 두려워 하라!

길을 따라 나아가며 제자들도 유월절 찬송가를 함께 불렀다. 베드로와 요한이 앞으로 나서더니 길을 안내했다. 예수와 유다를 제외하고는 모두들 걱정과 두려움을 잊었고, 그들을 기다리는 식탁을 향해 발걸음을 재촉했다.

베드로와 요한은 걸음을 멈추고, 어린 양을 죽인 피로 손가락 도장을 찍어 놓은 문을 밀어 열고는 안으로 들어갔다. 예수와 배고픈 일행이 뒤따라 들어갔다. 마당을 지나 그들은 돌층계를 밟고 위층으로 올라갔다. 식탁은 미리 차려져 있었다. 일곱 갈래 촛대 세 개가 어린 양과 포도주와 누룩을 넣지 않은 빵과 입맛을 돋우는 전채 요리와 심지어는 머나먼 여행을 떠날 준비라도 갖추었다는 뜻으로 식사를 하는 동안 그들이 잡고 있어야 하는 지팡이들까지도 밝혀 주었다.

「이렇게 만나 뵈어서 기쁩니다!」 예수가 말했다. 그는 손을 들어 눈에 보이지 않는 주인을 축복했다.

제자들이 웃었다. 「누구에게 인사를 하시나요, 랍비님?」

「눈에 보이지 않는 이요.」 예수가 대답을 하자 그들을 준엄한 눈으로 둘러보았다.

예수는 커다란 수건을 허리에 두르고, 물을 가져다가 무릎을 꿇고는 제자들의 발을 씻어 주기 시작했다.

「랍비님, 저는 절대로 당신이 제 발을 씻게 하지는 않겠습니다!」 베드로가 소리쳤다.

「베드로여, 만일 내가 발을 씻어 주지 않는다면, 당신은 하늘나라에서 나와 함께하지 못합니다.」

「글쎄요, 랍비님, 경우가 그렇다면 제 발뿐 아니라 손과 머리도 씻어 주십시오.」

그들은 식탁에 둘러앉았다. 그들은 무척 배가 고팠지만 아무도 감히 손을 내밀지 못했다. 오늘 저녁에는 스승의 얼굴이 근엄하고, 입술에는 고뇌가 서려 있었다. 그는 제자들을 한 사람씩 둘러보았다. 베드로는 그의 오른쪽, 요한은 왼쪽에 앉았으며, 맞은편에는 심각하고 순종할 줄 모르는 그의 공모자 붉은 수염이 자리를 잡았다.

예수가 말했다. 「우선 우리는 노예 생활의 나라에서 우리 조상들이 흘린 눈물을 기억하기 위해 소금물을 마셔야 합니다.」

그는 소금물이 담긴 물병을 들어 유다의 잔에 철철 넘치도록 채우고는, 다른 사람들의 잔에는 몇 모금씩 부어 주고, 마지막으로 자신의 잔을 가득 채웠다.

「자유를 위해 사람들이 겪어야 하는 고뇌와 고통과 눈물을 우리로 하여금 잊지 않게 하소서!」 그러고는 단숨에 찰랑찰랑 넘치는 잔을 비웠다.

다른 사람들은 입을 오므리고 마셨다. 예수나 마찬가지로 유다도 단숨에 마셔 버렸다. 그는 빈 잔을 스승에게 토여 주고는 거꾸로 엎어 놓았다. 한 방울도 남아 있지 않았다.

「당신은 용맹한 투사예요, 예수.」 유다가 미소를 지으며 말했다. 「당신은 지극히 가혹한 아픔까지도 인내합니다.」

예수는 누룩이 들어 있지 않은 빵을 집어 나눠 주었다. 다음에는 양고기를 나눠 주었다. 한 사람씩 손을 뻗어 그들은 율법에서 정한 쓴 나물인, 적갈색이고 맛이 강렬한 꽃박하를 제몫만큼 집었다. 그러고는 포로 생활을 하는 동안 그들의 조상이 만들었던 붉은 벽돌을 기억하기 위해 고기에다 붉은 고깃국물을 부었다. 그들은 율법에서 정한 그대로 식사를 빨리 마치고, 저마다 지팡이를 잡고는 당장 떠날 준비를 갖춰 한쪽 발을 들었다.

예수는 식사하는 그들을 지켜보기만 할 뿐, 자신은 아무 음식도 먹지 않았다. 예수도 역시 머나먼 여행을 떠날 준비를 위해 지팡이를 잡고 오른쪽 발을 들었다. 아무도 말을 하지 않았다. 우물우물 씹어 대는 턱과, 딸그랑거리는 포도주 잔과, 뼈를 핥는 혓바닥이 내는 소리 이외에는 조용했다. 그들의 머리 위에 난 지붕창으로 달빛이 흘러 들어왔다. 식탁의 절반은 달빛이 환히 비추었고, 절반은 보랏빛 어둠 속에 잠겼다.

깊은 침묵이 흐른 다음에 예수가 입을 열었다.「내 충실한 동행자들이여, 유월(逾越)이란 넘어감〔越〕을, 어둠에서 광명으로, 노예 생활에서 자유로 넘어감을 뜻합니다. 하지만 오늘 밤에 우리가 보내는 유월절의 의미는 그보다 훨씬 심오합니다. 오늘 밤의 유월은 죽음으로부터 영원한 삶으로 넘어감을 뜻하기 때문이죠. 동지들이여, 내가 앞장서 가서 여러분을 위해 길을 닦아 놓겠어요.」

베드로는 부르르 떨었다.「랍비님이시여.」그가 말했다.「당신은 또다시 죽음을 얘기하고, 또다시 당신의 말은 양쪽으로 날이 선 칼과 같아요. 혹시 무슨 재앙이 당신의 머리 위에 걸려 있다면 속 시원히 얘기하세요. 우리는 남자입니다.」

「정말입니다, 랍비님.」요한이 말했다.「당신 말씀은 이 쓴 나물보다도 더 씁니다. 가엾게 여기시고 저희에게 분명한 얘기를 해주세요.」

예수는 아직 손도 대지 않은 그의 빵을 집어 제자들에게 한 입씩 나눠 주었다.

「이것을 받아먹어요.」그가 말했다.「이것은 내 육신입니다.」

예수는 아직도 가득한 그의 포도주 잔을 집어 이 입에서 저 입으로 돌렸다. 그들은 모두 마셨다.

「이것을 받아 마셔요.」그가 말했다.「이것은 내 피입니다.」

제자들은 저마다 빵을 한 입씩 받아먹고 포도주를 한 모금씩 마셨다. 그들은 마음이 비틀거렸다. 그들에게 포도주는 피처럼 진하고 찝찔한 듯싶었고, 빵은 타오르는 숯 덩어리처럼 뱃속으로 내려갔다. 그들은 모두 예수가 그들의 내면에서 뿌리를 내리고 창자를 집어삼키기 시작한다는 기분을 느껴 갑자기 겁이 났다. 베드로는 팔꿈치를 식탁에 괴고 흐느껴 울기 시작했다. 요한은 예수의 가슴으로 머리를 숙였다.

「당신은 떠나시려고 하는군요, 랍비님, 당신은 떠나시려고 하는군요…… 떠나시려고요…….」 그는 더 이상 아무 말도 할 수가 없어서 똑같은 소리만 거듭거듭 되풀이했다.

「당신은 아무 곳에도 못 가십니다!」 안드레아가 소리쳤다. 「지난번에 당신은 〈칼이 없는 자는 몸에 걸친 옷을 팔아서 칼을 사라!〉고 하셨습니다. 우린 옷을 팔아 무장을 할 것이고, 카론이 감히 당신을 건드리려고 온다면 우리가 맛을 보여 즈겠어요!」

「여러분은 모두 나를 버립니다.」 불만을 나타내지 않으며 예수가 말했다. 「모두들요.」

「저는 절대로 그러지 않겠어요!」 눈물을 씻으며 베드로가 소리쳤다.

「베드로여, 베드로여, 닭이 울기 전에 당신은 세 번이나 나를 모른다고 할 것입니다.」

「제가요? 제가요?」 주먹으로 가슴을 치며 베드로가 고함쳤다. 「제가 당신을 부정한다고요? 저는 죽을 때까지 당신과 함께하겠습니다!」

「죽을 때까지요!」 무엇엔가 홀린 듯 벌떡 일어서며 모든 제자들이 울부짖었다.

「앉아요.」 예수가 차분히 말했다. 「아직 때가 되지 않았어요. 이번 유월절에 나는 여러분에게 큰 비밀을 털어놓겠어요. 여러분의 마음을 열고, 가슴도 열고, 두려워하지 말아요!」

「말하세요, 랍비님.」 갈대처럼 떨리는 마음으로 요한이 중얼거렸다.

「식사는 끝내셨나요? 이제는 배가 고프지 않으신가요? 육신은 배가 부릅니까? 마침내 육신은 당신의 영혼이 평화롭게 귀를 기울이도록 용납하나요?」

떨면서 그들은 모두 예수의 입을 빤히 쳐다보았다.

「사랑하는 친구들이여.」 그가 소리쳤다. 「잘 있어요! 나는 떠납니다!」

제자들은 소리치고, 그에게 달려들어 떠나지 못하게 붙잡았다. 흐느껴 우는 제자도 여럿이었다. 하지만 예수는 차분하게 마태오에게로 돌아섰다.

「마태오, 당신은 경전을 훤히 알잖아요. 일어나서 힘찬 목소리로 이들에게 이사야가 예언한 말을 해줘서 이들의 마음이 흔들리지 않게 해요. 기억하겠죠. 〈그는 주님의 눈에 작고도 연약한 나무로…….〉」

기뻐하며 마태오가 벌떡 일어섰다. 그는 어깨가 굽고, 안짱다리에, 바싹 마르고, 가냘프고도 기다란 손가락은 항상 더러웠지만, 지금 그는 얼마나 꿋꿋하게 일어섰던가! 그의 뺨에는 불이 붙었고, 목이 부풀어 올랐고, 아픔과 힘이 넘치는 선지자의 말은 다락방의 높은 천장에서 되울렸다.

> 그는 주님의 눈에 작고도 연약한 나무로
> 물도 없는 땅에서 자라는 듯싶었더라.
> 그는 우리의 눈길을 끌 만한
> 아름다움과 광채조차도 없었으며,
> 얼굴은 우리에게 아무 기쁨도 주지 않았다.
> 비탄에 젖은 슬픔의 인간인 그는
> 사람들에게 경멸당하고 거부를 당했더라.
> 우리는 얼굴을 돌리고, 그를 공경하지 않았다.

하지만 그는 우리의 모든 고통을 스스로 걸머졌고
우리가 지은 죄로 인하여 상처를 받았으며
우리의 사악함으로 인하여 멍이 들었고,
그가 채찍을 맞음으로 인해 우리는 병이 나았더라.
그는 괴로움을 당하고 고통을 받았지만
그래도 그는 입을 열지 않았으며,
죽음을 맞으러 나아가는 어린 양처럼
그는 입을 열지 않았더라……

「그만하면 됐어요.」 한숨을 지으며 예수가 말했다.

예수는 제자들에게로 돌아섰다. 「그것이 나예요.」 그는 조용히 말했다. 「선지자 이사야는 내 얘기를 했으니, 나는 죽음을 맞으러 끌려가면서도 입을 열지 않는 어린양이에요.」 잠깐 침묵을 지킨 다음에 그는 말을 이었다. 「그들은 내가 태어난 바로 그날부터 죽음으로 나를 이끌어 왔어요.」

놀란 제자들은 멍하니 입을 벌리고 예수를 물끄러미 쳐다보면서 그가 한 얘기를 이해하려고 애썼다. 그러다 갑자기 다 함께 탁자에 얼굴을 대고 통곡했다.

예수도 잠깐 동안 마음이 흔들렸다. 어찌 통곡하며 우는 제자들을 버리겠는가? 그는 눈을 들어 유다를 쳐다보았다. 하지만 유다의 딱딱하고 푸른 눈은 한참 동안 예수에게 고정되어 있었다. 유다는 스승의 마음속에서 무슨 일이 일어나고, 그의 힘이 사랑 때문에 얼마나 쉽게 마비되는지를 깨달았다. 한 사람은 준엄하고 무자비하며, 다른 사람은 고뇌에 차서 애원하는 두 사람의 눈길이 공중에서 한순간 마주쳐 씨름을 벌였다. 짤깍한 한순간일 뿐 곧 예수는 머리를 설레설레 흔들고 유다에게 씁쓸한 미소를 짓고는 다시 제자들에게로 돌아섰다.

「여러분은 왜 흐느껴 우나요?」 예수는 제자들에게 물었다. 「왜 당신들은 죽음을 두려워하나요? 죽음은 하느님의 대천사 가운데 가장 자비롭고, 인간을 가장 사랑하는 자입니다. 내가 순교하고 십자가에 매달리며, 내가 지옥으로 내려가는 것은 필연적인 일이에요. 하지만 사흘 후에 나는 무덤에서 뛰쳐나와 하늘로 승천해서 아버지 옆에 앉습니다.」

「당신은 또다시 우리에게서 떠나려고 하십니까?」 흐느껴 울며 요한이 소리쳤다. 「우리를 지옥과 천국으로 함께 데리고 가세요, 랍비님!」

「지상에서의 과업도 무겁습니다, 사랑하는 요한이여. 여러분은 모두 이곳 땅에 남아 일을 해야 합니다. 이곳 지상에서 싸우고, 사랑하고, 기다리면 내가 다시 돌아옵니다!」

야고보는 벌써 랍비의 죽음을 전제로 하고, 그가 없는 지상에 그들끼리만 남았을 때 어떻게 해야 할지를 마음속으로 궁리했다.

「우리는 하느님의 뜻과 우리 스승님의 뜻을 거역하면 안 돼요. 선지자들이 우리에게 말했듯이, 랍비님, 죽음은 당신의 의무이고, 당신이 전한 말이 사라지지 않도록 전파하며 살아가는 일은 우리의 의무입니다. 우린 그 말들을 새로운 성서에서 견실한 자리를 차지하도록 하겠으며, 율법을 만들고, 우리 자신의 회당을 지어 우리 자신의 대제사장과 서기관과 바리사이파 사람들을 선택하겠습니다.」

예수는 겁이 났다. 「당신은 혼을 십자가에 매달려고 하는군요, 야고보.」 그가 소리쳤다. 「아니에요, 아니에요, 내가 바라는 바는 그게 아니에요!」

「혼이 공기로 변해 도망치지 못하게 막으려면 이 길밖에 없어요.」 야고보가 반박했다.

「하지만 그것은 혼이 아니고, 자유롭지도 않습니다!」

「그건 상관없어요. 그것은 혼처럼 여겨질 테니까요. 우리의 일을 위해서는, 랍비님, 그 정도면 충분해요.」

식은땀이 예수의 온몸에서 흘러내렸다. 그는 언뜻 제자들을 둘러보았다. 아무도 반박하려고 머리를 드는 사람이 없었다. 베드로는 감탄 어린 눈으로 제베대오의 아들을 쳐다보았다. 그는 훌륭한 아버지의 빛나는 재능을 그대로 물려받아 창조적인 두뇌를 지녔으며, 틀림없이 앞으로 그는 스승을 위해 모든 일을 제대로 처리하리라…… . 절망에 빠져 예수는 두 손을 치켜들었다. 그는 도움을 청하려는 듯싶었다.

「나는 여러분에게 성령을, 진리의 혼을 보내겠어요. 그 성령이 여러분을 인도할 겁니다.」

「성령을 빨리 보내 주세요.」 요한이 소리쳤다. 「우리가 길을 잃고 당신을 다시 찾지 못하지 않도록 말입니다, 랍비님!」

야고보는 고집스럽고 힘차게 머리를 저었다. 「그것도, 당신이 말하는 그 진리의 혼도 역시 십자가에 매달립니다. 인간이 존재하는 한 혼이 십자가에 매달리리라는 걸 아셔야 합니다, 랍비님. 하지만 그건 상관없는 일이죠. 뭔가 항상 뒤에 남게 마련인데, 우리에게는 그것이면 충분하다는 말씀을 드리고 싶어요.」

「나는 그것으로는 충분치가 않아요!」 예수가 절망에 빠져 소리쳤다.

야고보는 고통스러운 절규를 듣고 당황했다. 그는 스승에게로 가서 손을 잡았다. 「그래요, 그것으로는 당신에게 충분하지 않습니다, 랍비님.」 그가 말했다. 「그렇기 때문에 당신은 십자가에 매달리라는 거군요. 당신의 말을 반박한 제 행위를 용서해 주십시오.」

예수는 그의 고집스러운 머리에다 손을 얹었다. 「만일 하느님의 뜻이 그러하다면 이 세상에서 혼이 영원히 십자가에 매달리게 하고, 십자가에 축복이 내릴지어다! 우리로 하여금 사랑과 인내와 믿음으로 십자가를 지게 하소서. 언젠가 그 십자가는 날개가 되어 우리의 어깨에 달립니다.」

그들은 말을 하지 않았다. 이제는 달이 하늘 높이 떴고, 죽음의 빛이 식탁으로 쏟아졌다. 예수는 두 손을 모았다.

「하루의 일이 이루어졌습니다.」 그가 말했다. 「내가 해야 할 일을 나는 했고, 내가 해야 할 말을 나는 했습니다. 나는 내 할 바를 다 했다고 생각해요. 이제 나는 두 손을 모읍니다.」

예수는 마주 앉은 유다에게 머리를 끄덕였다. 유다는 자리에서 일어나 가죽 허리띠를 죄고는 구부러진 지팡이를 잡았다. 예수는 작별 인사를 하듯 그에게 손을 저었다.

「오늘 밤 우리는 키드론 골짜기를 지나 게쎄마니의 올리브나무 밑에서 기도를 드립니다.」 그가 말했다. 「유다, 내 형제여, 하느님의 축복과 더불어 가기 바랍니다. 하느님이 당신과 함께하시기를!」

유다가 입을 벌렸다. 그는 무슨 말을 하고 싶었지만, 마음을 고쳐먹었다. 문이 열렸다. 그는 밖으로 달려 나갔고, 돌층계를 무겁게 쿵쿵 내려가는 발소리가 들려왔다.

베드로는 불안감을 느꼈다. 「저 사람, 어딜 가는가요?」 그가 물었다. 그는 뒤따라가려고 몸을 일으켰지만 예수가 그를 붙잡아 말렸다.

「베드로여, 하느님의 바퀴가 구르기 시작했어요. 길을 가로막지 말아요.」

산들바람이 일었다. 일곱 갈래 촛대의 불꽃이 깜박거렸다. 갑자기 거센 바람이 불어치더니 촛불이 꺼졌다. 방 안에는 달빛이 가득했다. 나타나엘은 겁이 나서 친구에게로 몸을 기울였다.

「그건 바람이 아니었어요, 필립보. 누가 들어왔어요. 오, 하느님이시여! 카론이 들어왔다고 생각해요?」

「그러면 어때요!」 양치기가 그에게 대답했다. 「카론이 찾는 사람은 우리가 아니잖아요.」 그는 아직도 정신을 차리지 못한 친구의 등을 탁 쳤다.

「큰 배가 큰 폭풍을 만나죠.」 그가 말했다. 「으리가 호두 껍데기만 한 작은 배라는 사실을 하느님께 감사해야 해요.」

달빛이 예수에게 쏟아져 그의 얼굴을 삼켜 버렸다. 새까만 두 눈 외에는 아무것도 남지 않았다. 요한은 겁이 났다. 그는 랍비의 얼굴이 그대로 있는지 확인하려고 슬그머니 손을 들었다. 「랍비님.」 그가 중얼거렸다. 「어디 계십니까?」

「나는 아직 떠나지 않았어요, 사랑하는 요한이여.」 예수가 대답했다. 「나는 거룩한 가르멜 산에서 어느 고행자가 언젠가 나한테 했던 말이 생각나서 잠깐 정신이 팔렸을 뿐이에요. 〈나는 돼지처럼 내 육신의 다섯 여물통에 빠져 살았다오.〉 고행자가 말했어요.

〈그럼 어떻게 구원을 받으셨나요, 할아버지?〉 내가 그 사람에게 물었어요. 〈힘든 투쟁이었나요?〉

〈전혀 그렇지 않았어요.〉 그가 내게 말했습니다. 〈어느 날 아침에 나는 꽃이 만발한 아몬드나무를 보고 구원되었어요.〉

꽃이 만발한 아몬드나무, 사랑하는 요한이여 조금 전에 죽음이 그런 모습으로 내 앞에 나타났었어요.」

예수는 몸을 일으켰다. 「갑시다.」 그가 말했다. 「때가 되었어요.」 그는 앞장을 섰다. 깊은 생각에 잠겨 제자들도 뒤를 따랐다.

「여기서 벗어납시다.」 나타나엘이 친구에게 귓속말을 했다. 「보아 하니 곤란한 일이 생길 모양이에요.」

「나도 똑같은 생각을 했어요.」 필립보가 대답했다. 「하지만 토마도 데리고 가야죠.」

그들은 달빛 속에서 토마를 찾으려고 했지만 토마는 이미 뒷골목으로 사라진 뒤였다. 그들은 뒤로 처졌다. 일행이 키드론 골짜기에 다다르자 그들은 다른 사람들보다 훨씬 뒤떨어져 목숨을 건지려고 도망쳤다.

예수는 남은 사람들과 더불어 키드론 골짜기를 내려가 건너편으로 올라가서 게쎄마니의 올리브나무 숲으로 가는 오솔길로 접어들었다. 그가 밤새도록 이 늙은 올리브나무 밑에서 잠도 잊고 하느님의 자비와 인간의 사악함을 얘기한 적이 얼마나 많았던가!

그들은 걸음을 멈추었다. 오늘 저녁에 제자들은 굉장히 많이 먹고 마셔서 졸렸다. 그들은 발로 돌멩이들을 치워 땅바닥을 고르고는 누울 준비를 했다.

「세 사람이 모자라는군요.」 주위를 둘러보며 스승이 말했다. 「그들은 어떻게 되었나요?」

「도망쳤어요.」 안드레아가 화를 내며 말했다.

예수가 미소를 지었다. 「그들을 탓하지 말아요, 안드레아. 언젠가 세 사람 모두 돌아오며, 그들이 저마다 모든 왕관 중에서 가장 훌륭한 왕관이며 시들지 않는 가시 면류관을 쓴 모습을 여러분은 보게 될 테니까요!」 이 말을 하고 난 다음 그는 갑자기 피곤함을 느껴 올리브나무에 몸을 기대었다.

제자들은 이미 자리에 누운 뒤였다. 그들은 커다란 돌멩이를 베개로 삼아 편한 자세를 취했다.

「이리 오세요, 랍비님, 우리하고 같이 누워요.」 하품을 하며 베드로가 말했다. 「안드레아가 망을 볼 테니까요.」

예수는 나무에서 몸을 떼었다. 「베드로, 야고보 그리고 요한.」 그가 말했다. 「나하고 같이 갑시다!」 그의 목소리에는 고뇌와 명령이 가득했다.

베드로는 못 들은 체했다. 그는 땅바닥에 길게 누워 다시 하품을 했지만 제베대오의 두 아들이 손을 잡고 그를 일으켰다.

「갑시다.」 그들이 말했다. 「당신은 부끄럽지도 않아요?」

베드로는 동생에게로 갔다. 「무슨 일이 벌어질지 누가 알겠니, 안드레아. 네 칼을 이리 줘.」

예수가 앞장서서 나아갔다. 그들은 올리브나무 숲을 뒤로하고 개활지에 이르렀다. 맞은편에서는 달빛을 받아 온통 하얀 예루살렘이 빛났다. 그 위에는 우윳빛 하늘엔 별이 없었다. 그토록 서둘러 떠오르는 보름달이, 아까 그들이 보았던 보름달이 이제는 하늘 한복판에 꼼짝도 않고 매달렸다.

「아버지시여.」 예수가 중얼거렸다. 「하늘에 계신 아버지시여, 땅에 계신 아버지시여, 당신이 창조하신 세상이 아름다워 우리는 그 세상을 보고, 우리가 보지 못하는 세상 또한 아름답습니다. 저는 모르겠나이다. 용서하소서! 어느 쪽이 더 아름다운지 저는 모르겠나이다, 아버님.」

예수는 허리를 굽혀 흙을 한 줌 집어 냄새를 맡았다. 향기가 그의 배 속 깊숙이 스며들었다. 틀림없이 근처에 피스타치오 나무가 있는 모양이어서 땅바닥에서는 송진과 꿀 냄새가 났다. 그는 흙을 뺨과 목과 입술에다 문질렀다.

「이 향그러움.」 그가 중얼거렸다. 「이 따스함, 이것이 형제가 아닌가!」

예수는 흐느껴 울기 시작했다. 그는 영원히 헤어지기 싫다는 듯 흙을 손바닥에 꼭 쥐었다. 「함께.」 그가 중얼거렸다. 「함께 우리는 죽으리라, 내 형제여. 내게는 다른 벗이 하나도 없느니라.」

베드로는 짜증이 났다. 「난 지쳤어요.」 그가 말했다. 「우릴 어디로 데려가려고 그러실까요? 난 더 이상 안 가고, 여기 그냥 눕겠어요.」

하지만 편히 누울 움푹한 곳을 찾으려고 두리번거리던 베드로는 그들에게로 천천히 내려오는 예수를 보았다. 베드로는 당장 기운을 차리고는 다른 사람들보다 먼저 그를 맞으러 나섰다.

「자정이 다 되었어요, 랍비님.」 베드로가 말했다. 「이곳이 잠을 자기에 좋겠어요.」

「여러분.」 예수가 말했다. 「내 영혼은 지극히 슬퍼합니다. 나는 벌판에서 기도를 드릴 테니, 그동안 여러분은 돌아가 나무 밑에 누워요. 하지만 부탁인데, 잠은 자지 말아요. 오늘 밤에는 잠들지 말고 나와 함께 기도해요. 나를 도와줘요, 여러분, 어려운 시간을 잘 견뎌 내게 나를 도와줘요.」

예수는 예루살렘 쪽으로 얼굴을 돌렸다. 「어서 가요. 나를 혼자 남겨 둬요.」

제자들은 돌멩이를 던지면 닿을 만큼 가서 올리브나무 밑으로 들어갔다. 하지만 예수는 땅바닥으로 엎어져 얼굴을 흙에다 파묻었다. 그의 머리와 가슴과 입술은 땅에서 떨어지지 않았고, 그냥 흙이 되었다.

「아버지시여.」 그가 중얼거렸다. 「흙과 흙이 함께하는 이곳에서라면 저는 좋습니다. 저를 내버려 두소서. 당신이 제게 마시라고 주신 잔은 쓰고도 씁니다. 저는 견딜 길이 없나이다. 가능하다면, 아버지시여, 잔을 제 입술에서 거두어 가소서.」

예수는 귀를 기울이며 잠자코 기다렸다. 어쩌면 그는 암흑 속에서 하느님 아버지의 목소리를 듣게 될지도 모른다. 그는 눈을 감았다. 하느님은 선하시니까, 아버지가 그의 마음속에 나타나 자비롭게 미소를 짓고는 그에게 머리를 끄덕일지, 누가 알겠는가. 그는 떨며 기다리고 또 기다렸다. 그는 아무 소리도 듣지 못하고, 아무것도 보지 못했다. 주위를 둘러본 그는 겁이 나서 벌떡 일어나 마음을 가누려고 제자들을 찾으러 갔다. 그러나 그들은 모두 잠들어 있었다. 그는 발로 베드로를, 그러고는 요한과 야고보를 밀쳤다.

「당신들은 자신을 부끄럽게 생각하지도 않나요?」 예수는 씁쓸한 표정으로 그들에게 말했다. 「나와 더불어 기도하기 위해 잠시 동안이나마 참고 깨어 있을 수 없나요?」

「랍비님.」 눈이 떠지지를 않는 베드로가 말했다. 「영혼은 기꺼이 그러고 싶지만 육신은 나약하군요. 저희를 용서해 주세요.」

예수는 벌판으로 돌아가 바위 위에 무릎을 꿇었다.

「아버지시여.」 그가 다시 소리쳤다. 「당신이 저에게 주신 잔은 쓰고도 씁니다. 그 잔을 제 입술에서 거두어 가소서.」

이 말을 하자 그는 달빛을 타고 내려오는 근엄하고 하얀 천사를 보았다. 그의 날개는 달빛으로 이루어졌고, 두 손으로는 은배(銀盃)를 받쳐 들었다. 예수는 손으로 얼굴을 가리고 땅바닥으로 엎어졌다.

「이것이 당신의 응답입니까, 아버지시여? 당신은 자비도 없나이까?」

그는 잠깐 동안 기다렸다. 조금씩 조금씩 주춤거리며 그는 손가락들을 벌려 천사가 아직도 그의 위에 그대로 있는지 보았다. 하늘에서 찾아온 이는 더욱 밑으로 내려왔고, 은배는 이제 그의 입술에 닿을 지경이었다. 그는 비명을 지르고 팔을 벌리며 땅바닥에 털썩 쓰러졌다.

그가 정신을 차렸을 때는 달이 한 팔의 길이만큼 하늘의 꼭대기로부터 옮겨 갔고, 천사는 달빛 속으로 사라진 다음이었다. 멀리, 예루살렘으로 가는 길에서 이리저리 흩어진 불빛이 움직이는 것을 그는 보았는데, 틀림없이 횃불 같았다. 그들은 그에게로 오는가? 그들은 그에게서 멀어지는가? 다시 한 번 그는 두려움에, 그리고 사람들을 보고, 인간의 목소리를 듣고, 그가 사랑하는 사람들의 손을 만져 보고 싶은 열망에 사로잡혔다. 그는 세 제자를 찾으려고 달려갔다.

세 사람 모두 또다시 잠들었고, 그들의 평온한 얼굴이 달빛 속에서 떠올랐다. 요한은 베드로의 어깨를, 베개로 썼다. 베드로는 야고보의 가슴을 베개로 삼고 야고보는 검은머리를 돌멩이에 얹은 채였다. 그는 마치 하늘을 껴안으려는 듯 두 팔을 활짝 벌렸고, 반짝이는 이빨은 까마귀처럼 새까만 콧수염과 턱수염 사이에서 빛났다. 미소를 짓는 표정을 보니 그는 분명히 즐거운 꿈을 꾸는 모양이었다. 예수는 그들을 가엾게 여겨서 이번에는 흔들어 깨우려던 생각을 거두었다. 발돋움을 하고는 살며시 되돌아갔다. 그러고는 또다시 엎드려 흐느껴 울기 시작했다.

「아버지시여.」 예수는 하느님이 듣기를 원하지 않는 듯 나지막이 말했다. 「아버지시여, 당신의 뜻대로 이루어집니다. 제 뜻이 아니라, 아버지시여, 당신의 뜻대로 말입니다.」

그는 몸을 일으켜 예루살렘 쪽 길을 다시 쳐다보았다. 불빛이 이제는 훨씬 가까워져 있었다. 그는 불빛 주변에서 흔들리는 그림자들과 번쩍거리는 청동 갑옷을 뚜렷하게 보았다.

「그들이 오는구나…… 그들이 오는구나…….」 그는 중얼거렸다. 무릎에서 기운이 빠졌다. 바로 그 순간에 개똥지빠귀 한 마리가 나타나서 그의 맞은편 작고 어린 삼나무에 앉았다. 새는 목구멍을 부풀리더니 노래하기 시작했다. 새는 커다란 달과 봄의 향기와 눅눅하고 따스한 밤에 취했다. 밤의 어둠 속에는 전능한 하느님이, 하늘과 땅과 사람의 영혼을 창조했던 바로 그 하느님이 존재했다. 예수는 머리를 들고 열심히 귀를 기울였다. 흙과 시원한 포옹과 새들의 자그마한 가슴을 사랑하는 하느님, 바로 그가 사람들의 참된 하느님일까? 갑자기, 새가 부르는 소리에 응답하듯 또 다른 개똥지빠귀 한 마리가 그의 영혼 깊은 곳에서 뛰어나와 하느님과 사랑과 소망을, 영원한 고통과 기쁨을 노래하기 시작했다······.

새는 노래했고, 예수는 전율했다. 그는 이토록 많은 풍요함과 그토록 많은 유쾌하고도 노출되지 않았던 기쁨과 죄악이 그의 내면에 담겨 있음을 깨닫지 못했었다. 그의 뱃속에서는 꽃이 만발했고, 개똥지빠귀는 꽃 핀 나뭇가지들 속에 뒤엉켰으며, 다시는 도망칠 수도 없었고 도망치기를 원하지도 않았다. 어디로 간단 말인가? 새가 왜 떠나가야 하나? 세상은 천국이었다······. 하지만 이중창 노랫소리를 따라 예수가 육신을 잃지 않고도 천국으로 들어가려 하자 거센 목소리들이 들려왔고, 불을 밝힌 횃불과 청동 갑옷이 가까이 왔고, 눈부신 빛과 연기 속에서 예수는 유다를 어렴풋하게 알아보았는데, 힘찬 두 팔이 그를 꽉 움켜 안았고, 붉은 수염이 얼굴을 따갑게 찔렀다. 그는 비명을 지르고 잠깐(이라고 여겨지는) 동안 의식을 잃었지만, 의식을 잃기 전에 그는 숨결이 거센 유다의 입이 그의 입을 짓누른다고 느꼈으며, 〈랍비님, 만세!〉라고 외치는 거칠고도 절망적인 목소리를 들었다.

달이 이제는 푸르스름한 유대의 산봉우리에 닿으려고 했다. 눅눅하고 차가운 바람이 일었고, 예수의 손톱과 입술이 시퍼렇게 되었다. 예루살렘은 달빛 속에서 창백하고 눈먼 송장처럼 솟아올랐다.

예수는 몸을 돌려 병사들과 레위 사람들을 보았다.

「내 하느님이 보내신 사자(使者)들을 환영합니다.」 그가 말했다. 「갑시다!」

소란 속에서 그는 베드로가 칼을 뽑아 어느 레위 사람의 귀를 잘라 버리는 광경을 언뜻 보았다.

「칼을 집어넣어요.」 그가 명령했다. 「칼에 칼로 맞선다면, 세상은 언제 살육으로부터 해방되겠어요?」

제29장

 그들은 예수를 체포했다. 야유를 퍼부으며 그들은 바위를 타고 삼나무와 올리브나무 숲을 지나, 키드론 골짜기를 내려가, 예루살렘으로 예수를 질질 끌고 갔으며, 결국은 그들은 반역자를 심판하기 위해 소집된 의회가 기다리고 있던 가야파의 궁전에 이르렀다.

 추웠다. 종들은 마당에 지펴 놓은 불을 쬐었다. 레위 사람들이 끊임없이 안에서 나와 무슨 일이 벌어지는지 알려 주었다. 예수에게 불리한 증거는 머리가 쭈뼛하게 할 정도여서, 신의 저주를 받아 마땅한 이자는 이스라엘의 하느님에 대해서 어떠어떠한 불경을 범했고, 이스라엘의 법을 어떠어떠하게 여겼고, 여호와의 성전을 부수고는 그 자리에 소금을 뿌리겠다[1]고 했다!

 잔뜩 몸을 웅숭그리며 베드로는 마당으로 몰려 들어갔다. 머리를 숙인 채 그는 손을 내밀어 불을 쬐며 벌벌 떨면서 얘기를 들었다. 하녀가 옆을 지나가다가 그를 보더니 걸음을 멈추었다.

「여봐요, 영감님.」 그녀가 말했다. 「왜 당신은 숨으려고 하나

---

[1] 그리스 역사에 나오는 표현인데, 완전히 파괴하고 그곳에 다시는 생명이 솟아오르지 못하게 하려는 행위이다.

요? 어디 우리가 살펴보게 머리를 들어요. 당신은 저 사람하고 한패 같아요.」

이 말을 듣고, 레위 사람 몇 명이 가까이 왔다. 베드로는 두려웠다. 그는 손을 들었다.

「맹세컨대 난 저 사람을 모릅니다!」 그는 문으로 물러서며 말했다.

또 다른 하녀가 옆을 지나가다가 자리를 뜨려는 그를 보고 손을 내밀었다.「여봐요, 영감님, 당신 어디로 가려고 그래요? 당신은 저 사람하고 같이 있었어요. 난 당신을 봤어요.」

「난 저 사람을 몰라요.」 베드로가 또다시 소리쳤다. 하녀를 옆으로 밀치고 그는 계속해서 물러났다. 하지만 문간에서 두 명의 레위 사람이 그를 잡아 세웠다. 그들은 어깨를 움켜잡고 베드로를 세차게 흔들었다.

「당신 억양을 들으니까 알겠어요.」 그들이 소리쳤다.「당신은 갈릴래아 사람이고, 저 사람의 제자예요!」

그러자 베드로는 욕설을 퍼부으며 말했다.「난 저 사람을 몰라요!」

그 순간 마당에서 수탉이 울었다. 베드로는 큰 소리로 신음했다. 그는 랍비의 말이 생각났다.「베드로여, 베드로여, 닭이 울기 전에 당신은 세 번이나 나를 모른다고 할 것입니다.」 그는 길거리로 나가 땅바닥에 쓰러져 울음을 터뜨렸다.

날이 밝아 오고 있었다. 하늘이 시뻘건 핏빛으로 변했다. 새파랗게 질린 레위 사람이 시끄럽게 고함치며 궁전에서 뛰어나왔다.

「대제사장께서 옷을 찢고 야단입니다. 죄인이 방금 무슨 소리를 했는지 알아요? 〈나는 하느님의 아들 그리스도입니다.〉 장로들이 모두 펄쩍 뛰었어요. 그들은 옷을 찢으며 〈죽여라! 죽여라!〉

소리를 지른답니다.」

레위 사람이 또 한 명 나타났다. 「이제는 그 사람을 빌라도에게 끌고 가려고 해요. 그를 죽일 권리가 있는 사람은 빌라도뿐이니까요. 그들이 지나가게 길을 비켜 줘요. 문이 열립니다!」

문이 열리더니 이스라엘의 귀족들이 밖으로 나왔다. 몸이 비대한 대제사장 가야파가 제일 먼저 천천히 걸어 나왔다. 그의 뒤에서는 수염을 기르고, 교활하고, 눈이 일그러지고, 이빨이 빠지고, 사악한 혀를 놀리는 장로들이 나왔다. 그들은 모두 씨근덕거리며 분노로 걸음이 비틀거렸다. 그들의 뒤에는 차분하고 슬픈 모습의 예수. 매를 맞아 그의 머리에서는 피가 흘렀다.

야유와 비웃음과 욕설이 마당에서 터져 나왔다. 베드로는 벌떡 일어나 길거리 쪽 문의 곁기둥에 몸을 기대고 눈물을 흘렸다. 「베드로야, 베드로야.」 그가 중얼거렸다. 「겁쟁이, 거짓말쟁이, 배반자! 그들에게 죽음을 당하는 한이 있더라도 일어나서 〈나는 저 사람과 함께 있었노라!〉고 외치거라.」 그는 자신의 영혼을 타이르고 부추겼지만, 문의 기둥에 기댄 채 벌벌 떠는 몸은 꼼짝도 하지 않았다. 예수는 문턱에 발이 걸려 앞으로 고꾸라졌다. 무엇인가 붙잡으려고 내민 그의 손에 베드로의 어깨가 닿았다. 베드로는 대리석처럼 굳어 버려 한마디의 말도 꺼내지 못했고, 움직이지도 않았다. 그는 랍비의 손이 그의 몸을 쇠고랑처럼 찍고 파고들어 놓아주지 않는 기분을 느꼈다. 바깥은 아직 완전히 날이 밝지는 않았고, 푸르스름한 어둠 속에서 예수는 쓰러지지 않으려고 그가 움켜잡은 사람이 누구인지 보려고 시선을 돌리지도 않았다. 그는 몸의 균형을 다시 잡았고, 병사들에게 둘러싸여 장로들의 뒤를 따라 다시금 궁전의 탑을 향해 나아가기 시작했다.

빌라도는 잠이 깨어 몸을 씻고 향유를 바르고는 그가 사는 탑의 높다란 일광욕실에서 초조하게 서성거렸다. 그는 유월절이라는 이날이 조금도 마음에 들지 않았다. 하느님에 도취된 유대인들은 광란 상태에 이를 정도로 흥분해서 또다시 로마 병사들과 싸움을 벌이기 일쑤인데, 금년에도 또다시 살육이 벌어질지 모르고, 그러면 로마에게 득 될 일이 하나도 없었다. 금년 유월절에 그는 걱정이 한 가지 더 늘었다. 히브리 사람들은 무슨 수를 써서라도 불쌍한 나자렛 사람, 그 미치광이를 십자가에 매달려고 했는데…… 정말이지 한심한 민족이로다!

빌라도는 주먹을 불끈 쥐었다. (결백, 과연 그것이 무엇을 의미하는지는 몰라도) 그가 결백했기 때문도 아니요, (아! 이제 와서 그가 유대인들을 가엾게 생각하기 시작한다면 재앙밖에 얻을 바가 없으니) 그를 가엾다고 생각해서도 아니고, 그냥 이 한심한 히브리 백성의 분노를 자극하기 위해서 빌라도는 멍청한 작자를 구해 주려는 집요한 욕망에 사로잡혔다.

빌라도는 탑의 창문 밑에서 굉장히 시끄럽게 소동을 벌이는 소리를 들었다. 그는 몸을 내밀고 그의 탑 마당에 가득 모여든 유대인들을 보았다. 그는 또한 성전의 행각과 층계에도 넘쳐흐를 정도로 몰려든 광신적인 군중을 보았다. 지팡이와 돌팔매 끈으로 무장한 군중은 로마 병사들이 경호하며 거대한 탑 문으로 밀고 가는 예수를 밀치고, 발로 차고, 야유를 퍼부었다.

빌라도는 안으로 들어가 엉성하게 조각된 그의 의자에 앉았다. 문이 열렸다. 장대한 흑인 두 사람이 예수를 밀어 넣었다. 옷은 너덜너덜하게 찢어지고 얼굴은 온통 피로 뒤덮였지만, 그는 머리를 꼿꼿하게 들었으며, 눈에서는 사람들로부터 멀리 떨어진 듯 초연하고 차분한 광채가 뿜어져 나왔다. 빌라도는 미소를 지었다.

「당신이 내 앞에 선 모습을 다시 보게 되었지만, 유대인들의 왕 나자렛 예수여, 보아 하니 저들이 그대를 죽이고 싶어 하는 모양인데……」

예수는 창문을 통해 하늘을 물끄러미 내다보았다. 그의 이성과 육체는 이미 분리되었다. 그는 말을 하지 않았다. 빌라도는 화가 났다.

「하늘은 잊어버려.」 빌라도가 소리를 질렀다. 「나를 쳐다보는 편이 좋을 테니까! 당신은 내가 당신을 풀어 주거나 십자가에 매달아 처형할 권한을 손에 쥐었다는 사실을 모르나?」

「당신은 나에 대해서 아무런 권한도 갖지 못해요.」 예수가 차분하게 대답했다. 「하느님 이외에는 아무도 그럴 권한이 없으니까요.」

밑에서는 미친 듯한 고함 소리가 들려왔다. 「죽여라! 죽여라!」

「저들이 왜 저렇게 미쳐 날뛰지?」 빌라도가 물었다. 「그들에게 당신이 무슨 짓을 했나?」

「나는 그들에게 진리를 전했어요.」 예수가 대답했다.

빌라도는 미소를 지었다. 「무슨 진리 말인가? 〈진리〉는 무엇을 의미하지?」

예수의 마음은 슬픔으로 오그라들었다. 이것이 세상이고, 이자들은 세상을 지배하는 사람들이다. 그들은 진리가 무엇이냐고 묻고는 웃는다.

빌라도는 창 앞에 섰다. 그는 바로 어제 라자로를 살해한 혐의로 바라빠를 체포했다는 보고가 생각났다. 유월절에는 관습에 따라 죄수를 한 사람 풀어 주었다.

「너희는 내가 누구를 풀어 주기를 바라느냐?」 그가 소리쳤다. 「유대인들의 왕 예수냐, 아니면 도적 바라빠냐?」

「바라빠요! 바라빠요!」사람들이 외쳤다.

빌라도는 경비병들을 불러 예수를 가리켰다.「이자를 채찍으로 쳐라.」그가 명령했다.「머리에는 가시 면류관을 씌우고, 붉은 옷을 입히고, 기다란 갈대를 주어 왕홀(王笏)로 들게 하라. 그는 왕이니까, 왕답게 옷을 입혀라!」

빌라도는 사람들이 보면 미안한 생각이 들게 하려고 예수를 이런 차림으로 그들 앞에 내세울 생각이었다.

경비병들은 예수를 붙잡아 기둥에 묶고는 매질을 하고 침을 뱉었다. 그들은 가시나무로 왕관을 꿔서 틀고는 예수의 머리에 얹었다. 그의 이마와 관자놀이에서 피가 솟구쳐 뿜어져 나왔다. 그들은 주홍빛 헝겊을 예수의 등에다 두르고는 기다란 갈대를 손에 쥐여 준 다음 빌라도에게 데리고 갔다. 로마인은 그를 보더니 웃음을 참을 수가 없었다.

「어서 오십시오, 폐하!」그가 말했다.「당신을 백성들 앞에 보여 줄 테니 이리 오사이다.」

빌라도는 예수의 손을 잡았고, 그들은 테라스로 나갔다.

「이 사람을 보라!」빌라도가 소리쳤다.

「십자가에 매달아라! 십자가에 매달아라!」사람들이 아우성치기 시작했다.

빌라도는 대야와 물통을 가져오라고 명령했다. 그는 몸을 구부리고 군중 앞에서 손을 씻었다.

「나는 손을 씻는다.」그가 말했다.「그를 피 흘리게 하는 자는 내가 아니고, 나는 결백하다. 이 죄가 그대들의 머리에 떨어지기를 바란다!」

「그는 우리와 우리 자식들을 위해 피를 흘려야 한다!」사람들이 고함쳤다.

「저자를 데리고 가라.」 빌라도가 말했다. 「더 이상 나를 귀찮게 하지 마라!」

군중들은 그를 잡고, 십자가를 그의 등에다 지우고, 그에게 침을 뱉고, 때리고, 발로 차며 골고타로 몰고 갔다. 십자가는 무거웠다. 비틀거리면서 예수는 주위를 둘러보았다. 어쩌면 제자 중 한 사람을 발견하고, 그가 머리를 끄덕이면 제자가 그를 불쌍히 여겨 도와줄지도 모른다. 그는 찾아보고 또 찾아보았다. 그러나 아무도 없었다. 그는 한숨을 지었다.

「죽음에 축복이 있을지어다.」 그가 중얼거렸다. 「하느님께 영광을!」

한편 제자들은 키레네 사람 시몬의 술집에 틀어박혀 있었다. 그들은 남의 눈에 띄지 않게 몸을 피하려고 십자가 처형이 끝나 밤이 되기를 기다렸다. 술통 뒤에 쪼그리고 앉아 그들은 귀에다 신경을 곤두세우고 바깥 길거리에서 웃고 떠들며 지나가는 군중의 소음을 들었다. 남자들과 여자들, 온 도시가 골고타를 향해 달려가기 시작했다. 사람들은 멋진 유월절을 보내 고기도 포식했고, 포도주도 너무 많이 마셨으며, 거기다가 십자가 처형까지 벌어져 구경거리도 생긴 셈이었다.

사람들이 달려갔다. 제자들은 길거리의 소음을 듣고 벌벌 떨었다. 요한이 숨죽여 흐느껴 우는 소리가 가끔 들렸다. 때때로 안드레아가 일어서서 뭐라고 위협해 가며 술집 안을 서성거렸다. 베드로는 밖으로 달려 나가 스승과 함께 죽을 용기가 없는 겁쟁이인 자신을 욕하고 꾸짖었다. 〈랍비님이시여, 죽을 때까지 당신 곁에 머물겠나이다!〉라고 그가 스승에게 맹세한 적이 얼마나 여러 번이었던가. 하지만 죽음이 눈앞에 닥치자 그는 술통 뒤로 숨고 말았다.

야고보는 화가 났다. 「요한아.」 그가 말했다. 「너도 남자라면 그만 질질 짜. 그리고 당신, 용감하신 안드레아, 콧수염을 그만 좀 비틀어요. 앉아요. 모두들 앉으라니까요. 결정을 내립시다. 그분이 정말로 메시아라고 상상해 봐요. 만일 그분이 사흘 후에 부활한다면 우리는 무슨 얼굴을 하고 그분 앞에 나타나죠? 그런 생각을 한 번이라도 해봤어요? 당신은 어때요, 베드로?」

「만일 그분이 메시아라면 우린 끝장나요.」 희망을 잃고 베드로가 말했다. 「내가 얘기했듯이, 벌써 난 그분을 세 번이나 부정했거든요.」

「하지만 그분이 메시아가 아니라고 해도 우리는 역시 끝장이에요.」 야고보가 말했다. 「어떻게 생각해요, 나타나엘?」

「우린 여기서 벗어나야 해요. 그분이 메시아건 아니건 다 끝장이니까요.」

「이렇게 그분을 방치해 두고 떠난단 말이에요? 그러고도 어떻게 마음이 편하죠?」 문으로 달려가려고 하며 안드레아가 말했다.

하지만 베드로가 그의 옷을 잡았다. 「앉거라, 이 녀석아, 내가 두들겨 패기 전에 앉으라고! 우린 다른 해결 방법을 찾아야 해.」

「위선자들과 바리사이파 사람들아!」 토마가 식식거렸다. 「무슨 해결 방법 말인가요? 낯을 붉히지 말고 우리 다 털어놓고 얘기합시다. 우리는 거래를 하고, 전 재산을 투자한 셈이죠. 그래요, 장사를 한 셈이라고요! 왜 살기등등한 그런 눈으로 날 쳐다보나요? 자그마한 거래, 우린 그걸 했어요. 내가 하나 주면 당신도 하나 내놓고요. 나는 빗과 실타래와 손거울 따위 내가 파는 물건들을 주고 하늘나라와 바꿨어요. 여러분도 모두 똑같은 일을 했습니다. 누구는 고기잡이배를 내놓고, 누구는 양 떼를 내놓고, 누구는 마음의 평화를 내놓았어요. 그런데 이제 보니 모두 마귀한테만 좋은 일을 한 셈이죠. 우린 파산했고, 재산을 날려 버렸습니다. 우리 목숨까지 도매금으로 한꺼번에 넘어가지 않도록 조심해야죠. 그렇다면 내 제안이 뭔지 알겠어요? 아직 형편이 괜찮을 때 가야 합니다!」

「맞았어요!」 필립보와 나타나엘이 소리쳤다. 「아직 형편이 괜찮을 때 가야 합니다!」

베드로는 한쪽으로 떨어져 앉았던 마태오에게로 초조하게 시선을 돌렸다. 마태오는 한마디 말도 입 밖에 내지 않으며 귀에다 손을 대고 듣기만 했다. 「제발 부탁이에요, 마태오.」 베드로가 말했다. 「이런 얘기는 모두 기록하지 말아요. 못 들은 셈 치라고요. 우리가 영원히 한심한 존재로 전해지지 않게 말이에요!」

「나도 다 생각이 있으니까 걱정하지 말아요.」 마태오가 대답했다. 「나는 보고 듣는 내용이 많지만, 선택을 한답니다…… 하지만 여러분을 위해서 한마디 하겠는데, 숭고한 결정을 내리고 여러분이 얼마나 용감한지를 보여 줘야 내가 그런 내용을 기록하고, 초라한 당신들도 영광스러운 존재가 되어요. 당신들은 사도이고, 그건 절대로 시시한 일이 아니죠!」

바로 그때 키레네 사람 시몬이 술집 문을 밀고 들어왔다. 그의 옷은 찢어지고, 얼굴과 가슴은 피투성이였으며, 오른쪽 눈은 부어오르고 눈물이 흘렀다. 신음을 하고 욕설을 퍼부으며 그는 몸에 걸쳤던 누더기를 벗어 던지고는 술잔을 씻는 통에다 머리를 담그고, 수건을 낚아채어 가슴과 잔등을 닦으며 줄곧 고함치고 침을 뱉었다. 그러더니 술통 꼭지에다 입을 대고는 술을 마셨다. 술통 뒤에서 나는 시끄러운 소리를 듣고 그는 허리를 굽혀 넘겨다보았다. 뒤엉켜 쭈그리고 앉은 제자들을 보자 그는 화가 벌컥

났다.

「더러운 개자식들, 내 눈앞에서 꺼져 버려요!」 시몬은 제자들에게 소리를 질렀다. 「쳇! 당신들은 당신들 두목을 이런 식으로 지켜 주는 모양이로군요! 싸움을 피해 숨기나 하고 말이에요! 거지 같은 갈릴래아 사람들, 거지 같은 사마리아 사람들, 거지 같은 자식들!」

「우리의 영혼은 기꺼이 그러리라는 걸 하느님은 알고 계세요.」 베드로가 용기를 내어 말했다. 「하지만 몸은……」

「닥쳐요, 이 수다쟁이! 쳇! 영혼이 기꺼이 하려고 한다면 육신은 아무런 문제가 되지 않아요. 모든 물건이, 심지어는 손에 든 몽둥이와 몸에 걸친 옷과 밟고 지나가는 돌멩이까지, 모든 물건이, 모든 사물이 영혼과 하나가 되니까요! 봐요, 겁쟁이들아, 온몸이 시퍼렇게 멍들고, 옷이 갈기갈기 찢어지고, 눈알이 당장 머리에서 튀어나올 지경이 된 내 꼴을 보라고요. 왜 이렇게 되었는지 알아요? 더러운 제자들아, 마귀한테나 잡혀가라고요! 제기랄, 난 당신들의 스승을 지켜 주려다가 이런 꼴이 되었단 말이에요. 수많은 사람들과 싸운 사람은 나, 나, 나, 술집 주인, 너저분한 키레네 사람이었단 말이에요! 그런데 내가 왜 그랬는지 알아요? 그 사람이 메시아이며, 내일 그가 나를 위대하고 권세가 높은 사람으로 만들어 주리라고 믿었기 때문일까요? 전혀, 전혀 그렇지 않아요. 그건 다 망할 놈의 정의감에 사로잡혔기 때문이었고, 난 그런 행동을 했다고 해서 부끄럽게 생각하지 않아요!」

그는 왔다 갔다 서성거리고, 의자에 발이 걸려 고꾸라지고, 침을 뱉고, 욕설을 퍼부었다. 마태오는 뜨거운 숯불에 올라앉은 기분이었다. 그는 가야파의 궁전에서는 무슨 일이 벌어졌고, 빌라도의 궁전에서는 무슨 일이 일어났고, 스승이 무슨 말을 했고, 사람들이 뭐라고 소리쳤는지 알아내어 모두 그의 공책에다 기록하고 싶었다.

「만일 하느님을 믿는다면, 시몬, 내 형제여, 소리는 그만 지르고 언제 어디서 무슨 일이 일어났으며, 스승님이 혹시 무슨 말이라도 했는지 얘기해 줘요.」 그가 말했다.

「물론 얘기를 했죠!」 시몬이 대답했다. 「그 사람이 이런 말을 했어요. 〈저주를 받아 지옥으로 떨어지거라, 제자들아!〉 좋아요, 그렇게 기록해요! 왜 날 쳐다보죠? 펜을 잡고 〈너희는 저주를 받아 지옥으로 떨어지거라!〉라고 했다고 쓰라니까요.」

술통 뒤에서 통곡하는 소리가 들려왔다. 요한은 땅바닥에서 뒹굴며 소리를 질렀고, 베드로는 벽에다 머리를 짓찧었다.

「만일 당신도 하느님을 믿는다면, 내가 기록할 진실을 얘기해 주세요.」 마태오가 그에게 다시 부탁했다. 「지금 이 순간에, 온 세상의 미래가 당신이 하는 말에 달렸다는 걸 모르겠어요?」

베드로는 아직도 벽에다 머리를 짓찧었다.

「제기랄, 절망하지 말아요, 베드로여.」 술집 주인이 그에게 말했다. 「영원한 영광을 얻기 위해 당신들이 무엇을 하면 되겠는지 내가 얘기해 주겠어요. 들어 봐요, 잠시 후에 놈들이 그 사람을 끌고 이곳을 지나가게 되는데, 난 벌써 그 소리가 들려요. 일어나서 남자답게 문을 열고, 가서 그 사람에게서 십자가를 받아 대신 메고 가요. 제기랄, 십자가는 굉장히 무거운데, 당신네 하느님은 무척 연약해서 기운이 다 빠졌더군요.」

비웃으며 그는 발로 베드로를 밀쳤다. 「당신이 해보겠어요? 난 지금 당장 뭔가 행동하는 모습을 보고 싶어요!」

「사람들이 그토록 많지만 않다면 정말이지 난 그러겠어요.」 베드로가 우는 소리를 했다. 「사람들이 날 갈기갈기 찢어 놓을 텐데요.」

 화가 난 술집 주인은 침을 뱉었다. 「당신들 모두 지옥으로나 가요!」 그가 소리쳤다. 「아무도 못하겠다는 얘기예요? 당신, 꺽다리 나타나엘은 어때요? 당신, 사람 잡는 안드레아는 어떻고요? 아무도, 아무도 없어요? 흥! 당신들 모두 악마한테나 끌려가요! 아, 가엾은 메시아, 이토록 훌륭한 장군들을 모아 놓고 어떻게 세계를 정복하겠다는 얘기인지 모르겠군요! 당신은 차라리 나를, 나를 선택했더라면 더 좋았을 뻔했어요! 목을 매달아 죽이고 머리를 잘라 말뚝 꼭대기에 얹어 놓고 사람들에게 구경시켜야 마땅할 놈인지는 모르지만, 그래도 난 자존심을 아는 인간이고, 남자란 자존심만 좀 있다면 술주정뱅이건 도둑놈이건 거짓말쟁이건 상관없이, 역시 남자란 말이에요. 자존심이 없는 인간이라면 순진한 비둘기라고 하겠지만, 흥! 그따위 인간을 어느 짝에 쓰나요!」

 다시 침을 뱉고, 그는 문을 열고 씨근덕거리며 문간에 섰다.

 길거리에는 사람들이 넘쳐흘렀다. 남자들과 여자들이 뛰어가며 소리쳤다. 「저기 온다! 유대인들의 왕께서 저기 오신다! 우우 우우! 우우우우!」

 제자들은 다시 술통 뒤로 파고들며 숨었다. 시몬이 휙 돌아섰다. 「쳇! 당신들은 자존심이라는 것도 통 없나요? 당신들은 나가서 저 사람을 보지도 않을 생각이에요? 당신들은 저 불쌍한 사람에게 제자들을 잠깐 쳐다볼 위안조차 주지 못하겠다는 얘긴가요? 그렇다면 좋아요. 난 밖으로 나가서 그 사람한테 손을 흔들어 주겠어요. 〈나올시다.〉 나는 이렇게 말할 겁니다. 〈나요, 키레네 사람 시몬이 여기 있어요!〉」

 한걸음에 성큼 그는 길로 나갔다.

 거듭거듭 밀려오는 군중이 파도처럼 물결치며 지나갔다. 앞에는 로마의 기마병, 뒤에는 십자가를 걸머진 예수. 그는 피를 마구 흘렸고, 몸에는 갈기갈기 찢어진 옷을 걸쳤다. 그는 더 이상 걸어갈 기운이 없었다. 그는 점점 더 머리를 앞으로 내밀며 당장 쓰러질 듯 자꾸만 비틀거렸고, 그들은 끊임없이 그를 똑바로 일으켜 세우고는 발길로 차며 앞으로 몰았다. 뒤에서는 그들의 병을 고쳐 주지 않았다고 분격한 절름발이들과 장님들과 팔다리가 잘려 나간 불구자들이 쫓아왔다. 그들은 예수에게 저주를 퍼붓고, 목발과 지팡이로 때렸다. 예수는 자꾸만 주위를 둘러보았다. 사랑하는 제자들은 아무도 나타나지 않으려나? 그들은 어떻게 되었을까?

술집 바깥에서 그는 시선을 돌리고, 술집 주인이 손을 흔드는 모습을 보았다. 그는 기뻤다. 그는 머리를 끄덕여 작별 인사를 하려고 했지만, 발이 돌멩이에 걸려 십자가를 진 채로 땅바닥에 엎어졌다. 그는 고통스러워서 신음했다.

키레네 사람이 앞으로 달려 나와 그를 부축해 일으키고는 십자가를 들어 자기가 짊어졌다. 그러더니 머리를 돌려 예수에게 미소를 지었다. 「용기를 내요.」 시몬이 그에게 말했다. 「내가 여기 있으니까 두려워하지 마세요.」

그들은 다윗의 성문으로 나가 골고타로, 온통 돌멩이와 가시나무와 뼈투성이인 골고타 언덕 꼭대기로 이어진 비탈길을 올라가기 시작했다. 이곳에서는 반역자들이 십자가에 매달려 처형되었으며, 시체는 독수리들의 차지가 되었다. 하늘에서는 썩은 살의 악취가 풍겼다.

키레네 사람은 십자가를 내려놓았다. 병사 두 사람이 구덩이를 파고 십자가를 바위 사이에다 꽂았다. 예수는 돌멩이 위에 앉아서 기다렸다. 태양이 그들의 머리 위에 높이 걸렸고, 밀폐된 하늘은 하얗게 타올랐다. 불꽃도 없고, 천사도 안 보였으며, 지상에서 벌어지는 사건을 위에서 누군가 지켜본다는 지극히 작은 계시조차 없었다······.

자그마한 흙덩어리를 손가락으로 부스러뜨리며 앉아 기다리는 사이에 예수는 누가 앞에 서서 자신을 쳐다보는 기분이 들었다. 서두르지 않고 차분하게 머리를 든 그는 그녀가 누구인지 알아보았다.

「잘 왔어요, 충실한 길동무여.」그가 중얼거렸다.「여행은 여기서 끝나요. 당신이 원하던 바는 이루어졌고, 내가 원하던 바도 또한 이루어졌습니다. 나는 평생 동안 저주를 축복으로 바꿔 놓으려고 노력했어요. 나는 그 일을 해냈고, 이제 우리는 친구가 되었어요. 안녕히 계세요, 어머니시여!」그는 야수 같은 그림자에게 힘없이 손을 흔들어 주었다.

두 명의 병사가 그의 어깨를 움켜잡았다.

「일어나시죠, 폐하.」그들이 예수에게 소리쳤다.「어서 왕좌에 오르셔야 하니까요!」

그들은 옷을 벗겨 예수의 야윈 몸을 드러내었다. 온몸이 피투성이였다.

열기가 대단했다. 목이 쉴 정도로 소리를 질러 대어 피곤해진 사람들은 말없이 구경만 했다.

「기운을 차리게 포도주를 좀 먹이지.」어느 병사가 제안했다. 하지만 예수는 잔을 밀어 내고 십자가로 두 팔을 뻗었다.

「아버지시여.」그가 중얼거렸다.「당신의 뜻대로 되려 합니다.」

장님들과 문둥이들과 불구자들이 이제는 악을 쓰기 시작했다.

「거짓말쟁이! 사기꾼아! 사람들을 기만한 놈아!」

「하늘나라는 어디이고, 빵 덩어리가 가득 찬 가마는 어디로 갔느냐?」 가난뱅이들이 아우성을 치며 레몬 껍질과 돌멩이를 마구 던졌다.

예수는 두 팔을 활짝 벌리고 입을 열어 〈형제들이여!〉라고 소리치려고 했지만, 병사들이 그를 잡아 십자가로 끌어 올렸다. 그러더니 그들은 못을 준비하고 기다리는 집시들을 불렀다. 망치들이 올라가고 처음 내려치는 소리가 들리자 해는 얼굴을 가렸고, 두 번째 내려치는 소리와 더불어 하늘이 어두워지며 별이 나타났는데, 그것은 별이 아니라 땅으로 뚝뚝 떨어지는 커다란 눈물방울이었다.

군중은 공포에 사로잡혔다. 로마 병사들이 탄 말들이 사납게 날뛰었다. 뒷발로 일어서더니 말들은 미친 듯 달리며 유대인들을 짓밟았다. 그러더니 지진이 시작될 때처럼 땅과 하늘과 대기가 갑자기 조용해졌다. 키레네 사람 시몬은 돌멩이 바닥에 엎어졌다. 발밑에서 세상이 여러 차례 흔들리자 그는 겁이 났다.

「슬프도다! 이제 땅이 활짝 열리고 우리를 모두 집어삼키리라.」 그는 중얼거렸다.

키레네 사람 시몬은 머리를 들고 주위를 둘러보았다. 세상이 희미해진 듯싶었다. 죽음처럼 창백해진 세상은 이제 푸르스름한 어둠 속에서 겨우 보일 지경이었다. 사람들의 머리는 사라지고, 시커먼 구멍처럼 눈들만 허공에 뚫렸다. 피 냄새를 맡고 잔뜩 떼를 지어 골고타로 모여들었던 까마귀들이 겁이 나서 도망쳤다. 힘없이 탄식하며 몰아쉬는 숨소리가 십자가에서 들려왔다. 흐느껴 울지 않으려고 마음을 단단히 다지면서 키레네 사람은 눈을 들었다. 갑자기 그는 비명을 질렀다. 예수를 십자가에다 못 박는 자들은 집시가 아니었다! 그렇다, 망치와 못을 손에 들고 수많은 천사들이 하늘에서 내려왔다. 그들은 예수의 주위를 날아다니며 유쾌하게 망치를 휘두르고 손과 발에다 못을 박았으며, 어떤 천사는 희생자가 떨어지지 않도록 팽팽한 밧줄로 몸을 단단히 묶었다. 뺨이 발그레하며 곱슬거리는 금발 머리의 작은 천사가 창을 들고 예수의 심장을 찔렀다.

「이게 뭘까?」 벌벌 떨며 키레네 사람이 중얼거렸다. 「하느님이 손수, 하느님이 스스로 그를 십자가에 매다는구나!」

그러더니, (키레네 사람은 그토록 강렬한 공포나 고통은 한 번도 겪어 보지 못했는데) 불만이 가득하고, 가슴을 찢는 듯한 우렁찬 외침이 땅에서 하늘에 이르는 대기를 갈랐다.

「엘로이…… 엘로이…….」[2]

고통을 받는 자는 말을 잇지 못했다. 그는 말을 하고 싶었지만, 숨이 닿지 않아 뜻대로 되지 않았다.

십자가에 매달린 이는 머리를 떨구고 기절했다.

---

[2] 십자가에서 예수가 한 말인데, 아람 말을 그대로 표현한 것으로, 〈나의 하느님, 나의 하느님〉이라는 뜻이다. 「마르코의 복음서」 15장 34절 참조.

제30장

 기쁨과 놀라움으로 예수는 눈꺼풀이 파르르 떨렸다. 이것은 십자가가 아니라 지상에서 하늘까지 이르는 거대한 한 그루의 나무였다. 때는 봄철이었고, 나무는 온통 꽃으로 뒤덮였으며, 가지마다 맨 끝에는 새가 한 마리씩 앉아 노래를 불렀다. 그리고 그는, 그는 꽃이 만발한 나무에 몸을 기대고 꼿꼿이 섰다. 그는 머리를 들고 세어 보았다. 하나, 둘, 셋…….
 「서른셋.」 그가 중얼거렸다. 「내 나이하고 똑같아. 서른세 마리의 새들이 노래를 부르는구나.」
 예수의 눈이 커져서 가장자리가 터지더니 얼굴 전체를 덮었다. 머리를 돌리지 않고도 그는 사방에 꽃이 만발한 세상을 둘러볼 수 있었다. 구불구불한 두 개의 조가비 같은 그의 귀는 세상의 불경스러운 말과 울음과 소란스러움을 받아 노래로 바꾸어 놓았다. 그리고 창에 찔린 그의 심장에서는 피가 흘러나왔다.
 바람이 불지 않았는데도 자비로운 나무는 꽃이 져서 한 송이 한 송이씩 가시가 뒤엉킨 그의 머리카락과 피투성이 손으로 떨어졌다. 그리고 지저귐의 바다 한가운데서 내가 누구이며 이곳이 어디인지를 기억해 내려고 그가 애쓰는 동안, 대기가 갑자기 소용돌이를 일으키며 응결하더니 천사가 그의 앞에 섰다……. 그러면서 날이 밝았다.

잠을 자거나 깨어 있을 때 예수는 수많은 천사를 보았지만, 이런 천사를 보기는 이번이 처음이었다. 얼마나 포근하고 인간적인 아름다움을 지녔으며, 윗입술과 뺨에 난 솜털은 얼마나 부드럽고 곱슬곱슬한가! 그리고 사랑에 빠진 젊은 남자나 여인의 눈처럼 정열이 흘러넘치던 그 눈은 얼마나 경쾌하게 희롱했던가. 그의 몸은 유연하고 탄력을 지녔으며, 마음을 들뜨게 만드는 검푸른 솜털이 종아리에서 통통한 허벅지까지 그의 다리를 감쌌고, 겨드랑이에서는 사랑스러운 인간의 땀 냄새가 났다.

예수는 마음이 산란해졌다. 「당신은 누구신가요?」 두근거리는 가슴으로 그가 물었다.

천사가 미소를 지으니, 얼굴마다 인간의 얼굴처럼 온화해졌다. 천사는 예수가 너무 놀라지 않게 하려는 듯 널찍하고 초록빛인 두 날개를 접었다.

「난 당신이나 마찬가지입니다.」 그가 대답했다. 「당신의 수호 천사니까요. 믿음을 가지세요.」

천사의 목소리는 굵고 마음을 푸근하게 했으며, 사람의 목소리나 마찬가지로 귀에 익고 다정했다. 지금까지 예수가 들었던 천사들의 목소리는 준엄했고, 항상 그를 꾸짖었다. 환희하며 그는 애원하듯 천사를 쳐다보고 다시 얘기하기를 기다렸다.

천사는 그런 눈치를 챘는지 미소를 지으며 인간의 소망을 들어주었다.

「당신의 입술에 감미로움을 가져다주라고 하느님께서 나를 보내셨어요. 사람들은 당신에게 쓴맛을 많이 마시게 했고, 하늘도 마찬가지였습니다. 당신은 고통 받고 투쟁했어요. 당신은 평생 동안 단 하루도 기쁨을 알지 못했습니다. 당신의 어머니, 형제들, 제자들, 가난한 자들과 불구자들과 핍박을 받는 사람들, 모두가, 그들 모두가 마지막 무서운 순간에 당신을 버렸어요. 당신은 아무런 보호도 받지 못하며 어둠 속에서 바위 위에 완전히 홀로 남았습니다. 그러자 하느님 아버지께서 당신을 불쌍히 여기게 되었어요. 〈여보게, 거기, 자넨 왜 가만히 앉아 구경만 하지?〉 하느님이 내게 소리쳤어요. 〈자네는 저 사람의 수호천사가 아닌가? 그렇다면 내려가서 구해 줘야지. 나는 저 사람이 십자가에 매달리기를 원하지 않아. 다 지긋지긋해!〉

〈만군의 주님이시여.〉 나는 벌벌 떨며 하느님께 대답했습니다. 〈당신은 인류를 구원하기 위해 십자가에 매달리게 하려고 그를 땅으로 내려 보내시지 않았던가요? 저는 당신의 뜻이 그러하다고 생각했기 때문에 차분한 마음으로 여기 앉아서 기다렸어요.〉

〈저 사람은 꿈속에서 십자가에 매달리게 하라.〉 하느님이 대답하셨습니다. 〈그로 하여금 현실과 똑같은 두려움, 똑같은 고통을 꿈속에서 느끼게 하라.〉」

「수호천사여.」 놓치지 않으려고 두 손으로 천사의 머리를 움켜잡으며 예수가 소리쳤다. 「수호천사여, 나는 영문을 모르겠습니다. 나는 십자가에 매달리지 않았던가요?」

천사는 예수의 불안해진 마음을 진정시키려고 새하얀 손을 그의 가슴에 얹었다.

「흥분하지 말고 마음을 가라앉혀요, 사랑하는 이여.」 마력을 지닌 눈을 깜박이며 천사가 그에게 말했다. 「그래요, 당신은 십자가에 매달리지 않았어요.」

「그렇다면 십자가, 그리고 못과 고통과 어두워진 태양이 모두 꿈이었나요?」

「그래요, 꿈이었어요. 당신은 수난의 시기를 모두 꿈속에서 살았죠. 당신은 꿈속에서 십자가로 올라가 못 박혔습니다. 당신의 두 손과 두 발과 심장에 생긴 다섯 상처는 꿈속에서 입었지만, 그 힘이 어찌나 강했던지, 보세요! 피가 아직도 흘러요.」

예수는 몽롱한 상태로 주변을 둘러보았다. 이곳은 어디일까? 나무에 꽃이 피고 물이 흐르는 이 평원은 어디인가? 그리고 예루살렘은? 그리고 내 영혼은? 예수는 천사에게로 돌아서서 팔을 만졌다. 이 살은 얼마나 서늘하고, 얼마나 단단한가!

「수호천사여.」 그가 말했다. 「당신 얘기를 듣는 동안 내 육체는 편안함을 느끼고, 십자가는 그림자 십자가가 되며 못은 그림자 못이 되고, 십자가 처형은 구름처럼 내 머리 위 하늘로 떠오릅니다.」

「갑시다.」 천사가 말하더니 꽃이 만발한 풀밭을 유연하게 사뿐사뿐 걸어가기 시작했다. 「커다란 기쁨이 당신을 기다려요, 나자렛 예수여. 하느님은 지금까지 당신이 남몰래 갈망했던 모든 쾌락을 당신으로 하여금 맛보게 해주라고 내게 허락하셨어요. 알게 되겠지만, 사랑하는 이여, 세상은 좋은 곳이죠. 술과 웃음과 여인의 입술과 무릎에 앉힌 첫아들의 재롱, 모두가 좋아요. (이런 얘기는 믿어지지 않겠지만) 우리 천사들은 저 위 천국에서 목을 길게 뽑고 땅을 굽어보고는 한숨을 짓는답니다.」

커다랗고 초록빛인 그의 날개가 퍼덕이더니 예수를 감싸 안았다. 「머리를 돌려요.」 천사가 말했다. 「뒤를 돌아다보라고요.」

예수가 머리를 돌렸고, 그래서 무엇을 보았던가? 멀리 저 높은 곳에서, 떠오르는 태양 속에서 나자렛의 언덕이 반짝이고, 요새의 성문이 열리고, 하나같이 위대한 영주와 귀부인으로 이루어진 수천 명의 군중이 나왔다. 그들은 황금 옷을 입고, 하얀 말을 타고 있었다. 공중에서는 황금빛 장미로 장식한 새하얀 비단 깃발이 나부꼈다. 행렬은 꽃이 핀 산들 사이로 내려와서, 왕궁과 산기슭을 타고 구불구불 굽이치는 여울을 지나갔다. 그는 웃음소리와 시끄러운 대화가 뒤섞인 소음을 들었다. 나무가 무성한 숲 뒤에서는 감미로운 한숨 소리가 났다.

「수호천사여.」 예수가 당황해서 말했다. 「이 귀족의 무리는 무엇인가요? 왕들과 여왕들은 누구죠? 그들은 어디로 가나요?」

「왕족의 결혼 행렬이죠.」 미소를 지으며 천사가 대답했다. 「결혼식장으로 가는 길이에요.」

「누가 결혼을 하는데요?」

「당신요.」 수호천사가 대답했다. 「이것이 너가 당신에게 주는 첫 기쁨이죠.」

예수는 피가 머리로 솟구쳤다. 그는 누가 신부인지 짐작했다. 그의 육체가 환희했다. 그는 이제 마음이 조급해졌다. 「갑시다.」 그가 말했다.

예수는 자기도 황금 안장과 굴레를 씌운 하얀 말을 탔다고 느꼈다. 그는 자신의 모습을 보았다. 그의 머리 꼭대기에서는 파란 깃털이 나부꼈고, 수천 군데를 기운 초라한 겉옷은 온통 벨벳과 황금으로 만든 옷으로 변했다.

「이봐요, 이것이 내가 사람들에게 알려 준 하늘나라인가요?」 예수가 물었다.

「아뇨, 아니에요.」 천사가 웃으며 대답했다. 「여기는 지상의 나라예요.」

「어떻게 이토록 많이 달라졌나요?」

「세상이 아니라 당신이 달라졌어요. 옛날에는 마음에 들지 않아 당신은 세상을 원하지 않았어요. 이제는 마음이 세상을 원하게 되었는데, 비밀은 그게 모두예요. 세상과 다음의 조화, 나자렛 예수여, 그것이 하늘나라예요……. 하지만 왜 이런 얘기를 하느라고 시간을 낭비하죠? 신부가 기다리니, 갑시다.」

천사가 이제는 흰말을 탔고, 그들은 길을 떠났다. 그의 뒤에서는 산을 내려오는 왕족의 행렬에서 힝힝거리는 말의 울음소리가 메아리치며 진동했다. 여자들의 웃음소리가 점점 커졌다. 새들이 공중에서 날개를 치며 그들을 모두 남쪽으로 이끌었다.「그분이 오신다.」새들이 노래했다.「그분이 오신다. 그분이 오신다!」예수의 마음도 또한 한 마리의 새였다. 그의 머리 꼭대기에 앉아 마음의 새가 지저귀었다.「내가 간다, 내가 간다, 내가 간다!」

하지만 말을 달리던 예수는 엄청난 환희 속에서 언뜻 제자들이 떠올랐다. 뒤를 돌아다본 그는 영주와 귀부인의 무리를 살펴보고 그들을 찾아내려고 했지만, 눈에 띄지 않았다. 그는 놀라서 길동무 천사를 힐끗 쳐다보았다.

「내 제자들은요?」그가 물었다.「그들이 보이지 않아요. 도대체 그들은 어디로 갔을까요?」

비웃음이 대답이었다.「뿔뿔이 흩어졌어요.」

「왜요?」

「두려워서요.」

「유다까지도요?」

「모두요! 모두 도망쳤어요! 그들은 돛배로 돌아갔고, 오두막 안에 숨어 버렸답니다. 그들은 당신을 본 적이 없고, 당신을 모른다고 그래요……. 더 이상 뒤를 돌아다보지 말아요. 그들은 잊어버려요. 앞만 보아요.」

꽃이 만발하여 취하게 만드는 레몬나무의 향기가 대기에 스며들었다.

「자, 다 왔어요.」말에서 내리며 천사가 말했다. 그의 말은 빛이 되어 사라졌다.

　불평을 하듯 낮은 목소리로, 온통 고통과 감미로움으로 가득 차서 울부짖는 소리가 올리브나무 숲으로부터 들려왔다. 예수는 마음이 산란해져서 자신의 뱃속에서 마주 소리를 치는 듯싶었다. 그는 쳐다보았다. 어느 올리브나무의 밑동에는 반들거리고, 엉덩이가 투실투실하고, 이마는 하얗지만 몸뚱이는 검은 황소가 묶여 있었다. 소는 꼬리를 높이 들고, 뿔에는 결혼식 관(冠)을 쓰고 있었다. 예수는 그런 힘과 그런 찬란함과 그런 단단한 근육과 그토록 검고 정력이 넘치는 눈을 본 적이 없었다. 그는 겁이 났다. 이것은 황소가 아니다, 그는 생각했다. 이것은 전능한 하느님의 얼굴, 어둡고 죽음을 모르는 여러 얼굴 가운데 하나이리라.

　천사는 그의 곁에 서서 교활한 미소를 지었다. 「두려워하지 말아요, 나자렛 예수여. 저것은 한 마리의 황소, 젊고 순결한 황소랍니다. 혀를 얼마나 빨리 놀려 축축한 콧구멍을 핥는지, 싸움을 벌이고 싶어 머리를 숙이고 얼마나 힘차게 올리브나무를 들이받는지, 줄을 끊고 도망치려고 얼마나 세차게 돌을 흔들어 대는지 봐요……. 저 아래 풀밭을 보세요. 무엇이 보이죠?」

　「암소들, 어린 암소들요. 풀을 뜯는군요.」

　「풀을 뜯는 게 아니라 젊은 황소가 줄을 끊어 버리기를 기다리죠. 황소가 얼마나 우렁차게 소리치는지 다시 한 번 들어 봐요. 저 부드러움, 저 간절한 외침, 저 힘! 정말이지 상처를 받은 시커먼 신(神) 같아서……. 왜 당신 얼굴이 험악해지나요, 나자렛 예수여? 왜 그토록 어둡고, 웃음을 잃은 눈으로 나를 쳐다보나요?」

　「갑시다.」 예수가 나지막이 소리쳤다. 그의 목소리에는 부드러움과 애원과 힘이 가득했다.

　「먼저 나는 황소를 풀어놓겠어요.」 천사가 웃으며 대답했다.

「황소가 불쌍하다고 생각되지 않아요?」

천사는 다가가서 밧줄을 풀었다. 순진한 짐승은 잠깐 동안 움직이지 않았다. 그러더니 갑자기 그는 자기가 자유임을 깨달았다. 황소는 성큼 뛰어 풀밭으로 달려갔다.

바로 그 순간에 예수는 레몬 밭 속에서 팔찌와 목걸이가 짤그랑거리는 소리를 들었다. 그는 돌아섰다. 레몬꽃을 머리에 달고 막달라 마리아가 수줍어 떨며 그의 앞에 섰다.

예수는 앞으로 달려 나가 그녀의 팔을 잡았다.「막달라의 여인, 사랑하는 막달라의 여인이여.」그가 소리쳤다.「오, 얼마나, 얼마나 오랜 세월에 걸쳐 나는 이 순간을 갈망했던가요! 우리 사이에 끼어들어 우리를 자유롭게 내버려 두지 않으려 했던 자는 누구였나, 하느님이었나요? ……왜 울죠?」

「벅찬 기쁨 때문입니다, 사랑하는 분이시여, 내 벅찬 그리움 때문입니다. 이리 오세요!」

「갑시다. 길을 인도해요!」

그는 길동무에게 작별 인사를 하려고 돌아섰지만 천사는 이미 허공으로 사라진 다음이었다. 그들의 뒤에서 따라오던 영주와 귀부인과 왕과 백마와 하얀 백합들로 이루어진 왕족의 거창한 행렬도 역시 사라졌다. 아래 들판에서는 황소가 젊은 암소들을 올라타고 있었다.

「누구를 찾으시나요, 사랑하는 분이시여? 왜 멍하니 뒤를 돌아다보시나요? 이 세상에는 오직 우리 두 사람만 남았어요. 저는 당신의 발과 손과 가슴에 난 다섯 개의 상처에 입을 맞춥니다. 이 얼마나 벅찬 기쁨이요, 얼마나 아름다운 유월절인가요! 온 세상이 부활했어요! 오세요.」

「어디로요? 당신 손을 이리 주고 나를 이끌어요. 나는 당신을 믿으니까요.」

「무성한 과수원으로 가야죠. 사람들이 당신을 체포하려고 하니까요. 당신은 추적을 당하는 몸이에요. 십자가, 못, 폭도, 빌라도, 모든 준비가 갖추어졌지만, 갑자기 천사가 와서 당신을 낚아챘죠. 해가 떠올라 그들이 당신을 보기 전에, 오세요. 그들은 광란에 빠져 당신의 죽음을 원해요.」

「내가 그들에게 무슨 짓을 했는데요?」

「당신은 그들의 선(善)을, 구원을 추구했어요. 그런 죄에 대해서 그들이 어찌 당신을 용서하겠습니까! 손을 이리 주세요, 사랑하는 분이시여. 여인을 따르세요. 여자는 항상 확신을 지녀서 길을 잘 찾으니까요.」

그녀는 예수의 손을 잡았다. 꽃이 만발해서 곧 열매를 맺으려는 레몬나무 밑으로 서둘러 걸어가는 그녀의 시뻘건 베일이 불길처럼 부풀어 올랐다. 남자의 손가락과 뒤엉킨 그녀의 손가락은 뜨겁게 타올랐고, 입에서는 레몬 잎사귀 냄새가 났다.

숨이 차서 그녀는 잠깐 걸음을 멈추고 예수를 쳐다보았다. 천사의 눈처럼 유혹하듯 교활하게 장난치는 그녀의 눈을 보고 그는 부르르 떨었다. 하지만 그녀는 미소를 지었다.

「무서워하지 말아요, 사랑하는 분이시여. 오랫동안 제 혀끝에서는 무슨 말이 감돌았지만, 그 말을 당신께 드릴 용기가 한 번도 나지 않았어요. 이제는 말씀을 드리겠어요.」

「그게 뭔데요? 두려워하지 말고 얘기해요, 사랑하는 이여.」

「만일 당신이 일곱 번째 천국에 이르렀는데, 지나가던 사람이 물 한 잔을 달라고 당신에게 청한다면, 그에게 물을 주기 위해 일곱 번째 천국에서 내려오세요. 만일 당신이 거룩한 성자인데 한 여자가 당신에게 입맞춤을 청한다면, 성스러운 생활에서 내려와 그 여자에게 입을 맞추세요. 그러지 않으면 당신은 구원을 받지 못합니다.」

예수는 그녀를 잡아 머리를 젖히고는 입을 맞추었다.

두 사람은 송장처럼 새파랗게 질렸다. 그들은 무릎이 후들후들 떨렸다. 더 이상 참지 못하고 그들은 꽃이 핀 레몬나무 밑에 누워 땅바닥에서 뒹굴기 시작했다.

해가 솟아 그들 위에 섰다. 산들바람이 불었고, 레몬꽃 몇 송이가 발가벗은 두 사람의 몸 위로 떨어졌다. 초록빛 도마뱀 한 마리가 맞은편 바위에 찰싹 달라붙어 움직이지도 않는 동그란 눈으로 그들을 지켜보았다. 이제는 만족을 채우고 느긋해진 황소가 울어 대는 소리가 멀리서 가끔 들려왔다. 부드러운 부슬비가 타오르는 두 사람의 몸을 식히고, 흙에서 악취를 뽑아내었다.

목울음 소리를 내며 막달라의 마리아는 남자를 끌어안고, 그의 몸에 달라붙었다.

「저한테 입맞춤을 했던 남자는 한 사람도 없었어요. 저는 제 입술이나 뺨에 와서 닿는 남자의 수염이나, 두 무릎 사이에 놓인 남자의 무릎을 느껴 본 적도 없었어요. 오늘은 제가 태어나는 날이에요! ……울고 계신가요, 내 아이여?」

「사랑하는 아내여, 나는 이토록 아름다운 세계나, 이토록 거룩한 육체를 여태껏 알지 못했어요. 이것 또한 하느님의 딸이요, 영혼의 우아한 자매입니다. 나는 육체의 기쁨이 죄가 아니라는 사실을 전혀 알지 못했어요.」

「왜 당신은 천국을 정복하려 하시고, 한숨을 짓고, 영원한 삶의 기적이 담긴 물을 구하려 하시나요? 그 물은 저예요. 당신은 걸음을 멈추고, 마시고, 평화를 찾았어요……. 아직도 당신은 한숨을 짓나요, 내 아이여? 무슨 생각을 하시나요?」

「내 마음은 예리고의 시든 장미꽃이어서, 물에 넣으면 되살아 피어납니다. 여자는 영원한 물이 솟는 샘이죠. 이제 나는 이해합니다.」

「무엇을 이해하나요, 내 아이여?」

「이것이 옳은 길이죠.」

「길이라뇨? 무슨 길 말이에요, 지극히 사랑하는 예수여?」

「필멸(必滅)함이 불멸하게 되는 길, 인간의 형상을 하고 하느님이 세상으로 내려오는 길이죠. 나는 구름과 위대한 사상과 죽음의 길로 가려고 했기 때문에, 육체가 아닌 다른 길을 추구했기 때문에 길을 잃고 방황했어요. 여인이여, 하느님과 더불어 일하는 존귀한 이여, 나를 용서하시오. 나는 당신에게 절하고 경배합니다, 하느님의 어머니시여……. 우리가 낳게 될 아들의 이름은 무엇이라 할까요?」

「원하시는 대로 요르단 강으로 데리고 가서 세례를 시켜요. 당신의 아들이니까요.」

「진리의 성령, 즉 협조자[1]라 합시다!」

「쉿, 누가 나무들 사이로 오는 소리가 들려요. 충실한 내 어린 흑인 아이일 거예요. 아무도 가까이 오지 못하게 망을 보라고 내가 일러두었었죠. 저기 오는군요.」

「사울입니다, 마님.」

소년의 눈부시게 하얀 눈이 파르르 떨렸다. 통통하게 살진 몸은 한참 달리고 난 말처럼 온통 거품이 일어 있었다.

막달라의 여인이 벌떡 일어나 손으로 소년의 입을 막았다.

---

[1] 그리스어로는 *Paracletos*, 영어로는 *Comforter*인데, 「요한의 복음서」에서 사용한 특유의 말로, 예수 승천 후 그를 대신해서 제자들을 인도하는 하느님의 영, 즉 성령을 말한다. 「요한의 복음서」 14장 26절 참조.

「조용해!」

그녀는 예수에게로 돌아섰다. 「사랑하는 남편이시여, 당신은 지쳤어요. 주무세요. 저도 곧 돌아오겠어요.」

예수는 눈을 감았다. 달콤한 잠이 눈꺼풀과 관자놀이 위로 흘렀다. 그는 레몬나무 밑을 지나 한적한 길을 내려가는 막달라의 여인을 보지 못했다.

하지만 그의 이성은 벌떡 일어섰다. 땅바닥에서 잠든 육체를 남겨 두고 막달라 여인의 뒤를 쫓아가기 시작했다. 그녀는 어디로 가려는가? 그녀의 눈에 왜 갑자기 눈물이 가득 고였으며 세상이 희미해졌을까? 그의 이성은 매처럼 그 눈 위로 날며 그녀가 도망치지 못하게 했다.

겁이 난 흑인 아이는 고꾸라지며 앞장을 서서 나아갔다. 그들은 올리브나무 숲을 지났다. 해는 아직 지지 않았다. 그들은 들판으로 나갔다. 어린 암소들이 풀밭에 널브러져 되새김질을 했다. 그들은 그늘지고 바위가 많은 계곡으로 내려갔다. 개들이 짖고 사람들이 헐떡이는 소리를 들었다. 흑인 아이는 겁에 질렸다. 〈난 가겠어요〉라고 말하더니 그는 도망쳤다.

막달라의 여인은 혼자 남았다. 그녀는 주위를 둘러보았다. 바위들, 찔레 몇 그루, 절벽의 정면에서는 열매를 맺지 못하는 야생 무화과나무 한 그루가 수평으로 뻗어 나왔다. 튀어나온 바위의 요충지에 앉아 망을 보던 까마귀 두 마리가 막달라의 여인을 보자 동료들을 부르듯 깍깍거리기 시작했다.

그녀는 돌멩이들이 굴러 떨어지는 소리를 들었다. 남자들이 절벽을 기어오르고 있었다. 혀를 축 늘어뜨리고 붉은 점이 박힌 검정개가 나타났다. 골짜기는 공동묘지처럼 삼나무와 종려나무로 가득했다.

차분하고 만족스러운 목소리가 들려왔다. 「어서 오너라.」

막달라의 여인이 돌아섰다. 「누가 말을 했나요? 누가 나한테 인사를 했죠?」

「내가 했노라.」

「누구신데요?」

「하느님이다.」

「하느님이시라고요! 저로 하여금 머리카락을 가리고 젖가슴을 감추게 해주세요. 부끄러우니까. 당신은 발가벗은 제 모습을 보시면 안 돼요. 그러니 얼굴을 저리 돌리세요, 주님이시여. 왜 당신은 저를 이 삭막한 황야로 데려오셨나이까? 이곳은 어디인가요? 삼나무와 종려나무 이외에는 아무것도 보이지 않아요.」

「바로 그것이다! 죽음과 불멸성……. 위대한 순교자여, 나는 너를 내가 원하는 바로 그 자리에 데려다 놓았느니라. 네가 영원불멸해지도록 죽을 준비를 하라, 막달라의 여인아.」

「저는 죽고 싶지 않습니다. 저는 영원불멸한 존재가 되고 싶지도 않아요. 저를 대지에서 계속 살아가게 해주시고, 그런 다음에는 저를 잿더미로 바꿔 놓으소서.」

「죽음이란 향료와 향유를 가득 싣고 여행하는 대상(隊商)이니라. 두려워하지 말지어다, 막달라의 여인아. 검은 낙타를 타고 천국의 사막으로 들어가거라.」

「아, 삼나무들 뒤에서 나타난 발광한 나그네들은 누구인가요?」

「그들은 낙타몰이들이니 두려워하지 마라, 막달라의 여인아. 손을 이마에 대고 보거라. 네가 올라앉을 붉은 우단 안장을 얹고, 그들이 이끌고 가는 검은 낙타가 보이지 않느냐? 저항하지 마라.」

「주님이시여, 저는 죽음이 두렵지 않지만, 불평은 하고 싶어요. 방금, 처음으로 육체와 영혼이 이 입을 통해서 보람을 느꼈습니다. 처음으로 육체와 영혼은 다 같이 입맞춤을 받았기 때문이죠. 그런데 제가 죽어야 합니까?」

「지금은 네가 죽기에 가장 좋은 순간이다, 막달라의 여인아. 너는 더 좋은 순간을 찾지 못할 테니까, 저항하지 마라.」

「오! 위협하고 웃어 대는 저 소리, 제 귀에 들려오는 저 외침은 무엇인가요? 주님이시여, 저를 버리지 마세요. 저 사람들이 저를 죽이려고 쫓아와요!」

그녀는 아직도 만족하고 차분한 목소리, 이제는 멀어진 목소리를 들었다.

「막달라의 여인아, 너는 삶에서 가장 큰 기쁨을 얻었느니라. 너는 더 이상 높이 올라갈 수가 없다. 죽음은 자비롭다……. 또 만나자, 최초의 순교자야!」

목소리가 사라졌다. 골짜기가 꺾어지는 곳에서 광란에 빠진 레위 사람들과 피에 굶주린 가야파의 노예들이 칼과 도끼를 들고 떼를 지어 나타났다. 막달라의 여인을 보자, 칼과 개와 사람들이 그녀에게 달려들었다.

「막달라의 마리아, 매음녀야!」 그들은 미친 듯 웃어 대며 아우성을 쳤다.

검은 구름이 태양을 가리고, 대지는 컴컴해졌다.

「그렇지 않아요, 그렇지 않아요!」 불우한 여인이 소리쳤다. 「전에는 창녀였지만, 지금은 그렇지 않아요. 나는 오늘 태어났어요!」

「막달라의 마리아, 매음녀야!」

「전에는 그랬지만, 맹세컨대 지금은 그렇지 않아요. 나를 죽이지 말아요! 자비를 베풀어 주세요! 머리가 벗겨지고 배가 나오고 다리가 구부러진 당신, 당신, 꼽추인 당신, 당신은 누구죠? 나를 건드리지 말아요!」

「막달라의 마리아, 매음녀야! 나는 사울이다. 이스라엘의 하느님이 다마스쿠스에서 나를 보냈고, 죽일 권한을 나한테 주셨어.」

「누구를 죽여요?」

「네가 사랑하는 사람!」

그는 부하들에게로 돌아섰다.「이 여자에게 맛을 보여 줘라, 애들아! 이 여자는 그자의 연인이니까, 틀림없이 알리라. 그를 어디에 숨겼는지 우리한테 얘기해, 이 갈보야!」

「못하겠어요!」

「죽여 버리겠어!」

「베다니아에 계세요!」

「거짓말! 우린 지금 그곳에서 오는 길이야. 넌 그를 이 근처 가까운 곳에 숨겨 놓았어. 이제 사실대로 얘기해!」

「머리카락을 봐요! 당신들은 왜 그분을 죽이려고 하죠? 그분이 당신들에게 무슨 나쁜 짓을 했다고요?」

「거룩한 율법에 손을 들어 거역하는 자는 누구나 죽여야 한다!」

꼽추는 얘기를 하며 욕정에 사로잡혀 그녀를 쳐다보고 점점 가까이 다가왔고, 그의 숨결은 활활 타올랐다. 막달라 여인의 눈꺼풀이 파르르 떨렸다.

「사울이여.」그녀가 말했다.「내 젖가슴과 팔과 목을 봐요. 이 몸이 죽는다면 아깝지 않겠어요? 이 몸을 죽이지 말아요!」

사울이 더 가까이 왔다. 그의 목소리는 숨이 막히는 듯 거칠었다.

「그를 어디에 숨겼는지 고백하면 너는 살려 주마. 나는 네 젖가슴과 팔과 목이 마음에 들어. 네 아름다움을 불쌍히 여긴다면, 고백을 하라고! 왜 그런 눈으로 나를 쳐다보지? 무슨 생각을 하는 거냐?」

「난 그냥 생각을 했어요, 사울. 그리고 만일 하느님이 갑자기 당신 내면에서 섬광을 번쩍여 진리를 깨닫게 만든다면 당신이 어떤 기적을 행할 것인지, (한숨을 지으며) 그냥 생각해 봤어요! 내가 사랑하는 분은 세상을 정복하기 위해서 당신 같은 제자, 어부나 도붓장수나 양치기가 아니라 불꽃처럼 타오르는 당신 같은 제자가 필요해요, 사울!」

「세상을 정복하다니! 그 사람은 세상을 정복하기를 원하나? 어떻게? 나도 바로 그게 궁금하니까 어디 얘기를 해봐, 막달라의 여인아.」

「사랑으로요.」

「사랑으로?」

「사울이여, 내가 하는 얘기를 잘 들어요. 다른 사람들이 내 얘기를 듣지 않도록 모두 쫓아 버려요. 당신들이 붙잡아 죽이려고 하는 사람은 하느님의 아들이요, 세상을 구원하실 분이요, 메시아입니다! 내가 하느님께 바치게 될 영혼에 걸고 맹세컨대, 그건 사실이에요!」

폐병에 걸리고 바싹 야위었으며 허연 수염이 듬성듬성 난 레위 사람이 씨근덕거렸다. 「사울, 사울, 이 여자의 두 팔은 늑대의 덫이에요. 조심하세요!」

「저리 가!」

그는 다시 막달라의 여인에게로 돌아섰다. 「사랑으로? 나도 세상을 정복하고 싶어. 나는 항구로 내려가 배들을 구경하고, 그러면 마음이 타오르지. 나는 세상의 끝에 가보고 싶지만, 거지 신세인 유대인 노예로서가 아니라 칼을 든 왕으로서 가보고 싶어! 하지만 어떻게 해야 그런 소망을 실현할까? 그것은 불가능해. 나는 내 자신이 너무나 초라하게 느껴져서 자살이라도 하고 싶어. 그래서 대신 다른 사람들을 죽여 기분을 풀지.」

그는 잠깐 동안 침묵을 지켰다. 그러더니 여인에게 더욱 가까이 다가가서 〈네 주인은 어디로 갔느냐, 막달라의 여인아?〉라고 부드러운 어조로 물었다. 「내가 그를 찾아가 얘기를 나누게, 어디 있는지 얘기해 줘. 나는 사랑이 무엇이며, 어떤 사랑이 세계를 정복하는지, 그의 얘기를 들어 보고 싶어. ……왜 울지?」

「그분이 어디 계신지 당신한테 정말 알려 주고 싶기 때문이죠. 나는 당신들 두 사람이 만나기를 바라요. 그분은 다정하기가 한이 없고, 당신은 불 같기가 한이 없어요. 힘을 합치면 두 사람은 세상을 정복할 거예요. 하지만 나는 당신을 믿지 못해요. 그래요, 나는 당신을 믿지 못해요, 사울. 그래서 나는 울어요.」

그녀가 미처 말을 끝내기도 전에 돌맹이 하나가 공중을 가르며 휙 날아와서 그녀의 턱이 깨졌다.

「형제들이여, 아브라함과 이사악과 야곱의 하느님 이름으로, 저 여인을 쳐요!」 폐병에 걸린 레위 사람이 소리쳤다. 첫 번째 돌을 집어 그녀를 친 것은 이 사람이었다.

하늘에서 천둥이 울렸다. 멀리서 지는 해가 핏빛 속에 잠겼다.

「천 번의 입맞춤을 한 입은 이 돌을 맞아라!」 가야파의 한 노예가 소리쳤다. 막달라 여인의 이빨이 땅바닥으로 쏟아졌다.

「이 돌은 저 여자의 배를 쳐라!」

「그리고 가슴을!」

「그리고 콧등을!」

막달라의 여인은 머리를 보호하려고 가슴어다 파묻었다. 그녀의 입과 젖가슴과 자궁에서 피가 솟구쳐 쏟아졌다. 죽음의 수포음(水疱音)이 흘러나오기 시작했다.

매가 날개를 쳤다. 매의 동그란 눈은 모든 과정을 지켜보았다.

찢어지는 소리를 지르며 새는 돌아와 아직도 레몬나무들 밑에 누워 있는 육체를 보고는 그 속으로 들어갔다. 예수의 눈꺼풀이 파닥였고, 커다란 빗방울 하나가 그의 입술에 떨어졌다. 그는 잠이 깨어 얼떨떨한 정신으로 시체 가치장(假置場)의 비옥한 흙에 일어나 앉았다. 그의 머릿속에는 돌멩이들과 여인과 피 이외에는 아무것도 남아 있지 않았다……. 그녀가 막달라의 여인이었을까? 그녀의 얼굴은 물결치고, 물처럼 흘러서, 그가 살펴보도록 가만히 있지를 않았다. 그 모습을 잘 보려고 그가 애쓰는 사이에 돌멩이와 피가 베틀로 변하는 듯싶었고, 그러자 여인은 베틀 앞에 앉아 노래를 부르며 옷감을 짜는 모습을 갖추었다. 그녀의 목소리는 애원으로 가득 넘치고, 지극히 달콤했다.

그녀의 머리 위에서는 레몬나무의 칙칙한 잎사귀들 사이에서 레몬들이 온통 황금빛으로 반짝였다. 예수는 축축한 흙을 손바닥으로 눌렀고, 흙의 서늘함과 봄의 따스함을 느꼈다. 그는 재빨리 주위를 둘러보았다. 그러나 지켜보는 사람은 아무도 없었다. 허리를 굽혀 그는 땅에다 입을 맞추었다.

「어머니시여.」 그가 나지막이 말했다. 「나를 꼭 잡아 주시면 나도 당신을 꼭 잡겠나이다. 어머니시여, 당신은 왜 내 하느님이 되지 못하나요?」

레몬 잎사귀들이 흔들리고, 축축한 땅을 밟는 가벼운 발소리가 들려오고, 눈에 보이지 않는 검은 새가 휘파람을 불었다. 예수는 눈을 들어 기분이 한껏 좋아진 표정으로 그의 앞에 선 초록 날개의 수호천사를 보았다. 그의 몸에 난 곱슬거리는 솜털이 비스듬히 기울어진 햇살을 받고 반짝거렸다.

「어서 와요.」 예수가 말했다. 「당신 얼굴이 빛나는군요. 나한테 또 어떤 기쁜 소식을 가지고 왔나요? 날개가 대지의 풀잎처럼 초록빛인 당신을 나는 믿어요.」

천사가 웃으며 날개를 접었다. 예수 옆에 쪼그리고 앉아서 그는 레몬꽃 한 송이를 힘껏 으스러뜨려 냄새를 맡더니 이제는 시큼한 버찌 빛깔이 된 서녘 하늘을 물끄러미 쳐다보았다. 대지에서는 부드러운 산들바람이 일었고, 레몬나무의 모든 잎사귀들은 기뻐 바스락거리며 춤을 추었다.

「당신네 인간들은 정말 얼마나 행복한가요!」 천사가 말했다. 「당신들은 흙과 물로 빚어졌다는데, 알고 보면 지상의 만물이 흙과 물로 빚어졌으니 말이에요. 그렇기 때문에 남자들, 여자들, 고기, 채소, 과일, 모두가 짝이 맞아요⋯⋯. 모두들 똑같은 흙, 똑같은 물로 이루어지지 않았나요? 만물은 서로 결합하기를 원하죠. 그럼요. 방금 이곳으로 오던 길에도 나는 어느 여자가 당신을 부르는 소리를 들었답니다.」

「왜 나를 불러요? 그녀가 원하는 게 뭔데요?」

천사는 미소를 지었다. 「그녀의 물과 흙이 당신의 물과 흙을 불렀어요. 그녀는 베틀에 앉아 옷감을 짜며 노래를 불렀어요. 여자의 노래는 산을 꿰뚫고, 평야 위로 쏟아지며 당신을 찾아다녔습니다. 들어 봐요. 조금 기다리면 그 소리가 이곳에, 이곳 레몬나무 숲에 다다를 테니까요. 조용해요. 보라고요. 들립니까? 난 여자가 노래를 부른다고 생각했는데, 이제 보니 노래를 부르는 게 아니라 탄식하는 거군요. 잘 들어 봐요. 무슨 소리가 들리죠?」

「새들이 둥지로 돌아가는 소리요. 날이 어두워지는군요.」

「다른 소리는 안 들리나요? 열심히 들어 보라고요. 당신의 영혼이 육체를 벗어나서 들어 보게 하세요.」

「들려요! 들려요! 여자의 목소리, 멀리서, 멀리서⋯⋯ 탄식하기는 하지만, 무슨 말인지 못 알아듣겠어요.」

「내 귀에는 또렷하게 잘 들려요. 당신도 들어 보라고요. 여자가 뭐라고 탄식하나요?」

예수가 몸을 일으켜 힘을 다 쏟자, 영혼이 그에게서 벗어났다. 영혼은 어느 마을에 이르러 집으로 들어가 마당에서 멈추었다.

「들려요……」 손가락을 입술에 대고 예수가 말했다.

「말해 봐요.」

은의 무덤아, 황금의 무덤아, 금빛을 칠한 무덤아,
붉은 입술을 먹지 마라, 검은 눈을 먹지 마라,
개똥지빠귀처럼 작은 그의 혀를 먹지 마라…….

「노래하는 사람이 누구인지 알겠어요, 나자렛 예수여?」

「네.」

「라자로의 여동생 마리아예요. 이 여자는 아직도 혼숫감을 짠답니다. 그녀는 새하얀 목을 가리지 않았고, 터키옥 목걸이는 젖가슴으로 늘어져 있어요. 온몸은 땀으로 흠뻑 젖어 있고, 가마에서 갓 꺼낸 빵이나, 무르익은 마르멜로 열매나, 비가 내린 다음의 흙냄새 같은 게 나죠. 일어나요. 우리가 가서 여자를 위로합시다.」

「그럼 막달라의 여인은요?」 겁이 나서 예수가 소리쳤다.

천사가 그의 팔을 잡고는 다시금 땅바닥에 앉혔다.

「막달라의 여인이라.」 그가 조용히 말했다. 「아, 그렇죠, 잊어버리고 그만 얘기를 안 했는데, 그 여잔 죽었어요.」

「죽어요?」

「죽임을 당했죠. 이봐요, 그렇게 주먹을 불끈 쥐고 어디로 가나요, 나자렛 예수여? 누구를 죽이러 갈 생각이에요, 하느님요? 그녀를 죽인 건 하느님이었어요. 앉아요! 무한히 거룩한 분이 화살을 던져, 행복의 가장 높은 절정에 다다른 그녀의 몸을 꿰뚫었고, 지금 여자는 영원불멸한 존재가 되어 위에 머물러 있습니다. 여자에게 그보다 더 큰 기쁨이 무엇이겠어요? 그 여자는 사랑이 시들거나, 마음이 겁쟁이가 되거나, 육체가 썩는 꼴을 보지 않아도 되어요. 하느님이 그녀를 죽이는 동안 나는 줄곧 거기 있었고, 무슨 일이 벌어지는지 보았어요. 여자는 두 손을 하늘로 치켜들고 소리쳤어요. 〈하느님, 감사합니다. 이것이 바로 제가 원하던 바였습니다!〉」

하지만 예수는 화를 벌컥 내었다.

「오직 개들만이, 개들과 천사들만이 그런 순종을 추구해요! 나는 개도 아니고, 천사도 아니에요. 나는 인간이기 때문에 이렇게 외칩니다. 〈옳지 않아요! 옳지 않아요! 전능하신 분이시여, 당신이 여자를 죽인 일은 옳지 않았나이다. 지극히 무지한 나무꾼이라고 해도 꽃이 핀 나무를 자르려면 손이 떨리게 마련인데, 막달라의 여인은 뿌리에서부터 꼭대기 가지까지 꽃이 활짝 피었었어요!〉」

천사는 그의 두 팔을 잡고는 머리와 어깨와 무릎을 어루만지며 조용히, 부드럽게 얘기했다.

마침내 날이 저물었다. 산들바람이 불었고, 구름들이 흩어지더니 커다란 별이 하나 나타났다. 틀림없이 개밥바라기였다.

「참아요.」 그가 말했다. 「순종하고, 절망하지 말아요. 세상에는 오직 한 여자, 수없는 얼굴을 지닌 한 여자단이 존재합니다. 한 여자가 쓰러지면 다음 여자가 일어나죠. 막달라의 마리아는 죽었어요. 라자로의 누이동생 마리아는 살아서 우리를 기다리고, 당신을 기다려요. 그 여자는 바로 막달라의 여인이지만, 얼굴이 다를 뿐이죠. 들어 봐요……. 그녀가 다시 한숨을 지었어요. 우리가 찾아가서 여자를 위로해야죠. 그녀의 자궁 속에 이 여자는 당신을 위해, 나자렛 예수여, 모든 기쁨 가운데 가장 큰 기쁨을, 아들을, 당신의 아들을 품었어요. 갑시다!」

천사는 친구를 다정하게 쓰다듬고는 천천히 땅바닥에서 그를 들어 올렸다. 이제 그들은 레몬나무들 밑에 나란히 섰다. 그들의 머리 위에서는 개밥바라기가 웃으며 기울었다.

조금씩 조금씩 예수의 마음이 누그러졌다. 반쯤 어둡고 습한 속에서 막달라 마리아와 라자로의 누이동생 마리아의 두 얼굴이 섞여 하나가 되었다. 온통 향기로운 밤이 와서 그들을 감쌌다.

「와요.」 통통하고 솜털이 난 팔로 예수의 허리를 감아 안으며 천사가 중얼거렸다. 그의 숨결에서는 축축한 흙과 육두구 냄새가 났다. 예수는 그에게 머리를 기대고, 눈을 감고, 숨을 깊이 들여마셨다. 예수는 수호천사의 숨결이 그의 배 속 구석구석까지 스며들기를 바랐다.

미소를 지으며 천사는 한쪽 날개를 접었다. 밤과 더불어 심한 서리가 내렸고, 그는 예수가 춥지 않도록 두꺼운 초록빛 날개로 감싸 주었다. 다시금 여인의 탄식이 봄철의 평화로운 부슬비처럼 눅눅한 대기를 뚫고 들려왔다.

은의 무덤아, 황금의 무덤아…….

〈갑시다〉라고 말하면서 예수는 미소를 지었다.

제31장

 밤새도록 예수는 초록빛 날개에 감싸여 천사의 허리를 꼭 껴안고 땅을 스치며 날아갔다. 커다란 달이 하늘로 올라갔다. 묘하고도 유쾌한 밤이었다. 달의 얼굴에서는 아벨을 쳐 죽이는 카인이 아니라, 행복하고 커다란 입과 평화스러운 두 눈과 화색이 도는 두 뺨에 빛을 받은 모습이, 사랑에 빠져 밤을 헤매는 여인의 동그란 얼굴이 보였다. 나무들은 도망을 치고, 밤새들은 인간처럼 얘기를 했다. 산이 열려 밤의 두 방랑자를 안으로 끌어들이더니 다시 닫혔다.
 꿈속에서 그러듯이 땅 위를 스치며 날아다니다니, 얼마나 벅찬 행복인가! 삶은 꿈이 되었다. 이것이 천국을 의미할까? 그는 천사에게 물어보고 싶었지만, 말을 하느라고 잠이 깰까 봐 겁이 나서 그만두었다.
 그는 주위를 둘러보았다. 돌멩이와 대기와 산의 혼령들이 어찌나 가벼워졌던지, 친구들과 함께 앉아 무거운 마음으로 기다리다가 시원한 술이 나와서 그 술을 마시고 났을 대처럼, 조금씩 조금씩 마음이 가벼워져서 너울거리고 머리 위로 떠다니다가, 장밋빛 구름이 되었으며, 온통 황금빛이고 아른아른한 세상은 거꾸로 비쳐 보였다.

또다시 그는 천사에게 말하려고 몸을 돌리려 했지만, 천사는 손가락을 입술에 대고는 그에게 미소를 짓더니 가만히 기다리라고 부드럽게 말했다.

어느 마을에 가까워졌는지, 새벽을 알리느라고 수탉이 우는 소리가 들려왔다. 달은 이제 산 너머로 굴러 떨어졌고, 새벽빛이 평화롭게 세상을 비추었다. 대지는 맑은 정신이 들어 다시금 의식을 되찾았다. 산과 마을과 올리브나무 숲은 세상의 종말이 오기를 그곳에서 기다리라고 하느님이 정해 놓은 자리에 되돌아가서 섰다. 여기에는 낯익은 길, 저기에는 올리브나무와 무화과나무와 포도원으로 둘러싸인 정다운 베다니아 마을이 눈에 띄었다. 그곳에는 또한 거룩한 베틀과 지펴 놓은 불과 두 자매와 잠을 못 이루는 두 불꽃과 더불어 흐뭇한 우정의 집도 기다렸다……

「다 왔어요.」 천사가 말했다.

지붕의 굴뚝에서 연기가 피어올랐다. 두 자매가 벌써 잠이 깨어 불을 지핀 모양이었다.

「나자렛 예수여.」 예수를 감쌌던 날개를 풀며 천사가 말했다. 「두 자매가 불을 지피고, 아침 일찍 소의 젖을 짜고, 이제는 당신에게 줄 우유를 준비하는군요. 이곳으로 오는 길에 당신은 천국의 의미가 무엇인지 물어보고 싶지 않았나요? 무수히 많은 자그마한 기쁨들이에요. 나자렛 예수여. 문을 두드리고, 그러면 여인이 당신을 위해 문을 열어 주고, 불가에 앉고, 식탁을 차리는 아낙을 지켜보고, 그리고 완전히 어두워진 다음에는 당신을 두 팔로 안는 그 여자의 감촉을 느끼고. 그것이 구세주가 오는 길이어서, 포옹으로부터 포옹으로, 아들에게서 아들로 서서히 옵니다. 그것이 올바른 길이에요.」

「나도 알아요.」예수가 말했다. 그가 쪽빛 문 앞에서 걸음을 멈추고 문을 두드리는 쇠를 잡았지만, 천사가 그를 붙잡아 말렸다.

「서두르지 말아요.」그가 말했다. 「이봐요, 우리 이제부터는 서로 떨어지지 않아야겠어요. 난 무방비 상태로 당신을 혼자 내버려 두기가 걱정스러우니까, 내가 당신하고 같이 가겠어요. 나는 레몬나무 밑에서 당신이 보았던 흑인 소년으로 변신할 테니까, 당신은 내가 심부름하는 어린 종이라고 말하면 됩니다. 나는 당신이 또다시 길을 잘못 들어 헤매게 하고 싶지 않아요.」

말이 떨어지기가 무섭게 흑인 소년이 예수의 앞에 나타났다. 그는 머리가 겨우 예수의 무릎에 이를 정도였고, 하얀 이빨이 큼직큼직했으며, 귀에는 두 개의 황금 귀고리를 달았고, 가득 넘치는 바구니를 손에 들고 있었다.

「여기 준비했습니다, 주인님.」그는 미소를 지으며 말했다. 「두 자매에게 줄 선물이에요. 비단옷에, 귀고리에, 팔찌에, 값비싼 깃털로 만든 부채에, 여자들의 갑옷 한 벌을 몽땅 갖춘 셈이죠. 그럼 문을 두드리세요.」

예수가 문을 두드렸다. 마당에서 나막신을 끄는 소리가 나더니 달콤한 목소리가 외쳤다. 「누구세요?」

예수는 얼굴이 새빨개졌다. 그는 누구의 목소리인지를 알았는데, 마리아였다. 문이 열리고 두 자매는 그의 발치에 몸을 던졌다.

「랍비님, 우리는 당신의 수난을 존경하고, 당신의 거룩한 부활에 경배드립니다. 잘 오셨어요!」

「틀림없는 당신인지 알고 싶으니, 랍비님, 가슴을 만져 보게 해주세요.」마리아가 말했다.

「마리아, 이분은 육신, 정말로 육신으로 이루어지셨어.」마르타가 소리쳤다. 「우리처럼 육신이라고. 모르겠니? 그리고 봐, 문간에는 이분의 그림자가 드리워져 있어.」

예수는 그 말을 듣고 빙그레 웃었다. 그는 두 자매가 자신을 만지고, 냄새 맡고, 기뻐하는 모습을 지켜보았다.

「마르타와 마리아, 쌍둥이 불꽃이여, 당신들을 만나게 되어 기뻐요. 조용하고, 겸손하고, 예절 바른 사람들의 집이여, 그대를 보니 마음이 흐뭇하군요. 우리는 아직 살아 숨 쉬고, 우리는 아직 배고프고, 활동하고, 흐느껴 웁니다. 하느님께 영광을!」

두 자매와 얘기하고 인사를 나누며 그는 집으로 들어갔다.

「벽난로와 베틀과 반죽 그릇, 식탁과 물병과 사랑하는 등잔이여, 그대들을 보니 반갑구나! 여인의 충실한 종인 그대들이여, 나는 그대들의 은혜에 머리 숙여 절하노라. 천국의 성문 앞에 도착하면 여인은 발걸음을 멈추고 묻는다. 〈주님이시여, 제 길동무들도 같이 들어가도 되겠나이까?〉

〈어떤 길동무 말이냐?〉 하느님이 물으리라.

〈여기 왔어요. 반죽 그릇과 요람과 등잔과 물병과 베틀입니다. 그들이 들어가지 못한다면 저도 들어가지 않겠나이다.〉

그러면 너그러운 하느님께서 웃으시리라. 〈그대들은 여인이거늘, 어찌 내가 그런 청을 거절하겠는가? 모두들 들어오거라. 천국에는 그릇과 낫과 베틀이 어찌나 많이 들어찼는지 성자들은 들어설 틈이 없겠구나.〉」

두 여자가 웃었다. 시선을 돌린 그들은 가득 넘치는 바구니를 들고 선 어린 흑인 소년을 보았다.

「랍비님, 이 소년은 누구인가요?」 마리아가 물었다. 「이빨이 마음에 드는군요.」

예수는 벽난로 앞에 앉았다. 그들은 우유와 꿀과 밀로만 만든 빵을 가져왔다. 예수의 눈에 눈물이 가득 고였다.

「내게는 일곱 천국도 흡족하지 못했어요.」 그가 말했다. 「일곱 가지 큰 덕〔大德〕이나 일곱 가지 큰 사상〔大思想〕까지도요. 그런데 이제, 이 얼마나 엄청난 기적인가요, 내 자매들이여? 작은 집, 그리고 한 입의 빵과 여인의 소박한 말 몇 마디로도 나는 흡족하군요!」

그는 주인이라도 되는 듯 집 안을 왔다 갔다 했고, 마당에서 포도나무 가지를 한 아름 가지고 들어와 불에다 얹었다. 불꽃이 솟구쳐 올랐다. 그는 우물로 몸을 숙여 물을 길어 마셨다. 그는 손을 내밀어 마르타와 마리아의 어깨에 얹고 그들을 끌어안았다.

「지극히 사랑스러운 마르타와 마리아여.」 그가 말했다. 「나는 이름을 바꾸겠어요. 내가 죽은 자들 가운데 소생시킨 당신들의 오빠를 그들이 죽였어요. 나는 그가 앉았던 자리인 이곳 구석에 와서 앉겠고, 나는 그의 소몰이 막대기를 들고 그의 밭을 갈고 그곳에 씨를 뿌려 거두겠소. 저녁이 되어 내가 돌아오면 내 누이동생들은 지친 내 발을 씻어 주겠고, 나를 위해 식탁을 차릴 것이오. 그러면 나는 그의 의자를 끌어다 놓고 불가에 앉겠어요. 내 이름은 라자로!」

그가 얘기를 하는 동안 흑인 소년은 커다란 눈으로 그에게 마술을 걸었다. 그를 쳐다보고 있으려니 예수의 얼굴이 점점 변했고, 온몸도 함께, 머리와 가슴과 넓적다리와 손과 발도 변했다. 그는 목은 황소 같고, 가슴은 햇볕에 그을리고, 커다란 두 손은 마디가 울퉁불퉁하며, 힘이 넘치고 건강한, 당당하고 성숙한 라자로를 점점 닮아 갔다. 반쯤은 어둑어둑한 속에서 이 변신을 지켜본 두 자매는 벌벌 떨었다.

「나는 육신을 바꾸었어요. 나는 영혼을 바꾸었어요. 반갑군요! 나는 가난과 굶주림에 전쟁을 선포합니다. 영혼은 살아가는 동물이어서, 먹으려고 해요. 내 턱수염과 콧수염 속의 입은 영혼의 입이고, 영혼이 가지고 있는 하나뿐인 입이죠. 나는 순결함에 전쟁을 선포합니다. 모든 여인의 자궁 속에는 아기가 의식도 없이 조용히 들어앉았어요. 문을 열고 아기가 나오게 해요! 잉태하지 않는 자는 살인하는 자입니다……. 왜 울어요, 마리아여?」

「달리 제가 어떻게 응답하겠습니까, 랍비님? 우리 여자들에게는 다른 대답이 없어요.」

마르타는 두 팔을 활짝 벌렸다. 「우리 여자들이란 어쩔 도리가 없이 벌리기만 해야 하는 두 팔입니다.」 그녀가 말했다. 「들어오십시오, 랍비님. 앉으세요. 명령하세요. 당신은 이 집의 주인이십니다.」

예수의 얼굴이 빛났다. 「나는 하느님과의 싸움을 끝냈습니다.」 그가 말했다. 「우리는 친구가 되었어요. 나는 더 이상 십자가를 만들지 않겠습니다. 나는 그릇과 요람과 침구를 만들겠어요. 나는 나자렛에 연락해서 연장을 가져오라 하고, 비탄에 빠진 어머니도 오시라고 해서, 가엾은 어머니로 하여금 손자들을 키우고 마침내 귀여운 아이들을 무릎에 앉히시게 하겠어요.」

한 여자는 가슴을 그의 무릎에 기대었고, 다른 여자는 그의 손을 붙잡더니 놓아주려고 하지 않았다. 흑인 소년은 불 앞에서 무릎으로 뺨을 괴고는 잠든 체했다. 하지만 속눈썹이 기다란 검은 눈으로 그는 예수와 두 여인을 지켜보았다. 만족스럽고 교활한 미소가 그의 얼굴로 번졌다.

가슴을 예수의 무릎에 기댄 마리아가 말했다.

「저는 베틀에 앉아서, 랍비님, 하얀 담요에다 십자가와 수천 마리의 제비가 사방에서 날아다니는 당신의 수난 장면을 짰어요. 저는 검정 실과 붉은 실을 먹이며 장송곡을 노래했는데, 당신은 그 노래를 듣고 저를 가엾게 여겨 찾아오셨어요.」

마르타는 동생의 얘기가 끝나기를 조용히 기다렸다. 그러더니 그녀는 말문을 열었다.

「저는 빵을 반죽하고, 옷을 빨고, 그렇습니다라는 말을 하는 것 이외에는 아무 능력도 없답니다. 제가 받은 은혜라고는 그게 모두예요, 랍비님. 저는 당신이 제 동생을 아내로 선택하리라는 육감을 느끼지만, 저로 하여금 당신과 더불어 결혼 생활의 바람을 쐬도록, 당신의 이부자리를 널어 말리고, 온갖 집안일을 맡게 해 주세요.」

그녀는 말을 멈추고, 한숨을 짓더니 말을 이었다.

「우리 마을의 처녀들은 노래를, 아주 뼈아픈 노래를 부릅니다. 그들은 봄철이 되어 새들이 알을 품을 때 그 노래를 부르죠. 노랫말을 그냥 알려 드리는 대신에 제가 노래를 당신께 불러 드리겠는데, 이 노래의 슬픔은 가락에 담겨 있기 때문에 노래로 들어야만 이해가 간답니다.

보세요, 그대여! 건장하고 젊으신 이여……
나는 팔기에도, 나 자신을 팔기에도 지치고
살 사람도 없기에 지쳤다오.
나 자신을 곁들여 몽땅 헐값에 드리오니
어서 오시면 섬겨 드리리다!

제비 알 하나만 주시면 누구에게나
내 입술 허락해 드리고,
독수리 알 하나만 주시면 누구에게나
내 젖가슴 허락해 드리고,

나를 찔러 주신다면 누구에게나
내 마음 드리겠어요!

눈에 눈물이 가득 고인 채로, 마리아는 남자를 빼앗길까 봐 두렵다는 듯 두 팔로 그의 허리를 감싸 안았다. 마르타는 칼이 그녀의 심장을 꿰뚫는 기분을 느꼈지만, 용기를 내어 다시 말했다.

「랍비님이시여, 저는 꼭 한 가지만 더 얘기하고 싶고, 그런 다음에는 일어나 당신을 마리아하고 단둘이만 계시게 해드리겠어요. 언젠가 이곳에서 가까운 베들레헴에 사는 건장한 지주 보아즈[1]라는 사람이 살았어요. 때는 여름철이었고, 그의 종들은 곡식을 거두어 타작하고 키질해서 타작마당 오른쪽에는 밀을, 왼쪽에는 겨를 쌓아 올렸어요. 그는 두 더미 사이에 누워 잠이 들었답니다. 한밤중에 룻이라는 가난한 여인이 그의 잠을 깨우지 않으려고 조용히 와서는 발치에 앉았습니다. 여자는 아이가 없는 과부여서 괴로움이 많았어요. 남자는 발치에 앉은 여인의 따스한 몸의 감촉을 느꼈어요. 그는 손을 내려 더듬어서 그녀를 찾아내어 여인을 가슴으로 끌어 올렸어요……. 무슨 얘긴지 아시나요, 랍비님?」

「그래요. 얘기는 그만 해요.」

「저는 나가겠어요.」 마르타가 몸을 일으키며 말했다.

두 사람만 남았다. 십자가와 제비로 장식한 담요와 요를 가지고 그들은 지붕으로 올라갔다. 자비로운 구름이 해를 가렸다. 그들은 하느님이 보지 못하게 수를 놓은 담요 밑에 숨어 서로 어루만지기 시작했다. 그러다가 담요가 잠깐 미끄러져 벗겨졌고, 예수는 눈을 떴다. 그는 지붕 언저리에 앉은 흑인 소년을 보았다. 소년은 양치

---

[1] 성서에는 예수 그리스도의 조상으로 기록되어 있다. 「루가의 복음서」 3장 32절 참조.

기의 피리를 불며 멀리 예루살렘 쪽을 쳐다보고 있었다.

이튿날, 새로운 라자로를 보려고 온 마을 사람들이 들렀다. 흑인 소년은 심부름을 다니고, 우물에서 물을 길어 오고, 암양의 젖을 짜고, 마르타를 도와 불을 지피고는 문간에 쪼그리고 앉아 피리를 불었다. 우유나 곡식이나 대추야자나 꿀 따위 선물을 잔뜩 가지고, 마을 사람들은 라자로를 무척 닮은 낯선 손님을 찾아와 인사했다. 그들은 문간에 앉은 흑인을 보자 그를 놀리고 웃어 대었다. 흑인도 웃었다.

눈먼 촌장이 들어와서, 손을 내밀어 예수의 무릎과 허벅지와 어깨를 만져 보았다. 그러더니 그는 머리를 저으며 웃음을 터뜨렸다.

「흥! 당신들 모두 눈이 멀었소?」 그는 마당에 가득한 마을 사람들에게 소리쳤다. 「이 사람은 라자로가 아니에요. 이 사람의 숨결은 냄새가 다르고, 살의 결도 다르고, 뼈는 튼튼한 근육으로 단단히 묶였어요. 칼로 베어도 끊어지지 않을 정도로 튼튼한 근육이죠.」

예수는 마당에 앉아 진실과 거짓을 함께 엮어 보고는 웃었다. 「두려워하지 말아요, 여러분, 나는 라자로가 아니니까요. 그 사람은 다 끝났어요. 나는 그냥 이름만 라자로, 라자로 선생이고, 나는 목수입니다. 초록빛 날개를 가진 천사가 나를 이 집으로 이끌어 왔고, 나는 들어왔습니다.」 그는 허리가 부러져라고 웃어 대는 흑인을 쳐다보았다.

시간은 영생의 물처럼 흘러 세상으로 퍼져 나갔다. 곡식이 익고, 포도가 반들거리기 시작하고, 올리브 속에 기름이 가득 차고, 꽃이 만발한 석류나무들은 열매를 맺었다. 가을이 뒤따라왔고, 겨울이 되었으며, 아들이 태어났다. 출산 후에 몸조리를 하느라고 누워 지내던 옷감 짜는 마리아가 한없이 감탄하며 새로 태어난 아기를 쳐다보았다. 「세상에, 이런 기적이 어떻게 내 자궁에서 생겨났을까요? 나는 영생의 물을 마셨어요.」 그녀는 미소를 지으며 가끔 말했다. 「나는 영생의 물을 마셨으니까 죽지 않아요!」

깊은 밤, 비가 내린다. 하늘을 뱃속으로 반가이 맞아들이며 입을 벌린 대지는 진창이 된다. 반쯤 만들다 만 요람과 그릇들이 흩어진 작업실의 대팻밥 위에 누운 라자로는 깊은 밤 천둥소리에 귀를 기울이며 갓 태어난 아들과 하느님을 생각한다. 기분이 좋다. 어린아이의 형태로 하느님이 그의 머릿속에 떠오르기는 이번이 처음이다. 그는 옆방에서 아기가 울거나 웃고, 엄마의 발치에서 노는 소리를 듣는다. 그렇다면 하느님은 이토록 가까이 계시단 말인가, 그는 검은 수염을 쓰다듬으며 생각한다. 전능하신 하느님은 발그레한 발바닥이 그토록 부드럽고, 그토록 간지러움을 잘 타고, 인간의 손가락이 닿으면 그토록 쉽게 웃는가?

흑인 소년이 하품을 했다. 그는 문 옆, 다른 쪽 구석에서 잠든 체했다. 엄마가 아기를 어르는 소리를 듣고 그는 만족스러운 미소를 지었다. 한밤중이어서 아무도 보지 않는 지금 그는 다시 천사가 되었고, 대팻밥 위로 초록빛 날개를 펼치고는 편히 쉬었다.

「예수여, 깨어 있나요?」 천사가 어둠 속에서 속삭였다.

예수는 못 들은 체했다. 조용히 침묵을 지키며 고요한 한밤중에 아기가 내는 소리에 귀를 기울이려니까 그 기쁨은 엄청났다. 하지만 그는 빙그레 웃었다. 그는 흑인 소년과 무척 친해졌다. 하루 종일 소년은 그를 위해 심부름을 다녔고, 나무를 깎는 일도 도와주었다. 저녁이 되어 하루의 일이 끝나면 문간에 앉아 그를 위해 피리를 불었다. 피리 소리를 들으면 예수는 하루의 고된 일을 잊었고, 첫 별이 나타나면 그들은 모두 함께 식탁에 앉아 식사를 했고, 소년은 킬킬거리며 늘 농담을 하고, 가엾은 마르타를 놀리고, 처녀라는 사실 때문에 당황하게 만들었다.

「내 고향 에티오피아에 가면 사람들은 당신네 유대인들처럼 내적인 욕망을 숨기고 속을 썩이지 않아서, 우린 우리의 갈망을 솔직히, 숨김없이 털어놓고 욕망에 따라 행동해요. 바나나를 먹고 싶으면 내 것이건 남의 것이건 간에 난 그걸 먹어요. 헤엄을 치고 싶으면 헤엄을 치러 가고요. 여자에게 입 맞추고 싶으면 입을 맞추죠. 그리고 우리의 하느님은 우리를 꾸짖지도 않아요. 우리의 신은 피부가 검어서, 흑인을 사랑해요. 그분은 귀에다 황금 귀고리를 달고, 하느님도 역시 당신 마음이 내키는 대로 자유롭게 행동합니다. 그 신은 우리의 형님이시고, 우리는 같은 어머니에게서 태어났어요. 밤이 우리의 어머니시죠.」 그는 애교를 부리는 눈길로 마르타를 힐끔거리고 웃으며 가끔 말했다.

「너희가 모시는 하느님은 죽기도 하니?」 그를 놀리느라고 어느 날 저녁에 마르타가 물었다.

「흑인이 단 한 명이라도 살아남는 한 우리의 하느님은 죽지 않아요!」 마르타의 발에 간지럼을 태우려고 몸을 굽히며 흑인이 대답했다.

밤마다 등불을 끈 다음 수호천사는 어둠 속에서 날개를 펼치고 그의 동반자 옆에 누웠다. 그들은 아무도 듣지 못하게 귓속말로 얘기를 주고받았으며, 천사는 다음날을 위해 그에게 충고를 해주었다. 그러다가 그는 다시 흑인 소년이 되어 대팻밥 위로 기어가서는 잠을 잤다.

하지만 오늘 밤 그는 잠을 이루지 못했다. 「예수여, 깨어 있나요?」 목소리를 높여 그가 되풀이해서 말했다. 아무 대답이 없자 그는 벌떡 일어나 예수에게로 가까이 오더니 한 번 밀어 보았다.

「저런, 라자로 선생, 난 당신이 잠들지 않았다는 걸 알아요. 왜 대답이 없죠?」

「난 얘기를 하고 싶지 않아요. 나는 행복합니다.」 눈을 감으며 예수가 말했다.

「당신은 나를 만족스럽게 생각하시나요?」 천사가 자랑스럽게 물었다. 「불만 없어요?」

「하나도 없어요, 하나도.」 예수는 마음이 훈훈해져서 몸을 일으켰다. 「하느님을 찾기 위해 나는 정말 험한 길을 선택했죠.」 그가 중얼거렸다. 「온통 절벽과 벼랑뿐, 정말로 살벌한 비탈길이었죠! 나는 외치고 또 외쳤지만, 내 목소리는 사람도 살지 않는 산에서 되튀어 돌아왔고, 난 그것이 대답이라고 생각했었죠!」

천사가 웃었다.

「당신 혼자 힘으로는 하느님을 찾지 못해요. 남자와 여자, 두 사람이 필요하니까요. 당신은 그런 진리를 몰라 그토록 오랜 세월 동안 하느님을 찾아 헤맨 거예요. 내가 그걸 가르쳐 준 바람에 당신은 마리아와 한 몸이 되어 마침내 하느님을 찾아냈어요. 그리고 이제 당신은 어둠 속에 앉아 아기가 웃고 우는 소리를 들으며 기뻐하죠.」

「그것이 하느님의 의미예요.」 예수가 중얼거렸다. 「그것이 인간의 의미입니다. 이것이 올바른 길이니까요.」 그는 다시 눈을 감았다.

전생(前生)이 머릿속으로 스쳐 지나갔고, 예수는 한숨을 지었다. 팔을 뻗어 그는 천사의 손을 찾아내었다. 「내 수호천사여.」 그가 부드럽게 말했다. 「만일 당신이 오지 않았더라면 난 길을 잃었을 거예요. 영원히 내 곁에서 떠나지 말아요.」

「그럴 테니까 걱정하지 말아요. 나는 당신을 버리지 않겠어요.

난 당신이 좋아요.」

「이런 행복은 얼마나 계속될까요?」

「내가 당신과 함께 머물고 당신이 나와 함께 머무는 동안이죠, 나자렛 예수여.」

「영생토록요?」

천사가 웃었다. 「도대체 〈영생〉이 뭐죠? 당신은 아직도, 나자렛 예수여, 어마어마한 어휘나, 어마어마한 개념이나, 하늘나라 따위 얘기를 떨쳐 버리지 못했나요? 그렇다면 아들까지도 당신을 고쳐 주지 못했다는 말인가요?」 그는 주먹으로 땅바닥을 쳤다. 「이곳, 대지가 하늘나라예요. 당신의 아들, 하느님이 거기 있어요. 모든 순간, 나자렛 예수여, 흘러가는 모든 순간이 영원이에요. 순간으로는 당신에게 부족하다는 얘기인가요? 그렇다면 영원으로도 부족하다는 걸 당신은 터득해야 해요.」

예수는 말이 없었다. 마당에서 가벼운 발소리가 들려왔다. 맨발로 누가 가까이 왔다.

「누구요?」 몸을 일으키며 예수가 물었다.

「여자예요.」 미소를 지으며 천사가 말했다. 그는 문으로 가서 빗장을 벗겼다.

「어떤 여자요?」

천사는 그를 꾸짖듯 손가락을 흔들었다. 「내가 전에 얘기해 주었는데, 잊으셨나요? 세상에 여자란 하나뿐이어서, 수많은 얼굴이 존재하지만, 모두 한 여자예요. 그 얼굴들 가운데 하나가 오는군요. 일어나서 반갑게 맞아 줘요. 내가 자리를 비켜 드리죠.」 뱀처럼 그는 대팻밥 속으로 미끄러져 들어가 사라졌다. 벽 쪽으로 몸을 돌려 예수는 눈을 감고 잠을 자는 체했다. 문을 밀고, 한 여자가 숨을 죽인 채 안으로 살그머니 들어왔다. 그녀는 천천히 앞으로 나와 예수가 누운 구석으로 오더니 아무 말도 없이, 아무 소리도 내지 않고 발치에 쪼그리고 앉았다.

예수는 따스함이 그의 발바닥에서 무릎과 허벅지와 심장과 목으로 먼저 올라오는 것을 느꼈다. 그는 손을 밑으로 내려 머릿단을 찾아내었고, 어둠 속에서 여인의 얼굴과 목과 젖가슴을 만져보았다. 한껏 기대감에 부풀고 순종하며 그녀는 몸을 숙이고 아무 말도 하지 않았지만, 그녀의 육체는 떨리고, 온몸은 거품 같은 땀으로 뒤덮였다.

남자는 조용히, 부드럽게, 자비가 넘치는 목소리로 말했다.

「당신은 누구인가요?」

여자는 떨며 대답이 없었다. 그는 또다시 천사가 한 말을 잊어버리고 그런 말을 물어본 것을 후회했다. 여자의 이름이 무엇이고, 고향이 어디이고, 얼굴의 생김새나 피부 빛깔이나 추하거나 아름답다는 점이 뭐가 중요하단 말인가? 그것은 이 땅에 사는 여자의 얼굴이었다. 그녀는 자궁으로 인해서 숨이 막힐 지경이었으니, 수많은 아들과 딸이 안에 갇혀 밖으로 나오지 못해서 질식했다. 그녀는 그들이 나오도록 길을 터주기 위해 그를 찾아온 것이었다. 예수의 마음은 자비로 넘쳐흘렀다.

「나는 룻이에요.」 여자가 떨면서 중얼거렸다.

「룻이라니? 어느 룻이오?」

「마르타요.」

제32장

 여러 날이, 여러 달이, 여러 해가 흘러갔다. 라자로 선생의 집에서는 아들딸의 숫자가 늘어 갔고 마르타와 마리아는 누가 더 아이를 많이 낳는지 경쟁을 벌였다. 남자는 대로는 작업실에서 소나무와 양홍(洋紅) 떡갈나무와 삼나무를 잘라 사람들이 쓸 도구를 만드느라고 열심히 일했으며, 때로는 밭에서 바람과 두더지와 쐐기풀과 씨름을 벌였다. 저녁이면 그는 지친 몸으로 돌아와 마당에 앉았고, 여인들은 와서 그의 발과 종아리를 씻어 주고, 불을 지피고, 그를 위해 식탁을 차리고, 두 팔을 벌렸다. 그러고는 나무를 깎아 그 속에 담겼던 집 안 가구를 찾아내듯, 흙을 파헤쳐 그 속에 담겼던 포도와 곡식을 빚어내듯, 그는 두 여자에게서 그의 몸속에 하느님을 잉태시켰다.

 얼마나 큰 기쁨인가, 예수는 생각했다. 얼마나 심오한 육체와 영혼, 대지와 인간 사이의 교합(交合)인가! ……그리고 마르타와 마리아는 손을 내밀어 그들이 사랑하는 남자를 만졌고, 그들의 자궁에서 나왔으며 그를 닮은 아이들을 만져 아이들과 모든 기쁨과 감미로움이 현실인지를 확인했다. 그토록 벅찬 행복감을 감당하기가 힘에 겨워 그들은 전율했다……. 어느 날 밤 마리아는 무서운 꿈을 꾸었다. 일어나서 마당으로 나간 그녀는 세수를 한 다음 손바닥으로 땅을 짚고 앉아 흐뭇한 기분에 잠긴 예수를 보았다. 그녀는 예수에게로 가까이 가서 옆에 앉았다. 「꿈이란 무엇인가요, 랍비님?」 그녀는 나지막한 목소리로 그에게 물었다. 「꿈이란 무엇으로 이루어졌나요? 꿈은 누가 보내 주나요?」

「꿈이란 천사도 아니고 악마도 아니죠.」 예수가 그녀에게 대답했다. 「마왕[1]이 하느님께 반역을 시작했을 때, 꿈은 어느 쪽 편을 들어야 할지 판단이 서지 않았죠. 꿈은 천사들과 악마들 중간에 남아 머물렀고, 하느님은 꿈을 잠의 지옥으로 던져 버렸어요……. 그런데 그건 왜 물어요? 무슨 꿈을 꾸었는데요, 마리아?」

하지만 마리아는 울음을 터뜨릴 뿐, 대답이 없었다. 예수는 그녀의 손을 쓰다듬었다. 「꿈이 마음속에 남아 있는 한, 마리아, 그것은 당신의 내면을 먹어 치워요. 밖으로 꺼내 버리도록 해요.」

마리아는 얘기를 시작하려고 했지만 어찌나 겁이 나는지 숨도 제대로 쉬지 못할 지경이었다. 예수는 그녀를 어루만져 용기를 주었다.

「밤새도록 어찌나 달이 밝은지 저는 잠을 이루지 못했어요. 하지만 동틀 녘에는 잠이 든 모양이어서, 새를 한 마리 보았는데요. 아니에요, 새가 아니라, 불타는 날개가 여섯 개였으니까, 하느님의 왕좌를 둘러싼 세라핌[2] 가운데 하나였을 듯싶어요. 그가 오더니 소리 없이 퍼덕거리며 내 주위를 돌고는 갑자기 달려 내려와 날개로 내 머리를 감쌌어요. 그는 부리를 내 귀에다 넣고 말했어요

---

[1] 하느님에게 도전했다가 몰락한 대천사인데, 루시페르Lucifer라는 본디 명칭은 그리스어 포스코포스Phosphocos에서 연유하고, 사탄이 몰락하기 이전의 이름이라고 알려져 있다. 「루가의 복음서」 10장 18절 참조.

[2] 최고위 천사.

……. 랍비님, 저는 엎드려 당신의 발에다 입을 맞춥니다. 저더러 입을 다물라고 명령하세요!」

「용기를 내요, 마리아. 내가 당신과 함께 있잖아요. 당신은 왜 두려워하나요? ……그래, 그가 당신한테 얘기를 했다는데, 무슨 말을 했죠?」

「이 모두가, 랍비님…….」

다시 한 번 그녀는 숨이 막혔다. 그녀는 예수의 두 무릎을 힘껏 끌어안았다.

「이 모두가…… 뭐란 말이에요, 지극히 사랑하는 마리아여?」

「꿈이라고요.」 그녀는 울음을 터뜨렸다.

예수는 부르르 떨었다. 「꿈이라고요?」

「그래요, 랍비님. 모두가 꿈이라는군요.」

「〈모두〉란 무엇을 의미하죠?」

「당신하고 나하고 마르타하고 밤에 우리가 나누는 포옹하고 아이들하고…… 모두가, 모두가 다 거짓이랍니다! 유혹자[3]가 우리를 속이려고 지어낸 거짓이래요! 사탄이 잠과 죽음과 공기를 가지고 만들어 낸 거짓이래요. 랍비님, 저를 도와주세요!」

그녀는 땅바닥으로 굴러, 잠깐 동안 발작적으로 경련을 일으키더니 갑자기 뻣뻣해졌다. 마르타가 무슨 장밋빛 식초를 가지고 달려 나와 그녀의 관자놀이에다 문질렀다. 마리아는 정신을 차려 눈을 뜨고, 예수를 보자 그의 발을 움켜잡았다.

「마리아가 입술을 움직였어요, 랍비님.」 마르타가 말했다. 「몸을 숙여요. 당신에게 무슨 얘기를 하려고 그래요.」

「무슨 말을 했나요, 사랑하는 마리아여? 난 듣지 못했어요.」

---

[3] 사탄의 다른 명칭.

마리아는 젖 먹은 힘까지 모두 동원했다. 「그리고 당신은요, 랍비님······.」 그녀가 중얼거렸다.

「나는요? 얘기해요!」

「······십자가에 못 박혔다더군요!」 그녀는 이 말을 하더니 다시금 기절해서 땅바닥으로 쓰러졌다.

그들은 그녀를 침대에 눕혔다. 마르타는 그녀의 곁을 떠나지 않았다. 예수는 문을 열고 들판으로 나갔다. 그는 숨이 막혔다. 그는 뒤에서 나는 발소리를 들었다. 몸을 돌린 그는 흑인 소년을 보았다.

「왜 이래요?」 예수는 화가 나서 흑인에게 소리쳤다. 「나는 혼자 있고 싶어요.」

「나는 당신을 혼자 남겨 두기가 두려워요, 나자렛 예수여.」 눈을 반짝이며 흑인이 대답했다. 「지금은 어려운 순간이죠. 당신의 이성이 흔들릴지도 모릅니다.」

「내가 원하는 것이 바로 그거예요. 때로는 한심한 이성이 방해하기 때문에 나는 제대로 보지 못해요.」

흑인이 웃었다. 「당신은 여자인가요? 당신은 꿈을 믿습니까? 여자들은 울게 그냥 내버려 두세요. 여자들이란 벅찬 기쁨을 감당하지 못하기 때문에 운답니다. 하지만 우리는, 우리는 인내하죠, 안 그래요?」

「그래요. 조용해요!」

그들은 발걸음을 서둘러 어느 푸른 언덕을 올라갔다. 바람꽃과 노란 실국이 풀밭 여기저기에 피었다. 땅에서는 백리향 냄새가 났다. 예수는 올리브나무들 사이로 그의 집을 보았다. 연기가 평화롭게 지붕에서 피어올랐고, 예수의 영혼은 홀가분한 기분을 느꼈다. 여자들은 기운을 차렸으리라, 그는 생각했다. 그들은 벽난로 앞에 쪼그려 앉아서 불을 지피고……「아무 얘기도 말고 우리 그냥 돌아갑시다.」그는 흑인에게 말했다.「그들은 여자니까, 불쌍히 여겨야 해요.」

여러 날이 흘러갔다. 어느 날 저녁에, 반쯤 취한 낯선 나그네가 나타났다. 안식일이어서 예수는 일을 하지 않았다. 그는 가장 어린 아들과 가장 어린 딸을 무릎에 올려놓고 문 앞 층계에 앉아 장난을 쳤다. 아침에는 비가 내렸지만 오후가 되자 날씨가 걷혔고, 이제는 엷은 벚꽃 빛깔의 구름이 서쪽으로 떠갔다. 구름들 사이로 얼굴을 내민 하늘은 초원처럼 새파란 빛깔이었다. 지붕에서는 비둘기 두 마리가 꾸루룩거렸다. 풍만한 젖가슴이 무겁게 늘어진 마리아가 예수의 옆에 앉았다.

나그네는 걸음을 멈추고, 험악한 눈으로 예수를 쳐다보더니 웃었다.

「어허, 라자로 선생……」말을 더듬거리면서 그가 말했다.「그래, 당신 확실히 재수가 좋았군요! 세월이 당신 집 문 앞으로 왔다가 지나가도 아랑곳하지 않고 당신은 두 아내 레아와 라헬을 거느린 족장 야곱처럼 버티고 앉아 있군요. 당신은 마르타와 마리아, 아내가 둘이잖아요. 소문을 듣자 하니 마누라 하나는 집안 일을 맡고 다른 마누라는 당신을 맡았다는데, 당신은 모든 책임을 맡아 나무, 땅, 아내들 그리고 하느님까지 돌봐야 하겠군요. 하지만 조금이라도 바깥으로 나와, 코를 문밖으로 내밀고, 눈을 이마에 대고 햇빛을 가리고는 무슨 일이 벌어지는지 세상을 둘러봐요……. 빌라도, 본티오 빌라도라는 사람의 얘기를 한 번이라도 들어 봤나요? 타르를 발라 뼈를 태워 죽여야 마땅할 그놈 말이에요!」

예수는 반쯤 취한 나그네가 누구인지 알아보고는 빙그레 웃었다.

「키레네 사람 시몬, 하느님과 포도주의 인간이여, 잘 오셨소! 의자를 갖다 놓고 앉아요. 마르타, 내 옛 친구에게 포도주 한 잔 가져다줘요.」

나그네는 의자에 앉아 두 손으로 잔을 받았다.

「세상에서 나를 모르는 사람이 어디 있나요?」 그는 자랑스럽게 말했다. 「내 술집으로 경배를 드리러 오지 않은 사람이 하나도 없을 테니까요. 당신도 틀림없이 와봤을 것이고요, 라자로 선생. 하지만 우리 화제를 바꾸지 맙시다. 난 당신에게 빌라도, 본티오 빌라도의 얘기를 들어 본 적이 한 번이라도 있느냐고 물었어요. 당신 그 사람을 한 번이라도 봤어요?」

흑인 소년이 나타났다. 그는 문설주에 몸을 기대고 귀를 기울였다.

「엷은 구름 한 조각이 내 머릿속을 스쳐 지나가는군요.」 기억을 해내려고 애쓰며 예수가 말했다. 「매처럼 잿빛인 냉혹한 두 눈, 경멸이 가득한 웃음, 금반지…… 다른 일은 기억이 나지 않아요. 아, 그렇죠. 그가 손을 씻으려고 가져온 은빛 세숫대야요. 다른 것들은 생각이 안 나요. 이성에 흰 서리가 내린 듯싶은 것이, 틀림없이 꿈이었겠죠. 해가 뜨면 곧 사라지는 그런 서리 말이에요……. 하지만 당신이 막상 얘기를 꺼내고 나니까, 키레네 사람이여, 기억이 나는데요, 그 사람은 잠든 사이에 나를 굉장히 괴롭혔어요.」

「그에게 저주가 내리기를! 난 하느님의 눈에는 낮의 현실보다 꿈이 훨씬 더 비중을 차지한다는 얘기를 들었어요. 어쨌든 하느님은 빌라도에게 벌을 내렸어요. 그 사람은 십자가에 매달렸으니까요!」

예수가 소리쳤다. 「십자가에 매달렸다고요!」

「왜 흥분해요? 그런 꼴 당해 마땅할 인간인데요! 사람들은 십자가에 매달린 그를 어제 동틀 녘에 발견했어요. 보아 하니 그 사람은 머리가 돌기 시작했던 모양이에요. 그는 잠을 이루지 못했어요. 잠자리에서 나와 세숫대야를 찾아내서는 밤새도록 손을 씻으며 〈나는 손을 씻었으니까 결백하다!〉라고 소리쳤죠. 하지만 손에는 핏자국이 그대로 남았고, 그러면 그는 물을 더 가져다가 또 씻었어요. 그러다가는 밖으로 나가 골고타를 헤매고 다녔어요. 마음이 편할 날이 없었기 때문에요. 밤이면 밤마다 충실한 두 명의 흑인 노예를 시켜 채찍으로 자기를 때리게 했어요. 그는 가시나무를 모아 면류관을 만들어 머리에 쓰고 피를 줄줄 흘렸어요.」

「기억이 나요…… 기억이 나요…….」 예수가 중얼거렸다. 가끔 그는 문설주에 몸을 기대고 열심히 귀를 기울이는 흑인 소년을 힐끗힐끗 쳐다보았다.

「나중에 그는 술을 자주 마시게 되어, 술집을 찾아 돌아다녔어요. 그 사람은 우리 술집에도 찾아와서 술을 마시고는 고주망태가 되었어요. 마누라는 꼴도 보기 싫다고 그를 내쫓아 버렸죠. 그런데 로마에서 해임 명령이 내려왔답니다……. 내 얘기 듣고 있어요, 라자로 선생? 왜 한숨을 짓나요?」

예수는 땅바닥을 물끄러미 내려다볼 뿐 대답을 하지 않았다. 소년이 시몬의 술잔을 다시 채웠다. 「조용해요!」 그는 시몬의 귀에다 대고 나지막이 이를 악물고 말했다. 「가요.」

하지만 시몬은 화를 내었다. 「왜 나더러 조용하라고 그래요! 긴 얘기지만 간단히 줄여 얘기하자면, 어제 동틀 녘에 당신 친구 빌라도는 골고타 꼭대기에서 십자가에 매달린 채 발견되었어요!」

예수는 마치 창에 찔리기라도 한 듯 갑자기 심장을 파고드는 감촉을 느꼈으며, 손과 발의 시퍼런 흔적 네 곳이 부어올라 빨갛게 변했다.

마리아는 그의 안색이 창백해졌음을 눈치 챘다. 그녀는 가까이 와서 예수의 무릎을 어루만졌다. 「사랑하는 분이시여.」 그녀가 말했다. 「당신은 지치셨어요. 안으로 들어와 누우세요.」

해가 지고, 바람이 서늘해졌다. 이제 완전히 취해 버린 키레네 사람은 얘기를 하기에도 지쳤는지 잠이 들었다. 흑인 소년은 팔을 잡아 한 번 힘을 주어 그를 일으켜 세우고는 마을 밖으로 끌고 나갔다.

「당신은 횡설수설했어요.」 소년이 예루살렘으로 가는 길을 가리키고는 그에게 화를 내며 말했다. 「가요!」

소년은 초조하게 집으로 돌아갔다. 작업실에 길게 누운 예수는 지붕창을 응시했다. 마르타는 저녁 식탁을 차렸다. 마리아는 가장 어린 아이에게 젖을 먹이며 말없이 예수를 지켜보았다. 분노로 아직도 눈을 번득이며 흑인 소년이 들어왔다.

「그 사람 갔어요.」 그가 말했다. 「완전히 곤드레만드레 취해서, 자기가 무슨 말을 하는지도 모르고 떠들어 대더군요.」

예수는 시선을 돌려 고뇌에 찬 표정으로 소년을 쳐다보았다. 그는 섣불리 입을 열고 얘기를 하게 될까 봐 입술을 깨물었다. 또다시 그는 소년에게로 돌아섰다. 그는 소년의 도움을 청하는 듯 싶었다. 하지만 소년은 입술에다 손가락을 대고는 그에게 미소를 지었다.

「가서 자요.」 그가 말했다. 「가서 자라고요.」

예수는 눈을 감았다. 입술에서 긴장이 풀리고, 이마에서 주름살이 사라지고, 그는 잠이 들었다. 이튿날 동틀 녘에 잠이 깬 그는 마치 굉장한 위험을 벗어난 듯 기쁨과 안도감을 느꼈다. 소년도 역시 잠이 깨었다. 혼자 킬킬거리며 그는 작업실을 정리했다.

「무얼 보고 웃어요?」 소년에게 눈을 깜작이며 예수가 물었다.

「난 인류를 보고 웃었어요, 나자렛 예수여._ 소년은 여자들이 듣지 못하게 나지막한 목소리로 대답했다.「도든 순간마다 당신들의 초라한 이성이 거쳐야 하는 공포 때문에요! 오른쪽에는 깎아지른 듯한 벼랑, 왼쪽에도 깎아지른 듯한 벼랑, 뒤에도 깎아지른 듯한 벼랑이죠. 앞 길 이외에는 나아갈 방법이 없는데, 앞에는 심연을 가로지른 한 가닥의 줄밖에 없어요!」

「한순간 내 이성은 당신의 줄을 타고 건너려다 고꾸라져 하마터면 떨어질 뻔했어요.」 역시 웃으며 예수가 달했다. 「하지만 나는 벗어났어요!」

여자들이 들어오자 얘기의 내용이 달라졌다.

불을 지피고, 하루가 시작되었다. 아이들이 깔깔거리며 떼를 지어 마당으로 몰려 들어와 장님 놀이를 벌였다.

「마리아, 우리 아이들이 이렇게 많아요?」 예수가 웃으며 말했다. 「마르타, 마당이 가득 찼어요. 집을 넓히든지, 아이를 그만 낳든지, 무슨 수를 내야 되겠어요.」

「집을 넓히죠.」 마르타가 대답했다.

「이러다가는 애들이 들쥐나 다람쥐처럼 마당의 나무와 벽을 올라갈지도 모르겠어요. 우린 죽음에 도전했어요, 마르타. 여자들의 생식기에 축복 있으라. 여자들의 내부는 물고기나 마찬가지로 알이 가득한데, 그 알 하나하나가 인간이에요. 죽음은 우리를 정복할 수 없어요.」

「그래요, 죽음은 우리를 정복할 수 없어요, 사랑하는 분이시여. 당신만 몸조심하시고 건강하면 다 그만이죠.」 마리아가 대답했다.

예수는 기분이 좋아 그녀를 놀려 주고 싶었다. 더구나 겨우 반쯤만 정신이 들어 그의 앞에 서서 머리를 빗는 마리아의 모습이 오늘 아침에는 무척 마음에 들었다.

「마리아.」 그가 말했다. 「당신은 한 번도 죽음을 생각하지 않고, 하느님의 자비도 구하려 하지 않고, 내세에서 당신이 어떻게 될지도 걱정하지 않나요?」

마리아는 긴 머리를 저으며 웃었다. 「그런 건 남자들이나 걱정할 일이에요.」 그녀가 말했다. 「그래요, 전 하느님의 자비는 구하지 않아요. 저는 여자니까, 남편의 자비를 구하고 싶어요. 그리고 저는 하느님의 문을 두드리고는 천국의 영원한 기쁨을 거지처럼 애걸하지도 않아요. 저는 사랑하는 남자를 껴안으면 어떤 다른 욕망도 생기지 않는답니다. 천국. 영원한 기쁨은 남자들에게나 맡겨 둬야죠!」

「영원한 기쁨은 남자들에게라고요?」 노출된 그녀의 어깨를 어루만지며 예수가 말했다. 「사랑하는 아내여, 이 땅은 좁다란 타작마당이에요. 그런 공간에 스스로 갇히고도 어떻게 벗어나고 싶어 하지 않나요?」

「여자란 울타리 안에서만 행복하답니다. 당신도 알잖아요, 랍비님. 여자는 저수지이지, 샘이 아니니까요.」

마르타가 헐레벌떡 뛰어 들어왔다. 「누가 우리 집을 찾아요.」 그녀가 말했다. 「키가 작고 뚱뚱하고 꼽추에다 머리는 달걀처럼 홀랑 벗겨졌어요. 구부러진 나무 의족 때문에 자꾸만 고꾸라지며 서둘러 오던데, 곧 도착할 거예요.」

흑인도 숨을 헐떡이며 달려 들어왔다. 「난 그 사람 꼴도 보기 싫으니까, 여기 오면 면전에서 문을 닫아 버리겠어요. 그 사람이 모든 일을 뒤죽박죽 엉망으로 만들어 놓을 테니까요.」

예수는 험악한 표정으로 소년을 쳐다보았다.「무엇이 두려워서 그래요?」그가 물었다.「그 사람이 누구길래 당신이 그렇게 무서워하나요? 문 열어요!」

흑인이 그에게 눈을 깜작였다.「쫓아 버려요!」그가 예수에게 나지막이 말했다.

「왜요? 그 사람이 누구인데요?」

「쫓아 버려요.」흑인이 되풀이해서 말했다.「그리고 이유는 묻지 말아요.」

예수는 화가 났다.「나는 자유가 아닌가요? 나는 하고 싶은 대로 할 수도 없나요? 문 열어요.」

그때 길에서 발소리가 들려왔다. 발걸음이 멈추었고, 문을 두드리는 소리가 났다.

「누구요?」마당으로 달려 나가며 예수가 물었다.

째진 고음의 목소리가 대답했다.「하느님께서 보낸 사람이오. 문 열어요!」

문이 열렸다. 작달막하고, 아직 젊은데도 다머리가 벗겨진 뚱뚱한 꼽추가 문간에 서 있었다. 그의 눈에서는 불이 뿜어져 나왔다. 그를 보려고 달려온 두 여자는 뒷걸음질을 쳤다.

「환희하고 기뻐하세요, 형제들이여.」팔을 활짝 벌리며 손님이 말했다.「내가 여러분에게 기쁜 소식을 가지고 왔으니까요!」

예수는 그를 쳐다보면서 이 사람을 어디서 브았는지 기억해 내려고 애를 썼다. 싸늘한 한기가 등골을 타고 오르락내리락거렸다.「당신은 누구인가요? 어디서 만난 사람 같은데. 가야파의 궁전에서였나요? 십자가 처형에서였나요?」

마당 한쪽 구석에서 몸을 도사리고 코웃음을 치며 흑인 소년이 말했다.「사울, 피에 굶주린 사울이에요!」

「당신이 사울인가요?」겁에 질려 예수가 물었다.

「전에는 그랬지만, 이제는 피에 굶주린 사울이 아닙니다. 나는 참된 광명을 보았고, 이제는 바울로[4]입니다. 하느님께 영광을! 나는 구원을 받았고, 이제는 세상을 구하려고 나섰습니다! 유대도 아니고, 팔레스타인도 아니고, 온 세상을요! 내가 전하는 기쁜 소식은 바다와 머나먼 도시까지 두루 이르러야 해요. 머리를 흔들지 말아요, 라자로 선생. 웃지 말고, 조롱도 하지 말아요. 그래요, 난 세상을 구원하겠어요!」

「내 선량한 벗이여.」예수가 대답했다. 「나는 당신이 가려는 곳으로부터 이미 돌아왔어요. 당신처럼 젊었을 때 나도 세상을 구원하려고 나섰었어요. 세상을 구하기를 원한다면, 그건 젊었다는 의미가 아닐까요? 나는 맨발에 누더기를 걸치고 옛날 선지자들처럼 못을 잔뜩 박은 가죽 띠를 허리에 두르고 돌아다녔어요. 나는 〈사랑하시오! 사랑하시오!〉라는 둥 많은 얘기를 외쳤지만, 이제는 그런 일은 기억조차 하기 싫어요. 사람들은 나를 과일 껍질로 때리고, 매질을 하고, 하마터면 십자가 처형을 당할 뻔했어요. 내 선량한 친구여, 당신도 똑같은 과정을 거칠 거예요!」

그는 내친김에, 라자로 선생이라는 그가 맡은 역을 망각하고, 낯선 이에게 그의 비밀을 털어놓고 말았다.

겁에 질린 흑인이 대화의 방향을 돌리려고 그들 사이로 끼어들었다.

「저 사람하고 얘기하지 마세요, 주인님. 제가 물어보고 싶은 게 있으니까, 저 사람하고 제가 얘기하게 해주세요.」

흑인은 낯선 이에게로 돌아섰다. 「지극히 흉악하게 막달라의

---

[4] 사도 바울로의 히브리식 이름이 사울이고, 바울로란 사울의 그리스식 이름이다.

마리아를 살해한 자가 당신 아닙니까, 지옥의 악마여? 당신의 손에서는 피가 뚝뚝 떨어져요. 점잖은 우리 집에서 썩 나가요!」

「당신이? 당신이?」 몸을 부르르 떨며 예수가 말했다.

「그래요, 나였어요.」 깊은 한숨을 지으며 바울로가 대답했다. 「나는 가슴을 치고, 옷을 찢고, 소리칩니다. 〈나는 죄를 범했노라! 나는 죄를 범했노라!〉 나는 모세의 율법을 어긴 자는 누구나 모두 죽이라는 지시가 담긴 편지를 받았어요. 나는 내 능력껏 모두 죽이고 다마스쿠스로 돌아가는 길이었는데, 갑자기 번갯불의 섬광이 하늘에서 튀어나와 땅바닥으로 쓰러지고 말았죠. 굉장히 눈부신 광채 때문에 아무것도 보지 못했어요. 하지만 머리 위에서 꾸짖는 목소리만은 들었어요. 〈사울이여, 사울이여, 당신은 어찌하여 나를 쫓나요? 내가 당신한테 무엇을 했단 말인가요?〉

〈주님이시여, 당신은 누구신가요?〉 내가 소리쳤어요.

〈나는 당신이 쫓고 있는 예수요. 일어나서 다마스쿠스로 들어가면, 그곳에서 나를 믿는 자들이 무엇을 해야 할지 당신에게 알려 줄 것이오.〉 나는 벌벌 떨며 얼른 일어났습니다. 나는 눈을 뜨고 있었지만 아무것도 보지 못했어요. 친구들이 손을 잡아 나를 다마스쿠스로 이끌고 들어갔어요. 그리고 하느님의 축복을 받아 마땅한, 예수의 제자들 가운데 한 사람인 아나니아가 내가 묵는 오두막으로 찾아왔습니다. 그는 내 머리에 손을 얹고 기도했어요. 〈그리스도여, 이 사람으로 하여금 온 세상을 두루 돌아다니며 복음을 전파하도록, 앞을 보게 해주소서!〉 그가 이 말을 하자 내 눈에서는 비늘이 떨어져 나갔어요. 나는 시력을 찾았고, 세례도 받았습니다. 나는 세례를 받고, 만백성에게 복음을 전하는 사도 바울로가 되었어요. 나는 땅과 바다에서 설교하고, 기쁜 소식을 전합니다……. 왜 당신은 눈이 휘둥그레진 표정으로 나를 쳐다보나요? 라자로 선생, 왜 그토록 흥분해서 일어나죠?」

주먹을 불끈 쥐고, 입에는 거품을 물고, 예수는 마당에서 서성거렸다. 그는 얼굴이 파랗게 질려 구석에 서 있는 여자들을 보았고, 소리를 지르며 두 엄마에게 매달리는 아이들도 보았다. 「안으로 들어가.」 그는 그들에게 명령했다. 「우리만 남겨 두고!」 잔뜩 흥분한 흑인이 와서 그에게 무슨 말을 하려고 했지만, 예수는 화를 내며 옆으로 밀쳐 버렸다. 「나는 자유가 아닌가요?」 그가 말했다. 「나도 참을 만큼 참았으니까 이젠 얘기를 해야겠어요!」

예수는 바울로에게로 돌아섰다. 「기쁜 소식이 무엇인가요?」 그는 떨리는 목소리로 외쳤다.

「틀림없이 당신도 그 사람에 관한 얘기를 들었겠지만, 나자렛 예수는 요셉과 마리아의 아들이 아니라, 하느님의 아들이었어요. 그는 인류를 구원하기 위해 인간의 몸을 갖추고 땅으로 내려왔어요. 사악한 제사장들과 바리사이파 사람들이 그를 붙잡아 빌라도에게 끌고 가서 십자가에다 매달았죠. 하지만 사흘째 되던 날 그분은 죽은 자들 가운데서 소생하시고, 승천하셨어요. 죽음이 정복되었고, 형제들이여, 죄는 사함을 받았으며, 천국의 문이 활짝 열렸습니다!」

「당신은 나자렛 예수라는 부활한 사람을 봤어요?」 예수가 소리쳤다. 「당신 눈으로 그 사람을 똑똑히 봤어요? 그 사람, 어떻게 생겼던가요?」

「번갯불의 섬광, 말씀을 하시는 번갯불의 섬광이었어요.」

「거짓말!」

「제자들이 그분을 보았어요. 그들은 십자가 처형이 끝난 다음 다락방에 함께 모여 있었어요. 문들이 닫혀 있었는데, 갑자기 그분이 오시더니 그들의 한가운데 서서 〈여러분에게 평화가 함께하기를!〉이라고 말씀하셨어요. 그들은 모두 황홀해했지만, 토마는 믿지 않았어요. 그는 상처마다 손가락을 넣어 본 다음에야 그가 먹던 생선을 주었어요.」

「거짓말!」

하지만 바울로는 열을 올렸다. 그의 눈은 번득였고, 구부러진 몸은 저절로 곧게 펴졌다.

「그는 인간으로부터 태어나지 않아서, 어머니는 처녀였습니다. 가브리엘 천사가 하늘에서 내려오더니 〈아베 마리아!〉라고 말했으며, 〈말씀〉이 씨앗처럼 그녀의 자궁 속으로 떨어졌어요. 그분은 그렇게 태어나셨죠.」

「거짓말! 거짓말!」

바울로는 놀라서 꼼짝도 하지 않았다. 흑인이 일어나서 문에다 빗장을 질렀다. 외치는 소리를 듣고 이웃 사람들은 반쯤 문을 열고 귀에다 신경을 잔뜩 곤두세웠다. 겁이 난 두 아내가 다시 마당으로 나왔지만, 흑인이 그들을 도로 안으로 끌고 가서 가두었다. 예수는 분노로 씨근덕거렸다. 더 이상 마음을 진정시킬 수가 없었다. 바울로에게로 가까이 다가가서 그는 어깨를 움켜잡고 세차게 흔들었다.

「거짓말! 거짓말!」 그가 소리쳤다. 「내가 나자렛 예수인데, 나는 십자가에 매달린 적도 없고, 부활한 적도 없어요. 나는 나자렛 목수 요셉과 마리아의 아들이에요. 나는 하느님의 아들이 아니고, 다른 모든 사람이나 마찬가지로 인간의 아들입니다. 그런 불경스러운 소리를 하다니! 그런 뻔뻔스러운 소리가 어디 있어요! 그런 거짓말이 어디 있습니까! 사기꾼아, 당신은 그런 거짓말로 감히 세상을 구원하겠다고 나섰단 말이에요?」

「당신이, 당신이?」 당황해서 바울로가 중얼거렸다. 입에 거품을 물고 라자로 선생이 얘기하는 동안 바울로는 그의 손과 발 그리고 가슴에서 못이 박혔던 상처 같은 푸르스름한 흔적을 보았다.

「왜 눈이 휘둥그레지죠?」예수가 소리쳤다.「왜 내 손과 발을 빤히 쳐다봤어요? 이 흔적들은 내가 잠든 사이에 하느님이 내 몸에다 찍어 놓았어요. 하느님이었는지, 유혹자였는지, 난 아직도 어느 쪽인지 모르겠지만요. 나는 십자가에 매달려 고통을 당하는 꿈을 꾸었지만, 비명을 지르고 정신이 드니까 아픔이 사라졌어요. 깨어 있는 동안 시달렸어야 할 고통을 나는 잠든 사이에 겪었고, 고난을 벗어났어요!」

「조용해요! 조용해요!」터져 나가기라도 할까 봐 겁이 나는 듯 관자놀이를 움켜잡으며 바울로가 소리쳤다.

하지만 어떻게 예수가 조용하겠는가! 그는 마치 이 말을 몇 년 동안이나 가슴속에 품어 두었던 기분이었다. 이제는 마음이 열려 그 말이 마구 쏟아져 나왔다. 흑인이 그의 팔에 매달렸다.「조용해요! 조용하라니까요!」그가 예수에게 말했지만, 예수는 한 번에 떨쳐 흑인을 땅바닥으로 던져 버리고는 바울로에게로 돌아섰다.

「그래요, 그래요. 내가 다 얘기하겠어요. 나는 마음의 평화를 찾아야 합니다! 내가 깨어 있을 때 받았어야 할 고통을 나는 꿈속에서 겪었어요. 나는 벗어났고, 다른 이름과 다른 육신을 얻어서 이곳 작은 마을로 왔답니다. 이곳에서 나는 인간의 삶을 영위해서, 먹고 마시고 일하고 아이들을 낳아요. 거대한 불길은 가라앉았고, 나도 역시 포근하고 평화스러운 불이 되었으며, 내가 아궁이 속에서 웅크리면 아내는 아이들에게 밥을 지어 줍니다. 나는 세계를 정복하려고 항해를 시작했지만, 자그마한 가정이라는 곳에다 닻을 내렸어요. 그래서 다 끝났고, 난 불만이 하나도 없어요. 다시 말씀드리지만, 나는 하느님이 아니라 인간의 아들이에요……. 그러니까 거짓말이나 늘어놓으며 온 세상을 돌아다니는 짓은 그만둬요. 내가 나서서 진실을 밝힐 테니까요!」

이제는 바울로가 화를 낼 차례였다.

「뻔뻔스러운 입 좀 닥쳐요!」 예수에게로 달려들며 그가 소리쳤다. 「그런 소리를 들으면 사람들은 겁이 나서 죽겠어요. 세상의 부패와 불의와 가난 속에서, 십자가에 못 박혔다가 부활한 예수는 정직한 인간, 핍박받던 사람들에게 소중한 위안이 되었어요. 진실이건 거짓이건, 내가 알 게 뭔가요! 세상이 구원만 받는다면 그만이죠!」

「거짓말로 구원을 받느니보다는 세상이 진실로 인해 멸망하는 쪽이 더 좋아요. 그런 구원의 중심에는 거대한 벌레 사탄이 들어앉았어요.」

「무엇이 〈진실〉인가요? 〈거짓〉이란 무엇이고요? 인간에게 날개를 주는 모든 것, 위대한 작품과 위대한 영혼을 만들어 내어 사람의 키만큼 인간이 땅 위로 솟아오르게 만드는 모든 것, 그것이 진실이에요. 인간의 날개를 잘라 버리는 모든 것, 그것이 거짓이에요.」

「제발 입 다물지 못하겠어요, 사탄의 아들이여! 당신이 얘기하는 날개란 마왕의 날개나 마찬가지예요.」

「아니에요. 난 입을 다물지 못하겠어요. 무엇이 진실이고 무엇이 거짓이며, 내가 그를 보았느냐 못 보았느냐, 또는 그가 십자가에 매달렸느냐 안 매달렸느냐 따위에는 난 관심도 없습니다. 나는 집념과 열망과 신념으로 진리를 창조합니다. 나는 진리를 찾으려고 투쟁하는 것이 아니라, 그것을 만들어 냅니다. 나는 진리를 인간보다 더 크게 만들어 놓고, 그렇게 함으로써 인간이 성장하게 도와줘요. 세상을 구원하기 위해서 필요한 일은, 당신도 새겨들어야 하지만, 절대적으로 필요한 일은 당신이 십자가에 못 박히고, 마음이 내키건 말건 내가 당신을 십자가에 매달아야 하고, 또한 당신은 부활해야 하며, 마음이 내키건 말건 내가 당신을 부활시켜야 한다는 것이죠. 당신이 이렇게 한심한 마을에 쭈그리고 앉아 낫과 그릇과 아이들이나 만들어 내면서 살아도 난 관심 없어요. 솔직히 말씀드리겠는데, 나는 공기로 하여금 당신의 모습을 취하게 만들겠어요. 육신과 가시 면류관과 못과 피…… 모든 요소가 이제는 구원이라는 틀의 한 부분이고, 모두가 없어서는 안 되는 부분들입니다. 그리고 세상의 모든 구석에서는 수많은 눈이 십자가에 못 박혀 공중에 매달린 당신을 올려다봅니다. 사람들은 흐느껴 울고, 눈물은 그들의 영혼에서 온갖 죄를 씻어 줍니다. 하지만 사흘째 되는 날 나는 당신을 죽은 자들 가운데서 일어나게 할 텐데, 그것은 부활이 없다면 구원도 없기 때문이죠. 가장 무서운 최후의 적은 죽음입니다. 나는 죽음을 물리치겠어요. 어떻게요? 당신을 하느님의 아들 예수로, 메시아로 부활시켜서요!」

「그건 진실이 아니에요. 나는 십자가에 매달리지 않았고, 죽음으로부터 소생하지도 않았고, 하느님도 아니라고 일어나서 외치겠어요! 왜 웃나요?」

「마음대로 실컷 외쳐 보시죠. 난 당신이 두렵지 않으니까요. 나는 이제 당신은 필요하지도 않아요. 당신이 굴러가게 만든 바퀴는 나름대로 추진력이 생겼는데, 이제 누가 그것을 멈추겠어요? 사실대로 말씀드리겠는데, 거기서 당신이 얘기하는 동안 나는 순간적으로, 혹시 당신이 우발적으로 당신의 신분을 밝히고 불쌍한 인류에게 당신이 십자가에 매달리지 않았다고 밝히는 경우에, 내가 덤벼들어 당신 목을 졸라 죽일지도 모른다는 기분이 들었어요. 하지만 곧 나는 마음을 진정시켰죠. 이 사람이 외치면 왜 안 되는가? 나는 속으로 생각했어요. 믿는 사람들은 당신을 잡아 불경한 자들을 처벌하는 장작더미로 집어 던져 태워 죽일 테니까요!」

「나는 말을 한마디만 했고, 전하고자 한 것도 한 가지뿐이었으니, 그것은 사랑이었어요. 사랑 이외에는 아무것도 없습니다.」

「〈사랑〉을 말함으로써 당신은 인류의 가슴속에 잠들었던 모든 천사와 악마를 풀어놓았어요. 당신이 생각하는 것처럼 〈사랑〉은 단순하고 고요한 단어가 아닙니다. 그 속에는 살육을 당하는 군대와 불타는 도시와 많은 피가 담겼어요. 피가 흐르는 강, 눈물이 흐르는 강, 이 땅의 모습이 달라졌어요. 이제 당신은 마음대로 실컷 울어도 좋고, 목이 쉬도록 소리를 질러도 좋습니다. 〈그것은 사랑이 아니니까 나는 그런 말을 하고 싶지 않다. 서로 죽이지 말지어다! 우리는 모두 형제이니라! 그만 멈추라!〉……하지만 그들이 어떻게 멈추겠어요, 가엾은 사람아? 이미 저질러진 일은 지울 수가 없으니까요!」

「당신은 악마처럼 웃는군요.」

「아뇨, 사도처럼 웃죠. 당신이 좋아하건 말건 나는 당신의 사도가 되려고 합니다. 나는 내가 원하는 그대로 당신과 당신의 삶과 당신의 가르침과 당신의 십자가 처형과 부활을 엮어 나가겠어요. 나자렛의 목수 요셉이 아니라 내가 당신을 낳고, 길리기아의 다르소에서 온 학자 바울로가 당신을 낳았어요.」

「아니에요! 아니에요!」

「누가 당신에게 물어봤나요? 당신의 허락은 필요 없어요. 왜 당신은 내 일에 끼어들죠?」

예수는 마당의 빨래를 말리는 단(檀)으로 엎어져 절망에 빠져 무릎 사이에다 머리를 처박았다. 그가 어떻게 이 악마와 싸움을 벌이겠는가?

바울로는 널브러진 예수를 굽어보고 서서 경멸에 찬 목소리로 말했다. 「세상이 어떻게 당신한테 구원을 받겠어요, 라자로 선생? 어떤 숭고한 본보기를 보여 줌으로써 세상이 당신을 따르게 만들겠어요? 당신의 경우에, 과연 본보기가 자체의 본성을 능가하고, 과연 영혼에 날개가 돋아날까요? 구원을 받고 싶다면 세상은 내게, 나한테 귀를 기울여요!」

그는 주위를 둘러보았다. 마당은 조용했다. 한쪽 구석에 웅크리고 앉아서 눈부시게 하얀 눈알을 굴리며 흑인은 쇠사슬에 묶인 양치기 개처럼 울부짖었다. 여자들은 숨었고, 이웃 사람들은 도망친 다음이었다. 하지만 바울로의 눈에는 마당이 마치 사람들이 넘쳐흐르는 터전, 한없이 넓은 광장으로 보여, 그는 성큼 단으로 뛰어 올라가 눈에 보이지 않는 군중을 향해 설교를 시작했다.

「형제들이여, 눈을 들어요. 보시오! 한쪽에는 라자로 선생, 다른 쪽에는 그리스도의 종 바울로입니다. 선택하시오! 만일 저 사람, 라자로 선생을 따른다면 당신들은 발로 밟는 수레에 묶인 짐승처럼 가난한 삶을 살아가게 되어 당신들은 약간의 털과 몇 차례의 울음과 굉장히 많은 똥을 남기고 죽는 양처럼 살다가 죽습니다. 만일 사랑과 투쟁과 전쟁을 추구하는 나를 따른다면, 우리는 세계를 정복합니다! 선택하시오! 한쪽은 하느님의 아들이요 세계의 구원을 뜻하는 그리스도요, 다른 쪽은 라자로 선생입니다!」

그는 불이 붙었다. 그는 독수리처럼 동그란 눈으로 보이지 않는 군중을 둘러보았다. 그는 피가 끓었다. 마당의 벽들이 무너지고, 흑인 소년과 라자로 선생이 사라졌다. 그는 공중에서 들려오는 목소리를 들었다.

「만민의 사도여, 위대한 영혼이여, 거짓을 피와 눈물로 짓이겨 진실을 빚어내는 당신이여, 앞장을 서서 우리를 인도해요. 우리는 얼마나 멀리 가야 하나요?」

바울로는 두 팔을 활짝 벌렸다. 온 세상을 포옹하며 그가 소리쳤다. 「사람의 눈길이 닿는 곳까지요. 그보다 더 멀리요. 인간의 마음이 닿는 곳까지입니다! 세상은 넓으니, 하느님께 영광을 돌립시다! 이스라엘 땅 저 너머에는 애굽과 시리아와 페니키아와 소아시아와 그리스와 부유하고 큰 섬들 키프로스와 로도[5]와 크레타가 자리 잡았습니다. 더 멀리 가면 로마가 나오고요. 거기서 또 더 멀리 가면 금발 머리가 길고, 양쪽에 날을 세운 손도끼를 쓰는 야만인들이 살아요....... 산이나 바다의 바람을 얼굴에 맞으며 아침 일찍 길을 떠나고, 십자가를 들어 사람들의 마음과 바위에 심어 놓고, 세상을 소유하게 된다는 기쁨은 얼마나 크겠습니까! 사람들의 배척을 받고, 매를 맞고, 깊은 구덩이로 동댕이질을 당하고, 죽음을 맞는 고통을 모두 그리스도를 위해 겪는다면, 그 기쁨은 또 얼마나 크겠습니까!」

그는 정신을 가다듬고 마음을 진정시켰다. 눈에 보이지 않는 군중이 허공으로 사라졌다. 그는 몸을 돌려 이제는 벽에다 몸을 기대고 아연한 표정으로 그의 설교를 듣는 예수를 보았다.

「그리스도를 위해서죠....... 당신이 아니라, 라자로 선생, 참된 그리스도를, 내 그리스도를 위해서입니다!」

더 이상 자제할 힘을 잃고 예수는 흐느껴 울기 시작했다. 흑인 소년이 그에게로 다가왔다. 「나자렛 예수여.」 그가 나지막이 말했다. 「왜 울어요?」

---

[5] 바울로가 전도 여행을 갔던 지중해의 섬으로, 지진으로 바다에 들어가 버렸다. 『구약 성서』에는 〈로다님〉이라고 표기되어 있다.

「비밀의 친구여.」예수가 중얼거렸다.「세상을 구원할 유일한 길을 보고도 흐느껴 울지 않을 사람이 어디 있겠어요?」

바울로는 단에서 내려왔다. 숱이 적은 그의 머리카락에서는 열기가 피어올랐다. 그는 신발을 벗어 흙을 털려고 탁탁 두드리고는 길거리 문 쪽으로 돌아섰다.

「나는 내 신발에서 당신 집의 흙을 털어 버렸습니다.」마당 한가운데에 어리둥절해서 서 있던 예수에게 그가 말했다.「잘 있으시오! 좋은 음식과 좋은 포도주와 멋진 입맞춤, 그리고 훌륭하게 늙은 성숙함에 축복을 드립니다, 라자로 선생! 그리고 섣불리 내일에 간섭할 생각은 마세요. 그랬다가는 끝장이에요. 아시겠어요, 라자로 선생, 끝장이라고요! 하지만 오해는 하지 말아요. 당신을 만나서 난 기뻤습니다. 나는 당신을 제거해서 나 자신을 스스로 해방시켰는데, 내가 바라던 바가 바로 그것이었으니까요. 그래요, 난 당신을 제거했으니 이제는 자유이고, 나는 나 자신의 주인이죠. 안녕히 계세요!」

바울로는 문의 빗장을 벗기고는, 한걸음에 성큼 예루살렘으로 가는 큰길로 나섰다.

「그 사람 꽤나 서두르는군요.」문간으로 가서 성난 눈으로 그를 쳐다보며 흑인이 말했다.「소매를 걷어붙이고는 굶주린 늑대처럼, 온 세상을 잡아먹겠다는 듯 달려가네요.」

그는 요술의 힘으로 예수를 사로잡으려고, 그래서 그의 마음을 괴롭히려고 하늘에서 내려 보낸 위험한 혼령을 쫓아 버리기 위해 돌아섰다. 하지만 예수는 이미 문턱을 성큼 건너선 다음이었다. 그는 길의 한가운데 서서, 고뇌와 그리움이 담긴 표정으로 멀어지는 사나운 사도를 지켜보았다. 그가 완전히 잊어버렸던 무서운 기억과 열망이 그의 마음속에서 머리를 들었다.

흑인은 겁이 나서 그의 팔을 움켜잡았다. 「예수여.」 명령하는 말투로 그가 나지막이 말했다. 「나자렛 예수여, 당신의 마음이 흔들리는군요. 무엇을 쳐다보나요? 안으로 들어와요!」

하지만 얼굴이 창백해져서 침묵을 지키던 예수는 팔을 휙 치워 천사의 손을 뿌리쳐 버렸다.

「안으로 들어와요.」 흑인이 화를 내며 되풀이해서 말했다. 「내가 누구인지 잘 아실 테니까, 당신은 내 얘기를 듣는 편이 좋아요.」

「나 혼자 있게 해줘요!」 길의 끝에서 마침내 사라지려는 바울로에게서 눈을 떼지 않으려고 예수가 고함을 쳤다.

「저 사람하고 같이 가고 싶어요?」

「나 혼자 있게 해줘요!」 예수가 다시 한 번 고함을 쳤다. 그는 갑자기 오한을 느껴 이빨을 덜덜 떨었다.

「마리아.」 흑인이 불렀다. 「마르타!」 그는 예수가 도망치지 못하게 허리를 꼭 껴안았다.

두 여자는 부르는 소리를 듣고 아이들을 잔뜩 이끌고 달려 나왔다. 근처 집들의 문이 열리고, 이웃 사람들이 밖으로 나와 백지장처럼 새파래진 얼굴로 길의 한가운데 서 있는 예수를 둘러쌌다. 갑자기 그는 눈꺼풀이 저절로 감겼고, 조용히, 얌전히, 땅바닥으로 쓰러졌다.

예수는 사람들이 그를 들어 올려, 잠자리에 눕히고, 오렌지꽃 향수를 그의 관자놀이에다 뿌리는 감촉을 느꼈으며, 코앞에다 갖다 대는 장미 식초 냄새를 맡았다. 그는 눈을 떠 두 아내를 보고는 빙그레 웃었다. 흑인 소년이 눈에 띄자 그는 소년의 손을 꼭 잡았다.

「나를 잘 붙잡아 줘요.」 그가 말했다. 「나로 하여금 떠나지 않도록, 놓아주지 말아요. 나는 이곳에서의 삶이 흡족하니까요.」

제33장

 예수는 옷을 벗어젖히고, 가슴으로 허연 수염을 늘어뜨린 채, 마당의 늙은 포도나무 밑에 앉았다. 유월절이었다. 그는 목욕하고, 머리카락과 수염과 겨드랑이에 향수를 뿌리고는, 깨끗한 옷으로 갈아입은 다음이었다. 문은 닫혔고, 곁에는 아무도 없었다. 그의 두 아내와 아이들과 손자들이 집의 뒤쪽에서 웃고 뛰놀았으며, 동틀 녘에 지붕의 처마로 기어 올라간 흑인은 화가 나서 말없이 예루살렘 쪽만 물끄러미 쳐다보고 있었다.

 예수는 그의 두 손을 보았다. 손은 지극히 살이 찌고 굳은살이 박여 있었다. 검푸르게 말라붙은 핏줄이 튀어나와 있고, 손등의 해묵은 신비한 상처는 희미하게 사라지기 시작했다. 그는 이목구비가 흉해지고 백발이 된 머리를 흔들고는 한숨을 지었다.

 「세월이 정말 빨리도 흘렀고, 나도 무척 늙었구나! 나 혼자뿐 아니라, 아내들과 마당의 나무와 내 발길이 닿는 돌멩이와 문과 창문도 늙었지.」

 겁이 난 그는 눈을 감았다. 〈시간〉이 물처럼 높은 곳의 원천인 머리에서부터 목을 타고 내려가, 가슴과 아랫배와 허벅지를 거쳐 더욱 흘러 내려가고, 결국은 발바닥을 통해 빠져나가는 기분을 느꼈다.

마당에서 나는 발소리에 그는 눈을 떴다. 마리아였다. 그녀는 명상에 잠긴 예수를 보고는 가까이 와서 그의 발치에 앉았다. 예수는 까마귀처럼 새까만 머리였지만 자기나 마찬가지로 이제는 백발이 된 마리아의 머리에 손을 얹었다. 형언할 수 없는 감미로움이 그를 사로잡았다. 내 손에서 이 여자는 백발이 되었어, 그는 생각했다. 내 손에서 이 여자는 백발이 되었어…….

예수는 머리를 굽혀 그녀에게 말했다. 「기억하나요, 사랑하는 마리아, 당신의 집주인으로서 내가 문턱을 넘어섰고, 남편으로서 당신의 자궁으로 내가 찾아 들어간 그 축복받은 날 이후로 얼마나 여러 번 제비들이 찾아왔는지 기억해요? 우리가 얼마나 여러 번 함께 씨를 뿌리고, 거두어들이고, 포도를 수확하고, 올리브를 땄던가요? 당신의 머리는 백발이 되었고, 지극히 사랑하는 마리아여, 용기가 많은 마르타도 백발이 되었소.」

「그래요, 사랑하는 분이시여, 우리는 백발이 되었어요.」 마리아가 대답했다. 「세월은 흘러가죠. 지금 우리가 그늘을 찾아 앉은 포도나무도 우리가 심었는데, 당신에게 마술을 걸어 기절하게 만든 그 저주받아 마땅한 꼽추가 찾아왔던 해에 우리가 심었던 것을 기억하시나요? 우리는 포도를 얼마나 여러 해 동안 따먹었던가요?」

흑인은 아무 소리도 내지 않고 지붕의 언저리에서 미끄러져 내려와 그들 앞으로 나섰다. 마리아가 일어나 자리를 비켜 주었다. 그녀는 이 이상한 양자를 좋아하지 않았다. 그는 자라지도 않고 나이도 먹지 않았으며, 인간이 아니라 혼령이었는데, 집으로 들어와서는 나가려고 하지 않는 악령이었다. 그리고 그녀는 조롱이 가득하고 까불거리는 그의 눈을 좋아하지 않았고, 밤이면 그가 예수와 남몰래 나누는 대화도 좋아하지 않았다.

눈에 경멸감이 가득한 흑인이 가까이 왔다. 날카롭고 하얀 이빨이 번득였다.

「나자렛 예수여.」 그가 나지막이 말했다. 「종말이 가까웠어요.」

깜짝 놀라 예수가 돌아섰다. 「무슨 종말요?」

흑인은 손가락을 입술에다 대었다. 「종말이 가까웠어요.」 그는 되풀이해서 말했다. 그는 예수의 맞은편에 쪼그리고 앉아 웃으며 예수를 쳐다보았다.

「당신은 내게서 떠나려고 하나요?」 예수는 이렇게 물으며, 갑자기 이상하게도 기쁘고 홀가분한 기분을 느꼈다.

「그래요, 종말이 왔어요. 왜 미소를 짓나요, 나자렛 예수여?」

「잘 가시오. 나는 원하는 바를 당신에게서 얻었고, 이제는 당신이 필요 없어요.」

「이런 식으로 당신은 내게 작별 인사를 하나요? 그렇게 고마워할 줄도 모릅니까? 당신을 위해 내가 그토록 오랫동안 고생했고, 당신이 갈망하던 기쁨을 주기 위해 내가 그토록 많은 공을 들였는데, 그런 노력이 다 헛된 것이었나요?」

「만일 벌처럼 내가 꿀 속에 잠겨 숨이 막혀 죽기를 당신이 바랐다면, 당신의 고생은 헛되었겠죠. 나는 원하는 만큼, 먹을 만큼 꿀을 잔뜩 먹었지만, 날개는 적시지 않았으니까요.」

「무슨 날개 말인가요?」

「내 영혼요.」

흑인은 악의가 서린 웃음을 웃었다. 「가엾은 사람, 당신에게 영혼이 있다고 생각해요?」

「그래요. 그리고 영혼은 자유이기 때문에 수호천사나 흑인 소년은 필요치 않아요.」

수호천사는 미친 듯 분노했다.「배반자!」그가 고함을 쳤다. 그는 마당에서 돌멩이를 하나 집어 손바닥으로 쥐어 부스러뜨려서 가루를 공중에다 뿌렸다.

「좋아요.」그가 말했다.「어디 두고 봐요.」그러더니 욕설을 퍼부으며 문으로 향했다.

난폭한 함성, 통곡, 탄식……. 말들은 힝힝거리고, 큰길에는 달려가는 사람들로 가득했다.「예루살렘이 불타고 있다!」그들이 소리쳤다.「예루살렘이 점령되었다! 우리는 패배했다!」

로마인들은 여러 달 동안 도시를 공략했지만 이스라엘 사람들은 여호와에게 희망을 걸었었다. 그들은 안전했다. 신월도(新月刀)를 든 천사가 성문마다 지키고 서서 거룩한 도시는 불에 탈 리가 없었고, 거룩한 도시는 두려움이 없었다. 그런데 이제는…….

여자들이 머리를 쥐어뜯고 비명을 지르며 길거리로 달려 나왔다. 남자들은 옷을 찢고, 하느님더러 나타나라고 소리쳐 불렀다. 예수는 몸을 일으켜 마리아와 마르타의 손을 잡고 안으로 들어간 다음 문에다 빗장을 질렀다.

「왜 울어요?」예수는 동정 어린 목소리로 그들에게 말했다.「왜 당신들은 하느님의 뜻에 거역하려고 하나요? 내가 하는 얘기를 듣고, 두려워하지 말아요. 시간은 불이에요, 사랑하는 아내들이여. 시간은 불이고, 하느님이 쇠꼬챙이를 잡았어요. 해마다 하느님은 유월절 양을 쇠꼬챙이에 끼워 돌려서 굽는다고요. 금년에는 예루살렘이 유월절 양이고, 내년에는 로마이며, 그다음 해에는…….」

「조용하세요, 랍비님.」마리아가 소리쳤다.「당신은 우리가 여자이고, 나약하다는 사실을 잊어버리셨나요?」

「용서하세요, 마리아.」예수가 말했다.「내가 잊어버렸군요. 오름길을 따라갈 때면 마음은 망각하고, 자비를 모르죠.」

예수가 이 말을 하는 사이에 바깥 길거리에서 묵직한 발소리가 들려왔다. 숨을 몰아쉬는 소리가 났고, 굵직한 지팡이가 시끄럽게 문을 두드렸다.

흑인이 벌떡 일어나 문의 빗장을 잡고는 예수를 쳐다보며 비웃었다.

「문을 열까요?」 웃음을 참기를 어려워하며 그가 물었다. 「당신의 옛날 친구들인데요, 나자렛 예수여.」

「옛날 친구들요?」

〈만나셔야 해요!〉라고 말하더니 흑인은 문을 활짝 열어젖혔다.

자그마한 늙은이들 한 무리가 문간에 나타났다. 얼굴이 쪼글쪼글해서 알아보기도 힘든 그들은 서로 몸을 의지하며 마당으로 기어 들어왔다. 그들은 마치 한 덩어리로 붙여 놓아 떨어지지 못하는 것 같았다.

예수는 한 걸음 앞으로 나서더니 멈춰 섰다. 그는 손을 뻗어 그들에게 환영 인사를 하고 싶었지만, 갑자기 그의 영혼은 견디지 못할 아픔에, 아픔과 분노와 연민에 짓눌리는 듯한 기분을 느꼈다. 그는 주먹을 움켜쥐고 기다렸다. 시커멓게 탄 나무와 불에 그을린 털과 찢어진 상처에서 악취가 심하게 났다. 대기에서는 고약한 냄새가 진동했다. 흑인은 말을 탈 때 디디는 발판 위로 기어 올라갔다. 그는 그들을 보고 웃었다.

한 걸음 더 앞으로 나서서 예수는 맨 앞에서 기어오는 노인에게로 돌아섰다. 「앞에서 오는 당신.」 그가 말했다. 「이리 오세요. 세월의 폐허를 밀어내고 당신이 누구인지 내가 알아볼 동안 가만히 계세요. 나는 가슴이 두근거리지만, 늘어진 살과 눈곱이 가득한 당신의 눈을 알아볼 길이 없군요.」

「제가 누구인지 못 알아보시겠습니까, 랍비님?」

「베드로! 옛날 옛적 내가 젊어서 허세를 부리던 시절에, 내가 그 위에다 교회를 세우겠다고 했던 바위가 당신인가요? 요나의 아들이여, 이토록 추한 몰골이 되다니! 이제는 바위가 아니라 구멍투성이인 해면이로군요!」

「다 세월 탓이죠, 랍비님……」

「무슨 세월요? 세월을 탓할 일이 아니죠. 영혼만 꼿꼿하다면 그 영혼이 육체를 단단히 잡아 세우고는 세월이 건드리지도 못하게 하죠. 당신의 영혼은 몰락했어요, 베드로여, 당신의 영혼이!」

「세상의 온갖 고뇌가 저를 덮쳤어요. 저는 결혼해 아이들을 낳고, 상처를 받고, 예루살렘이 불타는 광경을 보았어요……. 저는 인간이고, 그런 모든 것이 저를 노쇠하게 만들었죠.」

「그래요, 당신은 인간이고, 그런 모든 것이 당신을 노쇠하게 만들었겠죠.」 동정하는 표정으로 예수가 중얼거렸다. 「가엾은 베드로, 지금 같은 이런 세상에서는 하느님이면서도 악마가 되어야 견뎌 낼 수 있답니다.」

그는 베드로의 어깨 뒤에서 나타난 다음 사람에게로 시선을 돌렸다.

「그럼 당신은요?」 그가 말했다. 「코가 잘려 나간 모습이 마치 구멍투성이인 해골처럼 보이는군요. 내가 어떻게 당신을 알아본단 말입니까? 어서 얘기를 해요, 옛 친구여. 〈랍비!〉라는 말을 하면 아마도 나는 당신이 누구인지 기억해 낼지도 모릅니다!」

무너져 가는 듯한 몸집의 노인이 엄청나게 큰소리로 〈랍비님!〉이라고 외치고는 머리를 떨구더니 조용히 입을 다물었다.

「야고보! 제베대오의 맏아들, 기골이 장대한 거인, 마음이 지극히 견실했던 사람!」

「그의 유해 정도라고 해야 되겠죠, 랍비님.」 코를 훌쩍이며 야고보가 말했다. 「거센 폭풍이 저를 불구자로 만들었어요. 용골에 금이 가고, 선체가 깨지고, 돛대가 부러졌어요. 저는 파선을 당해서 항구로 돌아왔죠.」

「어느 항구요?」

「당신요, 랍비님.」

「내가 당신을 위해 무엇을 해주겠어요. 나는 당신을 수리하는 조선소가 아니죠. 내가 하는 말은, 야고보, 매정하지만 올바른 말인데, 당신이 돌아가야 할 항구라고는 바다 밑바닥밖에 없어요. 당신 아버님이 자주 말씀하셨듯이, 둘 더하기 둘은 넷이니까요.」

예수는 갑자기 심한 분노와 슬픔에 사로잡혔다. 그는 두 번째 무리의 노인들에게로 돌아섰다.

「그러면 당신들 세 사람은요? 아하, 당신, 당신, 키다리, 옛날 옛적에 당신은 나타나엘이 아니었던가요? 살이 투실투실 쪘군요. 잔뜩 몸이 불어 축 늘어진 엉덩이와 배와 두 개나 되는 턱을 좀 보라고요! 단단하던 근육은 다 어떻게 했나요, 나타나엘? 당신은 이제 삼 층짜리 집의 유해 같은 모습이군요. 그래요, 비계만 남았지만, 그만하면 천국으로 가기에는 넉넉하니까 한숨은 짓지 말아요, 나타나엘.」

하지만 나타나엘은 화를 냈다. 「무슨 천국요? 제가 두 귀와 손가락들과 한쪽 눈을 잃는 정도로는 부족했던 모양이에요! 그래요, 거기다가 당신은 오만함과 허식과 고결함과 하늘나라 따위 온갖 생각을 우리 머릿속에 심어 주었는데, 그런 모든 생각에 도취되어 있다가 이제 우리는 정신을 차렸어요! 어떻게 생각해요, 필립보? 내 말이 맞죠?」

「내가 무슨 말을 하겠어요, 나타나엘.」 모인 사람들 속에서 찾아보기도 힘든 자그마한 노인이 말했다. 「내가 무슨 말을 하겠어요! 당신이 우리하고 어울리게 된 것은 다 내 탓인데요!」

예수는 동정하듯 머리를 젓고는 그들이 필립보라고 부르는 자그마한 노인의 손을 잡았다. 「당신은 양을 갖지 않았기 때문에, 필립보, 나는 모든 양치기들 가운데 당신을 가장 정신없이 사랑하게 되었어요. 당신은 양치기의 지팡이만 들고 바람을 몰아대었죠. 밤이면 당신은 바람을 꺼내 풀밭에다 풀어놓았어요. 상상 속에서 당신은 거대한 가마솥을 올려놓고, 우유를 끓여 산꼭대기에서 밑에 펼쳐진 평원으로 흘려 내려보내 가난한 사람들이 마시게 했어요. 당신의 모든 재산은 마음속에 담겼었죠. 겉으로는 가난과 야유와 고독함과 굶주림뿐이었지만요. 내 제자가 되면 바로 그런 삶을 겪어야 해요! 그리고 이제는⋯⋯ 필립보, 필립보, 모든 목자들 가운데 가장 훌륭한 목자가 이토록 몰락하다니요! 당신은 슬프게도 털과 살을 손으로 만져 볼 수 있는 양 떼를, 진짜 양 떼를 갈망했고, 그래서 몰락했어요!」

「나는 배가 고파졌어요.」 필립보가 대답했다. 「그럼 나더러 어떻게 하란 얘긴가요?」

「하느님을 생각하면 배가 부릅니다!」 예수가 대답했고, 갑자기 그의 마음이 다시 굳어졌다.

예수는 물통 속으로 쓰러져 덜덜 떨면서 기어 나오지 못하던, 등이 구부러진 노인에게로 돌아섰다. 그가 돛에 걸친 누더기를 들치고 눈썹을 밀어 펼쳐 보았지만 그는 이 노인이 누구인지 알 길이 없었다. 그러나 머리카락 속을 더듬어 보니 낡아서 부러진 깃털 펜을 꽂은 커다란 귀가 나타났다. 예수는 웃었다.

「귀가 엄청나게 큰 사람, 잘 왔어요.」 그가 말했다. 「커다랗고, 발딱 일어서고, 털이 잔뜩 난 이 귀는 온통 두려움과 호기심과 굶주름으로 토끼의 귀처럼 쫑긋거리곤 했었죠. 잉크가 묻은 손가락과 품에 지닌 잉크병을 환영해요! 아직도 종이에다 글씨를 잔뜩 써넣으며 지내나요, 우리 학자님 마태오여? 완전히 부러진 깃털 펜이 아직도 당신 귀에 꽂혔군요. 이것을 창(槍)으로 써서 당신은 전쟁을 벌였나요?」

「왜 저를 놀리십니까?」 쓸쓸한 표정으로 마태오가 말했다. 「끝없이 이렇게 저를 비웃기만 하실 텐가요? 당신의 생애와 업적에 관해서 제가 쓴 글의 멋진 서두를 생각해 봐요. 당신과 더불어 저도 영원불멸한 인물이 되었을지도 몰라요. 그런데 이제는 공작이 깃털을 잃었죠. 공작이 아니라 병아리가 되었답니다. 제가 그토록 애를 쓴 일이 다 허사였어요!」

예수는 갑자기 무릎에서 기운이 빠지는 느낌이었다. 그는 머리를 숙였지만, 화가 나서 곧 머리를 들고는 위협하듯 손가락으로 마태오를 가리켰다.

「조용해요!」 그가 말했다. 「어디서 감히 그런 소리를 하나요!」

바싹 야윈 사팔뜨기 노인이 나타나엘의 두 다리 사이로 나타나더니 킬킬거렸다. 예수는 머리를 돌려 그를 보았고, 누구인지 한눈에 알아보았다.

「태어난 지 일곱 달밖에 안 되는 우리 아기 토마, 잘 왔어요! 이빨은 어느 밭에다 뿌렸나요? 두 가닥 머리카락은 어디로 갔고요? 그리고 당신 턱에 달린 지저분하고 작은 수염은 어느 염소에게서 뽑아다 붙였나요? 얼굴이 둘이고, 눈이 일곱이고, 교활하기 짝이 없는 토마, 당신은 토마 맞죠?」

「바로 그렇습니다! 오는 길에 빠져서 이빨이 없고, 두 가닥 머리카락도 없어지기는 했지만, 옛날 그대로죠. 다른 부분은 모두 제대로 간수했으니까요.」

「마음은요?」

「진짜 수탉 같죠. 자기가 해를 솟아오르게 하지 못한다는 진실을 빤히 알면서도 퇴비 더미로 올라가 아침마다 울어 대고, 그래서 해가 뜨게 하기는 하는데, 그건 다 해가 뜨는 시간을 정확히 알기 때문이죠.」

「그리고 영웅 중의 영웅이여, 당신은 예루살렘을 구원하기 위해 싸웠나요?」

「제가 싸워요? 누구를 바보인 줄 아십니까? 저는 선지자 노릇을 했답니다.」

「선지자요? 그러니까 개미처럼 깨알만 한 이성에 날개가 돋았군요? 하느님의 입김이 당신에게로 불었던가요?」

「하느님과 무슨 관계입니까? 제 지성이 스스로, 혼자 힘으로 비밀을 알아내었어요.」

「무슨 비밀요?」

「선지자가 된다 함은 무엇을 뜻하느냐 그거오. 거룩한 스승님께서도 한때 그 비밀을 알았지만, 잊어버리셨으리라는 생각이 드는군요.」

「글쎄요, 교활한 토마, 내 기억을 되살려 줘요. 다시 쉽게 되살아날지도 모르니까요. 선지자가 뭔가요?」

「선지자란 다른 모든 사람이 절망할 때 희망을 가지는 사람이죠. 그리고 다른 모든 사람이 희망을 가질 때는 절망하고요. 왜 그러느냐고 저한테 물으시겠죠. 그것은 선지자가 〈위대한 비밀〉을 터득하고, 〈운명의 바퀴〉가 돌아간다는 사실을 알기 때문이죠.」

「당신하고 얘기를 한다는 건 위험한 일이에요, 토마여.」 그에게 눈을 찡긋하며 예수가 말했다. 「당신의 자그마하고, 재빨리 돌아가는 사팔뜨기 눈에서는 꼬리와 두 개의 뿔 그리고 타오르는 불꽃이 보이거든요.」

「진실한 불이 타오르죠, 랍비님. 당신은 그것을 아시지만, 인류를 가엾게 여깁니다. 마음이 연민에 매달리기 때문에 세상은 암흑 속으로 빠져요. 이성은 연민에 사로잡히지 않기 때문에 세상은 불타고요……. 아, 당신은 조용하라고 저에게 머리를 저으시는군요. 당신 말이 맞으니까 저는 입을 다물겠어요. 우린 단순한 영혼들 앞에서 그런 비밀을 노출시키면 안 되니까요. 이 사람들은 아무도 인내심이 없어요. 단, 저 사람만은 예외지만요!」

「저건 누구죠?」

토마는 길거리 쪽 문까지 몸을 질질 끌고 가서는 말라비틀어지고 벼락을 맞아 타버린 나무처럼 문간에 선 거인을 건드리지는 않고 손가락으로 가리키기만 했다. 그는 머리카락과 수염의 바탕이 아직도 붉은 빛깔이었다.

「저 사람요!」 몸을 움츠리고 뒤로 물러나면서 그가 말했다. 「유다 말이에요! 아직도 그나마 꿋꿋한 사람은 유다 혼자뿐이에요. 조심하세요, 랍비님. 저 사람은 정력이 넘치고, 굽힐 줄 모르니까요. 부드럽게 말하고, 그의 환심을 사도록 하세요. 분노가 끓어오르는 저 고집스러운 얼굴을 보시라고요.」

「글쎄, 그럼 길들인 사자를 시켜 저 사막의 사자를 잡는다면 우린 물리지 않겠군요. 어쩌다 우리가 이런 처지가 되었나요!」 그는 목청을 돋우었다. 「유다, 내 형제여, 세월이란 인간을 잡아먹는 위풍이 당당한 호랑이예요. 그는 인간으로만은 만족하지 못해서 도시와 왕국과 (저를 용서하소서, 하느님이시여) 신까지도 집어삼켜요! 하지만 당신은 건드리지도 못했어요. 당신의 분노는 끓어오르다 가라앉으려 하지 않았고, 그래요, 당신은 세계와 화해를 전혀 하지 않았어요. 나는 당신 가슴에 품은 불굴의 칼과 당신 눈에 담긴 증오와 분노와 희망과 젊음의 위대한 불길을 아직도 느껴요……. 잘 왔습니다!」

「유다여, 듣지 못했어요?」 예수의 발치로 엎어졌던 요한이 중얼거렸다. 수염이 하얗고, 뺨과 목에 깊은 상처가 두 군데 있는 그는 본디 모습을 알아보기가 힘들었다. 「듣지 못했어요, 유다여? 스승님이 당신한테 인사를 했어요. 당신도 답례를 해야죠!」

「저 사람은 노새처럼 고집도 세고 융통성이 없어요.」 베드로가 말했다. 「얘기를 안 하려고 입술을 깨물 정도니까요.」

하지만 예수는 늙고 사나운 친구에게 시선을 고정시키고는 다정하게 말했다.

「유다여, 지저귀며 소식을 전하는 새들이 내 집 지붕 위로 날아가며 마당에다 소식을 떨어뜨렸어요. 당신은 산으로 들어가 나라 안팎의 폭군들과 전쟁을 벌인 모양이더군요. 다음에 당신은 예루살렘으로 내려가서 반역자 사두가이파 사람들을 잡아 목에다 붉은 끈을 두르고는 이스라엘의 하느님을 위한 제단에 바친 어린 양처럼 죽였어요. 당신은 위대하고 음산하고 결사적인 인물이에요, 유다여. 우리가 헤어진 이후에 당신은 단 하루도 기쁜 날을 보지 못했어요. 유다, 내 형제여, 나는 당신이 무척 보고 싶었어요. 잘 오셨어요!」

말을 하지 않으려고 아직도 입술을 깨물고 있는 유다를 요한은 겁에 질린 눈으로 쳐다보았다. 「내 머리 위에서는 짙은 연기가 끊임없이 피어올라요.」 요한은 중얼거리며 몸을 끌고 다른 사람들에게로 돌아갔다.

「조심해요, 랍비님.」 베드로가 말했다. 「저 사람은 당신을 어디부터 덮쳐야 할지 살피느라고 모든 각도에서 살살이 살펴보잖아요!」

「나는 당신에게 말했어요, 유다, 내 형제여.」 예수가 말을 이었다. 「들리지 않아요? 나는 당신에게 인사를 했지만, 당신은 가슴에 손을 얹고 〈만나서 반갑다〉는 말을 하지 않는군요. 예루살렘의 고통 때문에 당신은 얼이 빠지기라도 했나요? 입술을 깨물지 말아요. 당신은 남자니까, 참고 견뎌야죠. 탄식은 하지 마세요. 당신은 용감하게 의무를 치렀어요. 당신 팔과 가슴과 얼굴의 깊은 상처를 모두 앞쪽에 입었다는 사실은 당신이 사자처럼 싸웠음을 보여 주는군요. 하지만 하느님과 맞서 인간이 어떻게 하겠어요? 예루살렘을 구하려고 싸운다면 하느님에 대항해서 싸우는 셈이었어요. 하느님은 마음속으로 거룩한 도시를 벌써 여러 해 전에 잿더미로 만들어 놓았으니까요.」

「봐요, 저 사람이 한 걸음 앞으로 나섰어요.」 겁이 난 필립보가 중얼거렸다. 「황소처럼 머리를 어깨로 잔뜩 낮춰 붙이고요. 이제 공격을 할 모양이에요.」

「여러분, 우린 옆으로 물러나죠.」 나타나엘이 말했다. 「이제는 주먹을 드는데요.」

「랍비님, 랍비님, 조심하세요!」 마르타와 마리아가 앞으로 나오며 소리쳤다.

하지만 예수는 조용히 말을 이어 나갔다. 그러나 그의 입술은 눈에 겨우 보일 정도로 파르르 떨리기 시작했다.

「나 또한 힘껏 싸웠어요, 내 형제 유다여. 젊은 시절에 나는 젊은이답게 세상을 구하겠다고 나섰어요. 나중에, 이성이 성숙했을 때, 나는 인간의 대열로 끼어들었습니다. 난 일을 하고, 땅을 갈고, 우물을 파고, 포도와 올리브를 심었어요. 나는 여인의 육체를 품에 안고 인간을 창조함으로써 죽음을 정복했죠. 난 항상 그러겠다는 말을 하지 않았던가요? 그래요, 난 약속을 지켜 죽음을 정복했어요!」

갑자기 유다가 왈칵 달려 나가 그의 앞을 가로막고 나선 여자들과 베드로를 옆으로 밀어 던지고는 사납게 소리를 질렀다.

「반역자!」

모두 돌처럼 굳어 버렸다. 예수는 새파랗게 질려 두 손을 가슴에 얹었다.

「내가요? 내가 말이에요, 유다?」 그가 중얼거렸다. 「당신은 심한 말을 했어요. 그 말 취소해요.」

「배반자! 도망자!」

자그마한 노인들은 얼굴이 노랗게 변해 문 쪽으로 옮겨 갔다. 토마는 벌써 길거리에 이르렀다. 두 여자가 앞으로 뛰어나왔다.

「형제들이여, 가지 마세요.」 마리아가 소리쳤다. 「사탄이 랍비님에게 손을 들었어요. 사탄이 랍비님을 치려그 해요!」

베드로는 도망치려고 문 쪽으로 슬금슬금 다가가고 있었다. 「어디로 가시려고 그래요?」 그를 붙잡으며 마르타가 말했다. 「또다시, 또다시 저분을 부정하실 작정인가요?」

「난 이런 일에 얽혀 들고 싶지 않아요.」 필립보가 말했다. 「가리옷 사람 유다는 팔심이 세고, 난 늙었어요. 갑시다, 나타나엘.」

유다와 예수는 이제 마주 보고 섰다. 유다의 몸에서는 열기가 뿜어져 나왔다. 그의 몸에서는 땀과 썩어 가는 상처의 냄새가 났다.

「배반자! 도망자!」 그가 다시 소리쳤다. 「당신은 십자가에 매달려야 옳아요. 이스라엘의 하느님은 당신이 그곳에서 싸우게 했어요. 하지만 당신은 겁이 났고, 죽음이 머리를 드는 순간 걸음아 날 살려라 당장 도망쳤습니다! 당신은 도망쳐서 마르타와 마리아의 치마폭에 숨었어요. 겁쟁이! 그리고 당신은 목숨을 건지기 위해 얼굴과 이름을 바꿨어요, 가짜 라자로여!」

「가리옷 사람 유다여.」 (여자들 때문에 용기를 얻은) 베드로가 말참견을 했다. 「가리옷 사람 유다여, 랍비님에게 그런 식으로 얘기해도 되나요? 당신은 존경심도 없어요?」

「무슨 랍비요?」 주먹을 휘둘러 보이며 가리옷 사람 유다가 고함쳤다. 「저 사람 말이에요? 당신들은 눈이 없어서 보지를 못하고, 이성이 없어서 판단을 못하나요? 저 사람이 랍비라고요? 저 사람은 우리에게 무슨 얘기를 하고, 무엇을 약속했던가요? 이스라엘을 구원하러 내려온다던 천사의 대군은 어디로 갔나요? 우리가 하늘로 올라가는 발판이라던 십자가는 어디로 갔고요? 가짜 메시아는 십자가를 보더니 어지러워서 졸도를 했습니다. 그러자 여자들이 그를 차지했고, 그를 붙잡아 두어 아이들을 낳게 했어요. 저 사람은 싸웠노라고, 용기를 내어 싸웠노라고 그러죠. 그래요, 그는 닭장의 수탉처럼 뽐내고 돌아다니죠. 하지만 당신이 지켰어야 할 자리는, 도망자여, 십자가였고, 당신도 그걸 알아요. 불모의 땅이나 불모의 여자들은 다른 남자들이 돌봐 주면 되었고요. 내 얘긴, 당신의 의무는 십자가에 올라가 매달리는 일이었다 이거예요! 당신은 죽음을 정복했다고 자랑했어요. 당신에게 재앙이 내릴지어다! 카론이 한 입에 잡아먹을 아이들이나 낳는 짓, 그것이 죽음을 정복하는 길인가요? 카론에게는 한 입의 먹을거리! 카론의 한 입 먹이, 그것이 바로 어린애예요! 당신은 카론을 위한 푸줏간 노릇을 스스로 맡아서, 그가 먹을 아이를 낳아 주었죠. 배반자! 도망자! 겁쟁이!」

「유다, 내 형제여.」 온몸을 떨기 시작하며 예수가 중얼거렸다. 「유다, 내 형제여, 보다 애정을 가지고 얘기해요.」

「당신은 나를 실망시켰어요, 목수의 아들이여.」 유다가 소리쳤다. 「당신은 어떻게 내가 다정하게 얘기를 하리라고 기대합니까?

때때로 나는 과부처럼 소리치고 통곡하며 바위에다 머리를 부딪치고 싶어요! 당신이 태어난 날, 내가 태어난 날, 내가 당신을 만나고 당신이 내 마음을 희망으로 가득 채웠던 시간에 저주여 내려라! 당신이 앞장서서 우리를 이끌고 가며 천국과 현세 얘기를 했을 때, 그 기쁨과 그 해방감과 그 뿌듯함이 얼마나 벅찼던가요. 포도는 열두 살 난 아이처럼 커다랗게 여겨졌어요. 곡식 한 알이면 우리는 배가 불렀고요. 어느 날엔가는 빵이 다섯 덩어리밖에 없었는데도 수천 명의 군중을 먹이고도 열두 바구니가 남았어요. 그리고 그 별들, 얼마나 찬란한 빛이 하늘에서 쏟아져 내려왔던가요! 그건 별이 아니고, 천사들이었어요. 아니, 천사들이 아니라 우리, 당신의 제자였던 우리였어요. 우린 떴다가 지고, 당신은 북극성처럼 가운데 붙박여 있었고, 우리는 당신을 에워싸고 춤을 추었죠! 기억이 나시겠지만 당신은 나를 두 팔로 껴안고는 이렇게 애원했습니다. 〈나를 배반해요, 나를 배반해요. 우리가 세상을 구원하기 위해서는 내가 십자가에 못 박혔다가 부활해야 하니까요!〉」

유다는 잠깐 얘기를 멈추고는 한숨을 지었다. 그의 상처들이 다시 터져 피가 흐르기 시작했다. 자그마한 노인들은 서로 찰싹 달라붙어 머리를 숙이고는 그때를 기억하며 생명력을 되찾으려고 애썼다.

유다의 눈에 눈물이 한 방울 맺혔다. 화가 나서 눈물을 닦아 버리더니 그는 계속해서 소리를 질렀다. 그는 아직도 속이 시원하지 않았다.

「〈나는 하느님의 어린 양이에요〉라고 당신이 애원했어요. 〈나는 세상을 구원하기 위해서 죽음을 맞으러 갑니다. 유다, 내 형제여, 두려워하지 말아요. 죽음이란 영생의 문이니까요. 나는 이 문을 지나가야만 합니다. 나를 도와줘요!〉 그리고 나는 당신을 너무나 사랑하고, 당신을 너무나 믿었던 나머지 〈그러겠습니다〉라고 말하고는 당신을 배반했어요. 하지만 당신은…… 당신은…….」

유다의 입에서 거품이 일었다. 그는 예수의 어깨를 움켜잡아 세차게 흔들어 벽으로 밀어붙였다. 그는 다시 고함치기 시작했다.

「당신 여기서 무슨 볼일이 있나요? 왜 당신은 십자가에 매달리지 않았나요? 겁쟁이! 도망자! 배반자! 당신이 이룩한 일은 그게 전부인가요? 부끄럽지도 않아요? 나는 주먹을 들어 당신에게 묻고 싶어요. 왜, 당신은 왜 십자가에 매달리지 않았나요?」

「조용해요! 조용해요!」 예수가 애원했다. 그의 다섯 군데의 상처에서 피가 흐르기 시작했다.

「가리옷 사람 유다여.」 베드로가 다시 말을 가로막았다. 「당신은 동정심도 없나요? 저분의 발과 손이 보이지 않아요? 믿지 못하겠다면 저분의 옆구리를 만져 보세요. 피가 흐르잖아요.」

유다는 억지웃음을 웃었다. 그러더니 그는 땅바닥에다 침을 뱉고 소리쳤다.

「이봐요, 목수의 아들이여, 당신은 날 절대로 속이지 못해요. 그래요! 당신의 수호천사가 밤에 왔었죠.」

예수는 전율했다.

「내 수호천사가…….」 그는 떨면서 중얼거렸다.

「그래요, 당신의 수호천사, 사탄 말입니다. 그는 당신이 세상 사람들을 속이고 자신도 속아 넘어가라고 당신의 두 손과 두 발과 옆구리에다 붉은 점을 찍어 놓았어요. 왜 그런 눈으로 나를 쳐다보나요? 왜 대답이 없죠? 겁쟁이! 도망자! 배반자!」

예수는 눈을 감았다. 그는 기운이 빠졌지만 겨우 서서 버티었다. 「유다여.」 떨리는 목소리로 그가 말했다. 「당신은 항상 사납고 고집불통이며, 인간의 한계점을 절대로 인정하지 않았어요. 당신은 인간의 영혼이란 화살이어서, 하늘을 향해 마구 달려 올라가지만 항상 다시 땅으로 떨어진다는 사실을 망각하죠. 세상의 삶을 살아가려면 날개를 떼어 버려야 해요.」

이 말을 듣고 유다는 분개했다. 「당신은 부끄러운 인간이죠!」 그가 소리쳤다. 「당신이, 다윗의 아들이요, 하느님의 아들이요, 메시아인 당신이 어쩌다가 이런 꼴이 되었나요! 이 땅에서의 삶이 의미하는 건 빵을 먹어 그것을 날개로 변형시키고, 물을 마셔서 그 물로 날개를 만드는 거예요. 이 땅에서의 삶이 의미하는 바는, 날개가 돋아나는 과정입니다. 그건 당신이. 당신이 우리한테 한 얘기예요, 배반자! 그건 내 얘기가 아니라 당신 얘기예요. 혹시 잊어버리셨을지 모르니까 내가 기억을 일깨워 드리죠!

글쟁이 마태오여, 어디 있나요? 이리 와요! 내가 칼을 품고 다니듯 항상 가슴에 품고 다니는 묵직한 공책을 펼쳐요. 당신이 써놓은 글을 펼치라고요. 세월과 좀과 땀으로 너덜너덜해지기는 했겠지만, 아직도 글자를 알아볼 수는 있겠죠. 당신이 써놓은 글을 펼쳐서, 마태오, 이 한심한 분으로 하여금 기억나도록, 읽어요. 어느 날 밤에, 이름이 니고데모인 예루살렘의 높으신 분[1]이 몰래 찾아와서 이렇게 물었죠. 〈당신은 누구신가요? 당신이 할 일은 무엇입니까?〉 그리고 당신은, 목수의 아들이여, 당신은 이런 대답을 했는데, 기억하나요? 〈나는 날개를 만듭니다!〉 당신이 그런 말을 했을 때, 우리는 모두 등에서 날개가 돋아나는 기분이었어요. 그런데 지금 당신은 털 뽑힌 수탉 같은 꼴이 되었군요! 당신은 〈세상에서의 삶을 살아가려면 날개를 떼어 버려야 한다〉고 우

---

1 유대인의 공회 산헤드린의 의원이었는데, 그리스어로 〈호 디다스칼로스 투 이스라엘〉, 즉 〈이스라엘의 선생〉이라는 명칭을 들었다.

는 소리만 늘어놓죠. 흥! 내 앞에서 없어져요. 겁쟁이! 만일 삶이 온통 번갯불과 천둥이 아니라면, 그런 삶을 내가 왜 원하겠어요? 당신 베드로, 풍차 그리고 씩씩하옵신 당신 안드레아, 나한테 가까이 오지 말아요. 찔찔 울지 말아요, 여인들이여. 난 저 사람을 괴롭히지 않겠어요. 내가 왜 저 사람에게 손을 들겠습니까? 벌써 죽어 땅속에 파묻힌 인간인데요. 저 사람은 아직도 두 발로 버티고 서서, 얘기하고, 흐느껴 울지만, 죽은 송장이란 말입니다. 하느님이 저 사람을 용서하게 해요. 나는 그러지 못하니까, 하느님더러 용서하라고 말이에요. 이스라엘의 피와 눈물과 잿더미가 저 사람의 머리 위로 떨어지기를 바랍니다!」

자그마한 노인들은 더 이상 버티지 못하고 땅바닥으로 쓰러져 한 무더기를 이루었다. 그들은 기억이 되살아났고, 다시 젊은 기분을 느끼고, 하늘나라와 왕좌와 권세를 기억하기 시작했다. 갑자기 그들의 통곡이 터져 나왔다. 신음하고 울부짖으며 그들은 돌에다 이마를 짓찧었다.

예수도 울음을 터뜨렸다. 그는 〈유다, 내 형제여, 나를 용서해요!〉라고 소리치고는 붉은 수염의 품으로 달려갔다. 하지만 유다는 펄쩍 뛰어 뒤로 물러나더니 두 손을 내밀어 가까이 오지 못하게 막았다. 「나한테 손대지 말아요.」 그가 소리쳤다. 「나는 더 이상 아무것도 믿지 못하고, 어떤 사람도 믿지 못해요. 나는 당신 때문에 상심했어요!」

예수는 앞으로 고꾸라지려고 했다. 그는 무엇이라도 붙잡으려고 몸을 돌렸다. 땅바닥에 엎어진 여자들은 머리를 쥐어뜯으며 울부짖었고, 제자들은 분노와 증오가 서린 눈으로 그를 올려다보았다. 흑인 소년은 사라졌다.

「나는 배반자요, 도망자요, 겁쟁이입니다.」 예수가 중얼거렸다.

「나는 이제야 그것을 깨달았어요. 나는 길을 잃었어요. 그래요, 그래요, 나는 십자가에 못 박혀야 했지만, 용기를 잃고 도망쳤어요. 나는 당신들을 속였어요, 형제들이여, 나를 용서해 줘요. 아, 내가 처음부터 삶을 다시 살 기회를 얻기만 한다면 얼마나 좋을까요!」

예수는 이 말을 하며 땅바닥으로 쓰러졌다. 그러고는 마당의 돌멩이들에다 머리를 짓찧기 시작했다.

「동지들이여, 옛 친구들이여, 내게 상냥한 말을 해주어 이 마음을 위로해 줘요. 나는 멸망하고, 길을 잃었어요. 나는 손을 내밉니다. 여러분 가운데 몸을 일으켜 내 손을 잡고 상냥한 말을 해줄 사람은 아무도 없나요? 아무도요? 아무도 없어요? 사랑하는 요한이여, 당신도요? 베드로여, 당신까지도요?」

「제가 어떻게, 무슨 말을 하겠습니까?」 사랑하는 제자가 통곡했다. 「마리아의 아들이여, 당신은 우리에게 무슨 요술을 부렸던가요?」

「당신은 우리를 기만했어요.」 눈물을 씻으며 베드로가 말했다. 「유다의 말이 맞아요, 당신은 약속을 어겼습니다. 우리의 삶은 낭비되었고요.」

한 무더기를 이루며 엎어졌던 자그마한 노인들이 이구동성으로 시끄럽게 울부짖었다.

「겁쟁이! 도망자! 배반자!」
「겁쟁이! 도망자! 배반자!」

마태오는 탄식했다. 「내 모든 일이 다 허사, 허사, 허사가 되었어요! 얼마나 멋지게 나는 선지자들의 예언과 당신의 언행을 일치시켰던가요! 굉장히 어려운 일이었지만 나는 그래도 해냈어요. 나는 미래의 회당에서 신도들이 금으로 장식한 책, 두툼한 책을 펼치고는 〈오늘 공부할 곳은 마태오가 기록한 복음서에 나오는 말씀입니다〉라고 말하리라고 자주 혼자 흐뭇해하곤 했었죠! 그런 생각에 날개가 돋아나는 기록했습니다. 하지만 그런 모든 위세가 연기처럼 사라져 버린 지금, 그 탓이 돌아갈 사람은 당신, 고마움도 모르는 배반자, 무식한 배반자, 당신이죠! 당신은 십자가에 매달려야 했습니다. 그래요, 나 한 사람을 위해서라도, 이 기록이 구제받도록 당신은 십자가에 매달려야 했어요!」

다시 한 번 시끄럽게 이구동성으로 울부짖는 소리가 자그마한 노인들의 무더기로부터 들려왔다.

「겁쟁이! 도망자! 배반자!」

「겁쟁이! 도망자! 배반자!」

그 순간에 토마가 문간에서 달려 들어왔다.「랍비님.」그가 소리쳤다.「모든 사람이 당신을 버리고 배반자라고 하지만 저는 당신 곁을 떠나지 않겠습니다! 그래요, 저는, 선지자 토마는 당신을 버리지 않겠어요. 우리는 숙명의 바퀴가 돌아간다고 얘기했었습니다. 그렇기 때문에 저는 당신 곁을 떠나지 않겠습니다. 저는 그 바퀴가 돌기를 기다리겠어요.」

베드로가 몸을 일으켰다.「갑시다!」그가 소리쳤다.「유다여, 앞으로 나서서 우리를 인도해요!」

숨을 헐떡이며 자그마한 노인들이 일어섰다. 예수는 두 팔을 활짝 벌린 채로 땅바닥에 길게 엎드렸다. 그의 몸이 마당 전체를 가득 채웠다. 그들은 주먹을 흔들어 보이며 그에게 소리쳤다.

「겁쟁이! 도망자! 배반자!」

「겁쟁이! 도망자! 배반자!」

한 사람씩 차례로 그들은 〈겁쟁이! 도망자! 배반자!〉라고 소리친 다음에 사라졌다.

예수는 고뇌에 찬 눈을 이리저리 굴리며 둘러보았다. 그는 혼자뿐이었다. 마당과 집, 나무, 마을의 집들, 마을 그 자체, 모두 사라졌다. 그의 발밑에 흩어진 돌멩이들, 피로 뒤덮인 돌멩이들 이외에는 아무것도 남지 않았고, 더 멀리, 더 아래쪽에는 군중이, 수천의 머리들이 어둠 속에 드러났다.

그는 정신을 차려 이곳이 어디이고, 내가 누구이고, 왜 아픔을 느끼는지 기억해 내려고 애썼다. 그는 외침을 마무리 지어, 레마 사박타니[2]라고 소리치고 싶었다……. 그는 입술을 움직여 보려고 했지만, 움직이지 않았다. 그는 어지러워서 당장에라도 기절할 듯싶었다. 그는 밑으로 내동댕이질당해 죽어 가는 기분이었다.

하지만 갑자기, 그가 떨어지며 죽어 가려니까, 밑의 땅바닥에서 어떤 사람이 그를 불쌍히 여겼는지 그의 앞에다 갈대 지팡이를 내밀었고, 갈대 끝에 매달린 식초를 적신 해면이 그의 입술과 콧구멍에 닿는 느낌이 들었다. 그는 강렬한 냄새를 깊이 들이마시고는 정신을 차려 심호흡을 하며 하늘을 우러러보고, 가슴이 찢어지는 소리를 질렀다. 〈레마 사박타니!〉

그러더니 기운이 빠져 그는 머리를 떨구었다.

그는 손과 발과 가슴에서 심한 통증을 느꼈다. 시야가 걷히고 그는 가시 면류관과 피와 십자가를 보았다. 두 개의 황금 귀고리와 날카롭고 새하얗게 반짝이는 두 줄의 이빨이 어두워진 태양의 빛을 받아 섬광처럼 번득였다. 그는 느긋하게 조롱하는 웃음소리를 들었고, 귀고리와 이빨이 사라졌다. 예수는 혼자 공중에 매달렸다.

그는 머리가 흔들렸다. 언뜻 그는 이곳이 어디이고, 내가 누구

---

2 예수가 십자가에 매달려 한 말의 아람어 표현인데 〈어찌하여 나를 버리셨나이까〉를 뜻한다. 「마르코의 복음서」 15장 34절 참조.

이고, 왜 고통을 느끼는지 기억이 되살아났다. 맹렬하고, 주체하기 힘든 기쁨이 그를 사로잡았다. 그렇다, 그렇다, 그는 겁쟁이, 도망자, 배반자가 아니었다. 그렇다, 그는 십자가에 못 박혔다. 그는 최후까지 명예롭게 그가 지켜야 할 자리를 지켰으며, 약속을 지켰다. 그가 〈엘로이, 엘로이!〉라고 소리치며 기절한 순간에, 아주 짧은 한순간 동안에 〈유혹〉이 그를 사로잡아 못된 길로 이끌었다. 기쁨과 결혼 생활과 아이들은 거짓이었으며, 그에게 겁쟁이, 도망자, 배반자라고 소리치던 몰락하고 노쇠한 노인들도 거짓이었다. 모두가, 모두가 악마가 보낸 환상이었다. 그의 제자들은 꿋꿋하게 살아 있었다. 그들은 바다와 뭍으로 가서 복음을 전파하고 있었다. 모든 일이 올바르게 이루어졌나니, 하느님께 영광을!

그는 승리감에 차서 소리쳤다. 「이루어졌나이다!」

그리고 그 말은 이런 뜻이었다. 〈모든 일의 시작이니라.〉

〈끝〉

영역자의 말
피터 빈

『최후의 유혹』은 모든 생애를 영혼과 육체의 투쟁 속에서 보낸 한 인간의 사상과 경험에 관한 최후의 진실이다. 카잔차키스가 거친 투쟁의 강렬함으로부터, 상반되는 요소들을 절충하고 자신의 개성을 통해 하나로 융화시키는 그의 탁월한 능력으로부터, 인간 경험의 전체적인 양상을 묘사하고 이해하는 데 성공한 예술이 태어났다.

카잔차키스 예술 세계의 경지가 놀랍다고 하지만, 그의 생애가 거쳐 나간 경지와 다양성은 더욱 놀랍다. 그는 지성인이어서 니체와 베르그송과 러시아 문학에 관한 논문을 썼고, 불교에 심취했고, 호메로스와 단테와 괴테를 현대어로 번역했을 뿐 아니라, 그러면서도 교육을 받지 못하고 평범한 사람들도 이해하고 사랑했으며, 그가 항상 가장 많은 애정을 나타낸 대상은 바로 그런 평범한 사람들이었다. 스스로 선택한 방랑 생활을 하느라고 뿌리를 내리지 못하고 이리저리 떠돌아다니면서 세계의 대부분을 여행하기는 했어도 그의 참된 정신적인 고향은 언제나 그가 태어난 크레타였으며, (사료를 거래하고 작은 농장을 운영하던 아버지에게서) 1883년에 그가 태어난 고향과 농민 계층에 대한 헌신적인 시각은 위대한 문학에서 너무나도 중요한 요소로 여겨지는 〈소속감〉을 그의 작품에 마련해 주었다. 그의 소설에 등장하는 양치기, 농부, 어부, 술집 주인, 시골 흥행사들을 카잔차키스가 처음 알게 된 곳은 크레타였고, 어렸을 때 자신의 아버지가 본보기로 보여 주었던 가장 두드러진 미덕이었듯이 술도 잘 마시고 용감무쌍한 영웅주의 기질이 가장 훌륭한 미덕이라고 여겨지던 분위기 속에서 어린 시절을 보냈기 때문에 혁명의 왕성한 혈기를 그가 처음으로 경험한 곳 또한 크레타였다. 하지만 그러한 혁명의 열기가 1897년 터키인들에 대한 봉기의 형태로 폭발했을 때, 낙소스로 피난을 간 어린 카잔차키스는 갑자기 지금까지 가져온 분위기와는 상당히 다른 환경에 처하게 되어, 프란체스코 수도사들이 운영하는 학교에 들어갔다. 이곳에서 프랑스어와 이탈리아어를 배운 그는 서양 사상에 접하게 되었다. 더욱 중요한 점은, 그가 새로운 미덕, 즉 명상에 접하게 되었는데, 아버지와는 무척 다른 종류의 영웅주의를 그리스도에게서 깨달았다는 사실이다.

행동에 대한 욕구와 고행자적인 은둔 의식의 갈등으로 항상 정신세계가 분리되었던 카잔차키스가 지칠 줄 모르고 그의 참된 아버지, 그의 참된 구세주, 그리고 그와 우리가 존재하는 의미를 추구하게 되는 한평생 동안의 역정을 이런 초기의 경험이 마련하게 되었다.

가장 강렬한 고행자적 정열이 그를 찾아왔던 때는 아테네 대학교에서 학위를 받고 앙리 베르그송에게 철학을 공부하려고 파리로 간 다음의 일이었다. 그는 옛날 수도원이 많기도 하려니와, 여자뿐 아니라 암소나 암탉 따위 모든 암컷을 배척하기로 이름난 마케도니아의 아토스 산으로 여행할 결심을 했다. 카잔차키스는 〈거룩한 산〉의 어느 작은 골방에서 홀로 여섯 달을 보내며 영혼과 육체의 수련을 통해 구세주와 직접 접촉하려고 노력했다. 성공을 거두지 못한 그는 아테네와 파리에서 공부하는 기간에 이미 그가 발견했던 구세주인 니체와의 유대를 새롭게 하기로 작정했다.

이어서 그는 니체를 버리고 불교에 빠졌으며, 다음에는 불교에서 레닌으로, 그러고는 레닌에서 오디세우스로 옮겨 갔다. 마침내 그는 그리스도에게로 귀착하게 되는데, 그것은 과거의 모든 과정이 풍요하게 결실을 맺은 그리스도에로의 귀착이었다.

그는 그리스도가 거짓된 구세주라고 여겨 거부했던 유혹들을 자기 나름대로 경험했다는 바로 그 이유 때문에 확신을 가지고 그리스도에게 귀의하게 되었다. 10세기 이후로는 어떤 암컷도 들어온 적이 없는 산의 어느 골방에서 스스로 폐쇄된 삶을 살았던 바로 그 젊은이는 가정생활의 기쁨도 알게 되었다. 그는 1911년에 결혼했고, 비록 나중에는 아내와 굉장히 많은 시간을 떨어져 살기는 했어도, 정신적인 추구를 위해 고독이라는 이름으로 치러야 했던 대가가 어떠했는지를 아내에게 보냈던 편지에서 감동적으로 증언한다(이 결혼 생활은 이혼으로 끝났고, 카잔차키스는 1945년에 재혼했다).

그는 또한 예수나 마찬가지로 자유를 명분으로 내세운 격렬한 혁명의 유혹에 봉착했다. 크레타의 혁명가들이 보여 준 영웅성에 관해서 그가 알았던 지식은 그의 마음속에다 행동적인 삶에 대한 열렬한 흠모와, 그런 삶에 적극적으로 참여하려는 욕망을 남겼으며, 1917년 이 욕망에 불을 붙인 요소는 두 가지, 즉 러시아 혁명과 펠로폰네소스에서 광산 투기업에 같이 손을 대었던 기오르고스 조르바라는 박력 넘치는 남자와의 우정이었는데, 조르바와의 우정은 행동과 명상 사이의 갈등을 가장 큰 주제로 다룬 『그리스인 조르바』라는 불후의 작품을 낳았다. 2년 후에 그리스 공공복지부의 총무국장으로 임명된 카잔차키스는 카프카스로부터 그리스인 난민을 안전히 송환시키는 임무를 띠고 조르바와 함께 러시아를 방문할 기회가 생겼다. 얼마 계속되지 못했던 볼셰비키에 대한 신념의 씨가 뿌려졌다.

하지만 이 믿음이 꽃을 피운 것은 1920년대 중반이 되어서였다. 1920년대까지도 그는 갈팡질팡하며 그의 구세주를 추구했다. 비록 수많은 시극(詩劇)을 썼고, 베르그송, 다윈, 에커만,[1] 윌리엄 제임스, 마테를링크, 니체, 플라톤의 작품을 번역했어도 그는 아직 자신의 삶이 따라야 할 궁극적인 방향을 설정하지 못하고 있었다. 파리에서 그는 물질을 정복하는 생명의 힘을 보여 주는 베르그송의 〈생기론(生氣論)〉에 크게 감명을 받았고, 인간이 스스로 자신의 의지와 인고를 통해 초인이 된다는 니체의 사상에 어찌나 감격했던지 니체가 살았던 독일의 모든 도시를 순례하기도 했다. 나중에 그는 인간이 자유가 되는 유일한 길은 투쟁뿐이며, 투쟁에서는 이념을 위해 자신을 버리고, 두려움도 없고 보상에 대한 희망도 없이 싸워야 한다는 사상을 니체가 그에게 가르쳤노라고 말했다.

다음에는 불교였다. 1922년 빈에서 체류하던 중 (우연히 정신분석가들의 활동을 직접 목격하게 된) 카잔차키스는 철저한 포기, 육체로부터 영혼으로의 철저한 전이(轉移)라는 개념을 터득했다. 붓다는 그리스도나 마찬가지로 카잔차키스에게는 물질을 정복한 초인이었다. 이런 영향을 받고 영혼 속에서 무서운 소용돌이를 느끼며 그는 신조를 밝힌 「신을 구하는 자」를 집필하기 시작했다. 그는 이 작품을 바로 그해에 그가 거처를 옮겼던 베를린

---

[1] Johann Peter Eckemann(1792~1854). 19세기의 독일 작가이고 괴테의 비서였으며, 『괴테와의 대화 *Gespräche mit Goethe*』의 저자다.

에서 시작했다. 그는 1924년까지 베를린에서 살았는데, 이 기간 동안에 독일은 전후의 경제적인 불안에 시달려 굶주리고 기진맥진했다. 카잔차키스는 마르크스주의자들과 친해졌다. 그는 그들의 사상에서 새로운 명분을 찾으려고 했다. 그는 문화란 인간이나 마찬가지로 늙고 죽는다는 스펭글러의 이론에 오래전부터 영향을 받았었는데, 전쟁과 그 후유증을 보자 그는 서양의 기독교 문명이 마지막 숨을 거두는 듯싶은 기분이 들었다. 그는 20세기의 인간이 공허한 상태에 처했고, 아무런 유디도 찾기가 불가능하며, 붙잡고 매달릴 대상도 없다고 생각했다. 그렇기 때문에 기회만 포착한다면 그는 스스로 새로운 신과 새로운 세계를 창조할 잠재성을 찾게 되리라고 믿었다. 이 무렵 볼셰비키도 바로 그런 행동에 돌입했으며, 레닌은 카잔차키스의 새로운 신이 되었다. 그뿐 아니라, 혁명과 무모한 영웅주의 속에서 성장한 크레타인은 불교에 공감하기가 불가능하다고 그는 판단했다. 그것은 말도 안 되는 얘기였다.

그는 행동하려는 욕망, 무엇인가 구체적인 행동을 하려는 욕망에 사로잡혔고, 이것은 그가 러시아로 다시 가야 한다는 의미였다. 그의 욕망은 실현되었으며, 1925년 그는 석 달을 러시아에서 지냈지만, 이때쯤에는 새로운 영웅인 오디세우스가 이미 그의 마음을 끌기 시작했고, 그는 서사시 『오디세이아』에 착수하기에 이르렀다. 그는 팔레스타인, 스페인, 이집트를 여행한 다음 이탈리아로 가서 아시시에서 머물렀는데, 이때 그가 잉태했던 관심은 거의 30년이 지난 다음에 성 프란체스코에 관한 멋진 소설을 낳았다. 1927년에 그는 혁명 10주년을 맞은 러시아로 갔고, 모스크바에서 돌아올 무렵에는 새로운 삶을 시작할 결심을 해 곧 그가 경험한 내용을 신문에 기고하고 아테네에서는 대중 앞에 나서 연설을 하기 시작했다.

1928년에는 러시아로 네 번째 여행을 했다. 소비에트 정부는 그에게 철도 무임승차권을 발부했고, 카잔차키스는 새로운 구세주에 관한 글을 쓰기 위해 이 광활한 나라를 한쪽 끝에서 다른 쪽 끝까지 횡단할 계획을 세웠다. 하지만 그는 혁명의 영광에 관심을 쏟기보다는, 얼마 전에 초고(草稿)를 끝낸 『오디세이아』로 자꾸만 돌아가고 싶어 했다. 그는 자신이 보고 들었던 모든 내용을 선전문이 아니라 예술의 형태로 표현해야겠다고 느꼈으며, 그의 서사시를 모든 지역과 모든 사상을 내포한 광활한 저장고로 만들고 싶어 했다. 카잔차키스는 이제 그가 몸을 바쳐야 할 사명을 발견했는데, 그것은 창조의 길이었다. 시의 창조가 바로 구세주였다! 〈어마어마한 사상〉에 대해서 그가 항상 느꼈던 원초적인 불신이 이제는 마르크스주의에 적용되었는데, 한때 탐닉하기는 했어도 그는 이 사상이 인간의 욕구를 만족시켜 주리라고는 전혀 생각하지 않았으며, 1930년대 초기가 되자 카잔차키스는 공산주의자들과의 관계를 청산했다. 하지만 그는 이상적인 체제에 대한 꿈을 버리지 않았으며, 그 체제를 〈메타 공산주의metacommunism〉라고 이름 지었다.

이리하여 50세라는 나이에 그는 조이스처럼 아직 태어나지 않은 민족의식을 창조하는 사제(司祭), 상상력의 사제가 되려는, 스스로 유일한 의무라고 간주했던 사명에다 모든 정력을 바쳤다.

그는 이 과업에다 기독교 사상, 불교 사상, 베르그송의 생기론, 니체의 초인론(超人論)을 복합적으로 엮은 강력한 종교성(宗教性), 순수 개념에 대한 불신과 순발적인 행동에 대한 찬양으로 균형을 이룬 지성, 공무원으로서의 근무와 여행과 사업에서 실제로 얻은 풍부한 경험, 어쩌면 가장 강한 요소인지도 모르겠지만, 고대와 현대의 그리스 땅과 사람들에 대한 사랑을 모두 동원했다. 그는 자신의 내면세계에서 동양의 단순성과 감정의 짙은 표현력을 그대로 간직하는 한편, 세련된 서양의 사상을 맞아들였다. 그가 추구한 궁극적인 목표를 위해서 가장 중요한 점이었지만, 그는 이런 모든 요소를 합성해서 그의 경험을 예술로 변형시키기 위한 이상적인 〈공통분모〉를 찾아내었다. 오디세우스는 그리스인이면서도 세계인(世界人)이었고, 행동과 재치에서 다 같이 빼어난 인물로 유명하며, 지칠 줄 모르고 경험을 추구하는 방랑자였다. 그는 또한 초인이었으며, 이 거창한 서사시를 창조함으로써 카잔차키스도 나름대로 일종의 초인이 되었다. 거의 혼자 살다시피 하면서 그는 하루에 한 끼만 간단히 식사를 하고 새벽부터 저녁까지 정신없이 일했다. 13년이라는 기간에 걸쳐 그는 『오디세이아』를 일곱 번이나 썼으며, 고쳐 쓸 때마다 종이를 넓혀 나가 결국은 그가 보고, 듣고, 생각했던 모든 것을 담기에 이르렀다.

1932년에 카잔차키스는 『신곡』을 현대 그리스어로 번역했다. 단테의 오디세우스는 카잔차키스의 오디세우스나 마찬가지로 〈아들에 대한 애정이나, 늙은 아버지에 대한 존경심이나, 페넬로페가 즐거워했을 마땅한 사랑조차도 인간의 악함과 선함, 세계를 경험하려는 내 마음속의 정열을 정복하지 못했기 때문에〉 두 번째로 이타케를 떠난다. 하지만 단테에 대한 카잔차키스의 관계는 그보다 훨씬 깊었다. 그는 이 피렌체 사람에게서 자신과 비슷한 한 인물을, 그러니까 완벽함을 추구하는 정열이 불타오르는 사람, 예술을 통해 육체를 영혼으로 바꿔 놓으려는 사람, 그의 민족으로부터 쫓겨나고 경멸을 당해 고향도 없는 방랑자가 되어야 했던 모습을 보았다. 마지막으로, 카잔차키스는 단테를 전통적인 〈문학〉 언어와 대조를 이루는 사람들의 언어를 옹호하는 인물로 보았다.

예이츠나 싱Synge과 마찬가지로, 카잔차키스는 위대한 문학이란 민족 문학이어야 한다고 믿었다. 그는 그리스의 영혼과 생명을 주는 피가 농민들 속에 존재한다고 확신했으며, 농민의 위대한 업적과 표현 방법이 이른바 〈토속어〉라고 알려진 민중의 언어라고 판단했다. 그는 그리스 민족이 〈불처럼 타오르고 눈부시고 다정다감한〉 상상력을 지녔(었)음을 알았으며, 그래서 『오디세이아』에서는, 다른 모든 그의 작품에서나 마찬가지로, 아테네의 지성인들이 아끼는 〈순수파〉 언어보다는 토속어를 내세웠다. (영어로의) 번역 과정에서는 그의 작품에 담긴 이런 요소가 크게 상실되고, 『최후의 유혹』을 읽게 될 영국이나 미국의 독자는 어떤 면에서 보면 완전히 낯선 유형의 언어를 맛보는 환희를 박탈당하는 셈이다. 다행한 일이지만 비록 토속 그리스어가 지닌 풍요한 어휘와 문장 구조의 융통성을 영어로 재생시키기는 어렵지만, 그 언어가 의존하는 비유는 전달이 가능한 경우가 많다. 토속어는 항상 추상적이기보다는 구체적인 표현을 좋아하는데, 태양은 하늘에 〈걸려〉 있지 않고 (종탑에 매달린 종처럼 매달려서) 〈시간을 치고〉, 낙타는 〈일어서는〉 것이 아니고 〈바닥을 무너뜨리고〉, 시간은 시계로 재는 것이 아니라 하늘에서 태양이 몇 자를 갔느냐로 측정한다. 비록 이렇듯 사랑받는 비유를 영어로 살리기 위해 자주 어색한 표현이 나오기는 하더라도, 무대는 〈성지〉[2]라고 할지라도 변장한 그리스인 같은 주인공들이 잔뜩 등장하는 이 소설에서 본질적인 그리스적 요소를 적게나마 느껴 보기 위해서라면 그런 어색함은 정말로 하찮은 대가라고 하겠다(카론을 죽음의 상징으로 사용하는 점이 그러하며, 제27장에서는 요즈음 크레타 농

---

2 팔레스타인을 뜻한다.

부들이 그러듯이 수금을 〈활〉로 켠다).

토속어를 옹호함으로써 카잔차키스는 현학적인 지성인들의 상상력 결여로부터, 그리고 그보다도 더욱 중요한 사실이지만, 해괴한 신문 용어와 학교에서 잘못 가르치는 창작 훈련의 점점 확대되는 영향력으로부터 평범한 사람들의 영혼을 지켜 준다고 느꼈다. 그는 희귀한 단어들을 일부러 애써 골라 사용한다고 주장하는 토속어의 대변자들과 순수주의자들로부터 맹렬한 공격을 받았다. 하지만 그는 자신의 작품이 민중의 얼을 제대로 잘 전달한다는 사실이 어쩌면 그의 주장이 옳았음을 보여 주는 가장 훌륭한 증거일지도 모른다고 자신의 입장을 열심히 변호했다.

『오디세이아』는 1938년에 발표되었다. 얼마 후에는 제2차 세계대전이 터졌고, 또 그다음에 발발한 그리스 내전 동안에 카잔차키스는 짧은 기간이나마 국민교육장관을 역임하며, 전쟁을 벌인 양쪽 세력을 화해시키려는 돈키호테적 시도를 벌였다. 그는 절망감에 빠져 사퇴했으며, 여러 해 전부터 이미 확신했던 사실이지만, 그리스의 정치적·종교적 상황 때문에 망명 생활을 해야겠다고 다시금 깨달았다. 그는 프랑스에 정착했고 (나중에는 리비에라의 고대 그리스 도시 앙티브에서 살았으며) 유네스코 번역국의 국장으로 다시 한 번 공직 생활에 들어갔다. 하지만 11개월 동안 큰 고생을 한 그는 뜻하던 바를 달성하지 못했다는 판단이 서자 그 직책도 사임하고 모든 정력을 창작에 바쳤다. 이때가 1948년. 그의 나이 예순다섯 살이었다. 친구들과 아내의 격려에 용기를 얻은 그는 완전히 전통적인 유형의 장편소설에 손을 대기로 작정했다. 두 달에 걸려서 그는 『수난』[3]을 완성했다. 믿어지지 않을 정도로 창작의 폭발력이 계속 분출되어 그는 죽을 때까지 9년 동안

『자유냐 죽음이냐』, 『최후의 유혹』, 『성자 프란체스코』를 포함해서 여덟 권의 저서를 남겼다. 일흔 살이 되었을 때 그는 유럽 전역에 이름이 알려졌고, 그의 소설은 30개 국어로 번역되었으며, 여러 차례 노벨 문학상 후보로 지명되었다. 1952년에는 한 표 차이로 탈락했다. 하지만 이런 모든 성공과 더불어 고통도 점점 심해졌다. 『수난』은 그리스에서 열띤 반발을 불러일으켜 그는 파문당할 지경에 이르렀다. 또 『미할리스 대장』이 발표되자 언론은 그를 크레타와 헬레네 사람들에 대한 반역자라고 낙인을 찍었는데, 농민을 그토록 좋아하면서도 절대로 그들을 낭만적으로 그리지 않았던 카잔차키스는 그리스의 영웅주의가 지닌 좋은 면과 나쁜 면을 다 같이 보여 주었기 때문에 그런 냉대를 받았다.

『최후의 유혹』은 종교 재판 같은 열기에 더욱 부채질을 했지만, 30년에 걸쳐 인정을 받지 못하고 지내다가 막상 인정을 받게 되었을 때는 그의 의도가 완전히 잘못 전달되는 뼈아픈 경험을 거쳐야 했으며, 카잔차키스는 이때쯤 자유를 위한 투쟁이란 두려움뿐 아니라 희망도 없이 실천해야 한다는 니체의 가르침을 터득하기에 이르렀다.

그는 오디세우스나 마찬가지로 예수를 투쟁에 몸을 바친 전형적 자유인으로 간주했다. 『최후의 유혹』에서 예수는 초인이어서, 의지의 힘에 의해 물질에 대한 승리를 거두고, 다시 말하면, 내면에 지닌 생명력과의 유대 때문에 물질을 정신력으로 변형시키는 능력을 지닌 인간이다. 하지만 이런 전체적인 승리란 사실상 가정, 육체의 쾌락, 국가, 죽음의 공포 따위 온갖 형태의 속박으로부터 스스로 자유를 찾아가는 과정에서 거치는 하나 하나의 승리

---

3 영어판 제목은 〈*The Greek Passion*〉.

로 이어지는 연속에 지나지 않는다. 카잔차키스에게는 자유가 투쟁에 대한 보상이 아니라 투쟁이라는 과정 자체이기 때문에, 예수가 끊임없이 악의 유혹을 받으며 그 유혹에 마음이 이끌리고 심지어는 굴복까지 한다는 상황이 필수적인데, 그래야만 유혹에 대한 궁극적인 거부가 의미를 지니게 된다.

이것은 이단적인 얘기이다. 이것은 (카잔차키스와 똑같은 사상이라고 하겠지만) 선택이 필수적이라고 믿으며 은둔 생활의 미덕을 경멸한 나머지, 악은 하느님의 이성에까지도 파고 들어가며, 받아들여지지 않으면 〈아무런 흔적이나 얼룩을 뒤에 남기지 않고〉 다시 떠난다는 선언을 했을 때처럼, 가끔 어쩌다가 실수를 범한 밀턴과 같은, 그런 이단적인 얘기이다.

카잔차키스가 단순히 실수로 이런 이단에 빠지지는 않았고, 일부러 그것을 전체 구조의 기둥으로 삼았다는 사실은, 그가 품었던 가장 심오한 의도가 무엇이었는지 분명히 암시해 주리라. 그리스도를 새로이 해석한다거나, 교회를 반박하고 개조하겠다는 관심이 그에게는 일차적인 목적이 아니었다. 그보다는 오히려 그리스도를 완전히 교회로부터 끌어내고, 20세기에서는 옛 시대가 죽었거나 죽어 가는 과정에 들어섰으므로, 이런 기회에 인간의 권리(와 의무)를 행사하여 새로운 구세주를 만들어 내고, 그럼으로써 도덕적·정신적 공백 상태로부터 자기 자신을 구하려 했다. 사랑과 도끼 중에서, 가정생활의 기쁨 그리고 고독과 순교자의 유형 가운데, 육체만의 해방과 육체와 영혼 모두의 해방 가운데, 무엇을 선택하느냐를 놓고 갈등하는 예수의 고뇌를 그토록 통찰력 깊게 묘사할 수 있었던 까닭은 카잔차키스 자신이 겪었던 갈등 때문이었다. 그는 자기 자신에게 의미를 가지는 그리스도를 그리려고 노력했으며, 따라서 그의 갈등이란 20세기의 관점에서 이해가 가능한 우리 시대의 혼돈을 직면한 모든 민감한 사람들의 갈등과 마찬가지이므로, 그는 모든 시대와 모든 사람들의 조건에 호소력을 지니는 그리스도 전설을 모두 그대로 간직하면서도 예수를 새로운 시대에 알맞은 인물로 만들기를 원했다. 그리스도 수난의 모든 아픔을 (어쩌면 처음일지도 모르지만) 이 책을 읽는 독자가 얼마나 실감하는가 하는 척도가 즉 작가의 성공을 가늠하는 척도가 되리라.

오디세우스나 마찬가지로 카잔차키스는 세상을 경험하려는 불굴의 열정을 지녔었다. (1953년 이래 백혈병으로 시달려 왔음에도 불구하고) 1957년에 그는 의사의 충고도 듣지 않고 중국 방문 초청을 수락했다. 여행을 끝내고 돌아가던 길에 그는 광둥(廣東)에서 무심히 맞은 천연두 예방 접종 때문에 병이 나, 독일에서 입원했다. 이곳에서 보낸 마지막 기간 동안 그의 위대성을 처음으로 인정한 사람 가운데 하나인 알베르트 슈바이처가 병문안을 왔었다. 그의 유해는 독일에서 아테네로 공수되어 크레타에서 토장(土葬)되었다. 비록 이때쯤 유럽에서 그가 얻은 명성이 그리스인들에게 민족의 영웅으로 환영을 받게 했지만, 대주교는 정상적인 방법으로 그의 시체가 교회에 안장되는 것을 단호하게 거절했다. 하지만 크레타에서는 기독교적인 매장이 그에게 용납되었으며, 그의 작품에 등장함 직한 어느 거인이 관을 집어 들고는 혼자 힘으로 무덤 속으로 내려 보냈다.

옮긴이의 말
안정효

그리스 고전 문학의 최고봉인 호메로스의 서사시 『오디세이아』를 니코스 카잔차키스가 재해석한 『오디세이아』는 33,333행으로 구성되었다. 그리고 「마태오의 복음서」를 비롯하여 신약 성서에 수록된 예수 그리스도의 생애를 니코스 카잔차키스가 재해석한 『최후의 유혹』은 33장으로 구성되었다.

나중 작품의 〈33〉은 물론 예수가 십자가에 매달렸을 때의 현세 나이를 뜻하겠지만, 위에서 언급한 두 작품의 공통성은 그러나 〈3〉이라는 숫자에서 끝나지는 않는다.

신화의 시대를 배경으로 한 오디세우스 이야기는 인간과 신의 경계선을 넘나드는 주인공을 중심으로 이루어지고, 그리스도 이야기 또한 인간과 신의 경계선에 아슬아슬하게 걸치는 주인공을 내세웠으며, 카잔차키스의 시각에서는 그리스도와 오디세우스 두 사람이 모두 니체의 초인 사상뿐 아니라 마르크스주의의 선봉장인 레닌의 제원(諸元, *specifications*)을 공통분모로 삼는다.

그리스도에 대한 카잔차키스의 논리적이면서도 현실적인 재해석은 교황청을 당황하게 만들었고, 결국 『최후의 유혹』은 금서 목록에 오르게 된다. 사회주의적인 그리스도 상(像)도 거북했겠지만, 두 아내를 거느린 인간으로 격하시킨 예수의 모습은 신성 모독에 해당되기 때문이겠다. 이러한 카잔차키스의 자유분방한 해석은, 다른 한 편으로는, 바라빠와 유다를 가장 극적이고도 두드러진 등장인물로 부각시켜서, 우유부단한 그리스도를 압도하고 위축시킬 정도로 자칫 영웅적인 인상을 주기도 한다.

그런가 하면, 예수가 행한 기적을 기록하는 마태오의 심리 묘사를 통해, 종교의 속성을 현실적으로 통찰하려는 시도 역시 뚜렷하다. 〈하느님〉을 〈구원하는 자〉로 보려는 맹목적이고 나약한 인간의 도피 의식을 수정하여, 인간 스스로 투쟁하게 만들려는 유다의 사상은 따라서 카잔차키스의 우뚝한 관념을 재현한 모습이라고 하겠다. 바로 이러한 실험적인 신성에 대한 해석이 『최후의 유혹』을 빛나는 작품으로 만든다. 그리고 이것은 무작정 초자연적인 기적과 맹목적인 구원자로서 일방적인 두각만을 조명하던 기존의 그리스도를 보다 합리적으로 이해하려는 노력으로 인해서 훨씬 설득력이 강해지기도 한다.

수정주의란, 문학과 사상에서는, 필연적인 진화이다.

『최후의 유혹』에서 나는 성서의 문체를 최대한 살리려고 노력했다. 따라서 인명과 지명은 물론이요, 어법과 서술체도 신약 성서를 따랐다.

이 소설에서는 작가 카잔차키스가 문단을 구성하는 방법이 특이하여, 때로는 원시적일 정도로 감정적이어서 감탄사를 남발하고, 기존의 문장을 무너뜨려 가면서까지 감상적인 격앙의 표현을 삽입시켜 흐름을 막고, 자주 생소한 줄바꾸기가 이루어지기도 하고, 그래서 문장이 벌써 끝났는지 아니면 뒤 문장을 이어서 읽어야 하는지, 그리고 때로는 어떤 말을 누가 했는지가 분명하지 않은 경우도 적지 않다. 하지만 원작자가 그렇게 모호한 줄바꾸기를 했을 때는 나름대로의 목적과 이유가 있었겠기에, 번역에서는 본디 구성을 최대한 존중했다.

얼핏 읽으면 독자는 호칭에서도 혼란을 가끔 느끼리라고 생각한다. 하지만 그것 또한 옮긴이가 의도적으로 그렇게 했음을 이해해 주기 바란다. 예를 들어 예수는, 〈아버지 하느님〉과의 〈대화〉를 제외한 모든 경우에, 손윗사람들에게도 높임말을 쓰지 않고 자신을 〈나〉라고 호칭하는데, 이것은 신격화한 그리스도의 위상을 고려했기 때문이며, 다른 제자들이 모두 예수에게 〈저〉 또는 〈저희〉라는 낮춤말을 사용함에도 불구하고 유다만큼은 유독 〈나〉라고 하는 까닭 또한 가리옷 사람 유다의 도전적이고 반항적인 의식을 반영하기 위해서였음을 밝혀 둔다.

끝으로 이 책은 1975년 Faber and Faber에서 출간된 *The Last Temptation*을 옮긴 것임을 밝혀 둔다.

니코스 카잔차키스 연보

1883년 2월 18일(구력)* 크레타 이라클리온에서 태어남. 당시 크레타는 오스만 제국의 영토였음. 아버지 미할리스는 바르바리(현재 카잔차키스 박물관이 있음) 출신으로, 곡물과 포도주 중개상을 함. 뒷날 미할리스는 소설 『미할리스 대장 *O Kapetán Mihális*』의 여러 모델 가운데 하나가 됨.

1889년(6세) 크레타에서 터키의 지배에 대항하는 반란이 일어났으나 실패함. 카잔차키스 일가는 그리스 본토로 피하여 6개월간 머무름.

1897~1898년(14~15세) 크레타에서 두 번째 반란이 일어남. 자치권을 얻는 데 성공함. 니코스는 안전을 위해 낙소스 섬으로 감. 프랑스 수도사들이 운영하는 학교에 등록. 여기서 프랑스어에 대한 그의 사랑이 시작됨.

1902년(19세) 이라클리온에서 중등 교육을 마치고 법학을 공부하기 위해 아테네 대학교에 진학함.

1906년(23세) 대학을 졸업하기도 전에 에세이 「병든 시대 I arrósteia tu aiónos」와 소설 「뱀과 백합 Ofis ke kríno」 출간함. 희곡 「동이 트면 Ksimerónei」을 집필함.

1907년(24세) 「동이 트면」이 희곡 상을 수상하며 아테네에서 공연됨. 커다

---

*그리스는 구력인 율리우스력을 사용하다가, 1923년 대다수의 국가가 현재 사용하고 있는 그레고리우스력을 받아들이면서 그해 2월 16일을 3월 1일로 조정하였다. 구력의 날짜를 그레고리우스력으로 환산하려면 19세기일 때는 12일을, 20세기일 때는 13일을 더하면 된다.

란 논란을 일으킴. 약관의 카잔차키스는 단번에 유명 인사가 됨. 언론계에 발을 들여놓음. 프리메이슨에 입회함. 10월 파리로 유학함. 이곳에서 작품 집필과 저널리즘 활동을 병행함.

1908년(25세) 앙리 베르그송의 강의를 듣고, 니체를 읽음. 소설『부서진 영혼*Spasménes psihés*』을 완성함.

1909년(26세) 니체에 관한 학위 논문을 완성하고 희곡「도편수O protomástoras」를 집필함. 이탈리아를 경유하여 크레타로 돌아감. 학위 논문과 단막극「희극: 단막 비극Komodía」과 에세이「과학은 파산하였는가I epistími ehreokópise?」를 출간함. 순수어*katharévusa*를 폐기하고 학교에서 민중어*demotiki*를 채용할 것을 주장하는 솔로모스 협회의 이라클리온 지부장이 됨. 언어 개혁을 촉구하는 선언문을 집필함. 이 글이 아테네의 한 정기 간행물에 실림.

1910년(27세) 민중어의 옹호자 이온 드라구미스를 찬양하는 에세이「우리 젊음을 위하여Ya tus néus mas」를 발표함. 고전 그리스 문화에 대한 추종을 극복해야만 한다고 역설하는 드라구미스가 그리스를 새로운 영광의 시기로 인도할 예언자라고 주장함. 이라클리온 출신의 작가이며 지식인인 갈라테아 알렉시우와 결혼식을 올리지 않은 채 아테네에서 동거에 들어감. 프랑스어, 독일어, 영어와 고전 그리스어를 번역하는 것으로 생계를 유지함. 민중어 사용 주창 단체들 중 가장 중요한 〈교육 협회〉의 창립 회원이 됨.

1911년(28세) 갈라테아 알렉시우와 결혼함.

1912년(29세) 교육 협회 회원을 대상으로 한 긴 강연에서 베르그송의 철학을 그리스 지식인들에게 소개함. 이 강연 내용이 협회보에 실림. 제1차 발칸 전쟁이 발발하자 육군에 자원하여 베니젤로스 총리 직속 사무실에 배속됨.

1914년(31세) 시인 앙겔로스 시켈리아노스와 함께 아토스 산을 여행함. 여러 수도원을 돌며 40일간 머무름. 이때 단테, 복음서, 불경을 읽음. 시켈리아노스와 함께 새로운 종교를 창시할 것을 몽상함. 생계를 위해 갈라테아와 함께 어린이 책을 집필함.

1915년(32세) 시켈리아노스와 함께 다시 그리스를 여행함. 〈나의 위대한 스승 세 명은 호메로스, 단테, 베르그송〉이라고 일기에 적음. 수도원에 은거하며 책을 한 권 썼으나 현재 전해지지 않음. 아마도 아토스 산에 대한 책인 듯함.「오디세우스Odisséas」,「그리스도Hristós」,「니키포로스 포카스Nikifóros Fokás」의 초고를 씀. 10월 아토스 산의 벌목 계약을 위해 테살로니키로 여행함. 이곳에서 카잔차키스는 제1차 세계 대전 중 영국군과 프랑스군이 살로니카 전선에서 싸우기 위해 상륙하는 것을 목격함. 같은 달, 톨스토이를 읽고 문학보다 종교가 중요하다고 결심하며, 톨스토이가 멈춘 곳에서 시작하리라고 맹세함.

1917년(34세) 전쟁으로 석탄 연료가 부족해지자 기으르고스 조르바라는 일꾼을 고용하여 펠로폰네소스에서 갈탄을 캐려고 시도함. 이 경험은 1915년의 벌목 계획과 결합하여 뒷날 소설 『그리스인 조르바 Víos ke politía tu Aléksi Zorbá』로 발전됨. 9월 스위스 여행. 취리히의 그리스 영사 이안니스 스타브리다키스의 거처에 손님으로 머무름.

1918년(35세) 스위스에서 니체의 발자취를 순례함. 그리스의 지식인 여성 엘리 람브리디를 사랑하게 됨.

1919년(36세) 베니젤로스 총리가 카잔차키스를 공공복지부 장관에 임명하고, 카프카스에서 볼셰비키에 의해 처형될 위기에 처한 15만 명의 그리스인들을 송환하라는 임무를 맡김. 7월 카잔차키스는 자신의 팀을 이끌고 출발. 여기에는 스타브리다키스와 조르바도 끼어 있었음. 8월 베니젤로스에게 보고하기 위해 베르사유로 감. 여기서 평화 조약 협상에 참여함. 피난민 정착을 감독하기 위해 마케도니아와 트라케로 감. 이때 겪은 일들은 뒷날 『수난 O Hristós ksanastavrónetai』에 사용됨.

1920년(37세) 8월 13일 드라구미스가 암살됨. 카잔차키스는 큰 충격에 휩싸임. 11월 베니젤로스가 이끄는 자유당이 선거에서 패배함. 카잔차키스는 공공복지부 장관을 사임하고 파리로 떠남.

1921년(38세) 독일을 여행함. 2월 그리스로 돌아옴.

1922년(39세) 아테네의 한 출판인과 일련의 교과서 집필을 계약하며 선불금을 받음. 이로써 해외여행이 가능해짐. 5월 19일부터 8월 말까지 빈에 체재함. 여기서 이단적 정신분석가 빌헬름 슈테켈이 〈성자의 병〉이라고 부른 안면 습진에 걸림. 전후 빈의 퇴폐적 분위기 속에서 카잔차키스는 불경을 연구하고 붓다의 생애를 다룬 희곡을 집필하기 시작함. 또한 프로이트를 연구하고 「신을 구하는 자 Askitikí」를 구상함. 9월 베를린에서 그리스가 터키에 참패했다는 소식을 들음. 이전의 민족주의를 버리고 공산주의 혁명가들에 동조함. 카잔차키스는 특히 라헬 리프슈타인이 이끄는 급진적 젊은 여성들의 세포 조직에서 영향을 받음. 미완의 희곡 『붓다 Vúdas』를 찢어 버리고 새로운 형태로 쓰기 시작함. 「신을 구하는 자」에 착수하면서 공산주의적인 행동주의와 불교적인 체념을 조화시키려 시도함. 소비에트 연방으로 이주할 것을 꿈꾸며 러시아어 수업을 들음.

1923년(40세) 빈과 베를린에서 보낸 시기에는 아테네에 남아 있던 갈라테아에게 보낸 편지를 통해 많은 자료를 남겼음. 4월 「신을 구하는 자」를 완성함. 다시 『붓다』 집필을 계속함. 6월 니체가 자란 나움부르크로 순례를 떠남.

1924년(41세) 이탈리아에서 3개월을 보냄. 이때 방문한 폼페이는 그가 떨쳐 버릴 수 없는 상징의 하나가 됨. 아시시에 도착함. 여기서 『붓다』를 완성하고, 성자 프란체스코에 대한 평생의 흠앙을 시작함. 아테네로 가서 엘레니 사미우를 만남. 이라클리온으로 돌아와, 망명자들과 소아시아 전투 참전자들로 이루어진 공산주의 세포의 정신적 지도자가 됨. 서사시 『오디세이아 Odíssia』를 구상하기 시작함. 아마 이때 「향연 Simposion」도 썼을 것으로 추정됨.

1925년(42세) 정치 활동으로 체포되었으나 24시간 뒤에 풀려남. 『오디세이아』 1~6편을 씀. 엘레니 사미우와의 관계가 깊어짐. 10월 아테네 일간지의 특파원 자격으로 소련으로 떠남. 그곳에서의 감상을 연재함.

1926년(43세) 갈라테아와 이혼. 갈라테아는 뒷날 재혼한 뒤에도 갈라테아 카잔차키라는 이름으로 활동함. 카잔차키스는 다시금 신문사 특파원 자격으로 팔레스타인과 키프로스로 여행함. 8월 스페인으로 여행함. 독재자 프리모 데 리베라와 인터뷰함. 10월 이탈리아 로마에서 무솔리니와 인터뷰함. 11월 뒷날 카잔차키스의 제자로서 문학 에이전트이자 친구이며 전기 작가가 되는 판델리스 프레벨라키스를 만남.

1927년(44세) 특파원 자격으로 이집트와 시나이를 방문함. 5월 『오디세이아』의 완성을 위해 아이기나에 홀로 머무름. 작업이 끝나자마자 생계를 위해 백과사전에 실릴 기사들을 서둘러 집필하고 『여행기 Taksidévondas』 첫 번째 권에 실릴 글을 모음. 디미트리오스 글리노스의 잡지 『아나예니시』에 「신을 구하는 자」가 발표됨. 10월 말 혁명 10주년을 맞이한 소련 정부의 초청으로 다시 러시아를 방문함. 앙리 바르뷔스와 조우함. 평화 심포지엄에서 호전적인 연설을 함. 11월 당시 프랑스에서 큰 인기를 얻고 있던 그리스계 루마니아 작가 파나이트 이스트라티를 만남. 이스트라티를 비롯한 몇몇 사람들과 함께 카프카스를 여행함. 친구가 된 이스트라티와 카잔차키스는 소련에서 정치적, 지적 활동을 함께하기로 맹세함. 12월 이스트라티를 아테네로 데리고 옴. 신문 논설을 통해 그를 그리스 대중에게 소개함.

1928년(45세) 1월 11일 카잔차키스와 이스트라티는 알람브라 극장에 모인 군중 앞에서 소련을 찬양하는 연설을 함. 이는 곧바로 가두시위로 이어짐. 당국은 연설회를 조직한 디미트리오스 글리노스와 카잔차키스를 사법 처리하고 이스트라티를 추방하겠다고 위협함. 4월 이스트라티와 카잔차키스는 러시아로 돌아옴. 키예프에서 카잔차키스는 러시아 혁명에 관한 영화 시나리오를 집필함. 6월 모스크바에서 이스트라티와 동행하여 고리키를 만남. 카잔차키스는 「신을 구하는 자」의 마지막 부분을 수정하고 〈침묵〉장을 추가함. 「프라우다」에 그리스의 사회 상황에 대한 논설들을 기고함. 레닌의 생애를 다룬 또 다른 시나리오에 착수함. 이스트라티와 무르만스크로 여행함. 레닌그라드를 경유하면서 빅토트 세르주와 만남. 7월 바르뷔스의 잡지『몽드』에 이스트라티가 쓴 카잔차키스 소개 기사가 실림. 이로써 유럽 독서계에 카잔차키스가 처음으로 알려짐. 8월 말 카잔차키스와 이스트라티는 엘레니 사미우와 이스트라티의 동반자 빌릴리 보드보비와 함께 남부 러시아로 긴 여행을 떠남. 여행의 목적은 〈붉은 별을 따라서〉라는 일련의 기사를 공동 집필하기 위해서였음. 두 친구의 사이가 점차 멀어짐. 12월 빅토르 세르주와 그의 장인 루사코프가 트로츠키주의자로 몰려 처벌된 〈루사코프 사건〉이 일어나 그들의 견해차는 마침내 극에 달함. 이스트라티가 소련 당국에 대한 분노와 완전한 환멸을 느낀 반면, 카잔차키스는 사건 하나로 체제의 정당성을 판단하기는 어렵다는 입장이었음. 아테네에서 카잔차키스의 러시아 여행기가 두 권으로 출간됨.

1929년(46세) 카잔차키스는 홀로 러시아의 구석구석을 여행함. 4월 베를린으로 가서 소련에 관한 강연을 함. 논설집을 출간하려 함. 5월 체코슬로바키아의 한적한 농촌으로 들어가 첫 번째 프랑스어 소설을 씀. 원래 〈모스크바는 외쳤다 *Moscou a crié*〉라는 제목이었으나 〈토다 라바 *Toda-Raba*〉로 바뀜. 이 소설은 작가의 변화한 러시아관을 별로 숨기지 않고 드러내고 있음. 역시 프랑스어로 〈엘리아스 대장 *Kape'án élias*〉이라는 소설을 완성함. 이는 『미할리스 대장』의 선구가 되는 여러 작품 중 하나임. 프랑스어로 쓴 소설들은 서유럽에 자신의 존재를 드러내려는 최초의 시도였음. 동시에 소련에 대한 자신의 달라진 관점을 반영하기 위해 『오디세이아』의 근본적인 수정에 착수함.

1930년(47세) 돈을 벌기 위해 두 권짜리 『러시아 문학사 *Istoria tis rosikis logotehnias*』를 아테네에서 출간함. 그리스 당국은 「신을 구하는 자」에 나타난 무신론을 이유로 그를 재판에 회부하겠다고 위협함. 계속 외국에 머무름. 처음에는 파리에서 지내다가 니스로 옮긴 뒤, 아테네 출판사들의 의

뢰로 프랑스 어린이 책을 번역함.

1931년(48세) 그리스로 돌아와 아이기나에 머무름. 순수어와 민중어를 포괄하는 프랑스-그리스어 사전 편찬 작업에 착수함. 6월 파리에서 식민지 미술 전시회를 관람함. 여기서 『오디세이아』에 나오는 아프리카 장면의 아이디어를 얻음. 『오디세이아』의 제3고를 체코슬로바키아에서 은거하며 완성함.

1932년(49세) 재정적 어려움을 타개하기 위해 프레벨라키스와 공동 작업을 구상함. 여러 편의 영화 시나리오와 번역을 구상했으나 대체로 실패함. 카잔차키스는 단테의 『신곡』 전편을, 3운구법을 살려 45일 만에 번역함. 스페인으로 이주하여 그곳에서 작가로 살기로 하고 그 출발로서 선집에 수록될 스페인 시의 번역에 착수함.

1933년(50세) 스페인 인상기를 씀. 엘 그레코에 관한 3운구 시를 지음. 훗날 『영혼의 자서전 *Anaforá ston Gréko*』의 전신이 됨. 스페인에서 생계를 해결하지 못하고 아이기나로 돌아옴. 『오디세이아』 제4고에 착수함. 단테 번역을 수정하면서 몇 편의 3운구 시를 지음.

1934년(51세) 돈을 벌기 위해 2, 3학년을 위한 세 권의 교과서를 집필함. 이 중 한 권이 교육부에서 채택되어 재정 상태가 잠시 나아짐.

1935년(52세) 『오디세이아』 제5고를 완성한 뒤 여행기 집필을 위해 일본과 중국을 방문함. 돌아오는 길에 아이기나에서 약간의 땅을 매입함.

1936년(53세) 그리스 바깥에서 문명(文名)을 확립하려는 시도로서, 프랑스어로 소설 『돌의 정원 *Le Jardin des rochers*』을 집필함. 이 소설은 그가 동아시아에서 겪은 일들을 바탕으로 함. 또한 미할리스 대장 이야기의 새로운 원고를 완성함. 이를 〈나의 아버지 *Mon père*〉라고 부름. 돈을 벌기 위해 왕립 극장에서 공연 예정인 피란델로의 「오늘 밤은 즉흥극 Questa sera si recita a soggetto」을 번역함. 직후 피란델로풍의 희곡 「돌아온 오셀로 O Othéllos ksanayirízei」를 썼는데 생전에는 이 작품의 존재가 알려지지 않았음. 괴테의 『파우스트』 제1부를 번역함. 10~11월 내전 중인 스페인에 특파원으로 감. 프랑코와 우나무노를 회견함. 아이기나에 집이 완성됨. 그가 장기 거주한 첫 번째 집임.

1937년(54세) 아이기나에서 『오디세이아』 제6고를 완성함. 『스페인 기행 *Taksidévondas: Ispanía*』이 출간됨. 9월 펠로폰네소스를 여행함. 여기서 얻은 감상을 신문 연재 기사 형식으로 발표함. 이 글들은 뒷날 『모레아 기행 *Taksidévondas: O Morias*』으로 묶어 펴냄. 왕립 극장의 의뢰로 비극

「멜리사Mélissa」를 씀.

1938년(55세) 『오디세이아』 제7고와 최종고를 완성한 뒤 인쇄 과정을 점검함. 호화판으로 제작된 이 서사시의 발행일은 12월 말일임. 1922년 빈에서 걸렸던 것과 같은 안면 습진에 걸림.

1939년(56세) 〈아크리타스Akritas〉라는 제목으로 3만 3,333행의 새로운 서사시를 쓸 계획을 세움. 7〜11월 영국 문화원의 초청으로 영국을 방문함. 스트랫퍼드어폰에이번에 기거하며 비극 「배교자 율리아누스Iulianós o paravátis」를 집필함.

1940년(57세) 『영국 기행Taksidévondas: Anglia』을 쓰고 「아크리타스」의 구상과 「나의 아버지」의 수정 작업을 계속함. 청소년들을 위한 일련의 전기 소설을 씀(『알렉산드로스 대왕Megas Aleksandros』, 『크노소스 궁전 Sta palatia tis Knosu』). 10월 하순 무솔리니가 그리스를 침공함. 카잔차키스는 그리스 민족주의에 대한 새로운 애증에 빠짐.

1941년(58세) 독일이 그리스를 점령함. 카잔차키스는 집필에 몰두하여 슬픔을 달램. 『붓다』의 초고를 완성함. 단테의 번역을 수정함. 〈조르바의 성스러운 삶〉이라는 제목의 새로운 소설을 시작함.

1942년(59세) 전쟁 기간 동안 아이기나를 벗어나지 못함. 다시 정치에 뛰어들기 위해 가능한 한 빨리 작품 집필을 포기하기로 결심함. 독일군 당국은 카잔차키스에게 며칠간의 아테네 체재를 허락함. 여기서 이안니스 카크리디스 교수를 만나 호메로스의 『일리아스』를 공동 번역하기로 합의함. 카잔차키스는 8월과 10월 사이에 초고를 끝냄. 〈그리스도의 회상〉이라는 제목으로 예수에 대한 소설을 쓸 계획을 세움. 이것은 뒷날 『최후의 유혹 O teleftaíos pirasmós』의 전신이 됨.

1943년(60세) 독일 점령 기간의 곤궁함에도 불구하고 정력적으로 작업을 계속함. 『그리스인 조르바』와 『붓다』의 두 번째 원고 및 『일리아스』의 번역을 완성함. 아이스킬로스의 〈프로메테우스〉 3부작을 모티프로 한 희곡 신판을 씀.

1944년(61세) 봄과 여름에 희곡 「카포디스트리아스O Kapodístrias」와 「콘스탄티누스 팔라이올로구스Konstandínos o Palaiológos」를 집필함. 〈프로메테우스〉 3부작과 함께 이들 희곡은 각각 고대, 비잔틴 시대, 현대 그리스를 다룸. 독일군이 철수함. 카잔차키스는 곧바로 아테네로 가서 테아 아네모이안니의 환대를 받고 그 집에서 더무름. 〈12월 사태〉로 알려진 내전을 목격함.

1945년(62세) 다시 정치에 뛰어들겠다는 결심에 따라, 흩어진 비공산주의 좌파의 통합을 목표로 하는 소수 세력인 사회당의 지도자가 됨. 단 두 표 차로 아테네 학술원의 입회가 거부됨. 정부는 독일군의 잔학 행위 입증 조사를 위해 그를 크레타로 파견함. 11월 오랜 동반자 엘레니 사미우와 결혼. 소풀리스의 연립 정부에서 정무 장관으로 입각함.

1946년(63세) 사회 민주주의 정당들의 통합이 실현되자 카잔차키스는 장관 직에서 물러남. 3월 25일 그리스 독립 기념일에 왕립 극장에서 그의 희곡 「카포디스트리아스」가 공연됨. 공연은 커다란 파문을 일으켰고, 우익 민족주의자들은 극장을 불태우겠다고 위협함. 그리스 작가 협회는 카잔차키스를 시켈리아노스와 함께 노벨 문학상 후보로 추천함. 6월 40일간의 예정으로 해외여행을 떠남. 실제로는 남은 생을 해외에서 체류하게 되었음. 영국에서 지식인들에게 〈정신의 인터내셔널〉을 조직할 것을 호소하였으나 별 관심을 끌지 못함. 영국 문화원이 케임브리지에 방 하나를 제공하여, 이곳에서 여름을 보내며 〈오름길〉이라는 제목의 소설을 씀. 이 역시 『미할리스 대장』의 선구적 작품이 됨. 9월 프랑스 정부의 초청으로 파리에 감. 그리스의 정치 상황 때문에 해외 체재가 불가피해짐. 『그리스인 조르바』가 프랑스어로 번역되도록 준비함.

1947년(64세) 스웨덴의 지식인이자 정부 관리인 뵈리에 크뇌스가 『그리스인 조르바』를 번역함. 몇 차례의 줄다리기 끝에 카잔차키스는 유네스코에서 일하게 됨. 그의 일은 세계 고전의 번역을 촉진하여 서로 다른 문화, 특히 동양과 서양의 문화 사이에 다리를 놓는 것이었음. 스스로 자신의 희곡 「배교자 율리아누스」를 번역함. 『그리스인 조르바』가 파리에서 출간됨.

1948년(65세) 자신의 희곡들을 계속 번역함. 3월 창작에 전념하기 위해 유네스코에서 사임함. 「배교자 율리아누스」가 파리에서 공연됨(1회 공연으로 끝남). 카잔차키스와 엘레니는 앙티브로 이주함. 그곳에서 희곡 「소돔과 고모라Sódoma ke Gómora」를 씀. 영국, 미국, 스웨덴, 체코슬로바키아의 출판사에서 『그리스인 조르바』 출간을 결정함. 카잔차키스는 『수난』의 초고를 3개월 만에 완성하고 2개월간 수정함.

1949년(66세) 격렬한 그리스 내전을 소재로 한 새로운 소설 『전쟁과 신부I aderfofádes』에 착수함. 희곡 「쿠로스Kúros」와 「크리스토퍼 콜럼버스Hristóforos Kolómvos」를 씀. 안면 습진이 다시 찾아옴. 치료차 프랑스 비시의 온천에 감. 12월 『미할리스 대장』 집필에 착수함.

1950년(67세) 7월 말까지 『미할리스 대장』에만 몰두함. 11월 『최후의 유혹』에 착수함. 『그리스인 조르바』와 『수난』이 스웨덴에서 출간됨.

1951년(68세) 『최후의 유혹』 초고를 완성함. 「콘스탄티누스 팔라이올로구스」의 개정을 마치고 이 초고를 수정하기 시작함. 『수난』이 노르웨이와 독일에서 출간됨.

1952년(69세) 성공이 곤란을 야기함. 각국의 번역자들과 출판인들이 카잔차키스의 시간을 점점 더 많이 빼앗게 됨. 안면 습진 또한 그를 더 심하게 괴롭힘. 엘레니와 함께 이탈리아에서 여름을 보냄. 아시시의 성자 프란체스코에 대한 사랑이 더욱 깊어짐. 눈에 심한 감염이 일어나 네덜란드의 병원으로 감. 요양하면서 성자 프란체스코의 생애를 연구함. 영국, 노르웨이, 스웨덴, 네덜란드, 핀란드, 독일에서 그의 소설들이 계속적으로 출간됨. 그러나 그리스에서는 출간되지 않음.

1953년(70세) 눈의 세균 감염이 낫지 않아 프리의 병원에 입원함(결국 오른쪽 눈의 시력을 잃음). 검사 결과 수년 동안 그를 괴롭힌 안면 습진은 림프샘 이상이 원인인 것으로 나타남. 앙티브로 돌아가 수개월간 카크리디스 교수와 함께 『일리아스』의 공역을 마무리함. 소설 『성자 프란체스코 O ftohúlis tu Theú』를 씀. 『미할리스 대장』이 출간됨. 『미할리스 대장』 일부와 『최후의 유혹』 전체에서 신성을 모독했다는 이유로 그리스 정교회가 카잔차키스를 맹렬히 비난함. 당시 『최후의 유혹』은 그리스에서 출간되지도 않았음. 『그리스인 조르바』가 뉴욕에서 출간됨.

1954년(71세) 교황이 『최후의 유혹』을 가톨릭 교회의 금서 목록에 올림. 카잔차키스는 교부 테르툴리아누스의 말을 인용하여 바티칸에 이런 전문을 보냄. 〈주여 당신에게 호소합니다.〉 같은 전문을 아테네의 정교회 본부에도 보내면서 이렇게 덧붙임. 〈성스러운 사제들이여, 여러분은 나를 저주하나 나는 여러분을 축복합니다. 여러분께서도 나만큼 양심이 깨끗하시기를, 그리고 나만큼 도덕적이고 종교적이시기를 기원합니다.〉 여름 『오디세이아』를 영어로 번역하는 키먼 프라이어와 매일 공동 작업함. 12월 「소돔과 고모라」의 초연에 참석하기 위해 독일 만하임으로 감. 공연 후 치료를 위해 병원에 입원함. 가벼운 림프성 백혈병으로 진단됨. 젊은 출판인 이안니스 구델리스가 아테네에서 카잔차키스 전집 출간에 착수함.

1955년(72세) 엘레니와 함께 스위스 루가노의 별장에서 한 달을 보냄. 여기서 그의 정신적 자서전인 『영혼의 자서전』을 쓰기 시작함. 8월 카잔차키스와 엘레니는 군스바흐의 알베르트 슈바이처 박사를 방문함. 앙티브로 돌아온 뒤, 『수난』의 영화 시나리오를 구상 중이던 줄스 다신의 조언

요청에 응함. 카잔차키스와 카크리디스가 공역한 『일리아스』가 그리스에서 출간됨. 어떤 출판인도 나서지 않았기 때문에 비용은 모두 번역자들이 부담함. 『오디세이아』의 수정 재판이 아테네에서 엠마누엘 카스다글리스의 감수로 준비됨. 카스다글리스는 또한 카잔차키스의 희곡 전집 제1권을 편집함. 〈왕실 인사〉가 개입한 끝에 『최후의 유혹』이 마침내 그리스에서 출간됨.

1956년(73세) 6월 빈에서 평화상을 받음. 키먼 프라이어와 공동 작업을 계속함. 최종심에서 후안 라몬 히메네스에게 노벨 문학상을 빼앗김. 줄스 다신이 『수난』을 바탕으로 한 영화를 완성. 제목을 〈죽어야 하는 자*Celui qui doit mourir*〉로 붙임. 전집 출간이 진행됨. 두 권의 희곡집과 여러 권의 여행기, 프랑스어에서 그리스어로 옮긴 『토다 라바』와 『성자 프란체스코』가 추가됨.

1957년(74세) 키먼 프라이어와 작업을 계속함. 피에르 시프리오와의 긴 대담이 6회로 나뉘어 파리에서 라디오로 방송됨. 칸 영화제에 참석하여 「죽어야 하는 자」를 관람함. 파리의 플롱 출판사가 그의 전집을 프랑스어로 펴내는 데 동의함. 중국 정부의 초청으로 카잔차키스 부부는 중국을 방문함. 돌아오는 비행 편이 일본을 경유하므로, 광저우에서 예방 접종을 함. 그런데 북극 상공에서 접종 부위가 부풀어 오르고 팔이 회저 증상을 보이기 시작함. 백혈병을 진단받았던 독일의 병원에 다시 입원함. 고비를 넘김. 알베르트 슈바이처가 문병 와서 쾌유를 축하함. 그러나 아시아 독감이 쇠약한 그의 몸을 순식간에 습격함. **10월 26일** 사망. 시신이 아테네로 운구됨. 그리스 정교회는 카잔차키스의 시신을 공중(公衆)에 안치하기를 거부함. 시신은 크레타로 운구되어 안치됨. 엄청난 인파가 몰려 그의 죽음을 애도함. 뒷날, 묘비에는 카잔차키스가 생전에 준비해 두었던 비명이 새겨짐. *Den elpízo típota. Den fovúmai típota. Eímai eléftheros*(나는 아무것도 바라지 않는다. 나는 아무것도 두려워하지 않는다. 나는 자유다).

옮긴이 **안정효** 1941년 서울에서 태어났다. 서강대학교 영문학과를 졸업한 뒤 「코리아 헤럴드」 기자, 한국 브리태니커 편집부장 등을 역임했다. 지은 책으로 『하얀 전쟁』, 『은마는 오지 않는다』, 『헐리우드 키드의 생애』 외 다수의 소설 작품과 『걸어가는 그림자』, 『인생 4계』, 『글쓰기 만보』, 『신화와 역사의 건널목』 등이 있다. 니코스 카잔차키스의 『전쟁과 신부』, 『오디세이아』, 『영혼의 자서전』, 가브리엘 가르시아 마르케스의 『백년 동안의 고독』, 버트런드 러셀의 『권력』, 알렉스 헤일리의 『뿌리』, 조르지 아마두의 『가브리엘라, 정향과 계피』, 저지 코진스키의 『잃어버린 나』 등 150권가량의 작품을 번역했으며, 제1회 한국번역문화상을 수상했다.

최후의 유혹 ❷

발행일	2008년 3월 30일 초판 1쇄
	2015년 1월 20일 초판 4쇄
지은이	니코스 카잔차키스
옮긴이	안정효
발행인	홍지웅
발행처	주식회사 열린책들

**경기도 파주시 문발로 253 파주출판도시
전화 031-955-4000 팩스 031-955-4004
www.openbooks.co.kr**

Copyright (C) 주식회사 열린책들, 2008, *Frinted in Korea*.
ISBN 978-89-329-0812-0 04890
ISBN 978-89-329-0792-5 (세트)

이 도서의 국립중앙도서관 출판시도서목록(CIP)은 e-CIP 홈페이지(http://www.nl.go.kr/ecip)와 국가자료공동목록시스템(http://www.nl.go.kr/kolisnet)에서 이용하실 수 있습니다.(CIP제어번호 : CIP2008000653)